英語教育學

English Language Education

廖曉青　著

⤜⤏ 作者簡介 ⤎⤐

廖曉青（Benjamin Xiaoqing Liao）

　　紐西蘭奧克蘭大學應用語言學博士，現任教於香港樹仁大學英語系。二十多年來，一直從事英語教學和研究工作，主要研究方向為英語教學法和第二語言習得理論。專著有《英語教學法》、《兒童英語教學》、《英語教育學》。

⟿ 前言 ⟾

英語教育學是一門獨立的、新興的、應用性的學科，主要從教與學的角度研究英語教學的全過程及其規律，研究英語教學理論和教學實踐。英語教育學主要依據語言學、教育學、心理學、社會學等多學科的研究成果和理論，對英語教學過程中出現的各種現象和問題作出科學的分析和解釋，並總結和概括出具有普遍意義的英語教學規律、原理和原則，形成獨立的科學體系，從而指導英語教學實踐。

英語教育學不同於單純的「教材教法」。教材教法表現出結構模式單一、理論薄弱、研究領域狹窄等缺陷。英語教育學在理論上和實踐上大大超出了教材教法的範疇，從更宏觀的角度研究英語教學，不僅研究教什麼、如何教的問題，還研究為什麼教這些，為什麼這樣教的問題；更全面地研究學習規律，研究如何指導學生學習，如何培養學生語言學習能力，研究學習的策略；充分重視學科教育的功能，探討學科在全面培養學生素質中的作用。研究這些特點，明確地認識這些特點，可以使教師更有意識地去努力達到英語教育的目標。

這本《英語教育學》力圖反映近年來在英語教育學領域的發展，借鑑、吸收和綜合已有的研究成果，提供一個較全面的英語教育學概貌。

本書共 20 章。第 1 章從總體上提出英語教育學理論總模式的三個層次：基礎理論、本體理論和教學實踐，在此基礎上，以後各章對這三個層次的內容展開具體的討論；第 2 章探討第一層次的基礎理論，內容包括語言學、心理學、教育學和社會學；第 3、4、5、6 章分別討論構成第二層次本體理論的語言理論、學習理論、教學理論和環境理論；最後，第 7 至 20 章探討第三層次，即在本體理論指導下的課內英語教學實踐，內容包括三個部分：教學法體系、本體理論的應用以及語言教學組織和管理，討論的重點放在教學法體系和本體理論的應用上。

　　本書在闡述英語教育學的三個層次時，力求深入淺出與簡明扼要，以使教學第一線的英語教師能掌握英語教育學所涉及的基本內容，並了解當前英語教學各領域發展的動態。

　　本書的讀者對象是大、中、小學的英語教師和語言教學研究者。本書可作為師資訓練課程的教材或作為教師的自修用書。

廖曉青　謹誌

2006 年 10 月

目錄

第 1 章　緒論

第 2 章　英語教育學的基礎理論

第 3 章　傳統和當代的語言觀

第 4 章　語言學習理論

第 8 章　英語教學大綱

第 9 章　英語教學的基本原則

第 10 章　英語知識教學方法

第1章

緒　論

🌸 第一節　英語教育學的產生背景 🌸

英語教育學是一門獨立的、新興的、應用性的學科，主要從教與學的角度研究英語教學的全過程及其規律，研究英語教學理論和教學實踐。英語教育學主要依據語言學、教育學、心理學、社會學等多學科的研究成果和理論，對英語教學過程中出現的各種現象和問題作出科學的分析和解釋，並總結和概括出具有普遍意義的英語教學規律、原理和原則，形成獨立的科學體系，從而指導英語教學實踐。

英語教育學是為了適應教育發展和師資培訓的需要以及英語學科教育本身發展的需要而產生的。

一、 適應教育發展和師資培訓的需要

當今世界是以資訊技術為主要標誌的科技時代。人類科學技術的快速發展，社會生活的資訊化以及經濟的全球化，使英語日益成為國際間交流的重要工具。英語作為與各國交往的重要工具，其地位也愈來愈深入人心。

學習和掌握英語不再只是對少數人提出的口號，英語已成為千百萬人民大眾日常生活中不可缺少的一部分。

英語學習的益處是顯而易見的。對國家來說，英語已成為國際交往與國內發展不可或缺的工具。國家之所以如此重視英語，主要是因為英語水準直接影響了吸取與交流資訊的速度與品質，它不僅體現了一個國家的教育水準，而且關係到國民經濟的發展。一個國家能經濟騰飛，國際地位提高，除了經濟和政治等原因外，包括語言水準在內的教育水準和人民素質的提高是一個重要的因素。對個人來說，英語是在激烈競爭的社會中生存的重要手段。21 世紀的人才除了應具備傳統的素質外，還應具有放眼全球的世界意識。這就要求他們掌握世界通用的語言，自如地與世界人民交流，吸取最新資訊，不斷更新觀念與知識；另一方面，透過學習英語，可以直接接觸外國文化，吸收其中的精華，陶冶情操，健全品格。

英語已不僅是學校的必修課程，而且也成為基礎教育的主課。在全球範圍內，無論在發達國家還是發展中國家，英語已一躍而成為基礎教育和高等教育中一門重要的基礎學科。英語教學從未像進入 21 世紀後的今天這樣引人矚目，這樣受到教育當局、廣大教師與學生乃至家長如此深切的關注。

隨著各級學校已經設置英語教學的課程，教師深入研究和學習英語教育理論和方法具有重要的意義。英語教育學是為了適應教育發展和師資培訓的需要而產生的。

研究和學習英語教育學是提高英語教師素質、促進英語教學工作的需要。有些英語教師對英語的教學、教學原則缺乏足夠的認識，教學方法多套用陳舊的英語理論和教學方法，所以學生成績差別和波動較大。如何有效地解決上述問題，全面提高英語教學品質，刻不容緩地擺在了我們面前。為此，英語教師只有藉由對英語教育學開展系統的研究和學習，掌握大量先進的英語教學理論，提高自身理論水準。在先進的教育學理論指導下，結合學習者身心特點和認知規律，進行理論與實踐的探討，不斷總結經驗，選擇和運用行之有效、適應英語教學實踐的教學方法，為全面提高英語教學品質開闢有效途徑。

　　研究和學習英語教育學，也是英語教學實踐的需要。眾所周知，沒有理論指導的實踐是盲目的實踐。英語教學是一項實踐性很強的活動，英語教學實踐能否科學合理地正常進行，離不開英語教育學為其提供的科學理論指導，離不開英語教育工作者對其的研究和學習。只有透過學習和研究英語教育學，掌握英語教育學存在和發展的客觀規律和特徵，用以指導教學實踐，英語教學才能更加規範化、合理化和現代化，英語教育者才能在遵循英語教學規律的基礎上，發揮巨大潛能和創造力，保證提高教學品質。

二、 適應英語學科教育本身發展的需要

　　英語教育在理論上和實踐上大大超出了英語教材教法的範疇。長期以來，英語教學研究往往停留在教材教法的狹窄領域上，而較少從整體上對英語教育學理論進行研究和概括，較少對英語教學的本質等一系列核心理論問題進行研究。根據章兼中（1993：5-7）的觀點，教材教法表現出結構模式單一、理論薄弱、研究領域狹窄等缺陷：

1. 結構模式單一

　　由於教材教法的設置只是了解英語教材內容和熟悉基本的教學方法，它始終脫離不了教材教法這個主體。長期以來，教材教法形成了單純操作性的「教師→教材→教法」單一模式。該模式的主要缺點表現在：(1)重經驗介紹，輕理論闡述；(2)重教師的教，輕學生的學的研究；(3)重教師教學方法技巧的傳授，輕未來教師創造能力的培養。這種單一模式就嚴重妨礙了英語教學理論與實踐的發展。

2. 理論薄弱

　　由於教材教法學科所側重的是了解教材內容，熟悉教學方法，所以對教學理論有所忽視。只知道方法，沒有理論指導，就不可能從根本上找到英語教學的規律，因而也就不能有效地提高教學效率。一個優秀的英語教師不能僅限於熟悉教學方法、了解英語教材內容，而且應當在教學理論方

面有所建樹。英語教師一旦認識和掌握了教學理論，就能掌握英語教育再創造的能力，就能用以指導和促進英語教學品質的提高。所以理論薄弱的教材教法學科已無法滿足教學的需要。

3.研究領域狹窄

教材教法研究英語教學的目的、內容、過程、原則、方法和課堂教學組織形式等問題，這在一定時期內促進了教學科學的發展和英語教學水準的提高。但是隨著語言學、心理學、教育學、社會學和英語學科本身的不斷綜合和提高，研究領域狹窄、容量有限的教材教法已難以反映英語教育學科體系的新發展。近二十年來，英語教學在理論和實踐上都有了極大的發展：(1)在教學目標上，從英語教學培養語言能力到溝通能力的轉變；(2)在教學內容上，從主要傳授語法知識到主要培養能力的轉變；從單純的語言目的到全面發展的轉變；從僅側重教語言到既教語言又學社會文化的發展；(3)在教學研究上，從主要研究教師如何教到研究學生如何學的轉變；(4)在教材方面，從了解教材、教法到英語教學大綱的設計和教材的編寫；(5)在教學上，從英語教學法學派的介紹到建立適合的英語教學法體系的討論；(6)在考試方面，從只依賴考試到英語教學評價理論的研究。凡此種種，「教材教法」研究的狹隘性、有限性已很難把上述的內容包括在內。

綜上所述，英語教材教法從學科的性質上和內容的廣度及深度上都很難適應英語教育發展的需求。因此，一門新的學科——英語教育學便應運而生。英語教育學的跨學科、多視角、多層次的研究方法，又將進一步促進該學科在更廣泛、更深刻的基礎上獲得豐富的經驗和發展。英語教育學的建立、發展和完善，必將對培養適應時代特點的高品質師資隊伍和提高教學品質有著重要的作用。

第二節　英語教育學的性質

英語教育學是一門新的應用性的邊緣教育科學，具有跨學科的性質，是不同於教材教法的科學。

一、 英語教育學是一門應用性科學

英語教育學是教材教法的擴展和提升，因而它是以教育科學等與英語學科相結合的理論為基礎的應用性科學。所謂「應用性」是一個相對的概念，它僅僅是和宏觀的教育科學中的「理論」相對而言的。就英語教育本身而言，它又有自己的理論和實踐的內容。英語教育的實踐活動是其理論的源泉。英語教育學從英語教育實踐中研究英語教育現象和探討提高英語教育品質的規律，反過來它又應用從實踐中昇華出來的規律，指導英語教育再實踐，進一步提高英語教育品質。應用性的主要象徵就在於英語教育的主要任務是幫助未來的英語教師樹立正確的英語教育觀，培養他們的英語教育能力，指導自己的英語教育實踐，提高英語教育的品質。

二、 英語教育學是一門邊緣性科學

英語教育學是邊緣性科學，主要體現在它跨學科的特點上面。英語教育學以諸如語言學、教育學、心理學、社會學等相關學科的理論作為自己的理論基礎。英語教育學的邊緣性更體現在英語學科與教育科學的結合上。它要體現英語教育本身的成果，又要體現教育科學的成果。但這種吸收和結合不是簡單的應用，更不是幾方面的拼盤，而是融合、融會貫通後的脫穎而出，正如教育學與心理學相結合，從而產生教育心理學一樣。

三、 英語教育學是一門教育科學

英語教育學是一門教育科學，是教育科學的一個分支。它不是語言科學，更不是應用語言學。有人把英語教育學或英語教學法與應用語言學等同起來，這是沒有理論根據的。儘管兩者在一定程度上都研究英語教學問題，但就研究的性質和範疇來說有質的區別。英語教育學不僅受語言學的影響，它更多是受制於教育科學，諸如心理學、教育學，以及學習理論、

教學理論、情景理論、測試理論和教育科研理論等（章兼中，1993：7）。

四、 英語教育學不同於教材教法

從「英語教育」的名稱來看，它不同於單純的教材教法學科。教材教法研究的範圍較窄，理論基礎不夠雄厚，英語教育是它們的擴展與補充。名稱的更換，也意味著英語教育學從更宏觀的角度研究英語教學，不僅研究教什麼、如何教的問題，還研究為什麼教這些、為什麼這樣教的問題；更全面地研究學習規律，研究如何指導學生學習，如何培養學生語言學習能力，研究學習的策略；充分重視學科教育的功能，探討學科在全面培養學生素質中的作用。然而，這些作用的發揮都不是生搬硬套的結果，而是學科教育的特點所決定的。研究這些特點，明確地認識這些特點，可以使教師更有意識地去努力達到英語教育的目標；名稱的更換對師範教育的目標、內容、方法、課程設置等一系列問題都提出了新的要求、新的挑戰。

隨著時間的推移，人們的教學經驗在增加，時代的科學文化水準在提高，今天英語教育學已成為一門朝氣蓬勃的新興科學。這不僅由於它有自己整套的學科內容和體系，更重要的還在於它在推動英語教學方面所引發的積極作用。英語教育學受到人們的普遍重視，愈來愈多的人投身於英語教育學的研究，這並不是偶然的。

第三節　英語教育學理論總模式

理論模式是一種理論結構框架，具有該理論的內在基本因素並藉以闡明模式中各因素間的關係及其結構功能。因此，建立語言教育學理論模式要解決兩個主要問題：一是理論模式包含多少因素，每個因素的主要特徵和功能又是什麼；二是如何處理各因素間的聯繫和關係，並如何發揮理論模式的整體結構功能。

英語教育學理論模式是指闡述英語教育的各個因素和描述各因素之間的聯繫和關係，為英語教育提供一個有效的理論結構框架。一種有效的英

語教育學的理論模式既能為英語教師提供提高英語教育品質的理論依據，也能為英語教育研究工作者提供理論指南，還能作為評價某一種英語教育理論是否有效的主要標準（章兼中，1993）。

　　國外有諸多關於語言教育理論模式的研究，其中加拿大語言學家 H. Stern（1983: 45）提出的「第二語言教學一般模式」（a general model for second language teaching）最具代表性。該模式吸收了其前各種語言教育模式的長處，將第二語言教學理論概括為三個層次：基礎理論、本體理論和教學實踐。我們在吸收國內外其他相關研究成果的基礎上，將 Stern 的模式應用於英語教育，形成了「英語教育學理論總模式」（見圖 1-1）。

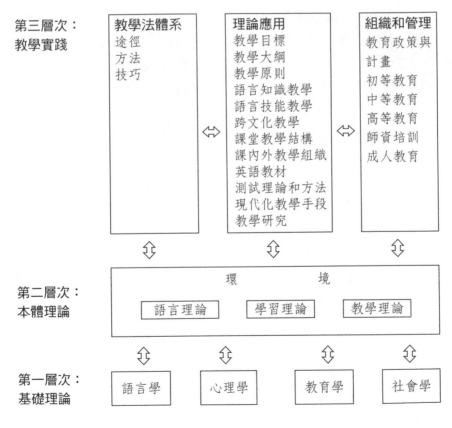

圖 1-1　英語教育學理論總模式

英語教育學理論總模式的三個層次不能混為一談，否則容易造成概念上的混亂。

一、 基礎理論層次

本層次是英語教育學產生和發展的基礎（foundations），所包含的是構成英語教育學理論基礎、處在同一水準上的有關學科，包括語言學、心理學、教育學、社會學等。英語教育學在其產生和發展過程中，在相當長的時間內以這些學科作為自己的理論基礎。同時，在今後的發展中它還將繼續借助這些學科和其他新興學科的理論為基礎。

英語教育學理論總模式主張多學科為語言教學提供理論支援，這和過去的觀點不同，過去有人認為與語言教學相關的領域只有語言學。多年的英語教學實踐證明，單純語言學由於其研究的重點在於語言的本身，所以不能解決英語教育中的許多問題。

二、 本體理論層次

該層次為「中介層次」（interlevel），是處於基礎理論層次和教學實踐層次之間起關鍵作用的層次，因而稱之為「本體理論層次」。該層次指的是在英語教育的理論與研究的範圍內構成英語教育學本體的關鍵性理論，包括語言理論（即語言觀）、學習理論（學習論）、教學理論（教學觀）和環境理論。這些理論從本質上揭示英語教學的根本規律，它們本身是否科學決定著英語教學的科學性。

英語教育學理論總模式表明，在語言教育中，人們必須處理四個關鍵性概念，即語言、學習、教學、環境。首先，語言教學需要教師有一種語言觀，知道語言的本質，每個教師都要按照自己理解和堅持的語言觀去教學，他們的語言觀可以是明確的或者是不十分明確的。教師的語言觀影響他們的語言教學行為。其次，對學習者和語言學習本質的看法決定教學的效果。只有懂得了學生和學習的規律，教學才能有的放矢，事半功倍。第

三，對教師及教學的看法也是教育研究的內容。教師的功能與作用，教學的過程與本質直接影響教學的方法。最後，了解語言教學所處的環境也十分重要。語言、學習、教學都出現在具體環境中，脫離了環境，這些都不復存在。

三、 教學實踐層次

實踐層次是指本體理論指導下的課內外英語教學實踐（practice），包括三個部分：

1. 教學法體系

是指各種教學法學派（methodology），如聽說教學法、功能—意念教學法、內容導向教學法等，而每一教學法學派又包含途徑（approach）、方法（method）和技巧（technique）三個組成部分，這三個部分基本上都以本體理論為基礎而產生的。

2. 理論應用

是指本體理論在教學實踐中得到應用的各個領域，包括教學目標、教學大綱、教學原則、教學內容、教材、課內外教學、語言測試、教學研究等。

3. 組織和管理

是指為配合教學實踐所制定的教育政策與計畫，在大、中、小學和成人教育領域中實施英語教學的組織和管理方法，以及為保證教學得以成功實施的師資培訓工作等。

四、 英語教育學理論總模式的特點

概括而言，英語教育學理論總模式具有如下特點：

1. 三個層次之間的關係十分明確

基礎層次的研究成果直接影響本體理論層次的語言理論、學習理論、教學理論和環境理論。而本體理論又對實踐層次有直接指導作用。每一層次的作用都是重要的。同時，這個模式中三個層次的關係是互補的，相關理論指導英語教育實踐，實踐反過來也會促進理論發展。

2. 英語教學牽涉到很多因素

該模式提供了客觀、全面地審視、評價、分析語言教育的相關因素。在英語教學的實踐中，這個模式主張採納多因素觀點，即單一因素不能獨立解決英語教育中的問題，比如單獨仰賴教師、教法、教材、某種新觀念（如合作教學觀念、人文主義理論）或者某一種教育新技術（如電腦、教學軟體），都無法解決語言教學中的多數問題。過去，人們往往把英語教學問題單純理解為教學方法的問題，認為只要找出理想的方法，英語教學的一切問題就可迎刃而解。該模式認為，英語教學是一個包括很多變項的複雜過程，教學方法只是其中之一。它牽涉到很多因素，英語教學的成敗是各種因素共同作用的結果，因此不能從單一因素方面去找原因。在研究、分析語言學習的問題時要考慮多種因素及其相互作用。

3. 研究的問題很多

我們知道，英語教學是一種極其複雜的人類活動，在這一人類活動中存在著許多相互影響的可變因素，其中有語言方面，也有社會環境方面的；有生理方面，也有心理方面的。對英語教學的研究可以說是一種跨學科性的研究。這三個層次要回答的問題很多，它既要研究它與基礎層次的與英語教育學相關學科的學問，還要研究本身處於中間層次的對象，包括語言觀、學習論、教學論、環境理論等幾個方面及其關係。而更重要的，還要研究與應用層次的英語教學方法的聯繫，具體地說，它主要研究以下幾個問題：

(1)教什麼？學什麼？與此相關的學科包括：語言學、心理學、社會學、

教育學等等。

(2)怎麼教？怎麼學？根據這些問題進行研究的方向包括：語言觀、學習論、教學論和環境理論。

(3)教得怎樣？學得怎樣？與此相關的內容包括教學方法、學習方法、教師和學生因素等。

第四節　英語教師與英語教育學

做一個合格的中、小學英語教師，不僅要有合格的英語水準，還必須掌握先進的科學的英語教學理論和教學方法。只有這樣，他們才能科學地組織好教學，也才能真正發揮教師的主導作用，調動學生學習英語的積極性，省時又省力、保質又保量地完成英語教學的任務。有人認為「只要學好英語，有一定的英語水準就能教好英語，學不學教學理論和方法沒有什麼關係」。這種認識是不全面的。一定的英語水準是教好英語的前提，但是，有一定英語水準的人未必自然能教好英語。教學實踐證明，有的英語教師儘管英語水準很高，但由於不懂英語教學的規律，英語教學法素養不足，雖然竭盡全力執教，效果總是欠佳，或者事倍功半。實際的例子屢見不鮮。為了提高英語學科的教學品質，英語教師應學習英語教學的基本理論，共同探討科學的、行之有效的英語教學方法。

英語教育學是一門理論與實踐相結合的專業課，要學好這門課必須講究方法。

一、理論與實踐相聯繫

理論源於實踐，反過來又指導實踐活動的開展。英語教育學是研究英語教學全過程及其規律的科學，它的最終是用於指導教學實踐，而英語教育學也在教學實踐中不斷發展、充實和完善。因此要學好英語教育學，必須加強理論與實踐的聯繫，用理論指導實踐，在實踐中練習、鞏固和掌握教育學的基本知識，以及在各種情況下可使用的具體方法、方式和技巧，

從中總結經驗、教訓，以提升自己的認識和教學藝術。

二、 學習相關理論

英語教育學同其他教學一樣，是一門相對獨立、新興的邊緣科學，它主要依據教育學、語言學、心理學和社會學等多學科的研究成果和理論，對英語教學過程中出現的各種現象和問題作科學的分析和解釋，並總結、概括出英語教學的規律，形成自身獨立的科學體系，從而指導英語教學的實踐。因而要學好英語教育學，學習者要盡可能多讀相關學科的書籍，包括語言學、心理學、教育學等方面的論著，開闊視野，拓寬思路，使英語教育學這門學科的學習更加活潑、深廣。

三、 積累資料，進行科學研究

在教學工作中要注意積累資料，找出資料，為進行科學研究作好準備。諸如自己的教案（包括教學目的、內容、方法），要妥為保存，學生的學習效果和反應要隨時記下來，有關的資料要進行統計。資料積累得多了，就能從中整理出具有規律性的教學結論。

四、 向有經驗的教師學習

要多聽校內外有經驗的教師的課，尋訪有經驗的教師，向有經驗的教師學習。聽課和參加課後的評議，只要行之得當，是很有益處的。從聽課裡獲得的印象深，而且學有榜樣；再者，遇有不清楚的地方還可以當面請益。帶著問題聽課，問題就可能得到解決。本著求師訪友的心情聽課，總會學到一些東西。惟有看到和承認別人的長處，才能學到別人的長處。

❧ 第五節 結 語 ❧

對如何教授英語和如何學習英語的研究，由於其研究系統的不斷完善和其內涵的不斷擴大，已逐步由英語教材教法發展成一門具有獨立科學內涵的學科——英語教育學。

在英語教育學理論總模式中，本體理論層次的學習理論、教學理論、教學環境理論、語言理論，都是英語教育學的獨立理論，它們來源於構成英語教育學理論基礎之處在同一水準上的相關學科，包括語言學、心理學、教育學、社會學等。除此之外，在英語教育學的實踐層次也是以本體理論作為基礎而產生的課內外教學實踐。由於英語教育學是一門新興的學科，其理論還在進一步的發展之中。

對於學習英語教育學的方法，我們提倡理論聯繫實際的學習方法，既要用英語教育學的基本理論指導自己的教學實踐，又要使理論接受教學實踐的驗證，並在實踐中自覺運用理論知識。希望廣大英語教師藉由學習本書，逐步更新觀念和知識結構，提高自身的綜合素質，形成終身學習的能力，在教學中運用創新思維去改進教學方法。

本章圖 1-1 的英語教育學理論總模式是本書的基本框架，從第二章起將分別一一詳細討論。具體的內容和章節如下：

章　節	內　　容
第 2 章	第一層次：基礎理論
第 3-6 章	第二層次：本體理論
第 7-18 章	第三層次：教學實踐中的理論應用
第 19 章	第三層次：組織和管理中的師資培訓（教師素質的問題）
第 20 章	第三層次：教學法體系

第**2**章

英語教育學的基礎理論

　　英語教育學是從英語教學實踐中發展起來的，也是在英語教學實踐裡不斷發展和提升的，這是英語教育學發展的一條主線。此外，它還要依靠多種有關學科對它的推進，這是英語教育學發展的一條輔線。它不把自己綁在某一門學科上，反而受多種學科的影響，並從多種學科裡吸取滋養。

　　在英語教育學理論總模式中，基礎層次理論就是這條輔線上的多種學科，是英語教育學學科產生和發展的基礎，是構成英語教育學理論基礎的處在同一水準上的有關學科。這些基礎學科主要包括語言學、心理學、社會學、教育學等（圖 2-1）。

　　本章我們先闡述與英語教育學相關的一些學科及其相互之間的關係，然後再深入探討應用語言學、心理語言學、社會語言學三門學科對英語教育學的影響。

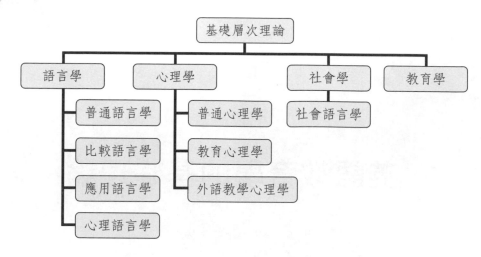

圖 2-1　基礎層次理論及其相關的學科

第一節　英語教育與相關學科

一、與語言學的關係

　　語言學是研究語言的科學，而英語教學所研究的主要是語言教學的規律、原則和方法等。因此，語言學連同它衍生出的許多分支學科，與英語教學密切相關，包括普通語言學、比較語言學、應用語言學、心理語言學、社會語言學等。上述各種語言學都從不同的方面和角度提高了人們對語言和語言教學的認識，促進了英語教學在理論上和實踐上的發展。有人把語言學問世前的外語教學法稱作「先科學的外語教學法」，把根據語言學理論建立起來的外語教學法稱之為「科學的外語教學法」，如聽說教學法的創建者就聲稱該法為「科學的外語教學法」，因為它是根據當時被認為是較先進的結構主義語言學理論建立起來的。雖然這種說法不夠全面，但它卻反映出語言學和外語教學法的密切關係。

1.普通語言學

普通語言學（general linguistics）對語言的性質、功能以及語言的產生和發展的論述，對運用語言的聽、說、讀、寫能力以及構成語言的語音、語法、詞彙的分析和研究，都能幫助人們認識和掌握英語教學的目的和一般規律，它給人們的啟示是多方面的。英語教學法裡的語法翻譯法、聽說法都和普通語言學有關。

2.比較語言學

比較語言學（comparative linguistics）主要研究外語和母語的異同，從中找出學生在外語學習裡的難點和重點，預見學生的錯誤，使教學更具針對性。如學生容易說出 "The price of food is cheap." 這樣的錯句，因為在中文裡，「價格」既可以說「高」或「低」，也可以說「便宜」或「貴」；而在英語中只有商品本身才能說 cheap（便宜）或 expensive（貴），「價格」（price）只能說 high（高）或 low（低）。諸如這些都是比較語言學要探討的內容。

3.應用語言學

應用語言學（applied linguistics）把語言學理論應用於語言教學作為其研究的重要方面。應用語言學與英語教學有關的研究有：國家的語言政策、母語和外語教學、語言測試、語言錯誤分析和需要分析（needs analysis）等。

4.心理語言學

心理語言學（psycholinguistics）探討幼兒對母語的習得和學生對外語的學習之間的共性和特性。外語教學是建立在外語學習理論上的，而外語學習理論又往往依賴心理語言學的研究成果。如「學習動機」、「學習策略」、「中介語」和「溝通策略」等學習理論，都是在心理語言學對母語習得的研究基礎上提出來的。心理語言學的理論雖不能直接運用於外語教

學，但對外語教學有很大的啟發作用。

二、 與心理學的關係

　　心理學也是英語教育學的重要理論源泉之一。心理學是研究人類認識
世界心理過程中一系列心理活動規律的科學。心理學所研究的學生在學習
裡的一般心理活動，如感知、理解、想像、推理、記憶、遺忘以及技能的
培養、習慣的養成等，都是和英語教學有密切關係的。對這些問題及其規
律的科學的說明，為英語教師考慮教學方法、安排教學步驟提供可靠的依
據。直接教學法（the Direct Method）是以聯想心理學為其理論根據的；行
為主義心理學的刺激與反應的學說是 1940 年代風靡一時的聽說法的有力支
柱。認知教學法（the Cognitive Approach）更是建立在認知心理學的基礎之
上。心理學家直接參與外語教學法的理論研究和教學實踐活動，這是當代
外語教學法的重要特點之一。認知教學法、默示教學法（the Silent Way）
的首創人都是心理學家。這一情況也說明了外語教育學和心理學的關係。

　　心理學的分支學科有：普通心理學、教育心理學、社會心理學、學習
心理學、發展心理學、外語教學心理學等。它們與外語教學都有關聯。但
作為外語教學理論基礎的，主要是普通心理學、教育心理學和外語教學心
理學。

1. 普通心理學

　　普通心理學（psychology）研究的是心理現象發生及發展過程的一般規
律和普通特徵。其兩大研究對象是心理過程和個性心理特徵。心理過程指
感覺、知覺、注意、想像、思維、理解、推理、記憶、遺忘、情感、意志
等。心理過程是認識和學習中的必然過程。個性心理特徵指個人穩定的特
徵，也稱個性，它主要指性格、興趣、能力和氣質等。外語教學是一項極
其複雜的活動，要想取得外語教學的高效率，就必須潛心研究在這一活動
整個過程中的每一階段，或每一環節種種情況下學生的心理過程和個性特
徵。據此才可能制定出合乎外語教學規律的政策及選擇恰當的教學模式、

方法。由此可見，普通心理學是英語教學的重要理論基礎。

2. 教育心理學

　　教育心理學（educational psychology）是普通心理學的一個重要分支。它主要研究學習者、學習過程和學習情境，尤其是研究學生個體心理活動的規律對課堂教學的影響；探討學生的思想、品德、知識、技能、智慧和整個個性形成和發展的規律和特點等。

3. 外語教學心理學

　　外語教學心理學是研究外語教學過程中的心理活動規律、揭示外語學習過程實質和開發有效外語教學方法的科學。也就是說，它從語言的心理特徵出發，研究掌握外語的過程。如，外語思維的心理過程、書寫學習的心理過程、語音學習的心理過程、詞彙教學的心理過程、閱讀教學的心理過程、直觀教具應用的心理過程、設計最優教學程式的心理過程等。它幫助教師更科學、更有成效地使學生掌握所學外語的知識並使其練就技能，更有成效地發展學生的語言溝通能力。

三、　與社會學的關係

　　社會學與語言教育的交叉點是在對社會人類文化的研究上。語言除了是一個包括語音、詞彙、句法等內容的結構系統外，同時語言還是一種社會現象。因此，語言研究除了從結構方面去研究，也可以從社會角度去研究；即從社會語言學的角度研究語言，關於古語與今語、書面語與口語、標準語與方言在社會功能上的判別是中外語言學家都曾探討過的問題。古希臘人和羅馬人研究語言主要是研究其功能，如他們把文體分成平淡的、有力的、高雅的和華麗的四種。19 世紀末到 20 世紀初，結構主義語言學家 Ferdinand de Saussure（1857-1913）也認為語言是一種社會現象，因而提出了「語言」（la langue）和「言語」（parole）的區別。到了 1960 年代，人們愈來愈明確地認識到，像美國結構主義語言學派乃至生成轉換語法

（generative-transformation grammar）學派那樣所謂進行「純」語言研究是不夠的，不能體現語言是社會溝通工具這一特點，應該把語言放在社會之中加以研究。

四、 與教育學的關係

外語教育學和教育學裡的教學論有著特殊和一般的關係。在外語教學法問世之前，外語教學是在教育學的理論指導下進行的。外語教學法和教育學裡的教學論是特殊和一般的關係，英語教學法是教學論在英語教學工作中的實際運用和發展。教育學中所闡述的教學的一般規律、原理、原則、方法，對外語教學都有指導意義。教育學中提出學校教育的三個目的，即思想教育、智力發展和實用，也是外語教學目的的重要內容。教學的一般原則，如思想性、科學性、系統性、直觀性、自覺性、鞏固性，同樣適用於外語教學。一般的教學方法，如啟發式、歸納法、演繹法，以及課堂教學環節和課型等，在外語教學中也往往採用。教育以及教育學的發展與改革直接對外語教學產生影響。

1960 年代末、1970 年代初以來，教育學（特別是在教學論方面）有很大的發展，出現了一些新的理論，如美國 J. Bruner（1960, 1966）提出了「知識結構論」和「發現法」；俄國 L. Zankov（1977）根據多年的實驗研究，提出了「新教學體系」和「新教學原則」。他們的共同特點是，教學裡要注意發展學生的智力，培養學生的能力。重視語言規則和智力發展的認知法在一定程度上受到了上述理論的影響。由此可見，外語教育學的發展與教育學理論的發展也是息息相關的。

第二節　應用語言學

一、應用語言學的定義

　　應用語言學是一門獨立的學科，語言教學是主要的研究對象。應用語言學產生於實際需要，在語言教學的發展過程中產生的許多課題需要它回答。在利用理論語言學、心理語言學、社會語言學、教育學等學科的成果解決本身問題的基礎上形成了自己的理論、方法和體系。應用語言學也是一門應用性的學科。雖然應用語言學著眼於實際應用，而不是理論研究，但這並不意味著應用語言學完全不涉及理論。應用語言學包括三部分：語言理論、語言描寫、語言教學，其中前兩部分是第三部分的基礎。語言理論的作用就是給教師提供關於一般語言系統的結構和功能運用的知識，語言描寫的作用是使教師了解他所教的語言之結構，獲得語言的洞察力。

二、應用語言學的誕生

　　應用語言學始建於 1940 年代。1946 年，美國的 Michigan 大學設立了英語學院。在 C. Fries 和 R. Lado 等人的領導下，研究如何教外國人學英語的問題，並出版了第一本以應用語言學命名的雜誌——《應用語言學雜誌》（*Applied Linguistics*）。第二次世界大戰期間，美軍需要大批隨軍翻譯，但當時翻譯人才缺乏。於是，在各大學協助下，美國制定了一個「軍隊特別培訓專案」來迅速培養各語種的翻譯人才，著名語言學家 Bloomfield 等人參與了此一專案的設計。這一項目也促進了應用語言學的發展，1958 年，英國的 Edinburgh 大學研究所部率先建立了應用語言學學院，接著，Leeds、Lancaster 等大學也相繼建立了類似的專業。1959 年，在語言學家 C. Fergmo 的領導下，在美國華盛頓成立了應用語言學中心，下設本族語言英語教學部。

1964 年，在法國召開了第一屆應用語言學會議，並成立了「國際應用語言學協會」，約有 25 個國際應用語言學組織參加。除最初幾次外，以後都是每隔三年召開一次大會，參加者都在千人以上。1964 年，在英國還出版了由 Halliday、McIntosh 和 Stevens 編寫的第一本應用語言學教科書《語言科學與語言教學》。從此有關應用語言學的專著、叢書、教材、刊物不斷湧現。歐美各大學紛紛開設了應用語言學課程和專業，並開始培養應用語言學的碩士、博士研究生。從此，應用語言學這門學科獲得完全獨立的地位。

三、 應用語言學的研究內容

在應用語言學涉及的領域中，與英語教育學關係最密切的是「語言教學」，這些將在教學理論和英語教學法等章節中討論。限於篇幅，這裡僅就與英語教學有關的「第一語言和第二語言教學」和「英語測試」作一簡要介紹。

1. 第一語言和第二語言教學的研究

第一語言也稱「母語」（mother tongue），在一般情況下即一個人所屬民族的語言，所以又稱「本族語」（native language）。第二語言（second language）即非母語，又稱非本族語，包括多民族國家的民族語和外語。兒童在六、七歲入學之前，已經習得本民族的口頭語言，能進行比較流利的口頭表達，與此同時，他們還習得了第一語言所負載本民族的某些風俗習慣、文化特點。由於書面材料裡包含著眾多本民族的文學、文化內容，而這些正是要真正掌握一種語言所必需的。因此，第一語言的教學也就成為語文教學。第二語言教學，主要是外語教學，它和第一語言的教學有很大不同。首先，外語教學一般是在已經掌握了第一語言之後進行的，這時學習者已有的母語習慣會干擾他們的學習。其次，外語教學多是在母語環境中進行，如在日本、台灣學習英語。再次，外語教學多是從學習者對所學外語及其相關文化一無所知時開始的。既然外語教學同母語教學有上述

那麼多的差異，因此，在教學大綱的設計、教材的編寫、課程的設置以及教學方法上都應有自己的特點。

2. 英語測試

英語測試理論主要闡述根據教學目的與學生在教學過程中行為變化進行比較，並利用作業測量判斷教學品質的高低，獲取回饋資訊，為調整教學過程和教學決策提供依據。它主要解決怎麼制訂評價目標、怎樣進行評價，這須求助於語言觀和教育測量等理論的支持。

與英語教學方法一樣，英語測試也以語言學為理論基礎，但是，由於英語測試還與統計學和教育測量學結合，因此，不能簡單地把它的學派與語言學和英語教學法學派等同起來。例如，聽說教學法與英語測試中的分立式測試（discreet-point test）都以結構主義語言學為理論基礎，而且它們的創始人之一都是 Robert Lado。但是，並非贊同或使用聽說法的人一定贊同或都得使用分立式測試。採用何種測試方法除了考慮測試的理論基礎外，還取決於測試目的、性質、內容和對象。

四、　應用語言學發展的重要意義

應用語言學發展成為獨立的學科，在語言學發展史上有著十分重要的意義。首先，語言學是對語言進行最系統研究的學科。我們研究語言學與語言教學的關係，最明顯的原因就是：二者以不同的方式和語言相關。語言教學理論無視語言學對語言的研究是毫無道理的。應用語言學是語言學理論應用於各個具體領域的一門學科。它不同於從理論上研究語言規律的理論語言學，是一門研究語言理論與實踐相結合的應用性學科。因此，這門學科對英語教師特別重要。

其次，以往語言學研究的對象是歷史的（如歷史比較語言學）、形式的（如結構主義語言學）或純理論的（如生成轉換語法）語言理論；而應用語言學的研究對象卻是歷史與現代、內容與形式、理論與實踐三者相結合的語言規律。由於它實踐性強，參與的方面也多，因而充滿活力。

第三，語言教學與語言測試納入應用語言學後，不僅加強了它們的科學性，而且在語言學與語言教學之間建立了一座橋樑。在應用語言學影響下，社會語言學和心理語言學也出現了「應用社會語言學」（applied sociolinguistics）和「應用心理語言學」（applied psycholinguistics）的分支，使這兩門學科的理論與實踐更緊密地結合起來（左煥琪，2002：32）。

第三節　心理語言學

一、心理語言學的定義

心理學界一貫視語言習得為人類重要的學習行為。早自 19 世紀起，心理學家們就開始觀察和研究兒童語言習得的過程。1957 年，行為主義心理學派代表人物 B. Skinner 發表了著名的《言語行為》（*Verbal Behavior*）一書，系統闡述了心理學與語言的關係。他指出，從事語言研究的心理學家負有雙重職責：描寫言語類型與解釋它們產生的原因。結構主義語言學家接受了行為主義心理學的觀點，為心理學與語言學的結合打下了基礎。

心理學是研究人的心理現象的科學，而人的心理現象的產生是以人腦為其物質外殼，以思維為其本質內容的。語言學的研究對象是人類的語言，而語言是人類思維的載體，因而要研究思維必須先清楚語言的產生及其運用過程。這樣，心理學與語言學在其研究過程中產生交叉，形成了心理語言學，成為研究語言和人的心理活動之間關係的一門學科。由於心理語言學發揮了心理學與語言學兩者的優勢，並將兩門學科的有關部分有機地結合起來，在探討人腦處理語言資訊的心理過程中取得了十分有價值的成果，不僅顯示了這一交叉學科的強大生命力，而且為其他學科，如應用語言學（特別是英語教學），提供了極好的科學依據。因此，心理語言學被視為英語教育學的一門主要相關學科。

二、 心理語言學的誕生

　　事實上，在 Skinner 的《言語行為》一書出版前的 1951 年，美國的一些心理學家和語言學家就召開了會議，討論兩學科的合作問題。1953 年 J. Carroll 在所著《語言研究》一書中，就交替使用了「心理語言學」和「語言心理學」這兩個詞，並且認為要進一步研究言語行為就必須考察溝通行為中的語言結構，以及現代語言科學和心理學有可能結合起來研究各種學習和使用語言的心理現象。為了研究這種結合的可能性，美國學者於 1952 年成立了語言學和心理學委員會，並召開了一次學術討論會，1954 年，Charles Osgood 和 Thomas Sebeok 把論文彙編成集，定名為《心理語言學：理論和研究問題之評述》。語言學界普遍認為，這次會議及會議文件的出版標誌著「心理語言學」作為一門獨立學科正式誕生。從此，「心理語言學」一詞就被廣泛應用。不過它真正得以蓬勃發展則是在 1950 年代末期，特別是在 Noam Chomsky 的生成轉換語法問世以後。

三、 心理語言學的研究內容

　　心理語言學作為一門新興的交叉學科，主要是依據心理學，尤其是認知心理學和語言學的基本原理，採用心理學的一些實驗方法，對語言和人的心理活動之間的關係進行研究，從而提示人們學習語言和使用語言的心理過程。它主要研究人們理解、表達和習得語言時的大腦機制與心理過程。因此，心理語言學包括兩個分支：實驗心理語言學與發展心理語言學。前者研究人腦在理解和表述語言時的加工機制；後者研究第一、第二語言習得與學習。

　　第二語言習得中有關人是怎樣習得語言的問題是大多數心理語言學家所關注的課題。對這個問題主要有三種理論提出了答案，分別是強調外在語言環境作用的理論，強調語言習得先天性的理論，以及強調內在語言習得機制和外在語言環境因素相互作用的理論。

1. 環境論

環境論（environmental theory）是以行為主義理論為基礎的，認為語言習得取決於外部語言環境。語言就是行為，語言習得是一種行為形成的過程，是培養新的語言習慣（即第二語言）的過程。兒童學話要經過模仿→強化→形成習慣三個步驟。他們模仿周圍的語言，對環境和成人的話語作出反應。如果反應是正確的，成人就給予讚揚或物質鼓勵等，這就是強化，即肯定了兒童說話的正確性。兒童為了得到更多的讚揚和鼓勵，便會重複說過的話。這樣，就逐步形成習慣，並將其鞏固下來。兒童言語行為的形成是一個緩慢的過程，一直到其習慣與成人說話的方式相吻合。

2. 先天論

與環境論相對的是先天論（nativist theory）。該理論認為，語言習得是人類先天具有的語言習得機制（language acquisition device, LAD）的產物。語言習得機制有四個特點：(1)有區分環境中的語音和非語音的能力；(2)有對語言活動進行分類、提煉的能力；(3)它所具備的知識只能使某種語言系統成為可能，而不能使此種語言之外的其他語言系統成為可能；(4)對語言系統的發展不斷地進行評估，從大量的語言資料中找出盡可能簡單的系統。

該理論的代表人物是 Chomsky。他認為，兒童生下來就有一種適於學習語言的、人類獨有的知識，即其天賦的普遍語法（universal grammar, UG）；這種知識體現在語言習得機制裡面。語言是一種充滿抽象規則的複雜體系，並且還有許多不規則的和歧義（ambiguous）的現象，然而兒童居然能在他生下來的頭幾年裡，在其身體和智力還很不發達的情況下，就順利地掌握了本族語。Chomsky 認為，這只能說明兒童有一種遺傳的機制。這種語言習得機制離開其他的人類功能而獨立存在，它甚至和智力發展都沒有直接聯繫，而能使語言規則（即普遍語法）為兒童所內化和吸收。

3.相互作用理論

　　環境論和先天論都走極端，因此，它們不能對語言習得作出滿意的解釋。於是在兩派之間又出現了一種新觀點——相互作用論（interactionist theory）。這種觀點認為語言的發展是天生的能力與客觀的相互作用的結果。相互作用論專家認為，在語言習得過程中的關鍵部分是學習者經歷的修補性交互作用（modified interaction），以及講本族語者與學習者在對話中互相作用的方法，即所謂的對話性交互作用（conversational interaction）。

　　相互作用論的代表人物是美國夏威夷大學著名語言學家 Long Michael。Long（1983）完全同意 Krashen（1981, 1982）提出的理解性語言輸入（comprehensible input）對語言習得是很有必要的觀點。可是，Long 更加關心的是如何進行輸入以及如何才能使輸入的語言被理解，Long 認為只有學習者自己進行的「修補性交互作用」和與本族語者進行的「對話性交互作用」才能提供理解性的語言輸入。Long 用三段論來表示「修補性交互作用」與語言習得的密切關係：(1)修補性交互作用可使輸入成為可理解性；(2)可理解性的輸入有利於語言習得；(3)因此，修補性交互作用有利於語言習得。

　　「修補性交互作用」和「對話性交互作用」有如下幾種技巧：

(1)請求證實（confirmation check）：確認你所理解的就是對方所要表達的意思。

(2)理解證實（comprehension check）：確認對方是否理解了你的話。

(3)請求澄清（clarification request）：讓對方解釋和複述剛才講過的話。

(4)重複（repetition）：重複你和對方的話。

(5)重述（reformulation）：重述你所說的話。

(6)完成（completion）：補全對方的話。

(7)回顧（backtracking）：把話題拉回到對方所能理解的那個語言點上。

　　如在下面的對話中（見表 2-1），學生（非本族語者）把 church 誤念

成 chwach，聽話者（本族語者）聽不懂 chwach 是什麼意思，就使用修補性交互作用的各種技巧來弄懂 chwach 的意思。本族語者首先用 "The what?"（the 後面的 chwach 是什麼字？）和 "What does it mean?"（chwach 是什麼意思？）來達到「請求澄清」的目的，這時學生就採用「重述」的技巧來解釋。透過這樣的修補性交互作用，本族語者最終明白學生是把 church 誤念成了 chwach。可見，修補性交互作用等技巧可使雙方提供可理解的語言輸入與輸出的機會，這對外語的習得很有幫助。

表 2-1　學生和本族語者的對話

學生：	And they have the chwach there.
本族語者：	The what?
學生：	The chwach.
本族語者：	What does it mean?
學生：	I know someone that—like um like American people they always go there every Sunday you know.
本族語者：	Yes?
學生：	Every morning that there—that—the American people get dressed up to go to um chwach.
本族語者：	Oh to church. I see.

資料來源：Pica, 1987: 6.

　　心理語言學的理論常作為某些教學法的理論基礎。以環境論為基礎的教學法有多種，包括聽說教學法、全身反應教學法等；以先天論為基礎的教學法較少，主要是認知教學法；以相互作用論為基礎的教學法目前只有任務導向教學法。但是，這三種理論只是各種教學法理論的一部分，每一教學法還以其他的理論作為基礎，比如任務導向教學法的其他理論基礎還包括社會建構理論和社會文化理論等。

第四節　社會語言學

一、社會語言學的定義

　　社會語言學是從社會學和語言學的有關領域派生出來形成的一門新興學科。社會語言學側重研究語言的社會功能，即語言在社會中如何運用的問題。它的語言變異理論對外語教學中的外語使用理論的形成有極大的影響，而外語使用理論對外語教學目的的確定、教學內容的選擇都有非常大的作用。如外語教學中提出的「溝通性原則」就直接得益於社會語言學提出的「溝通能力」。

　　作為人類溝通的語言是一種社會現象，它與社會有著十分密切的關係。語言與社會的密切關係主要體現在以下幾個方面（張國揚，1998）：

1. 語言是社會的產物

　　語言是隨著社會的形成而出現的。人類自存在的第一天起，就必須與自然力進行鬥爭，以取得生活資料。在與自然力進行鬥爭的過程中，為了達到支配和改造自然界的目的，人們不得不聯合起來，組成集體，以便共同行動和相互幫助。形成集體後就需要有一種媒介來傳遞和交換資訊，以協調人們的共同活動。這樣，作為溝通工具的語言便出現了。換句話說，語言正是為了滿足人類社會溝通的需要而產生的。

2. 語言是社會約定俗成的

　　語言是由音義組合而成的一種符號系統。符號裡音義的結合帶有任意性（arbitrary），是由一個語言社團的人們約定俗成的。例如 這一實物，在中文裡被稱為「椅子」，日語是いす，而英語是chair。符號與實物之間沒有必然關聯。不同的語言用來指稱同樣事物、同樣現象的詞是不同的，然而每一種語言的這種約定俗成性對該語言社團中的每一個成員都具

有強制性。也就是說，人們在使用語言進行溝通時都必須遵守社會約定的準則和規範。

3.語言隨著社會的發展而變化

語言的變化與社會的發展有著密切的聯繫。社會結構的變化、社會制度的變革、社會生產和科學技術的發展，以及商業的擴大和教育的普及等等，都會促使語言產生一些相應的變化。語言的這種變化主要體現在語言的溝通功能和語言的結構系統兩個方面。在語言的溝通功能方面的變化有諸如語言的方言分化和增多、語域的形成與擴大等；在語言的結構系統方面的變化則具體表現在舊的語言事實的消亡和新的語言事實的出現，以及部分語言事實的改變等。語言結構系統方面的變化在詞彙方面體現得尤為明顯，例如由於社會的發展，英語中的 knight（騎士）、foe（敵人）、coach（四輪大馬車）等詞語已不常在現代英語中使用；而像 generation gap（代溝）、picture phone（電視電話）、internet（互聯網）等新的詞語則愈來愈廣泛地出現在現代英語中。

二、 社會語言學的誕生

長期以來，語言學著重研究的是語言本身，研究語言的語音、語言的結構、語言的歷史發展等，研究的對象是 Saussure 所說的「語言」，而不是「言語」。在美國，無論是 1960 年代以前的結構主義語言學對「語言結構」的研究，還是 1960 年代以後的 Chomsky 對「語言能力」的研究，大致都撇開了語言的社會環境、社會制約。這種情況從 1960 年代初開始發生了一些變化，重心逐漸從結構轉向功能，從孤立的語言形式轉向在社會環境中使用的語言形式，從而導致了一門新興的語言學邊緣學科即「社會語言學」的出現。1952 年，H. C. Currie 發表了〈社會語言學的構建：語言與社會地位的關係〉一文，首次使用了「社會語言學」（sociolinguistics）一詞。1960 年代初，第一次社會語言學會議在美國召開，討論語言社會本質的著作與論文相繼發表，社會語言學便形成了一門獨立的學科，並得到社

會科學界的認可。

三、社會語言學研究的主要內容

　　社會學與語言教育的交叉點是在對社會人類文化的研究上。語言除了是一個包括語音、詞彙、句法等內容的結構系統外，同時語言還是一種社會現象。因此，語言研究除了從結構方面去研究，也可以從社會角度去研究，即結合社會環境來研究語言。一般認為，社會語言學的研究領域可分為四大部分（張國揚，1998）：

(1)語言的社會性問題

　　主要研究語言與社會兩者產生、發展和變化的規律，以及語言與社會的相互關係。從社會語言學的角度看，語言是一種社會現象，人們總是在一定的社會環境中習得語言。因此，語言跟民族、文化和歷史有著密切關係。

(2)社會變化在語言中引起的差異

　　主要研究民族標準語和受社會制約的語言諸變體（如地域方言、社會方言、俚語、土語等）之間的差異。

(3)因社會諸因素的不同而引起的語言使用上的各種差異

　　例如人們是如何根據不同的社會場合、針對不同的對象來使用語言的，即語言使用的社會規範。

(4)語言及其社會功能的有意識的調節

　　如語言規範化、語言政策、語言規劃、標準語的確定、文字改革等等。

四、社會語言學發展的重要意義

　　社會語言學的研究成果對於英語教育的發展具有多方面的意義：首先，1960 年代後，社會語言學對語言與文化的關係進行了系統與深入的探討，

使語言學界對文化的認識大為提高，對文化的研究也取得了突破性的進展。社會語言學家 Hymes 相繼發表了《文化與社會中的語言》（1964）和《論溝通能力》（1971），指出了社會溝通與文化等因素在語言能力中的重要地位，導致了語言教學領域方向性的改革，此後對語言教學中文化知識的探討迅速展開。1980 年代時，有關文化知識教學的討論集中在探討言語行為（speech acts）所包含的文化內容，以及體態語言、面部表情、眼神交流與一些外部行為如何反映文化特徵等方面，並逐漸將語言操練與文化知識教學結合起來。但由於對外語教學中文化知識的界定仍較模糊，對教學中文化知識研究的深度與廣度都落後於社會語言學理論的研究與實驗。

其次，從以上的討論中可以看到，社會語言學的研究使我們對語言的社會本質和語言與社會關係的認識大大邁進了一步。比如，社會語言學通常把大多數人的語體分為五種：禮儀的、正式的、非正式的、隨便的、親切的。例如，同樣是宣布開始用餐，五種不同的語體採用的表達方式各不相同，使用哪種語體主要取決於場合，學生要學會自如地選擇、運用不同語體（林立，2001）：

(1)禮儀的語言：宴會開始，請入席！
(2)正式的語言：請用餐！
(3)非正式的語言：我們吃飯吧！
(4)隨便的語言：來吃飯！
(5)親切的語言：飯好啦！或：吃飯囉！

由於五種語體的存在，教師在授課中遇到語體問題時，有必要向學生解釋不同語體的作用，這樣也將有助於學生對不同民族、社會階層的不同社會文化、社會習俗的準確理解。同時，在語言講授中使學生掌握在不同情境中使用恰當的表達方式，學會對上司和長輩、對同事、對朋友、對家人恰當地表情達意，達到令人滿意的溝通效果。教師還要提醒學生注意講話人的語音、語法、用詞特點，這將有助於對講話人的社會地位、職業、家庭背景、受教育狀況等的了解，從而有助於理解語言，增加語言理解中的深層次知識。

✿✨ 第五節　結　語 ✨✿

　　英語教學是一個極其複雜的過程，對這一過程的了解和認識不僅需要研究語言，而且還需要研究人是怎樣教和學語言的。因此，英語教育學理論體系的構建就必須涉及到語言學、心理學、社會學以及教育學等幾個方面的因素。比如，應用語言學的研究理論可用於解決英語教學領域的各種問題；心理語言學從語言的心理特徵出發，研究掌握英語的過程；社會語言學側重研究語言在社會中如何運用的問題。它們的理論對英語教學目的的確定、教學內容的選擇都有非常大的作用。同樣，教育學中所闡述的教學的一般規律、原理、原則、方法，對英語教學都有指導意義。教育學中提出學校教育的三個目的，即思想教育、智力發展和實用，也是英語教學目的的重要內容。教學的一般原則和一般的教學方法在英語教學中也往往會採用。教育以及教育學的發展與改革直接對英語教學產生影響。

　　總之，英語教育學與應用語言學、心理語言學、教育學和社會語言學等學科既是不同的學科，各自具有相對獨立性，又互相關聯、互相滲透與互相影響。它們是前人總結的有關語言、語言學習和英語教學的規律，也是英語教育學的理論基礎。

第3章

傳統和當代的語言觀

　　英語教學的內容是一種語言，如何教語言必然涉及到人們對語言本質的認識，這種認識形成了人們的語言觀，所述語言本質或語言觀，用通俗的話來說，就是回答「語言是什麼」這個最基本的問題。

　　對語言本質的不同認識就會形成完全不同的英語教育觀。如果把語言看作是溝通工具，就會把培養溝通能力、教學過程溝通化作為英語教育的指導思想。如果把語言僅僅看作是語言知識體系，就會把掌握語言規則體系作為英語教育研究的方向。因此，對語言本質特徵認識的語言觀直接影響到具體教學原則的制定、教學方法的設計等。所以，探討語言最基本的本質特徵，有助於我們對英語教育學的研究和學習。

　　人類對語言的認識經歷了一個由淺入深、由表及裡的漫長過程。數百年來，人類對語言的認識和探索大致經歷了兩個階段：(1)從 20 世紀初期至 20 世紀中期，是對語言本質開始進行科學分析的階段；這個時期對語言的認識是所謂的傳統語言觀；(2) 20 世紀後期至今，是資訊時代對語言認識進一步深化的階段。這個時期對語言的認識是所謂的當代語言觀。每一歷史階段的語言觀都帶有鮮明的時代特徵。隨著時代的進步，人們對語言的認識也逐步深入。

　　本章我們對這兩個階段的特點和主要代表人物有關語言的論述，特別是對當代形成的新語言觀進行一些剖析。

第一節　傳統語言觀

一、結構主義語言學的誕生

　　20 世紀到來後，人類進入了歷史上科學技術、經濟和文化藝術迅速發展的時代，對語言的認識取得了突破性的進展。世紀之初即出現了「現代語言學之父」、瑞士語言學家 Ferdinand de Saussure，Saussure 曾就語言學研究的對象與內容提出的一整套理論，深刻揭示了語言的本質。由於 Saussure 嚴格區分歷時語言學（diachronic linguistics，研究語言歷史的語言學）與共時語言學（synchronic linguistics，研究當代語言規律的語言學）、語言（la langue，語言的符號體系）與言語（parole，實際使用的語言）之差異，強調共時語言學與言語在語言發展中的重要性，並主張研究語言體系的內部結構，導致了結構主義語言學（structural linguistics）的誕生，使語言學領域的潮流發生了從研究語言歷史轉向研究現代語言的方向性變化。經驗主義（empiricalism）取代了理性主義（rationalism）、心靈主義（mentalist）在語言研究中的主導地位，對語言的認識也深入到對語音、詞彙和語法體系中各種語言成分和要素的分析與綜合上。

　　同時，Saussure 還認為，使用語言是說話人與聽話人交流思想及感情的過程。語言是社會事實（social facts），因而是一種社會現象，在語言發展史上首次指出了語言的社會屬性。在他的影響下形成的語言學派有布拉格學派（Prague School），該學派視語言為社會溝通工具，強調使用語言受到語言社會功能的支配。

二、 傳統語言觀的特點

第二次世界大戰前後，結構主義語言學興起。各結構主義學派都從各自側重的方面，對語言系統本身的結構成分及其相互關係進行了描寫。如英國語言學家 A. S. Hornby 按動詞的用法把英語歸納成 25 種句型。按照結構主義語言學的觀點，英語學習的對象就是語言學中所描述的語言結構。

1. 結構的定義

結構（structure）指的是語言單位構成的序列，也即在同一序列中各語言單位之間組合成的橫的線性關係，語言單位的這種關係在語言的不同層面都有所體現。例如，"He may go." 這一語言單位組成的序列，在句法層面上，它包括一個名詞片語（noun phrase，這裡是代詞）作「主詞」用，和一個動詞片語（verb phrase，這裡是助動詞＋主要動詞）作「述語」用。在語素（morpheme）層面上，這個語言單位序列的特點是它有不同的自由語素（free morpheme），沒有黏著語素（bound morpheme）。在音位（phoneme）層面上，它是由六個不同的音位構成 [hi]、[mei]、[gəu][1] 三個音節，並具有陳述句的語調等。

2. 結構研究的三個層面

從現代語言學的角度來看，對結構形式的研究主要是在三個層面上進行的，即音位層面、語素層面和句法層面。

(1) 音位層面

所謂音位指的是語言中能區別意義的最小語音單位。對音位結構所進行的研究屬音位學（phonemics）研究的領域之一。音位學又稱音系學（phonology），它研究一種語言裡所有音位及其相互關係。

音位分為音段音位（segmental phoneme）和超音段音位（super segmental phoneme）兩類。對音位結構形式的研究主要包括音位變體（allophone）、音位分布（phoneme distribution）、音節（syllable）、重音（stress）、語調（intonation）等幾個方面。

(2)語素層面

語素是語言中最小的有意義的單位。這裡所說的意義包括兩類：一類是詞彙意義（lexical meaning），即實詞（content word，如名詞、動詞、形容詞）所表達的意義；另一類是語法意義（grammatical meaning），即句法結構和虛詞（function word，如介系詞、代詞、冠詞）所表達的意義。語素是語言中最小的意義單位，因為它不能再切分，否則原來的意義就會變化或者消失。例如英語中的 sing 是一個語素，如果去掉 g，它便變成了意義不同的sin；又如shout是一個語素，去掉 t，則變成了毫無意義的shou這一字母組合。

語素是構成詞的基本單位。語言中的每一個詞至少包含一個語素，多數詞不只包含一個語素。例如英語中的 "boy" 一詞由一個語素構成，"boy-ish" 一詞由 boy + ish 兩個語素構成，而 "boyishness" 則是由 boy + ish + ness 三個語素構成。如前所述，語素可分為自由語素和黏著語素。自由語素是能單獨組成一個詞的語素，如 boy、book 等；黏著語素是不能單獨組成一個詞，只能與另一個語素連用的語素，如 -ish 和 -ness，以及 "books" 一詞中表示複數意義的-s 等。研究語素的類型以及語素之間的組合規則稱為語素學（morphology）。

(3)句子層面

句子層面的結構研究屬句法學的研究範圍。句法學（syntax）主要研究詞或片語組合成句的規則，以及句子結構內部的各個成分之間的相互關係。

詞是句子結構中的一個基本單位。按其句法功能和意義的不同，詞可被分成不同的類別，如現代英語中的詞就分成了名詞、動詞、形容詞、副詞、代詞、連詞、介詞、數詞、冠詞和感歎詞等十大類。

片語（phrase）指的是由一組詞按一定結構規則連結起來的語言單位，這種單位一般不含限定性動詞，也不含主詞和述語結構，其結構功能相當

於一個名詞、形容詞或副詞等。如：an English teacher、nice and easy、by the end of this year。

子句（clause）是句子的一部分。子句不同於片語之處在於它有自己的主語和述語，其結構功能相當於一個名詞、形容詞或副詞。英語中的子句主要有三類：

① He said that *he would go there a week later.*（名詞子句）

② I don't know the man *who is smoking by the door.*（形容詞子句）

③ It was snowing *when he got to the station.*（副詞子句）

三、傳統語言觀的其他特點

以上論述的是關於語言是一種結構的觀點。此外，傳統的語言觀還揭示了語言的其他本質。根據相關研究成果，語言至少具有以下一些本質特徵（左煥琪，2002：7）：

(1)語言的歷史表明語言是能動的，它隨著時代的前進不斷變化與發展。

(2)語言是一個符號系統，各種語言有其自身特殊的結構，但同時它們又有共同的普遍規律。

(3)語言是一種社會現象，說話人與聽話人透過語言交流思想與感情，因此，語言是人類最重要的溝通工具。

(4)語言與思維密切結合在一起，使人類能從認識客觀世界的表象中形成抽象的概念。在此基礎上，人們認識到語言是思維的工具，同時，它又是人腦創造性的活動。

顯然，傳統語言觀的形成不僅體現了人們對各種語言內部結構的認識更為深刻，而且表明人們已逐步認識語言的普遍規律，並且開始從語言的社會屬性與心理屬性上揭示語言的本質。

20 世紀後半期，隨著語言研究的深入，也由於受到認知心理學的影響，以 Chomsky 為代表的生成轉換語法學派批判了結構主義語言學將語言機械分類的基本觀點，提出語言是人腦創造性活動的結果，對語言的心理

屬性進行了深入的探討，使理性主義又回到了在語言研究中的主導地位。

❧ 第二節　當代語言觀 ❧

20 世紀後半期，世界進入了資訊時代。隨著電腦的普及與 internet 的發展，偌大的國際社會驟然變成了一個「地球村」。時代的進步及語言在社會生活中的重要作用使語言觀又一次得到更新。

一、 語言是人類溝通的一種工具

語言是人類最重要的溝通工具。語言隨著人類溝通的需要而產生、發展和存在。語言一旦失去其溝通工具的職能，語言也就不復存在了。

人類語言溝通過程，是說話者（作者）和聽者（讀者）雙向交流思想的過程。說話者或作者用語言表達思想，聽者或讀者透過語言吸收、理解對方所表達的思想，然後聽者或讀者變換地位又成為另一種環境中的說話者和作者。用語言表達思想、理解對方所表達的思想和交流思想是人們運用語言進行溝通活動的基本內容，是人類區別於動物的根本標誌。

語言的溝通性之用於英語教育，涉及到英語教學的指導思想、教學目的、教學目標、教學內容、教學原則、教學過程等最根本性問題以及有關教學法、考試方式等許多重要問題（章兼中，1993）。

1. 培養溝通能力的教學目的

語言是重要的溝通工具，英語作為語言是重要的國際溝通工具。英語教學的目的之一不只是掌握基本的語言知識，形成自動化的習慣，更重要的是培養學生為溝通運用英語的能力。掌握為溝通運用英語的能力是衡量學生學習效果的唯一標準。

2. 編寫教材的指導思想

為溝通運用英語的能力是編寫教材的指導思想。教材的編寫、教學內

容的安排首先要考慮為溝通運用英語的總出發點。選擇那些日常生活中常用的話題和話語以利於進行言語溝通活動。

3. 貫徹溝通性原則

為了培養學生掌握運用英語的目的，英語教學過程中要貫徹溝通性原則，實現教學過程溝通化。英語教學過程中要儘量運用英語教英語，使學生在運用英語的過程中加速掌握英語。

4. 加強溝通性的操練

英語教學方法除了一些機械性的操練和溝通性的操練外，更重要的是要加強溝通性的操練，加速完成目標。

5. 溝通性的考試目標

考試是根指揮棒，具有反撥作用（backwash effect）。為溝通運用英語是考試的重要目標之一。無論是制定考試目標、命題內容和題型都要著重考核學生為溝通運用英語的能力。

二、 語言能力和溝通能力

1957 年，Skinner 發表了《言語行為》一書，對語言學習作了典型的行為主義的分析。同年，Chomsky 也發表了《句法結構》（*Syntactic Structure*）。在這一著作中，Chomsky 創立了一種解釋語言和語言學習的全新理論。兩年以後，Chomsky 在他的《Skinner 的言語行為一書的評論》（*Review of 'Verbal Behavior' by B. F. Skinner*）中對行為主義理論在解釋和分析語言學習上的不足進行了無情的批判。同時，他還提出了語言能力（linguistic competence）這一概念，為以後語言學理論的發展和研究打下了基礎。在 Chomsky 看來，那種認為語言是結構的組合體的觀點是非常狹隘的。對 Chomsky 來說，語言能力是一種語法能力，是一種通用語法。語言能力是某種遠比語言本身抽象的知識狀態，是一套規則系統（a rule-governed system）。一個人的語言能力主要表現為以下幾個方面（引自張國揚，1998）：

1. 能指出哪些聲音或語素的組合是母語中可能存在的，哪些可能是不存在的。例如說英語的本族人都知道 spite 是一個英語詞，而 sbite 則不是；他們也能知道 re-cuddle、non-derive-able、un-friend-less-ness 等是英語中可能的語素組合（儘管英語詞典中並沒有這些詞），而 en-rich-en、kind-un、grace-dis 等則是英語中不可能有的語素組合。

2. 能區別符合語法的句子和不符合語法的句子。例如英語本族語者能辨別出 "I want to go home." 是一個符合語法的句子，而 "I want going home." 則不是。

3. 能區別出一些結構相同或相似，但實際意義卻不同的句子。例如他們知道 "John is eager to teach." 和 "John is easy to teach." 兩個句子雖然結構相同，但意義卻不同。前者表示 "John is eager to teach others."；而後者則表示 "It is easy for others to teach John." 的意思。

4. 能辨別出結構不同但意義有聯繫的句子。例如：

(1) The police examined the bullet.（員警檢查子彈）

(2) a. The bullet, the police examined.

   b. The bullet is what the police examined.

   c. The bullet was examined by the police.

   d. It was the bullet that the police examined.

   e. The police did examine the bullet.

   f. The police did not examine the bullet.

   g. Did the police examine the bullet?

   h. Which bullet did the police examine?

上述例(2)中的各句都與例(1)在意義上有聯繫，都有一個相同的基本命題。

5. 能辨別出句子的歧義（ambiguity），即同一結構具有一個以上的釋義。例如英語本族語者能指出 "Smoking grass can be nauseating." 一句可有兩種不同的釋義：一種是 "Putting grass in a pipe and smoking it can make

you sick." ；另一種是 "Fumes from smoldering grass can make you sick." 。

6. 能意識到句子之間的釋義關係（paraphrase），即結構不同的句子具有相同的語義。例如以下四個句子的結構雖然不同，但具有相同的意義：

(1) It is easy to play sonatas on this piano.

(2) This piano is easy to play sonatas on.

(3) On this piano it is easy to play sonatas.

(4) Sonatas are easy to play on this piano.

　　但是，Chomsky 在解釋語言能力時，忽視了人在複雜的社會環境中運用語言進行溝通的實際能力。與 Chomsky 的語言能力相對，1971 年社會語言學家 Hymes 提出了溝通能力（communicative competence）的概念。所謂溝通能力是語言使用者根據社會情景因素恰當地運用語言規則的能力，這就擴大了語言和語言使用能力的內涵意義，涉及到了語言使用者語言之外的知識。在 Chomsky 看來，語言能力並非是一種處事的能力，甚至也不是一種組織句子和理解句子的能力。然而，在 Hymes 看來，溝通能力恰恰是一種處事的能力，即使用語言的能力。語言能力屬於溝通能力的一部分。溝通能力由四個部分組成：

(1) 可能性（possibility）：這是語法方面的知識，相當於 Chomsky 的語言能力，指一個人是否（以及在什麼程度上）能夠說寫語法正確的句子的能力，例如："The rain is destroyed the crops." 一句就不能說符合語法性。

(2) 可行性（feasibility）：這是心理方面的知識，即某種說法是否（以及在什麼程度上）可行。由於認知能力的限制，人們對有些語法正確的句子無法理解，因而這些句子不被人們所接受，因此在實際的語言運用中是不可行的。如 "The cheese the rat the cat the dog saw chased ate was green." 這句話雖然在語法上是正確的，但由於過多的內嵌成分一個套一個地放在一個句子裡，人們處理起來十分困難，說這樣話的人缺乏可行性方面的知識。

(3)得體性（appropriateness）：這是社會文化方面的能力，即某種說法是否（以及在什麼程度上）適合，具有這種能力的人能夠在真實的環境中針對社會情境中不同的對象、場合及主題，會運用得當的語言來表情達意，以達成有效的溝通。如國際性的正式會議中在宣讀論文前向與會者說 "Ladies and gentlemen"，而不說 "Hi, every-one."，因為 "Ladies and gentlemen" 是正式（formal）的語言；而 "Hi, everyone." 是非正式（informal）的語言。假如說了 "Hi, every-one."，雖然在語法上正確，在實施上可行，但在語境上並不恰當。

(4)現實性（probability），指某種說法是否（以及在什麼程度上）在實際情景中說出來。有些話語雖然具備上述三個條件，但在實際生活裡，卻沒有人那樣說。例如在表達「現在是兩點半鐘」這一意思時，英語本族語者通常都說 "It's half past two."，而不說 " It's half after two."。雖然找不出什麼理由來說明後者有什麼不對，這只是約定俗成而已。

Hymes 關於溝通能力的理論，給不滿足於僅僅對語言作形式和結構分析的語言學家們極大的鼓舞和啟發，大大拓寬了人們語言研究的視野。社會語言學研究也因此出現了勃勃生機。受影響更深遠的是英語教育界。人們在充分意識到了受結構主義語言學影響而發展起來的英語教學法學派，如直接法、聽說法等的明顯局限性以後，以極大的熱情接受了有關溝通能力的理論，並在結合英國功能語言學派的語言理論基礎上，設計和編寫了以溝通能力為理論基礎的各種英語教學大綱和教材，形成了一股勢不可當的英語溝通教學法（communicative approaches）趨勢。

（三、） 語言功能理論

結構主義語言學理論從語言結構（structure）的角度去探討語言的本質，研究語言的另一重要學派則從語言功能（function）的角度去探討語言

的本質，認為語言是一種功能。所謂功能是指人們做事的意願，如詢問、請求、接受、拒絕、提議、贊成、反對等，如 "How are you?" 表達的功能是「打招呼」。

1. 語言功能的幾種型態

語言功能理論的代表人物為 Michael Halliday。Halliday（1973）列出七種不同的語言功能（引自 Brown, 2000: 251-2）：

(1)工具性功能（instrumental function）

這種語言具有促使事件發生的功能。"This court finds you guilty."（本法庭判你有罪）或 "Don't touch the stove."（不要碰火爐）等句子表明說話者具有某種能力，能夠導致特定情況的發生。

(2)控制性功能（regulatory function）

這種語言具有對事件掌控的功能。與工具性功能不同的是，控制性功能只在於維持控制，而不是釋放權力。"I pronounce you guilty and sentence you to three years in prison."（我宣判你有罪，處監禁三年）具有工具性功能，但是 "Upon good behavior, you will be eligible for parole in ten months."（你如果在十個月之內表現良好，將符合假釋的資格）就較有控制的功能。人們之間的各種交往語言，如同意、反對、法律的制訂等都具有控制性的功能。

(3)表達功能（representational function）

指的是使用語言進行表述、傳達、解釋或報告等來呈現事實。例如，"The sun is hot."（太陽很熱）、"The President gave a speech last night."（昨晚總統發表演說）等均具有表達功能。

(4)互動性功能（interactional function）

指的是維持社會的各種溝通「應酬語」，這種語言可用來建立社會接觸及作為溝通的媒介，包括俚語、行話、笑話、民間傳說、文化內涵與禮儀等。

⑸個人性功能（personal function）

指表達自己的感覺、情緒及性格的語言，由說話者與人溝通時所採用的個人性語言可以看出他們的個性。在語言的個人性本質中，人的認知、情感和文化三要素會相互影響。

⑹探究性功能（heuristic function）

指用語言獲取知識的功能。探究性功能常用於提問，如兒童用 "Tell me why" 來探究周遭的世界。

⑺想像性功能（imaginative function）

指語言具有描述創造性的構想的功能，包括童話故事、笑話、詩歌、繞口令或小說。經由語言的想像，人們希望能超越真實世界，藉著語言去創造自己的夢想。

語言的七種不同功能，既不是個別獨立存在的，也不是互相排斥的。一個句子或對話可能同時結合許多不同的功能。

2.語言形式和語言功能的關係

語言形式即語言的結構體系。語言具有雙重性，即形式和功能。一方面語言在形式上有一定的規律性、穩定性，並且可以脫離語境而單獨地進行分析和解釋。例如，"The window is open." 是由一組詞按一定的語法規則組織而成的句子，其意義也相對穩定，表示「窗戶是開著的」。另一方面，語言又具有可變性，是變化不定的話語，在不同的溝通環境中體現為不同的語言功能，即表現不同的溝通意義。

語言形式和語言功能是語言的兩個不同的方面，它們是有區別的。在語言溝通中，同一語言形式因溝通環境的不同可以有不同的語言功能，例如，"The window is open." 這一語言形式，在不同的溝通環境中至少可以有以下幾種不同的語言功能：

⑴陳述或說明「窗戶是開著的」這樣一個事實。

⑵提醒聽話者離開時將窗戶關上。

(3)責備聽話者沒有把窗戶關上。

(4)暗示室內溫度低，請求聽話者把窗戶關上。

同樣，同一語言功能在不同的溝通環境中也可以用不同的語言形式來表達。比如，「要求聽話者將窗戶關上」這一語言功能，至少也有以下各種語言形式可供說話者根據不同的語境和不同的說話對象來選用：

(1) Close the window.

(2) I want you to close the window.

(3) Will you close the window?

(4) Can you close the window?

(5) Would you be so kind as to close the window?

(6) Would you mind closing the window?

(7) Don't you think it's cold here?

(8) It's cold here, isn't it?

(9) Why don't you close the window?

(10) You might close the window.

(11) How about closing the window?

語言功能理論使我們認識到語言不僅僅是一套語法結構，也是一種表達溝通功能的工具。因此，在英語教學過程中，要有效地培養學生的溝通能力，使他們能根據不同的場合、不同的對象，正確、恰當地運用英語進行溝通，就必須注重語言形式和語言功能之間的多重關係。也就是說，既要使學生懂得語言的形式結構，又要使他們學會如何在實際運用中發揮這些語言形式的功能，即實際的語言運用能力。功能—意念教學法（Functional-notional Approach）就是一種以語言功能和意念為綱的教學法，主張學生除了需具備語法能力，知道如何組成句子外，還需兼具包含社會語言觀念的溝通能力，即在某一社會情境中知道如何運用句子，得體而有效地表達溝通功能。

四、 語言與文化的關係

　　中文裡的「文化」一般指教育程度，西方國家談及的「文化」，範圍要廣得多。它涵蓋了從社會信仰、價值至風土人情、文學藝術，乃至衣食住行等方面，常稱為「社會文化」（social culture 或 culture in society）。

　　文化是一個廣泛的概念，可以解釋為「社會所做的和所想的」。在一個國家和社會中，文化無所不在，無所不包。關於文化內容，有人用大寫的文化（Culture）和小寫的文化（culture）來表示。大寫的文化指一個民族的政治、經濟、軍事、歷史、地理等；小寫的文化指一個民族的生活習俗、宗教信仰、價值觀念、禁忌幽默、風土人情等。

　　語言與文化有著十分密切的關係。早在 1921 年，美國語言學家 E. Sapir 在他的《語言》（*Language*）一書中就指出：「語言的背後是有東西的，而且語言不能離開文化而存在。」語言與文化的關係大致可以從以下三個方面來看（張國揚，1998）：

1. 語言是文化的一個十分重要的組成部分。之所以這樣說，是因為語言具有文化的特點。首先，從文化的內涵來看，它包括人類的物質財富和精神財富兩個方面。而語言正是人類在其進化的過程中創造出來的一種精神財富，屬文化的一部分，二者都為人類社會所特有。其次，正像文化一樣，語言也不是生物性的遺傳，而是人們後天學到的。再次，文化是全民族的共同財富，語言也是如此，它為全社會所共有。H. Goodenough（1957）在《文化人類學與語言學》（*Cultural Anthropology and Linguistics*）一書中也明確地指出了語言與文化的這種關係，他說：「一個社會的語言是該社會文化的一個方面。語言和文化是部分和整體的關係。」

2. 語言是一面鏡子，它反映著一個民族的文化，揭示該民族文化的內容。透過一個民族的語言，人們可以了解到該民族的風俗習慣、生活方式、思維特點等文化特徵。舉個簡單的例子來說，在對父母兩系的兄弟姊

妹的稱謂這一語言表現形式上，英語與中文存在著較大的差異。英語中僅有 uncle 和 aunt 兩個詞，而在中文裡，伯、叔、姑、舅、姨秩序井然，不得混一。中文裡對父母的兄弟姊妹這一複雜的稱謂體系正反映了中國人的宗族觀念和宗法文化的特點。

3. 語言與文化相互影響、相互制約。它們之間的這種雙向關係可以從語言與思維的關係、語言作為文化的傳播工具這兩個方面來加以理解。首先，語言是思維的工具，而文化的構成又離不開思維（精神文化是思維的直接產物，物質文化是思維的間接產物）。作為思維的工具，語言在一定程度上影響和制約著思維的方式、範圍和深度。然而，當思維發展到一定的程度，語言形式不能滿足其需要或阻礙其發展時，人們也會自覺或不自覺地改造思維工具，促使語言發生變化。在這個意義上來說，思維又影響和制約著語言。其次，文化的生命力在於傳播。語言作為文化傳播的工具，自然對文化的傳播有著極大的制約作用，是文化得以生存的力量。另一方面，由於文化的傳播，尤其是異族文化的傳播，語言中又會出現一些新的詞語、新的表達方式，這樣文化又影響和制約了語言。

語言與文化的關係提醒我們，教一種語言必須講解其負載的文化知識和思維方式。因為語言是思維的工具、文化的載體，學習一門英語就意味著學習跨文化的溝通，學習另外一種思維方式和習慣。任何偏離原有文化傳統和習慣的行為都有礙我們對該語言的學習和運用。

❦ 第三節　結　語 ❧

語言觀的形成與發展經歷了一個長期不斷探索的過程。經過幾個世紀的努力，人類對語言本質的認識逐漸深化，傳統的語言觀也發展到當代嶄新的語言觀。目前，我們可以肯定語言有如下幾個本質特徵：

(1)語言是一種結構系統。它由音位、語素和句子三方面組成。

(2)語言是人類最重要的溝通工具。語言是社會溝通需要和實踐的產物，

語言在溝通中才有生命，人們在使用語言過程中才能真正學會使用語言。

(3)語言是人類的思維工具和文化載體。人類思維依賴語言這個工具，而語言又是思維過程和結果的體現。人類的思維方式必然要在語言中反映出來，而語言結構和習慣又在一定程度上反作用於思維方式和習慣。語言是文化資訊的代碼，一種語言的歷史，可以說也就是該民族思維活動和文化發展的歷史。

傳統的語言觀和當代的語言觀的區別在於：前者認為語言是一種結構系統，而後者認為語言是一種溝通工具。不管是傳統的還是當代的語言觀，它們都是經過科學的認證得出的，已被人們所接受。傳統的語言觀不能說是錯誤的，即使是當代的語言觀，也只能說較傳統語言觀前進了一步。

從傳統的語言觀和當代的語言觀中我們可以得出結論：語言教學必須把語言作為一種溝通工具教給學生，因為只有在實際溝通過程中，學習者才能真正理解學習語言的目的，才能真正學會運用語言進行溝通；同時也必須把語言作為一種符號系統來教，因為只有透過對語言形式及其組合規律的分析，學習者才能認識其規律性和系統性，掌握並靈活運用規則，創造性地運用該語言進行溝通活動，滿足其實際的溝通需要，使其對該語言的學習更經濟、有效。

【註釋】

1　本書中的音標均採用「國際音標」（The International Phonetic Alphabet）來標注讀音。

第4章

語言學習理論

　　長期以來，英語教學十分強調教師的教學，卻忽視了對學生學習規律的深入探討，似乎只要解決了教師「教」的問題，學生的「學」就自然地迎刃而解了。實際上，在教與學這對矛盾中，學是主要方面。學習英語有其自身的規律，有關教學方法的討論不僅不能代替對學習規律的研究，而且必須建立在後者的基礎上。離開了學生的學習，教學就失去了對象。一種教學理論與方法之所以有效，是因為它符合學生學習的規律。教學品質的高低，最終也體現在學生的水準上。因此，一個合格的英語教師必須具有語言習得的基本知識，並按照學生語言習得的規律進行教學。

　　學習理論主要論述學生在教師的指導下學習和掌握英語知識、技能、能力和發展智力的過程。它研究學習過程中的心理活動規律。學習理論闡明持久的行為變化是怎樣產生的，並揭示學生學習知識、掌握技能、發展能力是依據什麼機制來實現的。這可求助於有關的理論：第二語言習得（Second Language Acquisition）、學習心理學、心理語言學、教育心理學和外語教育心理學等。

　　本章我們主要探討第二語言習得理論中有關中介語和錯誤分析的理論，還探討個體差異對第二語言習得的影響，並在此基礎上歸納出理想的英語

學習者（good language learner）所具有的基本特徵。

🌸 第一節　中介語理論 🌸

一、中介語概念的提出

中介語（interlanguage）是指具有一種獨具一格的特色，既不同於學習者的母語，又與目標語（target language）不完全一致的中間過渡性質的語言。

與中介語相近的概念最早出現在 1967 年 S. Corder 的〈學習者錯誤之重要意義〉一文中。在這篇論文中，Corder 把學習者尚未達到母語人士般的英語能力稱為「過渡能力」。1971 年，W. Nemser 在〈外語學習者的近似系統〉這一篇論文中提出「近似系統」（approximative system）的概念。1972 年，Selinker 發表了題為〈中介語〉的論文，確立了中介語在第二語言習得研究中的地位。因此，過渡能力、近似系統和中介語都是指相同的概念。

每個英語學習者的最終目標是完全習得目標語，也就是說他們應該能夠理解所輸入的目標語意思，而且他們的語言輸出在語音、詞彙、語法、篇章、修辭等方面都應該達到正確性、合適性的要求，最終成為一個本族語者（native speaker）。從這個角度來看，英語學習就是一個不斷向目標語逼近，直至與目標語吻合的過程。學習者利用他們所能利用的一切知識，包括關於目標語的有限知識、本族語的知識、語言溝通功能的知識、語言的一般知識以及各種學習方法，來達到這種目標。隨著學習者對第二語言知識的增加，有關第二語言的知識逐漸系統化，逐漸向本族語語言能力的狀態接近。但是，在學習和使用英語的時候，學習者會出現各種語言錯誤，比如他會講 "My reading into Lord Jim"，而實際上他應該講 "My reading of Lord Jim"；這個例子反映了學習者使用介詞不當。英語學習者這一獨具特色的語言系統被第二語言習得研究者稱為「中介語」。

根據 Ellis（1985: 50-1）的觀點，中介語主要有以下三個特性：

(1)開放性：中介語是個開放的體系，具有逐漸進化的特性，其發展過程具有一定的階段性（參見以下中介語發展的四個階段）。

(2)靈活性：中介語是一個靈活的、不斷變化的體系，新的語言規則進入中介語系統後有極強的擴散能力，中介語系統處於不斷的重組之中；中介語隨著學習者的不斷進步而不斷發展變化，逐漸向目標語靠近，愈靠近目標語，學習者的水準愈高。

(3)系統性：中介語在任何階段都呈現出較強的系統性和內部一致性。該語言系統在結構上處於第一語言學習者本族語和目標語的中間狀態，就是說，它既不是語言學習者母語的翻譯，又與目標語不一致。

此外，中介語也具有其合法性。中介語具有人類語言所具有的一般特性和功能，也是一個由內部要素構成的系統，具有自己的語音、語法、詞彙系統。學習者是這些規則的創造者，他們能運用這些規則去生成他們從來沒有接觸到的話語。中介語中的一些錯誤，不應受到教師的非難和責備，因為它們是「走向成功的路標」。中介語對英語學習者來說是一個合法的體系，正是借助於它，透過嘗試，學習者才能不斷逼近目標語，直到掌握它。從這種意義上說，中介語是學習者英語水準發展的一個必經的階段。

二、 中介語發展的四個階段

Brown（2000: 227-9）根據對學習者所犯錯誤（errors）的觀察，提出了中介語發展的四個階段，用以描述學習者逼近目標語的語言發展過程。

1. 非系統性錯誤階段（random error stage）

在這個階段，學習者剛剛接觸目標語，他們還沒有掌握關於目標語必要的、系統的知識，時間、精力的投入都還不夠，聽、說、讀、寫、譯的技能遠未熟練，學習者會講出 "John cans sing."、"John can to sing."、"John can singing." 這一類錯誤的句子，說明他們的錯誤是非系統性的，

是毫無規律的、不一致的。

2. 呈現階段（emergent stage）

這一階段的學習者在語言輸出的系統性方面有了長進。他們已經覺察到語言的系統性，並開始內化某些規則。這些規則雖然以目標語的標準來看有些是不正確的，但它們在學習者看來卻是合理的規則。在這個階段，因學習者所能運用的語言資源有限，回避語言結構和話題十分典型。一般說來，在這一階段習得者的錯誤被指出時，他是無法解釋為什麼自己會這樣說，也無能力去改正。例如在下面這段對話中，學習者的語言輸出便反映了這一階段的特點：

學　習　者：I go New York.

本族語者：You're going to New York?

學　習　者：[doesn't understand] What?

本族語者：You will go to New York?

學　習　者：Yes.

本族語者：When?

學　習　者：1972.

本族語者：Oh, you went to New York in 1972.

學　習　者：Yes, I go 1972.

3. 系統性階段（systematic stage）

在這個階段，學習者在他們的目標語輸出中表現出更多的一致性，也就是說，學習者大腦中的規則不會像非系統階段那樣沒有章法可依，而是可預測的、連貫的。當學習者的錯誤被指出或暗示時，他們已具備自我糾正的能力。例如下面這段在釣魚勝地的對話就說明了這一點：

學　習　者：Many fish are in the Lake. These fish are serving in the restaurants near the lake.

本族語者：[laughing] The *fish* are serving?

學　習　者：[laughing] Oh, no, the fish are *served* in the restaurants!

4. 穩定階段（stabilization stage）

在中介語發展的這個最後階段，學習者的錯誤相對地減少，語言運用比較流利，表達意義也沒有什麼問題。學習者已經具備了自我糾正的能力，學習者無須他人指出便能自己更正語言運用中的錯誤。學習者的語言系統趨於穩定，所犯的錯誤只不過是由於疏忽大意或由於忘記了運用某條已知的規則而造成的。

第二節　錯誤分析

中介語研究的重點之一是錯誤分析（error analysis）。人類的學習從根本上來說包含著錯誤的發生，語言學習這樣一個複雜的心理過程更是如此。

一、中介語中的行為錯誤與能力錯誤

1. 行為錯誤

行為錯誤（mistakes）是由於緊張、粗心、激動等造成的「失誤」，指的是語言使用層面上的失誤，而在語言能力的層面上使用者是知道關於某一特定語言項目（language items or language point）的正確用法的，使用者不但意識到了他們言語行為中不符合英語語法之處，而且自行糾正其語言行為，例如：

(1)The thought of those poor children were really...was really...bothering me.

(2)Even though they told me to, I didn't sit down and be quiet...was quiet...I mean I didn't sit down and I wasn't quiet.

2. 能力錯誤

能力錯誤（errors）是由於對語言規則的錯誤理解而造成的，是語言使用不當，學習者缺乏目標語的知識，不會意識到自己錯在哪裡，也不會自

行糾正其語言行為，例如：

學　習　者：I goed to New York in 1990.

本族語者：Oh, you went to New York in 1990.

學　習　者：Yes, I goed in 1990.

這個例子中，學習者顯然過度概括了英語動詞過去時態的形式，從諸如 work → worked 的變化規則中類推出 teach → teached；經過本族語者（Native Speaker）的提醒還沒有改正過來，顯然這類錯誤不是「失誤」。

行為錯誤與能力錯誤可用 Chomsky 提出的語言能力（linguistic competence）與語言表現（1inguistic performance）來解釋。Chomsky 區分了使用語言中的語言能力與語言表現兩個不同的概念。語言能力指理想的母語使用者所具有的關於語法規則的知識（knowledge），他們能夠理解和說出從未聽過的句子，也能夠判斷句子是否屬於某一種特定的語言。例如，說英語的人能夠判斷 "I want to go home." 是正確的英語句子，但 "I want going home." 是不能接受的句子，儘管這兩句中的每個單詞都是英語詞彙。語言表現則指實際的語言使用（use），即在實際生活中所說的話。

語言能力與語言表現是兩個不同的概念，擁有語言能力的人可以理解或生成任何正確的句子，但由於受到心理、生理和社會因素影響，語言表現也可能會發生偏離語法規則的行為。我們說話前要先把思緒組織好，但有時候這些思緒會顯得雜亂無章，使我們出現口吃、停頓、失言（slips of the tongue）等現象，這都說明雖然人們具有語言知識，但語言表現卻是很差。總之，能力錯誤與學習者的語言能力有關，而行為錯誤則與學習者的語言表現有關。

3.能力錯誤與行為錯誤區別的標準

能力錯誤與行為錯誤的區別性特徵在於前者的系統性。講得通俗一點，如果同樣的錯誤出現多次，我們就有理由將它視為一個能力錯誤，例如一位英語學習者講出：

* John wills go.

* John mays come.

* John cans sing.

這些句子表明學習者尚未將英語中的語氣助動詞（modal）與其他動詞區別開來，還沒有掌握語氣助動詞第三人稱單數不需要再加 -s 這一英語語法規則，這些都是能力錯誤。

由於能力錯誤不是失誤，它常常是錯誤分析的研究重點之一。下面我們談談能力錯誤的來源。

二、 能力錯誤的來源

1. 語間遷移（interlingual transfer）

學習者將母語中的規則、結構套用到目標語上，這是通常所說的母語干擾。學習者由於不熟悉目標語的語法規則而自覺或不自覺地運用母語的規則來處理目標語資訊。例如，英語套用中文的句型：桌子上有墨水，說成 "* Desk has ink."；馬上請醫生來，說成 "* Invite a doctor at once."；我非常想看晚報，說成 "* I very like to see evening newspapers."。

2. 語內遷移（intralingual transfer）

隨著學習者在語言使用方面的不斷進步，他們的語間遷移錯誤會愈來愈少，但學習者會產生另一種錯誤，這是由於學習者對目標語整個系統或它的某些方面掌握不全面所引起的。這種錯誤大致可分為兩種：

(1)過度概括（over-generalization）

指學習者根據自己掌握的知識錯誤地推廣某一規則而導致錯誤。如有的學習者學習了動詞第三人稱單數現在式的時態「動詞原型＋s」的規則後，就將此推廣到其他結構中去，寫出了 "* He cans swims." 和 "*He must does it himself." 之類的錯誤句子。

(2)簡化（simplification）

指學習者在言語中省略了對意思表達顯得重複或不影響意義表達的成

分。學習者面對大量的目標語輸入，一時不能完全消化吸收，便將其簡化為一種簡單的系統。例如初學英語的人因使用省略簡化的學習策略，時常會將動詞單數第三人稱的詞素-s，或表示名詞複數概念的詞綴-s等省略掉，從而出現" * She dance very well."或" * He has three apple."一類的錯誤句子。

3. 溝通策略（communication strategies）

這種錯誤是由於學習者運用溝通策略而造成的。學習者由於對目標語沒能完全掌握，在需要表達某些超過他們現有的語言知識或技能所能表達的內容時，就不得不有意識地使用一些語言或非語言手段進行溝通。如有的學習者的現有知識或技能不能滿足其溝通需要時，便採用回避（avoidance）策略。如英語初學者因想不起way（路）而不會說"I lost my way."時，他便回避way而用road，結果說出了" * I lost my road."的錯句。

4. 文化遷移（cultural transfer）

中、西兩種文化各有其源遠流長的歷史，形成了不同的信仰、觀念、風俗、習慣。初學者有時會將本民族的文化套用到英語中，從而導致錯誤的產生。比如：學習者可能會把"Where are you going? Have you had lunch?"這兩句用作問候語。由於中外文化的差異，外國人聽了前句會感到生氣，以為這在干涉他的私事，英美文化是不喜歡別人打聽個人私事的。外國人聽了第二句話以為你要請他吃飯，於是他會停步，期待你約他吃飯的時間和地點。在英美等國，人們問候常用"Hi."、"Hello."、"How do you do!"（初次見面）、"How are you?"（老朋友熟人見面）等用語。

5. 矯枉過正（hypercorrection）

這是教師對某一規則過分強調而導致的錯誤。如教師過分強調副詞修飾動詞這一規則會引起學生不適當地擴大這條規則的覆蓋面，導致學習者把"The dress looks nice."說成" * The dress looks nicely."。又如，在練習中由於使用he的頻率高，而使用she的頻率低，結果學習者在說英語時經

常無意識地將該用 she 的地方誤用了 he。

三、　正確對待學習者的錯誤

　　行為主義心理學將人類對語言知識與技能的掌握看成是刺激與反應的產物，將語言學習看作是形成一套習慣。他們認為英語學習與使用過程中產生的錯誤是由於學習者尚未形成正確的習慣，英語學習的目標之一就是要使學生克服和糾正語言錯誤。比如為了防止 "*He reminded me my promise." 這類錯誤，教師讓學生反覆操練正確的句型，直到學習者能夠形成正確的習慣，脫口說出："He reminded me of my promise."。以行為主義心理學為基礎的聽說教學法認為，最好將錯誤消滅在萌芽狀態，有錯必改，這樣學習者最終會形成正確使用英語的習慣。錯誤作為正確言語行為的偏差，是不可接受的，自然談不上有什麼積極意義。因此，教師傳統的作法是「有錯必糾」，以求得學習者養成良好的語言習慣，其結果是，教師緊緊抓住學生的錯誤不放，對學生言語錯誤的講評和更正成了課堂教學過程的一個重要環節。這種對待學生言語錯誤的方法是一種消極的方法。

　　自 Chomsky 提出語言習得機制（LAD）用以解釋兒童何以在五歲左右就能基本掌握人類語言這一複雜溝通系統後，認知心理學對英語學習者所犯的語言錯誤的看法也發生了變化。認知心理學強調英語學習者的心理認知過程，認為英語學習無法用刺激反應模式作出令人滿意的解釋，學習是一個複雜的心理過程，而不是被動的反應過程。認知心理學認為英語學習是一種建構體系的創造性的過程，英語學習者不斷檢驗自己關於目標語的假設。在不斷的錯誤嘗試過程中，錯誤是不可避免的，而且還具有積極的意義，正如 Corder（1967: 167）指出：「學習者的錯誤是有積極意義的，它們向研究者展示了語言是怎樣學習或習得的，展示學習者在發現所學語言的過程中應用了哪些策略和程式。」

　　因此，在英語教學中，教師對學習者的言語錯誤不必大驚小怪、過分挑剔，而應採取寬容一點的態度，並告誡學生，錯誤的出現是前進中的問題，只有大量的實踐才能逐漸減少。這種將學習者的錯誤從需要避免、需

要糾正的地位提高到作為認識語言學習內部過程的嚮導地位的積極作法，十分有利於促使學生在英語的運用中逐步走向完善，達到掌握英語的目的。

由於能力錯誤是因為對語言規則的錯誤理解而造成的，學生不會意識到而自行更正，所以必須嚴肅對待，認真糾正。但是，糾錯還應講究方法，這是為了保護學生的學習興趣和熱情並使之成為促進教學的積極因素。糾錯形式多樣，可供我們參考的方法除教師直接指出錯誤外尚有以下幾種：

⑴教師使學生重複錯句，引起對方的警覺。例如教師說："Again!"。

⑵教師使用升調重複學生的錯誤，以引起警覺，如"He goed↗"。

⑶教師徵求其他學生意見。例如說"Is that correct?"這一方法的優點是可以吸引全班學生的注意力，共同思考。

⑷教師用表情或動作暗示錯誤的存在。

⑸溫和糾錯法（gentle correction），即教師用類似這樣的話來指出錯誤："Well, that's not quite right, we don't say 'he goed...', we say 'he went...'"。

總之，應根據時間、場合、教學對象的年齡、心理狀態等不同的因素，靈活地運用糾錯技巧，才能取得較好的效果。同時，在課堂裡採取一些活動形式使學生互相糾錯，培養學生自覺改正錯誤的習慣，這尤其值得引起英語教師的重視。

❦ 第三節　個體差異研究 ❦

第二語言習得中一個引人矚目的現象是，即使學習者的學習環境相同，他們的語言發展速度以及他們最終達到的語言水準仍然參差不齊。針對這一現象展開的研究稱「個體差異研究」（individual differences）。關於學習者個體差異的研究是目前第二語言習得研究的重點之一，至今已取得一些成果。這類研究試圖回答以下三個基本問題：⑴學習者在哪些方面，以何種方式存在著差異？⑵這些差異對語言學習的效率和結果產生什麼樣的影響？⑶學習差異是如何影響第二語言習得過程的？個體差異研究的結果

會得出一些對學習者進行篩選和培養的參考原則，以及針對學習者特點的教學方法和教學手段。個體差異表現在年齡因素、情感因素和認知因素三方面（見圖 4-1）。

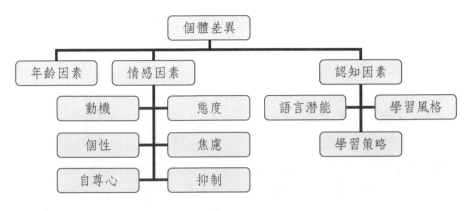

圖 4-1　個體差異的研究內容

一、　年齡因素

年齡在母語和英語習得過程中是一個十分重要的生理因素。第二語言習得是否會因年齡的不同而產生差異？年齡是否是影響第二語言習得的重要因素？英語學習是否有最佳年齡？弄清楚這些問題，可為語言教育決策、為學校選擇最佳年齡層開設英語課提供依據。Larsen-Freeman 和 Long（1991）認為，如果我們發現年齡大的學習者與年齡小的截然不同，則成人學習過程中普遍語法（UG）是否起作用就值得懷疑了；如果年齡小的學習者比年齡大的學得好，則「外語教學應從小開始」這一觀點將得到提倡；如果兒童與成人的學習方法不同，那麼語言教師應針對這兩種學習者使用不同的教學方法。由此可見，年齡研究具有重要的實踐意義。在討論上述這些問題之前，我們先介紹「關鍵期」這一重要的假設。

1. 關鍵期假設

從母語習得研究來看，小孩如果過了一定的年齡，即使有語言環境也很難順利地習得該語言。這就是 Lenneberg 提出的「關鍵期假設」（Critical Period Hypothesis）。Lenneberg（1967）發現，小孩左腦的損傷對語言功能一般不產生什麼影響，但成年人左腦損傷則往往意味著整個語言功能的喪失。Lenneberg 認為，透過接觸語言就能習得該語言的關鍵期是兩歲至發育期（puberty）。兩歲前不具備這種能力是因為大腦發育未到一定程度，而青春期後大腦又失去了原有的彈性。支持這一假說的腦科學研究證據是：五歲以前，小孩的大腦神經元處於一種相對混亂狀態。隨著年齡的增大，大腦所需營養愈來愈多，到五歲時，其需要量相當於成年人的一倍。五歲以後，大腦營養的需求數量直線下降，逐漸接近成年人。這一時期正是大腦進行整理（pruning）的時期，相當於人們原來所說的大腦功能區域化（lateralization）的過程。

關鍵期假設最初是針對母語習得而提出的，但在第二語言習得領域卻引發無數有關的爭論，支持和反對這一假設的觀點同時並存。支持關鍵期假設最具代表性的研究是 Johnson 和 Newport（1989）的實驗。實驗的受試者為 46 名母語分別為中文和朝鮮語的美國移民，他們到達美國的年齡介於三至三十九歲之間，有一半受試者在十五歲以前到達美國，另一半則在十七歲以後。實驗者要求受試者判斷 276 句口述的句子是否合乎語法。這 276 句中只有一半的句子是合乎語法的。實驗結果表明，從到達美國時的年齡與這次測試成績的關係來看，愈晚到達美國的學習者其成績則愈低。Johnson（1992）後來又採用書面形式開展實驗，結果發現，七歲之前移居美國的受試者，其英語水準與本地人無顯著差異，而七歲之後移居美國的受試者的英語水準則隨年齡的增長呈下降趨勢。這一實驗支持了關鍵期的存在。

但也有一些研究否定關鍵期的存在，這也是 1990 年代以來第二語言習得領域年齡研究的最新動向。Birdsong（1992）讓母語為英語的法語學習者完成一些語法判斷題。實驗結果發現，一些學習起步晚的成人，其語法

判斷能力卻不亞於本地人的語言水準……關鍵期並未在這些人身上發生作用。White 和 Genessee（1996）挑選 44 名英語水準較低的學習者和 45 名英語水準接近本族語者的學習者受試者，測試他們對普遍語法的敏感性。實驗得出的結論是，成人在關鍵期之後學習第二語言仍可達到本族語者的語言水準，普遍語法仍然發揮著作用。但實驗者承認，第二語言水準接近本族語者的情況並不多見。由此可見，英語學習中關鍵期究竟是否存在仍是個有爭議的問題。

2. 年齡對第二語言習得的影響

就第二語言習得的速度而言，Snow 和 Hoefnagel-Hohle（1978）的實驗得出以下結論：(1)成年人的習得速度比兒童快；(2)年齡大的兒童比年齡小的學得快。該研究調查的是受試者在自然語言環境中習得荷蘭語（第二語言）的情況。受試者包含有八至十歲的兒童、十二至十五歲的青少年以及成人外語學習者。受試者接受十個月的訓練。實驗者對他們的語言水準分別在三個月、六個月後以及學習結束時進行三次單獨的檢測。結果發現，就詞素和句法而言，青少年學習者學得最好，成人次之，兒童學習者排在最後；然而就發音而言，三組學習者的區別不大，且語法方面的差距也由於兒童學習者後來追上而漸漸消失。但 Cochrane（1980）的實驗表明，從短期來看，成人學習者的習得速度比兒童快，這在語法方面顯得尤為突出；但在語音方面則似乎兒童的習得速度比成人快。從長遠來看，兒童學得比成人快，兒童是習得這一長跑過程中的最終獲勝者。

年齡對學習者能否獲得本族語者似的水準是否也有影響呢？在以上所討論 Johnson（1992）的實驗中，七歲之前移居美國的受試者，其英語水準與本地人無顯著差異，七歲之後移居的受試者，其英語水準則隨著年齡的增長而呈下降趨勢。Thompson（1991）的實驗也發現母語為俄語的受試者，十多歲之前到達美國的比十多歲之後才到達的其語言更像本族語者。這些研究似乎都表明，年齡對學習者能否達到本族語者水準有一定影響，要想達到本族語者水準，則應以早學為好。然而也有研究（如 Birdsong, 1992）發現，至少有一些較晚開始學習第二語言的學習者，其第二語言水

準毫不亞於本族語者。總之，有關年齡對學習者能否達到本族語者水準的影響研究結果不一。不可否認，在理想的環境和條件下，過了青春發育期的學習者仍有可能獲得類似本族語者的能力，但這種能力與本族語者的能力肯定有本質的區別。

年齡對學習者獲得外語能力是否也有影響呢？Oyama（1976）的研究證明了年齡對發音的影響，即要學習標準的語音早學比晚學好。在語法方面研究者也獲得了類似結果，Patkowski（1980, 1990）的實驗發現，十五歲之前到美國的學習者比十五歲後才到的語法能力更好。這些有關的研究為關鍵期假設、為「早學比晚學好」觀點提供了許多有力的證據。一般來說，學習外語起始年齡愈早，其語音的準確性和地道程度就可能愈高。這很可能是由於人腦中專司語音識別的神經系統較其他神經系統更早「專業化」的結果；即不同的語言技能在不同的時期加以習得，而語音學習是愈早愈好。至於年齡愈大，其習得的速度和程度相對呈下降趨勢，一是由於成年人大腦中語言習得功能逐漸呈下降趨勢，二是由於人腦的一般認知功能（如記憶力和對語言的敏感性等）也開始逐漸衰退。

從目前的研究結果來看，有關年齡因素對外語習得的影響的認識似乎可作以下小結（Ellis, 1994: 491-2）：

(1)就習得速度而言，成人學習者在習得的初始階段具有優勢，尤其在語法方面，但是兒童學習者在充分接觸到第二語言之後會最終超過成人學習者。這一現象在自然的語言環境中比在正規的學習環境中更明顯，因為在正規學習的環境中學習者無法獲得所需的大量語言輸入。

(2)在非正式的學習環境中，只有兒童學習者有能力獲得本族語者口音。Long（1990）把習得語音的關鍵期起始年齡定在六歲。但成人學習者在教師的幫助下，也許也有可能獲得本族語者口音，但這一猜測仍需驗證。

(3)兒童學習者比成人學習者更有可能獲得本族語者的語法能力。習得語法的關鍵期也許比習得語音的關鍵期更往後，起始年齡大約為十

五歲。但有些成人學習者也有可能在口語和寫作等方面成功地獲得相當於本族語者水準的語法準確性。

(4)不管第二語言習得者能否達到本族語者水準，在語音和語法方面，兒童比成人學習者更有可能獲得更高的語言水準。

3.關於兒童學外語的討論

有關年齡因素對外語習得影響的討論，對外語教育政策的制定和外語課程的設置有著十分重要的意義。多年前，外語界曾對在小學開設外語課程有過爭論，結果是許多有條件的小學在三年級便開設了外語課。這固然是正確的作法，因為學習外語起始年齡早可在語音方面打下良好的基礎，而且五至十二歲這一階段恰好是學習外語的最佳年齡。另外如果能有自然的語言環境，年齡小的學習者最終獲得的外語能力會有較大優勢。因此，從社會角度出發，對有特殊要求（如多元智力開發、跨文化溝通）和特殊條件（語言環境、經濟狀況）的家庭可鼓勵其子女在小學階段，甚至在兒童期就開始學習外語。從政府角度出發，除保證一部分重點小學和特殊目的教學外，考慮到人力、財力和效益的關係，似可鼓勵社會力量從事低年齡學生的外語教育，以滿足部分特殊家庭的特殊需求；同時集中精力，掌握好小學和初中階段的外語繼續教育。

二、 情感因素

從教育心理學的角度看，學習過程中影響學習效果的最大因素之一是學習者的情感控制。情感因素也是外語學習區別於兒童學習母語過程的一個很重要的方面。一般來說，兒童學習母語是一個自然的過程，學習語言是學習一種表達情感的方法；而外語學習則涉及到角色轉換等諸多的社會心理因素，有時甚至涉及到個人尊嚴、倫理道德等方面的問題。影響外語學習的主要情感因素是動機、態度、性格、焦慮、自尊心和抑制等方面。學習者在這些方面的差異導致其學習效率和結果的不同。

1. 動機

動機（motivation）是驅動第二語言習得的動力。第二語言學習是一個十分艱苦的過程，保持正確與持久的動力是學好第二語言的前提。有些人僅憑一時的興趣學習，遇到困難容易氣餒，就是因為缺乏正確的動機。

動機可分成「綜合型」（intrinsic motivation）與「工具型」（instrumental motivation）兩類。前者學習的目的是為了融合於所學語言的社會和文化；後者則僅將第二語言作為一種工具。在說英語的國家學習英語的學生中，第一種類型的人對各種困難的思想準備比較充分，學習態度積極，最終成效也高。而後一種類型的人有臨時需要或只是為了應付考試，一旦不再需要這一工具或考試結束後就不再努力，結果往往半途而廢。在台灣學習英語的情況與西方國家不同，大部分人學習英語是出於學業或工作需要，不可能都出國與西方文化融合，因此可以說他們都是「工具型」的學習者。但這並不能說，在這種情況下就不能學好外語。只要明確學習的目的，樹立正確的動機，持之以恆，消除走快捷方式的僥倖心理，就能學好外語。

動機還有內在與外在之分。外在動機是外部因素作用的結果，如別人的表揚、鼓勵對學習者產生的影響；而內在動機來自學習者內部因素的影響，如學習者對英語學習的好奇心和興趣等。如果學習者對英語學習具備了內在動機，具有強烈的學習驅動力，那麼也許不需要教師不斷鼓勵，他們也會主動、積極地完成學習任務。

動機與學習成效有明顯相關。根據 Ellis（1985: 118）的觀點，對學習者動機與外語習得之間關係的研究達成了以下的共識：

(1)動機是決定不同學習者取得不同程度的成功的主要因素。

(2)動機的作用與潛能（aptitude）的作用不同，最成功的學習者是既有潛能又有強烈學習動機的人。

(3)有些情況下，綜合型動機有助於成功掌握外語，有時工具型動機也能。有時兩種動機同時發揮作用。

(4)動機的類型與社會環境有關。

(5)動機主要影響外語習得的速度，但對習得的過程並無影響。

　　由此看來，作為一名語言教師，提高學生的智力因素固然重要，然而我們也不能忽視對學生動機的培養。只有當學生具備了強烈的學習動機，他們才會有學習動力，才會積極主動地學習。若學生的積極性發揮不起來，光靠教師的努力是不行的。培養學習者的動機方法多種多樣，如教師為學習者提供課堂溝通和交流的機會；如果課堂上只是教師一言堂，學生沒有表達觀點的機會，師生之間、學生之間沒有交流的機會，那麼學習者會很快就失去學習興趣，其內在動機也將受到削弱。因此課堂上教師應注意與學生的交流，不應高高在上，而是要平等對待學生，這將有助於學生內在動機的培養。

2.態度

　　所謂態度（attitude），是對某一目標或事物的好惡程度，簡單說，是對某一目標是喜歡還是不喜歡的情感。喜歡的情感稱為積極的態度；而不喜歡的情感稱為消極的態度。產生某種積極或消極的態度的基礎是人們對某一目標的信念和看法。比如人們認為英語是國際性語言，學會英語是極其重要的，基於此信念他們會產生積極的態度，因此就會喜歡學英語。外語學習中有兩種基本態度：(1)對目標語社團和本族語者的態度；(2)對語言和學習語言的一般態度。

　　態度作為一種情感因素，它對某一目標的具體實施和最終達到的成功程度是極為重要的。態度是產生動機的基礎。對目標語社團及其人民持積極態度的學習者會更積極主動地學習目標語，從而獲得成功；相反地，對其抱有輕蔑、仇視或厭惡的態度就很難令人想像持這種態度的人能認真地去學習該文化的語言。如果對某一種語言抱有好感，對該語言的結構和表達法感到新奇，那麼對這樣的學習者來說，學習該外語是一個不斷發現新鮮事物的過程，學習對他們來說是一種樂趣，是一種探索；相反地，把外語想像得過難，覺得外語表達法彆扭，持這樣態度的學習者必然會對外語

學習畏之如虎，學習的效果毫無疑問會受其影響。

　　學習者學習外語的態度會受到教師、父母等的態度的影響，特別是兒童，他們對待外語學習的態度主要取決於教師和父母的態度。教師對學習者的鼓勵會促使學習者形成積極的外語學習態度；父母對外語的貶低會使學習者產生消極的學習態度。不論學習什麼東西都需要端正的態度，學習外語也不例外。因此外語學習者應自覺培養積極的學習態度，而外語教師也不能忽視對學生積極的學習態度的培養，且對學生應以鼓勵為主。教師的鼓勵將有利於培養學習者積極的學習態度。

3.性格

　　心理學家區分了外向型（extroversion）和內向型（introversion）兩種不同的性格（personality）。根據 Eysenck 和 Chan（1982: 154）的定義，「外向型的人喜歡社交活動，有許多朋友；他們總是尋求刺激、喜歡冒險、喜歡開玩笑、十分活躍。相反地，內向型的人總是較沉默、喜歡閱讀、不喜歡與人溝通；除了個別知心外沒有其他朋友，往往會避免令人興奮的事情」。

　　性格對外語習得的結果也產生影響。Strong（1983）認為，外向型性格的學習者由於練習外語的機會多，而在獲得人際交往技巧（interpersonal/communicative skills）方面要優於內向型性格的學習者。外向型的學習者其善談（talkativeness）和善於反應（responsiveness）的特點有利於獲得更多的輸入和實踐的機會。而內向型的學習者在發展認知和學術語言能力（cognitive/academic language ability）方面強過外向型的。這是由於他們在閱讀及寫作等方面花更多時間，更善於利用其沉靜的性格對有限的輸入進行更深入細緻的形式分析。可見外向型性格的學習者在自然的環境下占有優勢；而內向型的學習者可能在注重語言形式和語言規則教學的課堂教學環境下占有優勢。

　　但是，不同性格的學習者對處理不同的學習任務可能運用不同的策略。外語訓練涉及聽、說、讀、寫等能力的訓練，外向型的學習者愛溝通、愛與人交談，理所當然他們在口語方面會占優勢；然而談及聽力、閱讀、寫

作等不需與別人合作也能單獨提高的技能時，內向型的學習者也許並不比外向型的遜色。甚至由於內向型的人較沉靜，也許他們更能集中注意力，這對其聽力、閱讀等能力的提升還有所幫助。總而言之，優秀的學習者中既有外向型的也有內向型的，不能絕對地認為外向型的還是內向型的會學得更好，兩者各有千秋。

教師對不同性格的學習者可採取的方法有二：一是順其自然，針對不同的學習任務在不同的場合注意發揮各自的長處；二是透過某些手段，促使不同性格的學習者向相反的方向作些轉變，以適應各種不同的學習環境和任務。不管怎樣，教師對學生性格的了解，並在教學過程中考慮這一性格因素的作用是完全必要的。

4.焦慮

焦慮（anxiety）又稱心理異常，是指人們由於不能達到預期目標或者不能克服障礙的威脅，促使其自尊心和自信受挫，或使失敗感和內疚感增加而形成的緊張不安的情緒狀態。

研究者發現學習者學習語言時會感到焦慮，其起因有如下幾種：

(1)學習者的競爭意識：學習者總是想超越別人或擔心別人會超過自己。

(2)教師的提問、糾錯：學習者擔心自己回答不了老師提出的問題而成為全班同學的笑柄。

(3)自我意識：學習者擔心在目標語文化中失去「自我」，失去個人價值。

(4)溝通意識：學習者擔心與教師和其他同學的溝通不能順利進行。

(5)測試：學習者擔心測試或進行考試時也會感到焦慮。

(6)別人對自己的評價：學習者害怕別人對自己產生負評價而成為別人的笑柄。

焦慮對外語學習結果究竟會產生何種影響？Horwitz（1986）的研究發現，外語課堂焦慮與語言成就呈負相關，即焦慮愈高，則學習成就愈低。高焦慮狀態會產生退縮作用。具有退縮性焦慮的學習者則由於害怕迎接挑

戰最終只能導致學習失敗。以考試為例，有太多焦慮的學習者由於過分緊張，連簡單的題目都答不上來。另外，課堂上大量的技能測試也可能誘發焦慮。久而久之，學習者在學業上毫無進步，停滯不前。

外語教師在教學時應儘量把學生的退縮性焦慮降至最低限度，如設計的學習活動不能太難，也不要太容易，要使學生有一定的新鮮感，經過思考與努力就能完成任務。學習活動也不能過多，使學習者應接不暇，這往往會使學習者難以獲得成就感而產生焦慮。一旦缺少成就感，學習者就會逐漸對語言學習產生害怕或厭倦心理。

5.自尊心

所謂自尊心（self-esteem），指的是對自己的積極評價，充分肯定自己的作用、能力及價值，它近似中文的「自信心」。自尊心與口語表達能力呈正相關，即自尊心愈強的學習者，其口語表達能力愈高。這是因為自尊心強的學習者由於對自己充滿信心，因此敢於積極主動地開口表達其思想，自然其口語能力較那些自尊心不強、害怕開口的學習者更強。

自尊心與外語學習的因果關係如何？也就是說是自尊心強導致了學習成功，還是學習成功使學習者具有了強的自尊心？也許兩者是相互促進的，自尊心強的學習者敢於迎接挑戰，以積極的態度去處理學習任務，因此容易獲得學習成功；而學習成就又使他們增強了信心，使他們做好充分準備迎接更多的挑戰，這樣就產生了良性循環。

學生在學習第二語言時遇到的困難很多：外語環境很有限；適合他們的外語教學材料較少。在家裡，大多數家長都不能與孩子用外語對話，或像輔導語文、數學那樣幫助孩子。這就需要外語教師十分熱情地對待學生，不斷提高學生學習外語的自信心。教師應注意對學生應多鼓勵、少批評，尤其是對自尊心不強的學生，對他們的提問應儘量簡單易答，使他們嘗到成功的甜頭；應透過啟發、引導的方式幫助學生克服難題；不應抓住學生的錯誤不放、有錯必糾，這樣容易使學生產生挫敗感、對外語學習失去信心，從而導致學習失敗。

除了經常鼓勵學生的進步外，提高學生學習自信心的一個重要方面是

正確對待他們的語言錯誤。應該知道，學習外語時犯各種語音、詞彙和語法錯誤是正常的現象。為了讓學生不斷改正語言錯誤，又不挫傷他們的學習積極性，可分析哪些是必須糾正的錯誤、什麼時候以及如何糾正它們。一般說來，影響溝通意義的語言錯誤是必須糾正的，如動詞時態、重要的動詞與介詞片語、固定用法等。糾正錯誤的時間最好選擇在學生表達完以後，而不宜隨時打斷學生的說話或回答。一個學生的錯誤可以由他自己糾正，也可請其他同學幫助他糾正，目的是藉由糾正錯誤提高學習的自信心和語言品質。對學習成績好的學生可以要求高一些，對學習困難的學生則不要太苛求完美。

6. 抑制

　　所謂抑制（inhibition），指的是人們為了保護自我而建立起的心理屏障。初生兒童沒有自我的概念，隨著年齡的增長，他們漸漸意識到「自我」的存在，害怕在眾人面前出醜，對與自己的觀點不同的看法產生排斥心理，並建立起保護自我的心理屏障。這種抑制心理在青春期發展到高峰，並進一步延續到成年期。

　　為證實抑制與語言學習的關係，Guiora 等人（1980）做了實驗。受試者被分成五組，其中四組分別飲用不同量（三盎司、兩盎司、一盎司半和一盎司）的酒，另一組喝不含酒精的飲料，受試者喝完酒後休息十分鐘，然後實驗者測試受試者的泰語發音能力。結果發現，喝一盎司半和一盎司酒的受試者發音最好。他們與只喝不含酒精飲料的受試者的發音有明顯差別，然而喝兩盎司和三盎司的受試者卻比喝不含酒精的飲料的受試者差。Guiora 等人由此得出結論，飲用少量酒精可以降低抑制，從而導致更好的發音。

　　對照兒童與成人學習者，似乎抑制心理與語言學習有一定聯繫。兒童的抑制心理不明顯，所以他們學習語言時大膽、不怕出錯、不怕出醜，這也許是兒童很快就能學會語言的原因之一。而成人學習者則不同，他們已建立起一種保護自我的心理屏障、不敢開口、怕出錯、怕被別人笑話，這種抑制心理極大阻礙了其語言能力的發展。由此可見，既然抑制心理對外

語學習形成阻礙，那麼學習者應盡量降低抑制。要想學好外語就要不怕出錯、出洋相，而應像兒童那樣，大膽嘗試、大膽練習，只有這樣，克服了自我的心理屏障之後，學習者才能獲得成功。

三、 認知因素

從認知角度來看，學習者具有不同的學習風格、認知風格，學習者的語言能力傾向也各不相同。我們不難發現，在同一教師教授同一個班的情況下，有些學習者學得很快，發音準確，語法知識也掌握得很好，且口語流利；而有些學習者則進步很慢，發音不準，語法常出錯，且無法用外語流利地表達思想。這一現象可能與學習者的語言潛能和學習風格有關。

1. 語言潛能

所謂語言潛能（language aptitude），與一般的能力（如學習物理、數學等的能力傾向）不同，它指的是學習外語所需的認知素質，或者說是學習者所具有的某種能力傾向。根據 Carroll 和 Sapon（1959）的觀點，語言潛能可以分為三個方面：

(1)語音能力：指識別語音成分並將這些語音儲存在大腦的能力。這種能力與處理語音和符號之間關係的能力有關（如辨別出符號 th 代表哪個語音的能力）。

(2)語法能力：指識別語言中句法結構的能力（如句子的主語、賓語等）。這一能力並不是指語言學習者實際了解一些語法術語，而是在學習語法或組詞造句時所表現出的一種潛在能力。

(3)歸納能力：指的是辨認對應句型的能力以及辨認語言形式與語義之間聯繫的能力。

最有影響力的兩種潛能測量方法建立於 1950 至 1960 年代。一種是 Carroll 和 Sapon 於 1959 年設計的「現代語言潛能測試」（The Modern Language Aptitude Test），該測試由五部分組成：數位學習、音標記憶、拼

法提示、語法敏感性和詞語對應聯想。另一種是 Pimsleur 於 1966 年設計的「語言潛能測試」（Pimsleur Language Aptitude Battery），該測試由六部分組成：前兩部分為口頭彙報，要求受試者彙報他們最近學年在校各學科的學分以及他們對外語學習的興趣；第三部分是詞彙測驗；第四部分是語言分析測試；第五部分是語音辨認；第六部分是聲音符號測試。這兩種測試都主要用來測試十四、五歲考生的語言潛能，且兩者測量的內容也極其相似。

語言潛能與第二語言習得的成功是否有關係？Carroll（1981）的研究證據證明語言潛能與第二語言習得的成功確實有關聯。潛能測試得分高的學習者往往第二語言進步很快，且比得分低的學習者獲得更高的第二語言水準。不僅如此，其他的研究還表明以下的結果（Ellis, 1994: 494-5）：

(1)語言潛能與語言成就（achievement）不同，前者能預測學習者能學多好，而後者則體現出學習者學了多少、掌握了多少。

(2)語言潛能與學習動機無關，如 Lalonde 和 Gardner（1985）的研究已表明語言潛能與學習動機是各自獨立的因素。

(3)語言潛能往往是個穩定的因素，甚至可能是天生固有的，從這一點來看，語言潛能是很難靠後天培養的。

(4)語言潛能不是第二語言習得的前提條件，因為所有學習者，不管其語言潛能如何，都能獲得一定的第二語言水準；但語言潛能卻能加快第二語言習得，使第二語言習得變得更輕鬆。雖然學習潛能對外語習得的速度產生影響，但其影響有一定的限度，因為不同能力類型的學習者可利用某一方面的優勢來克服另一方面的缺陷。

(5)語言潛能與一般的智力（intelligence）不同。Lalonde 和 Gardner（1985）的實驗結果表明語言潛能與智力之間沒有關係。智商高的學習者外語潛能不見得一定好；相反地，智力表現一般的人也能較完美地掌握和使用外語。

從教育學的角度看，教師需要對學生的語言潛能有相應的考察，以便在教學法設計和使用時作為參考。

2.學習風格

學習風格（learning style）主要指人們接受、組織和檢索資訊所特有的方式。Keefe（1979）的定義是：「學習風格指的是學習者特有的認知行為、情感行為以及生理行為，這些行為較穩定地預示了學習者如何理解學習環境，對學習環境做出互動和反應。」

對學習風格的劃分有許多種。根據學習風格的不同特點，我們可把學習者劃分為以下幾種：

(1)場依賴型風格（field-dependent）和場獨立型風格（field-independent）。

(2)內省型（reflective）與衝動型（impulsive）。

(3)視覺型（visual）與聽覺型（auditory）。

(4)順序型（sequential）與隨機型（random）。

(5)具體型（concrete）與抽象型（abstract）。

(6)整合型（global/holistic）與分解型（analytic）。

(7)歸納型（inductive）與演繹型（deductive）。

(8)感覺型（feeling）與思考型（thinking）。

由於篇幅有限，下面我們只討論場依賴型風格和場獨立型風格。

場依賴型風格的人往往從整體的角度來看待事物，而場獨立型風格的人則往往注意細節而忽略整體、以分析見長、可以集中於某個細節而不受其他事物的干擾。其主要區別如表 4-1。

場獨立型與場依賴型與外語學習究竟有什麼關係呢？Ellis（1994: 501）指出，場依賴型學習者在自然環境下學習外語更易成功，而在課堂教學環境中場獨立型學習者可能更占優勢。Seliger（1977）及 Stansfield 和 Hansen（1983）的實驗結果顯示，場獨立型學習者在與正規語言學習環境有關的測試（如分離式測試）中表現得更好。然而 Hansen（1984）研究發現，場獨立型受試者在一些對場依賴型受試者有利的項目（如綜合測試及溝通能力測試）上同樣做得更好。此外，Bialystok 和 Frohlich（1978）研究發現

場獨立性及場依賴性與第二語言習得並無多大關係。可以說這方面的研究至今仍無定論。

表 4-1　場依賴型和場獨立型風格的區別

場依賴型風格	場獨立型風格
傾向於依靠外部參照系統處理有關資訊	以自我為參照系統
傾向於從整體上認知和分析事物	傾向於從個體上認知和分析事物
往往缺乏主見	具有獨立性
社會敏感性強，易與他人進行溝通	社會交往能力相對較弱

資料來源：Ellis, 1985: 115.

　　從這兩種類型學習者的特點來看，場獨立型者以分析見長，較適合在課堂中進行語法分析、遣詞造句；而場依賴型者則善於溝通，這對學習者的溝通能力培養極其重要。理想的外語學習者應同時具備這兩種認知風格，並能根據學習需要來選擇合適的認知方式，教師們也應提醒學生注意到自己認知風格的優缺點，並能從其他風格的學習者身上取長補短。

　　每個人的學習風格往往是固定的、不容易改變的。然而為了使學習者更好地完成學習任務，我們也可以幫助學習者發展其風格偏好，正是這一看法使人們產生對學習者進行這方面培訓的想法。由於不同的學習目的和任務、不同的學習環境需要不同的認知風格或學習策略，因此，教師如果了解不同學習者的不同認知風格，針對不同的學習任務、不同的學習環境，注意發揮其特長，並能相應地對學生的學習策略和認知風格加以引導，將可對促進學習者外語習得起積極的作用。

3.學習策略

　　以上論述說明了學習者的個體差異會影響其學習成果這種現象，而個體差異是如何影響學習者的學習成果呢？相關研究發現，個體差異會影響

學習策略的選擇，以及使用這些策略的頻率和效果，從而影響學習者的語言習得成果。

語言學習和學習策略是一種目標與手段的關係。要學好、用好語言，學生就必須使用良好的學習策略。比如在學習語言方面，根據需要進行預習、學習時集中注意力、積極思考、善於記要點等都是有助於提高學習成果的策略。在使用語言時遇到困難，能有效地尋求幫助；善於借助手勢、表情等非語言手段提高溝通效果；注意中外溝通習俗的差異等等都有助於使溝通得以進行下去。這些策略都是學好語言必不可少的手段。

Rubin（1987）把學習策略定義為：「學習策略是學生為了有效地獲得、提取和使用資訊而採取的各種行動、步驟、計畫和程式。也就是說，是學生為學習和調控學習所做的事（what learners do to learn and do to regulate their learning）。」學習策略可分為兩大類：為學習語言而採取的策略和為使用語言而採取的策略。前者包括認知策略和元認知策略；後者包括溝通策略和表達策略（圖 4-2）。

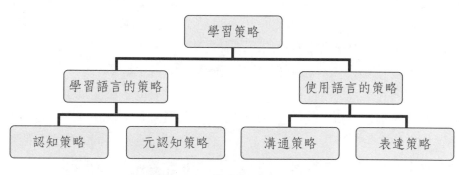

圖 4-2　學習策略的分類

(1)認知策略（cognitive strategies）

這是指學生為了完成具體的學習任務而採取的步驟和方法。如類比（analogy）是一種演繹推理的策略，指學習者尋求和利用一般性規則來學習外語的一種解決問題的策略，包括比較母語與外語的異同、尋找相同文法規則等。例如下面這段學生日記表明了該學生使用類比的策略來區別德

語動詞的意義：「今天，我終於懂得了 wissen 和 rennen 的區別，它們是『知道』的意思。我很高興地發現，由於我了解法語 savoir 和 connaitre 的區別，因此現在我對 wissen 和 rennen 的區別了解得相當清楚。」（引自 Hedge, 1993）

猜測和概括式推理也是一種認知策略，指學習者利用原先獲得的語言或概念知識來對新的語言形式、語義或說話者意圖進行理解，如透過關鍵字、關鍵結構、圖表和上下文等猜測詞義；或藉由有關溝通過程的知識，如透過說話者與聽話者的關係、溝通場所、話題、語域等猜測詞義等等。如在 "He kept the money safely in a locked drawer of the desk." 這個句子中，學生可以透過 locked 和 drawer 的語言關係來猜測 drawer 的意義。

(2)元認知策略（metacognitive strategies）

這是指學生對學習進行計畫、實施、反思、調整和評價的策略（O'Malley & Chamot, 1990）。元認知策略包括如下幾種小策略：①根據需要制訂外語學習計畫；②主動拓展外語學習管道；③善於創造和把握學習外語的機會；④學習中遇到困難時知道如何獲得幫助；⑤與教師或同學交流學習外語的體會和經驗；⑥評價自己的學習效果。

(3)溝通策略（communicative strategies）

溝通策略是指學生在缺乏語言資源或遇到語言困難（如不懂某個外語單詞）的情況下為了爭取更多的溝通機會、維持溝通以及提高溝通效果而採取的各種策略，主要有以下策略：①創造和把握運用英語的機會；②注意使用規範的語言；③借助身勢語言等手段提高溝通效果；④學會克服溝通中遇到的困難；⑤積極與其他同學配合；⑥依靠教師的幫助和指導；⑦遵守溝通習慣。

(4)表達策略（production strategies）

表達策略是指學生有效地使用語言資源進行溝通的策略。它與溝通策略的不同在於，表達策略是在學生沒有語言障礙的情況下，無意識地使用語言資源進行溝通的策略；而溝通策略是學生在遇到語言障礙時為了維持

溝通而採取的策略。

學習策略是靈活多樣的，策略的使用因人、因時、因事而異。在外語教學中，教師要有意識地幫助學生形成適合自己的學習策略，並具有不斷調整自己學習策略的能力。一旦具有良好的學習策略，學生就會在學習英語時根據具體情況實施某種策略，產生內心的新體驗。例如，閱讀短文時，他們實施的閱讀策略是關注語言項目，並即時記住它們，甚至在文字下面劃線引起注意。但一旦考慮到實際的閱讀效果時，或許學生會立即丟掉這種策略，而改用更為完善的新的閱讀策略，例如抓住主題句（topic sentence），領會關鍵字，留意句與句之間的相關聯繫，了解重點問題的內在意義，機智地作出合乎邏輯的推理，及時地選擇正確答案。又如在寫作時，學生想改變逐字堆砌詞語的英語書面表達的習慣，於是注重了抓住中心大意（main idea），列出 key words 和難度較高的片語和句型，同時注重行文中的句式變換和句與句之間緊密的銜接，以及文章頭尾呼應和必要的破題句。因此，學習策略是一種實踐和體驗的過程。

掌握新的學習策略並非一朝一夕可做到的，學生要逐步獲取有效的學習策略。例如，學生習慣了在做閱讀填空時追究孤立的語言點，缺乏對上下文內在關聯的注意，因此學生可能不適應新的答題方法：通讀全文，句與句的緊密銜接，對漏空格的合理選擇。所以學生仍要有一段適應的過程。面對英語學習本身的特點，學生需要持之以恆並鞏固已有的學習策略。在整個英語學習中，每個學生都有一套學習策略。要將其化為實效性的策略，是有待學生不斷地實踐、體驗、適應、鞏固、自省，不斷地以動態的方式去調整，從表層的學習進入深層的英語修養、文學修養、美學修養等去領悟英語本身的價值，發展和創新更優化的英語學習策略。

學習策略研究是很有前景的，這對語言教學以及解釋第二語言習得過程中學習者的個別差異是很有意義的。我們可以把關於學習策略的使用與第二語言發展關係的一些結論歸納如下：

(1)學習者需要根據學習任務的不同特點靈活地運用恰當的學習策略。

(2)成功的語言學習者既注重語言形式（focus on form），也注重意義的

表達（focus on meaning）。他們在完成學習任務時能轉移注意的焦點，初學者也不例外。

(3)不同的學習策略對第二語言能力的影響也不同，與語言形式操練有關的策略將影響學習者語言能力的發展，而與語言功能操練有關的策略則會影響學習者溝通能力的發展。

(4)成功的學習者使用的學習策略無論從質或量上都與不太成功的學習者不同。例如，成功的學習者使用學習策略的頻率更高，又如成功的成人初學者比不成功的更善於運用記憶策略。

四、 結論：理想的外語學習者的特點

以上我們簡要地討論了一些影響外語習得的學習者個體因素。國外有些研究者根據這些個體因素對外語習得過程影響的方式和程度，透過實驗和對比，描述了「理想的外語學習者」的一些基本特徵。現在我們根據上述的結論歸納理想的外語學習者的一些特徵：

(1)較早開始學習外語，如語音學習的年齡至少是小孩、少年，而非成年。雖然年齡對外語學習的效率和成效的研究有不同的結果，但與遲學的人相比，愈早學，其接觸外語的時間愈長，輸入量愈大，練習的機會愈多，因此也學得愈好。

(2)具備學習外語的強烈動機和端正的學習態度。

(3)能克服焦慮和抑制干擾因素；樹立自信心，利用各種機會使用外語，願意嘗試，即使會發生語言錯誤也要勇於實踐。

(4)能夠適應學習環境中的團體活動；能透過學習技巧來補充與目標語社團成員直接交往的不足。

(5)具有一定的語言潛能（雖然它不是第二語言習得的前提條件）。假如語言潛能不高，學習者應利用某一方面的優勢來克服此缺陷。學習者至少要具備足夠的分析技巧和接受、區分和積存外語的能力。

(6)能夠適應不同的學習環境；利用所提供的機會練習傾聽針對他們輸出的目標語並作出反應，即注重意義而非形式。

第四節　結　語

　　中介語是一個反映外語學習者心理過程的語言系統。中介語具有自己的「臨時性語法」。語言學家的任務就是解釋這種語法是如何建立的和描述這種語法是如何工作的，也就是努力揭示外語學習的心理過程。據此，語言習得理論專家極為重視中介語的研究。

　　學習使用英語犯錯誤是自然的，正應了英語中的一句諺語：“To err is human.”。從認知心理學意義上來說，語言錯誤有它的積極意義，它反映出學習者對目標語作出了錯誤的假設，或者對目標語的某些方面掌握得不夠全面等等。認知心理學並不像行為主義心理學那樣將中介語看作低劣、偏差的行為，而是將它們視為獨具一格、不同於目標語的語言體系。錯誤所帶來的資訊回饋，是學習者取得進步的手段和條件之一。

　　對於學習者的錯誤，傳統的作法是「有錯必糾」。這種作法會使學習者產生怕犯錯誤的心理，以致不敢大膽地用目標語進行溝通。因此，在外語教學中，教師對學習者的錯誤應採取寬容態度，不必過分挑剔。尤其在溝通性的練習中，應特別注意鼓勵學生。

　　個體因素影響學習者進行有效的外語習得。根據這些個體因素對外語習得過程影響的方式和程度，我們發現「理想的外語學習者」的一些基本特徵有：(1)較早開始學習外語；(2)具備學習外語的強烈動機和端正的學習態度；(3)能克服焦慮和抑制干擾因素，樹立自信心；(4)能夠適應學習環境中的團體活動；(5)具有一定的語言潛能；(6)能夠適應不同的學習環境。

第**5**章

英語教學理論

　　教學理論主要闡述教學活動的一般規律，闡明教學原則、方法和課堂組織形式等，主要解決教師怎麼教的問題。教學是教師和學生的雙邊活動，教師要想知道如何「教」，先要知道學生如何「學」。只有把「教」建立在「學」的基礎上，才能取得良好的教學效果。因此英語教學理論大多建立在人們是如何學習的理論之上的。

　　1950 年代以來，世界各國紛紛展開人才競爭，重視開發智力，迫切要求提高教學品質。傳統教學理論愈來愈受到嚴重的挑戰，為教學理論的發展提出了新的研究課題。同時與教學理論有關的許多科學理論和技術手段，如現代心理學、系統科學以及現代化技術手段等，有了新的發展與突破。於是出現了研究教學理論的新高潮，各種教學理論學派應運而生，形成各樹一幟而又交互爭鳴的局面。

　　本章我們簡述幾種不同的教學理論，並探討它們是如何影響英語教學的。

第一節 行為主義教學論

自 20 世紀初以來，有些心理學家認為心理學的研究對象應該是可以觀察和測量的行為，而不是主觀才能體驗的知覺或意識，他們認為只有這樣的心理學才能成為一門科學；他們十分強調研究方法的「科學性」，認為意識、直覺等等不應該作為心理學的研究範圍，這一學派就是行為主義心理學（behaviorism）。它的代表人物在美國包括 Watson（1878-1958）、Skinner（1904-1990）等。Freeman Twaddell 曾這樣闡述行為主義心理學的原則（引自 Brown, 2000: 8-9）：

> 「不管我們對思想、精神、靈魂作為現實的態度如何，我們的共識是：在科學家的工作中，這些東西並不存在，科學家的知識完全是從他的生理神經系統得來的。只要科學家涉及精神上的、非物質的力量，那他就不是科學家。簡單地說，科學方法就是這樣的規約，即精神不存在。」

受條件反射學說的影響而建立起來的刺激—反應模式是行為主義心理學的理論基礎。刺激—反應模式在 Skinner 出版的《言語行為》（1957）書中得到了最好的體現。Skinner 認為語言學習與人類其他學習沒有什麼兩樣，主要是一個操作與條件反射過程。小孩發生一個反應，如果這個反應得到強化，它就會得以保存。舉例而言，如果小孩說 "I want milk."，父母給了他一些牛奶，他的話語得到了強化，經過重複，小孩就習得 "I want milk"。推而言之，人類行為（當然包括小孩習得的言語行為），就是透過這樣學習而得到的一套複雜體系。他們認為語言是一套習慣，小孩藉由模仿、強化、重複，從而習得語言。

基於行為主義心理學的教學論採納了行為主義的教學原則，而這種教學理論通常都是傳統教學法的理論基礎之一，比如聽說教學法就是基於行為主義教學理論的方法。使用聽說教學法的教師給學生安排句型的操練，

這就是刺激，學生對句型作出反應，教師對學生的反應給予強化。因此，學習語言就成為獲得一套機械的習慣的過程，在這裡錯誤要及時更正，否則它將強化「不良習慣」。

行為主義的學習觀也含有合理的成分，不應忽視，如提供恰當的學習環境、運用強化手段等都是有效的教學技巧，到目前為止還有人在使用。但是，行為主義忽視學生學習中觀察不到的心理現象，而這恰恰是學生在學習中大量帶入學習活動的。研究這方面的學習需要認知心理學的理論。

第二節　認知教學論

由於行為主義只承認可觀察到的有機體的反應或行為才能構成科學研究的對象，走到了否定意識的極端，從而導致了認知論（cognitive theory）的興起。認知論與行為主義心理學相反，它關心人的思維過程和學習過程，包括人是如何記憶、如何利用記憶等，而不僅僅是外部的環境。認知論認為，行為主義所強調的「模仿」在習得母語這一心理語言過程中起不了什麼作用，因為有些現象根本無法用模仿來解釋。比如下面的錯誤語句都出自兒童之口，但它們是無從模仿：

A my pencil.

other one pants

two foot

Mommy get it my ladder.

What the boy hit?

Cowboy did fighting me.

這樣的語句成人是不會說的，也就是說兒童連模仿的對象和機會都沒有，但事實上兒童的確說出了這樣的語句。這樣認知心理學就從邏輯上論證了行為主義理論的缺陷，同時證明了兒童的語法是獨具一格的。在某個發展階段，兒童的語言表現是由存在於大腦中的一套語言處理機制所控制的，而不僅僅是對成人語言的模仿。兒童在學習語言的過程中，肯定包含著創造規則的活動。

　　另一個強有力的證據更加證實兒童習得母語是一個主動、積極建構的活動，是一個內化母語的過程，而不僅僅是一個刺激和反應的過程。兒童語言中動詞過去式形式表現出一種規範化傾向，諸如 bringed、goed、doed、singed 等形式顯然不是模仿出來的，只能是兒童運用規則這一心理活動的產物。

　　認知論認為，語言的發展是以認知結構的發展為基礎的。認知心理學家 J. Piaget（1969）認為，兒童掌握本族語是先天能力與後天客觀經驗相互作用的結果。Piaget 認為人腦有兩種不同的組織功能（organizations），一種是遺傳的心理功能，稱為「功能的不變式」（function invariants），它決定人怎樣與環境相互作用，並向環境學習。學習的中心環節包括同化（assimilation）和適應（accommodation）。「同化」是指兒童企圖用其僅有的一套非常有限的行為方式向環境學習，攝取有用的東西，如兒童會用嘴吮吸，碰到什麼東西都想吮吸，不管是乳頭，還是手指等。「適應」指兒童由於環境的作用而改變行為。另一種是認知結構（cognitive structures），又稱認知圖式（schemata），它是第一種組織功能與環境作用的結果。它隨著兒童的發展而系統地變化。兒童對世界的認識就是靠這種認知結構的內化而實現的。Piaget 等人發現，語言能力的發展不能先於其認知能力的發展。如兒童的認知能力還沒有發展到要用被動語態來表達其複雜一點的思想時，他就無法接受被動語態的結構。

　　近年來，認知論對英語教學產生了重大影響，學生被看作是學習過程積極的參與者，為了成功地掌握語言系統而使用各種各樣的學習策略。認知論的發展促進了認知教學法的產生，該法是重視發揮學生的智力作用、強調認知語法規則、培養實際運用語言能力的一種方法，有兩個基本特點：⑴強調發展智力：英語教學要充分發展學生智力，提高學生觀察、記憶、思維、想像等能力，調動學生的智力因素，加速英語學習的進程；⑵強調在理解、掌握語法規則的基礎上學習英語：英語教學首先要求理解和掌握語法規則，然後在理解和掌握語法規則的指導下進行有意義操練，創造出成千上萬的句子來進行溝通活動，從而掌握聽、說、讀、寫的能力。

第三節　人本主義教學論

　　1950年代，一個嶄新的心理學學派——以Abraham Maslow（1908-1970）為代表的人本主義心理學在美國崛起。人本主義心理學將「自我實現」、「人的潛能」、「發展需要」等觀念引入心理學領域，強調人的尊嚴和人的價值。這些思想衝擊著當代西方心理學體系，也給英語教學領域以巨大的影響，逐漸形成了人本主義教學觀（humanistic theory）。

　　人本主義教學觀強調培養完整的人，而不僅僅培養認知技能。它將個體的思想、情感、情緒置於人的發展的最重要位置。Maslow認為現代語言教學失敗的原因在於一種「距離感」，它存在於學習者與教材之間、學習者與學習者之間、學生與教師之間。人本主義教學觀對於指導語言教學有著重要的意義，歸納如下：

(1)創造一種歸屬感（a sense of belonging），讓學生感到他們處於一種和諧、愉快、互相尊重的環境，使他們身在其中，這樣可以讓他們建立自尊。

(2)使所教的內容對學生有意義，與他們的經驗、經歷相關，使他們能夠理解。

(3)鼓勵自我意識，自我尊重，自我評估。

(4)減少批評，鼓勵主動性、創造性。教師對語言學習中錯誤的本質應有正確的認識，創造機會多讓學生運用語言。

(5)學習活動要能夠調動學生的情感和情緒，一味機械地操練就過於枯燥。

(6)在學習過程中給學生選擇的機會，這裡指的當然不是測試題或練習題裡的「多項選擇」。這裡所說的選擇是讓學生選擇他們想學的內容、想說的話題、想表達的方式等。

　　某些英語教學法正是建立在人本主義教學論的基礎之上的，如默示教學法、暗示教學法（Suggestopedia）、社區語言學習法（Community Language Learning）。它們共同的特點是：以心理學而不是語言學為更重要的理論基礎；重視學習和語言的情感方面；將學生看作是完整的人；重視學習環境，減少焦慮，提高安全感。

第四節　合作教學論

合作教學論（cooperative teaching theory）1970 年代在美國產生，其產生是對傳統教學法的一種回應。美國傳統教學十分強調競爭性和個人主義。在課堂上，學生處於競爭機制之中，優等生是與差等生相比較而存在的。優等生的成功需要以其他學生的失敗作為代價。美國的教育家把這種情況稱為消極相互依賴（negative interdependence）。顯然，這種競爭機制不利於學生進行合作以達到共同的目標。

合作教學論認為，教學是一種人際合作，強調透過小組內學習者之間的合作來提升相互依賴。同時，教學也是師生平等參與和互動的過程，教師作為小組中的普通一員與其他成員共同合作，不再充當唯一的資訊源。合作學習方式可以提供學習者一個合作的學習環境，並且鼓勵學習者相互幫忙，以提高學習者個人的學習效果並達成團體的學習目標。

在合作學習的環境中，每位學習者都是小組的一份子，而非單獨的個體。每位學習者都有責任幫助小組內其他的學習者，因為自己的表現會影響其他學習者的成績，而其他學習者的表現也會對自己的成績產生影響。由於學生分組進行合作共同完成活動，每個學生不僅要學到所教的知識，而且還有責任幫助其他同學學習，這樣就會產生互相學習、共同進步的良好氣氛。

基於合作教學論而建立的合作教學法的主要理念是，任何課堂活動、教材、教學目標等都可以用合作的觀點重新規劃。在合作法的課堂上，教師以小組共同學習的形式，使所有參與者為了實現全組的目標而共同努力。在活動過程中，全組同學有分工、交流、合作，每個人的貢獻都對小組的最後成果起作用。透過小組合作學習，學生達到學會求知（learn to know）、學會做事（learn to do）、學會共處（learn to live together）、學

會做人（learn to be）的目的。這種合作學習的意義已經遠遠超過語言學習本身。我們可由與傳統教學的比較看出合作教學的基本特徵（表 5-1）：

表 5-1　傳統教學和合作教學的比較

傳統教學（以教師為中心）	合作教學（以學生為中心）
競爭機制	合作精神
強調知識的傳遞	強調知識的建構
單向傳輸	雙向溝通
學生被動接收知識	學生主動參與活動
自我中心	注重人際關係
服從權威	互相學習
重視學習結果	過程與結果並重
扼殺創造力	激發創造力、想像力

第五節　社會文化理論

社會文化理論（the sociocultural theory）是近些年來第二語言習得研究中用來闡釋第二語言習得過程的重要理論之一。美國語言學家 J. Lantolf（2000）是社會文化理論的重要宣導者。這一理論的核心思想是，學習者在互動活動中不僅僅是協商意義，更重要的是共同建構意義。學習者根據自己的需要和目標參與課堂活動和任務（task）。即使是對於同一任務，同樣的學習者在不同的場合或不同的時間，也會有不同的表現。因此，任務的完成情況以及學習者在完成任務過程中的具體活動有不可預測性和可變性。

社會文化理論的基礎是蘇聯心理學家 L. Vygotsky（1962, 1978）關於學習的思想以及語言與思維關係的思想。其中最主要的是「近側發展區」（Zone of Proximal Development, ZPD）的概念。Vygotsky 認為，學習者在任何一個學習階段都有兩個發展水準：實際發展水準和潛在發展水準。實

際發展水準指學習者獨立完成任務、解決問題而表現出來的知識和技能；潛在發展水準指學習者在他人的幫助下完成任務、解決問題的能力。Vygotsky 把實際發展水準與潛在發展水準之間的差距（區域）叫作「近側發展區」，這個區域是動態的。在學習過程中，處於這個區域的知識和技能逐漸轉化為實際發展水準，而新的知識和技能又會逐漸進入這個區域。

Vygotsky 認為，學習者的進步主要是在近側發展區完成的，因而設計學習活動時要使其難度（挑戰性）屬於這個區域之內。在學習活動中，學習者得到的幫助逐漸減少，直至獨立完成任務。這就是 Vygotsky 所說的「鷹架作用」（scaffolding），其寓意是：先給學習者搭一個鷹架，隨著學習者能力的發展，逐步拆除鷹架。

社會文化理論的另一個基礎是 Vygotsky 關於「調解」（mediation）的概念。所謂調解，就是大腦（mind）與外界（包括自我）的互動過程。調解有三種形式：

(1)新手與專家之間的調解（如學生與教師之間的調解）；
(2)同伴之間的調解（如學生之間的調解）；
(3)自我調解（如自言自語）。

Vygotsky 認為，學習的過程就是學習者進行的各種調解過程。透過調解，學習者原有的知識和技能體系被改變，形成新的知識和技能體系。

調解的概念與近側發展區的概念是緊密聯繫的。近側發展區中的學習活動都是以調解為基礎的；而只有發生在近側發展區的調解活動才是對學習有效的。

Lantolf 等學者把 Vygotsky 的理論應用到第二語言習得研究之中，並提出社會文化理論這個概念。社會文化理論的核心也是互動，互動是一種社會交往（social interaction）。在這種互動過程中，由於共同參與任務，共同建構意義，所以學習者可以相互幫助和支持，學習者可以從彼此學到一些自己沒有掌握的語言專案，這就是社會文化理論強調的「鷹架作用」。所謂「鷹架作用」，就是在完成任務過程中，一個學習者在另一個學習者的幫助下，實現自己的目標。當然，這裡的幫助除了語言上的幫助以外，

還包括其他各種幫助，如根據需要簡化任務的某個環節、把握任務的方向和目標、示範某個任務環節、不斷給予鼓勵等。在互動過程中，學習者可以從彼此的發言中得到啟發，從而進一步發展自己的思想，也可以幫助其他學習者發展思想。

　　社會文化理論是任務導向教學法的理論基礎之一，該法強調，課堂教學應由一系列的任務構成，學生在完成任務的過程中，透過意義的磋商與交流以及做事來使用語言，從而培養學生的溝通能力。該法主要關注學習者和教師在完成任務過程中的表現以及這些表現對語言學習的作用。也就是說，任務本身只是手段，重要的是學習者在完成任務過程中的參與方式和參與情況是否具有互動的性質（見 Ellis, 2003: 175-202）。

第六節　教學法和語言觀、教學觀的關係

　　上一章我們談到語言觀是教學法的理論基礎之一，各種教學法都以不同的語言觀作為理論基礎，本章所談的教學觀同樣也是如此，而且教學觀與語言觀有一種自然的聯繫，兩者的結合可作為某一種教學法的理論基礎。以下表 5-2 是一些教學法和相對應的語言觀、教學觀之間的關係：

表 5-2　教學法和語言觀、教學觀的關係

語言觀	教學觀	教學法
結構觀	行為主義教學論	聽說教學法
功能觀	技能學習理論	功能—意念教學法
結構觀	認知心理學	認知教學法
交往觀	合作教學論	合作教學法
交往觀	社會文化理論	任務導向教學法

　　關於教學法和語言觀、教學觀的關係，我們在第 20 章中還會詳細說明。

❦ 第七節　結　語 ❦

　　教學理論要研究教學的一般規律，同時它又密切關注實踐，具有很強的實踐目的性，要研究將一般規律運用於教學實踐的方法、策略和技術。就是說，教學理論既要堅持以理論研究為主，不斷提高理論成果的抽象概括水準，又要在已有理論原理的指導下，開展必要的應用研究，解決教學中一些帶有普遍性的問題。

　　學生學習英語的活動是一個複雜的生理和心理活動，影響其英語學習的主要因素包括學習者的學習動機、心理素質及個人學習方法等等。語言學家將心理學、教育學等應用在語言教學方面，幫助人們理解語言教學過程。但他們對學習的看法不盡相同，有時差異很大，產生了不同的學派。這些理論對英語教學產生很大影響，以至於英語教學在不同時期出現了不同的教學法學派。具有代表性的教學論學派以及基本特點歸納如下（表5-3）：

表 5-3　教學論及其基本特點

教學論	基本特點
行為主義教學論	認為語言學習是一套習慣，人們透過模仿、強化、重複等手段，從而掌握語言
認知教學論	關心人的思維過程和學習過程，而不僅僅是外部的環境，強調學習者的主動性
人本主義教學論	將個體的思想、情感、情緒置於人的發展的最重要位置，強調培養完整的人，而不僅僅培養認知技能
合作教學論	認為教學是一種人際合作，強調透過小組內學習者之間的互助與合作來提升相互依賴，以達成共同的學習目標
社會文化理論	認為學習者在互動活動中不僅僅是協商意義，更重要的是共同建構意義

第**6**章

教學環境理論

　　所謂教學環境，是一個內涵與外延較廣的概念。可以說，學習者主體以外、與語言學習和運用有關的一切周圍事物都是語言學習環境的一部分：從國家的政治、經濟、文化、語言政策、教育政策等所形成的宏觀語言環境，到使用目標語的社會大環境和課堂學習的微觀環境。

　　教學環境是教學活動的一個基本因素，也是現代教學論研究的一個重要課題。任何教學活動都是在一定的教學環境中進行的。如果說教師和學生是教學活動的主角，那麼教學環境就好比是他們活動的舞台。缺乏這樣一個舞台，師生的活動就失去了依託。因此，重視教學環境建設，對於教學活動的順利進行具有重要意義。

　　環境這一概念的提出，要求我們把各種成功的或不盡人意的英語教學放到特定的教學環境中去進行客觀的、實事求是的考察。同時從一定環境的實際出發去探討提高英語教學品質的途徑、模式和具體的方法與手段。

　　本章我們要著重討論的是微觀環境：社會環境和課堂環境。

第一節 環境與英語教學的關係

1. 環境影響外語教學理論

外語教學是在非母語的環境中進行的，這一特殊情況使外語學習和母語學習有了很大的不同。外語教學的語言理論、學習理論和教學理論都處於整個語言教學環境之中。這就是說，外語教學的環境直接影響到與外語教學直接有關的理論的變化。

2. 環境是制約英語教學效果的因素

教學環境是學生學習活動賴以進行的主要環境，從表面上看，教學環境只處於學習活動的周邊，是相對靜止的，但實質上它卻以環境自身特有的影響力潛在地干預著學生學習活動的過程，系統地影響著學習活動的效果。儘管這種影響在日常教學活動中是看不見、摸不著的，但它對學生學習活動的重要性卻是不容忽視的。在科學技術迅速發展的今天，學校環境條件正變得日趨複雜多樣，教學環境對學生學習過程的影響也更加重要突出。

在英語教學過程中，學生是教學活動的主體，然而，學生在教學活動過程中能否學會英語，達到一個什麼樣的程度，學到怎樣的水準等等都受到環境的制約。即使在統一教學要求和使用統一課本的情況下，在不同的學校、不同的班級中，教學模式、教學方法和手段都存在差異，差異導致了不同的教學效果。這種差異是環境不同而產生的結果，是一種客觀存在，是正常的教學現象。

由於教學環境的各個方面的確對學生的學習活動施加著潛在而有力的影響，並與學生的學業成績產生密切聯繫，因此在日常教學工作中，我們應努力為學生創造一個良好的教學環境，以使各種環境因素都成為積極推進學生學習活動的有利條件。

第二節 中文為母語的社會環境

一、 有無目標語的社會環境

第二語言學習，分為在目標語社會環境中和在非目標語社會環境中兩種不同的情況，就是說，有無目標語社會環境是第二語言教學和外語教學的主要區別。目標語社會環境是指在目標語國家裡進行的目標語學習，比如在美國或加拿大學習英語，或在法國或比利時學習法語。在這種環境中，學習者的目標語是其目標語國家的本族語或本族語之一。非目標語社會環境是指學習者的目標語既不是某國的本族語，也不是官方語言，只是在一些特定場合使用，比如在日本一些商務會議中使用英語。

社會環境包括語言環境和人文環境兩個方面，其中語言環境又包括：(1)視覺環境，如報紙、雜誌、書籍、電腦、廣告和各種標誌等；和(2)聽覺（或視聽結合）環境，如廣播、電視、電影、戲劇、錄影、錄音帶等，特別是在該社會中廣泛使用的鮮活的目標語口語是最重要的語言環境。而人文環境則包括目標語社會的物質文明、人際交往、風俗習慣、文化歷史傳統和所創造的一切精神文明。

有無目標語的社會環境對第二語言學習有極其重要的意義。有目標語的社會環境因素從質和量的方面有利於學習者的輸入、內化和輸出的習得過程，也有利於課堂教學中教師所採用的教學方法和學生所採用的學習策略，也最終有利於第二語言的學習效果。在目標語社會環境中，語言環境為學習者提供了自然生動、豐富多彩、無窮無盡的語言輸入和學習模仿的語言資源。人文環境除了為學習者提供自然習得目標語及相關文化因素的社會背景外，還提供了運用目標語進行溝通並獲得回饋的真實活動場景。可見目標語社會環境很適合目標語的學習。

但是，在非目標語的社會環境中學習目標語，無論在語言輸入、自然語言資源的提供、語言運用機會等方面，都無法與在目標語的社會環境中

學習相比。相對而言，在非目標語的社會環境中學習目標語不是理想的環境。

當然，非目標語環境中學習第二語言的不利因素，是可以透過一定方式加以彌補的。同時，在目標語社會環境中學習目標語，也不一定意味著社會環境因素的優勢能自動地得到發揮。如果仍採用基本上是封閉式的課堂教學，沒有很好地把以語言學習為主的課堂教學與社會環境中的語言習得結合起來，給學習者提供更多的接觸社會環境和進行真實的語言溝通的機會，即使有好的社會語言環境，也無法加以利用。

二、 以中文為母語的學習環境

以英語為母語的環境是習得英語的最佳環境，但在以中文為母語的環境中學習英語就不是最佳的環境了，在有限英語環境中，學生在學習英語時遇到的困難很多：

1.學習主體不同

母語習得的主體是一歲半至六歲的兒童，他們的特徵是：模仿能力強；短時記憶能力強，有一定歸納推理能力；語言學習動力強；學話是一種生存需要。但外語學習者的情況卻與此大不相同。他們多半是成人，就是十三、四歲的少年也已過了語言習得的關鍵期（critical period）。成人學習者的主要缺點是無法獲得與本族語者相同的語音語調。

2.學習條件和環境不同

兒童習得母語總是處於家庭和社會的自然環境之中。他們不受時間和地點的限制，可在各種場合裡大量接觸母語。而外語學習一般在課堂裡面進行，即有時間的限制。在課外，一般沒有使用外語的環境。

3.語言輸入的情況不同

兒童沒有專門的教師，主要從其母親或保姆那裡學話。母親或保姆

用的是一種「照顧式語言」（caretaker speech）。其特點是不用明示（explicit，即有意識地顯示語法結構）的辦法來教小孩說話，而只求小孩懂得說話的意思。說話的內容常與「當時當地」有關。這種照顧式語言常常簡單、清楚、重複多、速度慢、充滿了感情及伴有豐富的體態語等。但外語學習的情況與此很不一樣，一般都有專門的教師。外語學習的材料是精選的，但較呆板，而且數量往往不足，重現率低。

4. 母語對外語習得的影響

人們一般認為外語學習受到母語的極大影響，只要一聽講外語的人滿口帶有母語腔調就知道母語的影響力有多大了。在外語習得的領域中，母語是阻礙外語習得的第一個主要障礙，母語所引起干擾（interference）的作用，稱為「負遷移」（negative transfer），因此外語習得實際上就是學習者逐漸克服這種障礙的過程。

與「負遷移」相反的現象是「正遷移」（positive transfer），是指母語和外語的相同之處對學習外語帶來的積極意義。可惜的是，中文對學習英語所發生的正遷移少得可憐，因為兩種語言體系是不同的。中文屬漢藏語系，英語卻屬印歐語系（Indo-European language）；現代中文是單音節語言，漢字有四聲之分。英語除了含有單音節詞外，還有大量多音節詞，不僅母音字母的發音變化多端，而且單詞和句子的重音也有不少規則。中文字是表意文字（ideographic writing），英語單詞則由字母組成。中文的語法關係主要靠虛詞和詞序來表達，而英語則常以詞的內部型態的變化體現語法現象。這些不同的語言現象造成許多負遷移的發生，為學習英語增添不少困難。

負遷移導致的後果表現在如下幾個方面：

(1)在語音方面，語音是外語學習受到母語干擾最明顯的方面。外語學習者通常會有腔調，因為他們把母語的音素、音韻規則以及音節結構移借到外語。例如，在某個方言中沒有 [l] 這個音，因此當地的英語學習者通常是 light [lait] 和 night [nait] 不分，把 light 發成了 [nait]。

(2)在構詞方面，母語為中文的人卻常常忽略英語動詞第三人稱單數的形式，產生不合語法的句子：" * He come from Taipei."；這很可能是因為中文中沒有動詞數和時態的形式變化。

(3)在詞彙方面，說中文的英語學習者經常照用了中文的詞彙，例如，我丟了鐵飯碗→ " * I lose my rice bowl."。

(4)在句法方面，學習者用母語的詞序來說外語，例如，你要什麼？→ " * What you want?"；人們經常引用這句話作為學習英語不佳的笑話：我要給你一些顏色瞧瞧→ " * I will give you some color to see see."。

第三節　課堂教學環境

　　課堂教學環境，主要指由教師、教材和學習者相互之間所提供的目標語輸入，以及學習者用目標語進行的各種操練和溝通性的語言活動。迄今為止，不論是在目標語的環境中還是在非目標語的環境中，第二語言學習主要是依靠課堂教學進行的，第二語言的獲得也主要是在課堂學習的環境中實現的。這一狀況在今後長時間內不會發生根本性改變，因此課堂語言環境對第二語言來說仍然是至關重要的。

一、　課堂教學具有優缺點

　　對第二語言課堂教學的作用，不僅存在理論上的分歧，而且由於課堂教學的效果一直不能令人滿意，因而對其作用又進一步產生了懷疑。這就需要對課堂教學的長處和不足有一個比較全面的評估。與自然環境中學習第二語言相比，課堂教學具有的優缺點如後述。

1. 課堂教學的優勢

(1)課堂教學能充分利用人們長期積累的對語言本身和語言教學的研究成果，透過教學大綱和教材的精心安排，進行集中的、有目的、有

計畫的教學活動，收到相對說來短期速成的效果。這是曠日持久的自然環境中的語言習得所無法比擬的。

(2)課堂教學的重點往往是語言形式的掌握，課堂能有目的地提供比自然語言環境更集中、範圍更廣、形式更為複雜的語言形式，實際上也就提供了這一方面的語言環境，使學習者更注意語言的表達形式，有利於語言形式的掌握。

(3)課堂教學強調教授語言規則，符合成人的思維特點和學習特點。很多研究證明，正式教授語言規則雖不能影響學習者習得這些規則的順序，但可以提高習得速度，不論對兒童或是成人，不論是初學者或是高年級的學習者，甚至不論有無語言環境都能收到這一效果。

(4)課堂教學有經驗豐富教師的指導和幫助，可以迅速提供回饋，及時糾正錯誤，從而加快語言學習的速度。

2.課堂教學的局限性

(1)課堂教學最根本的缺陷在於難以提供真實的溝通情景，也難以進行真正的溝通活動。

(2)透過課堂教學接觸目標語的時間是極有限的，目標語的輸入量也無法與自然習得相比。

(3)課堂教學所提供的不都是真實的語言材料，教給學生的常為「課堂語言」或「教科書語言」，與實際生活中的語言有一定距離。

(4)課堂教學側重語言形式，但不可能教給學生所有的語法規則，最好的教學語法體系也往往是不充分的。有的學者還認為某些語法結構只能在自然習得中掌握，不適宜在課堂中學習。

正由於課堂教學今後仍將是獲得語言的主要途徑，因此，如何克服上述局限性、發揮其優勢以提高學習效果，是外語教育學要解決的主要問題之一。

二、 無關聯與有關聯的觀點

從 1960 年代開始，對第二語言課堂中教師和學生行為的研究逐漸成為第二語言習得研究的一個熱門問題。但是對課堂教學與學習的作用，西方學者一直有不同看法，他們提出了無關聯與有關聯的觀點。

1. 無關聯的觀點

1980 年代初期，美國著名語言學家 Krashen 提出監控模式理論（monitor model），把「習得」（acquisition）和「學習」（learning）看作對立的概念。Krashen（1981, 1982）認為，「習得」是「自然學習」，是指學習者在自然語言環境中，無意識地將隱性（implicit）知識內化（internalize）的過程。這種無意識的學習就是兒童學習母語的重要特點。在習得的過程中，兒童不注意話語的形式，只注意他們所要表達或理解的意義。「學習」是「課堂學習」或「正規學習」，是指在正式的課堂環境中有意識地學習語言規則、語言的顯性（explicit）知識的過程。這種學習是系統的、正規的。學習者經由教師的講解或自己對語法書的閱讀而了解到一些語法規則，並且能感悟和談論這些規則。

Krashen（1982）透過英語語素習得研究發現，不論學習者的年齡和母語背景如何，其英語作為第二語言的習得有一固定不變的自然習得順序。這一習得順序不受課堂教學的影響。不論是在自然的母語環境中還是在外語課堂上，對語言項目的習得順序是相同的。課堂教授語法規則對學習者運用這些規則進行真實的溝通活動起不了大作用，只是在運用語言過程中起有限的、有意識的監控作用而已。

Krashen 還發現，許多人能在完全沒有課堂教授的情況下習得第二語言，同時也有許多人雖然用很長時間在課堂上學習語言，但並不能運用這種語言，正反兩方面的例子都說明，課堂正式「學習」的知識不能變成自然環境中「習得」的知識，這是所謂的「無關聯」的觀點（non-interface position）。

　　Krashen 認為，試圖用課堂教授的辦法使學習者掌握第二語言，至少也是低效率的。他反對在課堂上正式教授語法規則，主張把課堂變成語言習得的場所，讓學習者在課堂上盡可能多地接觸體現「i＋1」原則的可理解輸入，由他們按自然順序通過假設和驗證，在有目的的溝通活動中習得目標語的基本規則。

2. 有關聯的觀點

　　與持「無關聯」的觀點的學者相反，B. McLaughlin（1978, 1987）、Sharwood Smith（1981）和 K. Gregg（1984）等語言學家持「有關聯」的觀點（interface position），他們認為儘管正式的課堂教學對學習者的語言習得順序不起作用，不能幫助他們跳過習得順序中的任何階段，但是獲得語法結構的速度卻受到正式教學的影響。他們的實驗和調查證明，在課堂上教授語法的情況下，學習者的語法知識發展較快，對話法結構掌握的速度也較快，比未接受正式教學的學習者學得好。當然這種正式教學的內容要符合學習者的語言發展水準，同時還要適合其認知程度且在心理上有充分的準備接受所教的內容。

　　Sharwood Smith（1981）認為，學習先於習得，是習得不可缺少的組成部分。學習到的知識可以直接幫助習得語言，而且藉由練習可以把學習來的專案轉變為習得的項目。要達到能在溝通中運用語言的水準，課堂教授語法規則非常必要，是培養準確、流利溝通能力的高效率的辦法。他認為第二語言的獲得必須先明確地講解語法規則，並有大量機會在一定的語境中練習、使用這些規則，才能將語法規則儲存在長期記憶之中，從而在溝通中加以運用並在溝通中繼續習得語言。這就形成了與 Krashen 相對的「有關聯」的觀點。

3. 折衷的觀點

　　R. Ellis 和 E. Bialystok 等語言學家則持比較適中的立場。Ellis（1985）認為，習得與學習之間不存在本質的區別，因為「習得」包括有意識的學習（conscious learning），兩者在部分情況下可以互相換用。Bialystok

（1978）認為，第二語言既可透過習得也可透過學習而獲得，不同的學習者有不同的具體學習目標，需要達到不同的語言水準，這就決定了是採用正式講授還是自然習得這兩種不同的途徑。Bialystok 還認為對語言知識掌握有兩種情況：一種是分析性的掌握，即對語言規則進行分析，經過分析的語言知識易於靈活運用；另一種是自動的掌握，即語言知識能迅速準確地加以運用，達到脫口而出的程度。不同的語言活動需要不同類型的知識，並透過不同的途徑獲得。自然習得著重流利地運用語言而不注重對語法的分析，因而習得的結果往往提高了語言運用自動化的程度，但不能靈活運用語法規則。課堂學習既重視語法的分析能力，也強調提高語言運用的自動化程度，因而最終能流利而靈活地運用語言。如果學習者的目的僅是能進行自然的口語會話，則可採用 Krashen 的輸入理論，主要藉由溝通來習得第二語言；如果學習者的目的是既要進行熟練的口語會話、又要掌握書面語（要掌握經過分析且達到自動化的知識），則應從課堂正式教授語言結構開始。

綜合上述的觀點，我們趨向於採取折衷的立場，認為學生學習外語的過程是有意識的、自覺的「學習」，但也有無意識的、不自覺的「習得」。它是有意識和無意識協調作用的過程，兩者相互聯繫、相互作用。有意識學習和無意識習得協調作用，學習才能達到最佳效果。外語教學完全忽視無意識習得和有意識學習的作用，並不利於學習外語。

第四節　教學環境的改善

教學環境的優劣在某種程度上決定著教學活動的成效。為了最大限度地發揮教學環境的正向功能和降低負向功能，實現教學環境的最優化，就必須對教學環境進行必要的調節控制。調節控制所產生的新的教學法體系應突破課堂教學的框框，由課堂教學、課外活動和教學方式三個層面組成。這三個層面所組成的是課內與課外相結合、學習與習得相結合的立體教學體系，其核心在於充分地創造外語的學習環境（劉珣，2000）。

一、 發揮課堂教學的重要作用

　　課堂是英語教學的主要場所。與課堂教學有關的諸種因素，如課堂教學的總時數、學生接觸英語時間的頻率、班級的大小和教學設備等，都在很大程度上直接影響英語教學的品質。

1. 擴大教學總時數

　　教學總時數從一開始就決定了一般學生將來可能達到的目標。一個班級用 1,000 堂課教學英語，另一個班級用 500 堂課教學英語，除去其他的因素，其教學結果通常會有非常明顯的不同。一般在決定教學目標時，教學總時數要與之相適應，沒有足夠的教學時數，就不可能達到所規定的教學目標。

2. 增加接觸英語時間的頻率

　　接觸英語時間的頻率比總課時對英語教學效果的影響更有意義。這種看法是有道理的。一個學生一次學習英語一堂課，每週六次，肯定比一個每週只接觸英語兩次，每次學習三堂課的學生英語進步要快，雖然他們學習的總時數一樣。後者學習效果所以差，明顯的原因是學習英語沒有得到及時和足夠的強化。接觸英語間隔時間長就容易遺忘。

3. 小班制教學

　　教學方法的運用與班級學生人數的多寡有著密切的關係。人數太多的班級不可能使每個學生都有較多的機會參與語言實踐活動，特別是要進行以聽說活動為主的訓練是相當困難的。

4. 改善教學設備

　　具有現代化的教學設備，如幻燈機和幻燈片、答錄機和錄音帶、錄影放映機和錄影帶、語言教室等，以及具有豐富的教學資料，如英語教學參

考書、英語讀物、雜誌、報紙等的圖書館，這對英語教師的教學將提供很大的方便。雖然並非沒有它們就不能教英語，但是，如果恰當地善用這些設備，將會促進學生更好、更快地掌握知識和技能，提高教學效率。

二、 發揮課外實踐活動的重要作用

教師應是把作為語言實踐的各種課外活動納入教學計畫中，進行精心的設計安排。不論是參觀遊覽、座談訪問還是遊戲表演，都要給學生提供真實的語言溝通情境，提供語言習得的機會。

社會因素中不可忽視的學生家庭條件，對中、小學生的英語學習影響也較大。一般來說，家庭能提供學習英語環境的學生，其英語學習會比較好。有的學生家長懂英語，平時對孩子的英語學習比較關心，並給予適當的輔導，這樣的學生英語學習情況一般比較好。有些學生家長沒有學過英語，或對英語所知有限，他們工作忙，平時顧及不到孩子的英語學習，這樣的學生如果自己不努力的話，英語學習成績一般欠佳。有的學生家長本身對英語學習就有這樣那樣的消極看法，無疑會對學生的英語學習起促退的作用。因此，英語教師在教學中對一些家庭環境不夠理想的學生要多放一些注意力，應該給這樣的學生更多的協助。教師對待少數學習成績差的學生不能單純責怪，甚至說他們腦子笨，而應該考慮到他們所受的社會和家庭的影響，應該做好學生的家長工作，讓他們配合學校一起掌握學生的英語學習。

三、 立足學習，發展習得的教學方式

根據第二語言習得理論，理想的外語課堂教學應能向學生提供這樣一個外語學習環境，能使學生獲得更多的直接使用目標語的場所和機會，讓學生「沉浸」於使用目標語的環境之中，進行有意義的溝通，並能激勵學生參與解決問題和完成任務的溝通活動。具體來說，這種有利於學生習得語言的外語課堂教學環境應具有以下幾個特點（張正東，1999）：

1. 內容和形式方面

自然學習重視內容含有溝通的真實性，要求流利得體。課堂學習重語言的結構形式，要求正確。兩相比較，我們可以先形式後內容，先正確後流利。實際上，形式與內容是互補的，沒有形式的正確，就沒有內容的真實與流利。

從目前的情況來看，我們似乎要加強內容上的教學，也就是說，課堂教學要自然而注重內容，要盡可能地使學生的注意力轉移到資訊的溝通（即語言的意義）上，而不是所使用的語言結構（即語言的形式）上。對於學生所犯的語言錯誤，只要不影響正常溝通的順利進行，教師應採取寬容的態度（即予以接受不立即糾正），這樣有利於學生減輕運用目標語時怕犯錯誤的心理壓力，增強他們的自信心。這樣才有可能提高學生語言習得的成功率。

2. 溝通性活動方面

語言習得依賴大量的可理解性語言輸入。而大量的可理解性語言輸入的獲得，不僅需要習得者廣泛地接觸語言材料（如聽錄音、廣播、與他人對話、看錄影帶等等），而且還要直接參與溝通，使接觸到的語言材料透過說明（clarification）、證實（confirmation）、修正（modification）、重新組織（restructure）等溝通手段變成可理解性的語言材料。

3. 教學材料方面

自然學習取材淺而多，側重可理解性；因為它認為這種教材才能幫助學生體驗語言，熟悉語言現象，吸收語言要素，內化語言規則。而課堂學習材料則少而難，因為它認為教材應是目標語語法、詞彙、語音規則的集中反映，學了規則，才能生成言語。兩者相較，在技巧上我們適宜採用自然學習的淺而多，側重理解；但在理解中應著重反映目標語規則的範型。

4.教學活動方面

自然學習主要由教師採用語言的和非語言的多種手段、技巧去幫助學生理解；如設置情境、介紹背景、組織各種活動等等。課堂學習則主要依靠教師的講解、例證、示範、分析、新舊聯繫等等活動，幫助學生理解、記憶語言知識，然後向表達轉化。兩相比較，在呈現階段、遷移階段，我們應該多採用自然學習的技巧，而在實踐階段則應多採用課堂學習的技巧。

5.教師的角色方面

教師以組織者（organizer）和幫助者（helper）的身分參與課堂的溝通活動，而不是以知識的化身、教學的主體出現在課堂中。

教師的主要任務是挑選出具有知識性、趣味性和真實性的教學材料來組織學生進行課堂溝通活動，並在學生遇到表達和理解困難時，及時地給予引導和幫助，以便使溝通活動能順利地繼續下去。同時，教師還應設法縮小師生之間的距離，積極參與課堂溝通活動，與學生打成一片。這樣才有利於給學生提供一個輕鬆愉快的語言習得環境。

🌸 第五節　結　語 🌸

環境指制約和影響學生學會英語的各種因素，包括宏觀調控環境和微觀教學環境。國家的英語政策、國家的經濟、文化發展水準等構成英語教學的宏觀環境，它屬國家宏觀導向，其中國家的英語政策是重要的環境制約因素；而母語在英語教學中的作用、教學形式（自然或課堂教學）、師資的教育、教學水準、採用的教材、教學設備、構成班級的學生不同地方的來源等組成微觀教學環境。

教學環境是一個由多種要素構成的複雜的整體系統，它對學生學習過程中的認知、情感和行為產生潛在的影響，對教學活動的進程和效果施加著系統的干預。可以說，環境是制約英語教學效果的重要因素。這種現象

反映出在不利環境下工作的教師的教學更艱苦，擔子更沉重，也提醒廣大英語教師，要提高教學品質，就要努力學習，不斷更新觀念，研究環境，開發環境，順應環境，針對環境中的不利因素去調整教學，盡可能減少不利條件的負面影響。

第7章

英語教學總目標

　　教學作為人類社會中有目的的實踐活動，在對它進行研究時，是不能回避和掩蓋其鮮明的目標性的。所謂教學總目標，就是教學過程結束時所要達到的結果，或教學活動預期達到的結果。它是教學領域裡為實現教育目的而提出的一種概括性、總體的要求，制約著各個教育階段、各科教學發展趨勢和總方向，對整個教學活動有著統貫全局的作用。教學總目標的特點是：它是教學的方向目標，具有終極意義；它是對教學的總要求，對各級各類學校的所有教學活動都有指導作用；它體現著社會的意志和要求，具有主觀性和指令性，在某一歷史時期常常是相對穩定的。

　　英語教學活動是一個複雜的教學過程。確定英語教學目標是英語教學第一位的工作，中、小學英語教學總目標規定得是否恰當，是直接影響提高英語教學品質的關鍵性問題。只有對教學目的進行深刻的認識，才能使教學實踐有效地取得預期的效果。

　　本章我們先探討英語教學目標的分類，然後對英語教學各個目標進行深入的探討。

第一節　英語教學的目標分類體系

綜觀英語教學史可以看出，英語教學主要有兩種類型的目標：一是素質型目標，一是實用型目標。前者指人文主義的教育目標，著重於在與目標語民族文化的跨文化交流中去提高學習者和學習者民族的文化素養，以提高其教育、文明水準。而後者則著重培養英語運用能力，以解決某種特需英語人才的問題，即主張學了就要用。學了就要用標誌著教學的近期效益；學習能提高文明水準則標誌著教學的遠期效益。雖然近期效益與遠期效益互有關聯，但在英語教學的發展中卻形成了兩條路子、兩個體系（張正東，2000：59-63）。

英語教學的總目標，應該是使學生獲得英語語音、語法、詞彙和英語國家文化的基本知識，培養學生聽、說、讀、寫等運用英語進行溝通的能力，發展學生的智力，並在思想品德和藝術方面使學生受到良好的教育和陶冶。它既包括了英語教學的具體任務，即傳授英語的基本知識與技能，也包括了發揮英語學科的全面教育功能，使學生在知識、能力、智力和思想品德四方面得到培養。這種表述就是素質型目標的表述。

英語教學的總目標可以分為掌握英語、發展智力、培養品德和文化教育四個方面（見圖7-1）。

建立中、小學英語教學的目標分類體系，能為教學提供一個要求掌握英語的具體的、可操作和可測量的客觀標準，使師生都能具體明確英語教學要掌握什麼，以及要掌握到什麼程度。這有助於選擇教學方法，編寫和分析教材，指導教學，檢查教學品質，改進教學。制定英語教學的目標分類體系之後，要求教師認真分析研究學生需要達到的目標、目標的層次，選擇更好實現各層次目標的有效教學方法和檢查、考核方法，以便獲取比較客觀的回饋資訊，並對獲取的資訊進行客觀的分析評價，再根據分析評價的結果調整教學進度，改進教學方法，力爭更有效地全面完成教學目標。

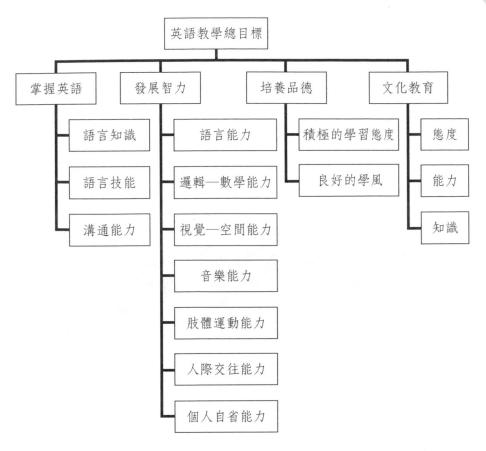

圖 7-1　英語教學的目標分類體系

❀❀ 第二節　掌握英語的目標 ❀❀

　　掌握英語是屬於認知領域的知識和能力，又可分成三個亞級層次：英語基礎知識的了解、基本訓練技能操練和溝通能力的運用。基礎知識還可分為三個次亞級層次：語音、詞彙、語法。基本訓練還可分為四個次亞級層次：聽、說、讀、寫技能基本訓練。溝通能力還可分為四個次亞級層次：可能性、可行性、得體性和現實性。

一、 語言知識的傳授

語音、語法、詞彙是學生必須掌握的一些最基本知識。語音、詞彙和語法雖不是教學論意義上英語語言知識的全部，但卻是英語語言知識的重要組成部分，是形成聽、說、讀、寫言語技能進而發展為實際運用英語能力的重要材料和工具。

1. 語音

任何一個民族的語言都是首先靠聲音來傳播的，書面的語言是後來才發展起來的。語言是發音與意義的結合，每一種語言都有不同的語音和發音系統。因此，學習這一套特殊的語音和發音系統就成為學習某種英語的第一步，也就是學習這一門英語的基礎。語音學好了，對於以後發展口語，提高聽力，記憶詞彙與語法規則，乃至提高閱讀能力都有很大的幫助。因此語音基本知識很重要。

掌握語音的基本知識與發展語音的能力是分不開的。所謂語音的能力，包括敏銳的聽覺（能區分細微的發音差別，把不同的聲音與意義迅速連接起來）、良好的發音（準確掌握發音部位，掌握重音與語調）以及聽覺與發音的控制與協調等。不同年齡的人，掌握英語語音的能力有所不同，幼年或少年的模仿能力強，學習英語語音更容易，也更完美。不同母語、不同方言的人，在學習英語的語音時，也會產生不同的困難，因為他們的發音和語調總是會受到母語和地域方言的干擾。

語音關是英語教學的第一關。但在中、小學語音教學中存在著不容忽視的問題。首先表現在英語教學初始階段的語音教學往往留下後遺症。如語音基本技巧不夠熟練，學生在讀字母和音標時常有瞬間考慮活動，因而達不到直接反應、眼到口也到的水準。在運用拼讀規則讀單詞和讀音標組合時更是如此。就是說，語音基本技巧自動化程度不夠。這種後遺症嚴重影響以後的教學進度，影響學生語言運用能力和學習能力的發展。詞彙、課文、語法和聽、說、讀、寫的教學無不受到阻礙。

2. 語法

語法是語言使用的規則，對語言實踐有著積極的指導作用。掌握和運用語法知識對於獲得言語能力有著重要的作用。因此，學習語言，尤其是學習英語，不學習語法是根本不行的。有人把詞彙和語法比作磚頭和水泥，建造一座大廈，如果沒有水泥，零散的磚頭只能發揮占地的作用。沒有語法，句子就是詞彙的胡亂堆砌。

語法能力是溝通能力的組成部分。事實上，人們在學習和運用語言的過程中，總是自覺或不自覺地學習和運用著語法，語法是幫助實現溝通目的之手段。

英語語法教學，就是在語法基礎知識的教學過程中，讓學生逐步從理性上認識、掌握語言使用的規律，並用以有效地指導語言實踐。在語法教學問題上，許多教學法都重視語法教學，都有有效的教學方法。以官能心理學為理論基礎的語法翻譯法強調演繹教學法；以認知心理學為基礎的認知法主張學習語法應是在發現、理解規則的基礎上，透過溝通，掌握語法；以行為主義心理學為基礎的聽說法強調句型教學，要求透過句型操練達到自動化程度，從而養成習慣。

3. 詞彙

詞彙是語言的三大要素之一，從對語言的掌握熟練程度來講，在很大程度上也是取決於對詞彙的掌握情況，這可從對語言的理解和表達兩個方面來說明。從對語言的理解方面來看，語義關係比語法關係顯得更為重要。如果詞彙貧乏、詞義含混，就不能對一篇文章有很好地理解，也不能準確地聽懂別人的話。如果從表達思想來看，正如語言學家 Wilkins（1972）所說：「沒有語法，人們表達事物寥寥無幾，而沒有詞彙，人們則無法表達任何事物。」由此可見，詞彙教學在語言教學中應占有相當重要的地位。學習英語，只有學會並掌握足夠數量的詞彙，才能進行語言溝通，才算是真正學好了英語。詞彙是構成語言大廈的基本材料，如果只有語音基礎和語法框架而詞彙材料不夠，仍舊不能蓋成完美的大廈。

二、 基本技能的訓練

根據教育心理學，所謂技能的學習，就是掌握在特定目標下的操作方式。技能包括內隱的智力技能，即一系列的心理活動操作技能，也包括運動技能，即一系列的器官和肌體活動。就學習英語技能來說，學習者不僅明白了各種語音、語法、詞彙現象的意義，而且能夠運用自己的頭腦和器官來進行操作，達到透過英語接收（聽、讀）資訊和表達（說、寫）資訊的目標，這樣才算真正學會了英語。學習任何一種語言都不能只滿足於取得一定的知識，而應當把重點放在技能的掌握方面。語言是資訊交流的工具，是人類認識世界、改造世界的工具。如果不學會這種工具的使用與操作，那就失去了學習的意義。

語言的技能一般可分為聽、說、讀、寫四個基本方面，其他如翻譯、複述、聽寫、討論等活動都是上述四種基本技能的綜合變化。聽、說、讀、寫在教學裡既是教學目的，又是教學手段。作為教學目的，英語教學大綱對聽、說、讀、寫都有要求；作為教學手段，每節英語課上都要進行聽、說、讀、寫的訓練。聽、說、讀、寫的能力是在聽、說、讀、寫的訓練裡培養的；語音、語法、詞彙是透過聽、說、讀、寫的練習才能熟練掌握的。聽、說、讀、寫緊密聯繫，互相促進。

人們通常從不同的角度對它們作出分類，區分出口語能力（聽、說）和書面能力（讀、寫），或接收能力（聽、讀）和表達能力（說、寫）。這四種能力的發展各有其相對的獨立性。每一種能力都可以藉由相應的活動得到發展，如透過閱讀活動提高閱讀能力，透過聽力訓練培養聽力。而在實際教學中，這四種能力的發展往往不能完全平行一致，某些能力可能超出或落後於其他能力的發展。同時，聽、說、讀、寫又相互聯繫，相互制約。它們所涉及的語言形式（詞彙和語法）是一致的，它們只是運用同一形式體系進行溝通的這一整體能力的四個方面。實際語言使用和教學過程往往同時涉及幾種能力。因此，應全面培養聽、說、讀、寫四種語言能力。

三、 溝通能力的培養

溝通能力是社會語言學家 Hymes 針對 Chomsky 的語言能力的概念提出來的。在 Hymes 看來，一個學語言的人的語言能力不僅是他能否造出合乎語法的句子，而且還包括他是否能恰當地使用語言的能力，即他懂得什麼時候說什麼話，什麼時候不說什麼話，對誰在何時何地以何種方式談什麼內容。Hymes 還認為，語言有使用的規則，如果沒有使用規則，那麼語法規則也就毫無用處了。由此可見，Hymes 的溝通能力既包括語言能力，又包括語言運用。溝通能力由四個部分組成：(1)可能性，指一個人是否（以及在什麼程度上）能夠說寫語法正確的句子的能力；(2)可行性，即某種說法是否（以及在什麼程度上）可行；(3)得體性，即某種說法是否（以及在什麼程度上）適合；(4)現實性，指某種說法是否（以及在什麼程度上）在實際情景中說出來。

語言知識、語言技能和溝通能力三者是相輔相成的。首先，語言知識是基礎，沒有扎實的語言知識基礎就談不上有什麼聽、說、讀、寫基本技能訓練和培養言語溝通能力。同樣，不培養溝通能力，語言知識將變成一堆毫無用處的廢料，技能也將成為僵死、呆板的機械活動。語言知識只有透過技能訓練和言語溝通活動才能被理解、吸收、儲存，並不斷豐富和自由地運用於溝通活動。其次，語言技能還是溝通能力的前提，一定程度上也體現溝通能力的強弱，它又是知識形成溝通能力不可缺少的中間環節。語言知識、語言技能也寓於溝通活動之中。由此可見，語言技能既是英語教學的目的，又是鞏固語言知識、培養溝通能力的手段。第三，英語教學的出發點是培養學生用英語進行溝通，而不僅是學習語言知識和掌握語言技能，語言知識和語言技能是為掌握溝通能力服務的。英語教學的根本目的是培養學生英語溝通能力。

第三節　開發智力的目標

　　智力開發這一教學目標過去往往被忽視，而實際上，它應當受到各科教學的充分重視。

　　什麼是智力？心理學家的解釋各不相同。但是大體上可以這樣說：智力是人的一種複雜的心理機能，它使人能夠適應新的環境，學習新的事物，為著一定的目標而活動。傳統理論對智力的定義局限在人的語言智力和邏輯這兩個方面。在教育學和認知理論領域內，傳統理論認為，智力是人們先天的認知能力，可以透過簡單的測試輕而易舉地加以測量。智力指數（Intelligence Quotient, IQ）就是對上述兩種能力的測試指標。學習上的成效似乎與個人的語言智力和數學智力的高低有關，某些人的智商高意味著他們在學校善於利用有利時機來掌握語言。所以，傳統教學多偏向紙筆測驗與講演式教學，這僅僅適合於具有較高語文智力與數理智力的學生，它是以機械性和死記硬背為特徵的一種教育方式。

　　Gardner（1983）的多元智慧理論對傳統智力理論提出了修正，Gardner認為：(1)智力是在多元文化環境中解決問題和創造一定價值的能力；(2)智力是一整套使人們能夠在生活中解決各種問題的能力；(3)智力是人們在發現難題或尋求解決難題的方法時不斷積累新知識的能力。

　　人的智力是多元的，至少擁有七種能力（見表7-1）。此外，智力亦隨人類文化發展而演變，它是有生命力的，隨著科技的不斷進步，將來的智力可能不止七種。由於此七種智力普遍存在於人類當中，因此多元智慧理論已廣為心理及教育學界所接受。

　　Gardner強調，人的智力可以經由後天的學習得以開發和逐步加強。因此教師應當有目標地開發和訓練學生的各種能力，以提高教育品質。例如，對英語教師來說，可以設計有關解決難題的活動來培養學生的人際交往能力；還可以提供豐富的語言教學資源提高學生聽、說、讀、寫的能力；透過教師與學生以及學生與學生之間的交往活動培養學生的語言運用能力和肢體運動能力。這樣教師可拓展課程內容，為學生提供多維模式的學習機

表 7-1　七種智力類別

智力類別	定義	專長人才
語言能力（Verbal-Linguistic Intelligence）	指有效地使用語言進行表達和交流的能力	演說家、詩人和作家等
邏輯－數學能力（Mathematical-Logical Intelligence）	指透過邏輯思維有效地使用數學運算，從而科學地解決難題，並闡明概念和事物之間內在聯繫的能力	會計師、數學家和科學家等
視覺－空間能力（Visual-Spatial Intelligence）	指運用立體思維，並透過圖表來表達視覺和空間概念的能力	藝術家、裝飾家和建築師等
音樂能力（Musical Intelligence）	指感知多種音樂形式，並運用音樂來表達思想感情的能力	歌唱家、音樂家和指揮家等
肢體運動能力（Bodily-Kinesthetic Intelligence）	指有效地使用肢體來表達意義或創造以及控制形體的能力	舞蹈家、演員和運動員等
人際交往能力（Interpersonal Intelligence）	指得體而有效地理解別人的感情，並作出正確反應的能力	銷售員、社會工作者和旅行社導遊等
個人自省能力（Intrapersonal Intelligence）	指自知自明的能力，包括知道自身的長處、動機、目標和感情等	哲學家、企業家和語言矯正師等

會，讓學生從中體驗自己智力的開發和擴展。

第四節　培養良好品德的目標

掌握英語與掌握任何一門學科一樣，是長期堅持不懈的努力過程，需要學生踏踏實實，好學深思，勤學苦練，互相幫助，不畏困難，克服自滿，才能真正學到本領，不斷進步。學習的進步與良好的學風、品德的養成是

密不可分的。教師要教好英語，就必須以自身的示範作用以及對學生的嚴格要求，在學生中樹立這種良好的學風與品德。這也是德育的重要組成部分。

一、 積極的學習態度

態度是一個人對待外在事物、活動或自身的思想行為所持的一種是與非的情感傾向性。英語學習態度就是英語學習者對英語學習的認識、情緒和行為在英語學習上所表現出的傾向。態度有積極態度和消極態度之分，積極態度表現為對英語學習喜愛的情感；而消極態度則表現為對英語學習的反感。

相關的研究發現，對英語學習的態度和學習成績具有正面的相關度。也就是說，學習者在初學階段的態度與後來他的英語水準有關係。態度愈積極，學習成績就愈好，這是因為態度積極的學習者喜歡學英語，而態度消極的學習者討厭學英語。

要培養學生的積極態度，首先要讓他們了解為什麼要學英語。了解了學英語的目的性，就能產生積極的態度。比如讓學生明白掌握一門外語是為了和世界有關的民族交流，這就有助於樹立有利於英語學習的態度。

學習態度是可以改變的。在那些較差的學習者，教師應做大量工作，培養他們的積極態度。英語教學實踐中不乏頑石被教師的赤心所化的例子。

二、 良好的學風

在英語教學的整個過程中，教師要培養學生樹立良好的學風，進而培養優秀的品德。良好的學風表現在如下幾個方面：

1. 勤奮踏實的努力

英語學習必須勤奮踏實，如果只憑一時興趣或有點小聰明，雖然可能有點收穫，畢竟不能有真正的成就，更不用說投機作弊等不老實的行為了。

2.嚴謹的作風

英語學習必須認真仔細辨別正誤，往往由於一個詞的拼寫，一個冠詞或介詞的使用，甚至一個標點符號的不同，就會引出意義的差別，導致思想交流的誤會。因此，學生應當具有嚴謹的作風，克服粗心馬虎的不良習慣。

3.多動腦筋的習慣

英語學習必須多動腦筋發現問題和思考問題，特別是在中外文表達習慣的差別上，如果不敏銳思考，就容易以中文習慣來使用外文，鬧出許多笑話。因此，要提倡好學深思，深入鑽研。

4.勇於實踐的精神

英語學習必須勇於實踐，在實踐中糾正錯誤，提高聽、說、讀、寫的能力。因此，要鼓勵學生克服各種心理障礙，勤學多練，不放過練習的機會。

5.精益求精的態度

英語學習是由淺入深、不斷前進的過程，不僅僅要學習語言，而且要深入體會有關民族悠久豐富的文化。因此，要樹立精益求精、永不自滿的學習態度，虛心向各方面的專家學習。

以上各點，只是學習英語必須具備的良好學風的一些例子，並沒有包羅全部，但由此可見培養良好學風的重要意義。學生透過英語學習養成的好作風，若能應用在生活工作的其他方面，也就可成為做人的優秀品德。

第五節　文化教育的目標

文化教育的目標包括態度、知識和能力三部分。首先，就文化態度而言，英語教育過程中要充分注意各民族、國家之間的文化差異，要理解、

容忍和尊重所學語言國家的文化和風俗習慣，保持端正的學習態度。其次，就文化知識而言，英語教育的目的不僅要使學生了解所學語言國家人民的信仰、觀念、風俗、行為、情感和社會習慣等生活方式、思維方法，也應知道一些他們的經濟、社會、政治歷史和偉大人物情況。最後，英語教育還要掌握跨文化溝通的能力，只有這樣，才能更完整地達到國際間相互了解和交流資訊的目的（詳見第 12 章）。

語言與文化之間存在著密切的關係。一方面語言是其相對應文化的組成部分；另一方面，語言又是文化的載體。語言可以幫助豐富和保存一種文化，以及此文化中的信仰和風俗。一種語言中儲存了一個民族所有的社會生活經驗，反映了該民族文化的主要特徵。可見語言是文化的一部分，並對文化有深遠的影響。

傳統的觀念認為有關英語的基本知識只包括其內部的結構與規則（即語音、語法、詞彙等）。但是現在愈來愈多的人認為，研究英語必須注意它在社會上使用的狀況與規則；即使是初學英語的人，也必須懂得這方面的基礎知識，才不至於和英語國家的人們交往時違反習俗或產生誤會。初學英語的人也會碰到許多詞彙，例如 Christmas、God、hell、congress、cabinet、parliament 等，這些都和西方國家的宗教和政治有關。如果不懂他們的國情，也就無法理解他們的語言。如果不能區分英國與美國政治制度的不同，也就不能區分 congress 和 parliament 的含義。

只學習語言而不了解其文化，會產生許多文化錯誤（即大多數以英語為母語的人覺得不合適或者不能接受的語言或行為）。這些錯誤分為如下四類（胡文仲，1989）：

(1)從社會語言學的角度看是不合適的，如把「你吃飯了沒有？」、「你上哪兒去？」等問題當作問候語等。

(2)在文化習俗上不可接受，如進行「自貶」以表示不必要的謙虛。

(3)不同價值體系的衝突，如干涉外國人的隱私。

(4)對西方社會存在著許多固定不變的過於簡單或過於籠統化的錯誤看法，例如認為所有美國人都很富裕等。

　　文化錯誤比語言錯誤能產生更為嚴重的後果，偶爾違反了語言規則（如忘記複數名詞加-s），外國人可以諒解，至少不會影響彼此的感情。但如果犯了文化錯誤就容易造成我們與外國人之間感情上的不愉快。因此，為了避免文化錯誤的發生，就得學習社會文化知識。大學裡的英語專業，一般都要開設介紹英語國家歷史地理、文學藝術、政治經濟的各種課程。在初級或中級階段的英語教材中，也應有許多介紹英語國家情況的內容。

第六節　結　語

　　英語教學目的是英語教學實踐的第一要素。英語教學的目的和目標規定得是否恰當，是直接影響提升英語教學品質的關鍵性問題。

　　英語教學含有以下六項目的教學任務：一是英語語言知識的傳授；二是英語基本技能的訓練；三是溝通能力的培養；四是發展智力；五是培養良好的學風與品德；六是文化教學。

　　編制具體而明確的教學目標對教師的教學具有重要意義：(1)要求教師十分認真地思考如何幫助學生去實現該目標；(2)幫助教師識別不重要的目標並辨認出遺漏的目標；(3)有助於挑選達到這些目標所需的教學方法與材料；(4)清晰表述的教學目標提出了評價學生成績的最直接方法；(5)有助於確保教師之間、師生之間、教師和家長之間的交流。

第**8**章

英語教學大綱

　　教學大綱（syllabus）或課程標準，是指英語教育研究者和實踐者根據一定的語言理論和語言教與學理論所研製的語言教學指導性文件，它通常包括教學內容的選擇、安排和實施要求。大部分的教學大綱只是規定了英語課程的教學目的、內容和要求，但對教學方法和教學模式並不做指令性規定，因為實現一種大綱的教學目的、內容和要求，可用多種不同的教學方法和教學模式，所以教學方法和教學模式是由教師自己根據教學大綱來決定的。而另一些教學大綱則相反，只是規定了教學方法和教學模式，而對教學內容和要求並不做指令性規定。

　　本章主要介紹一些有關語言教學大綱的基本理論，討論教學大綱的種類，其目的是使教師能夠利用這些理論來分析各種具體的教學大綱，並在此基礎上選用適合的英語教學方法和教材。

第一節　教學大綱的分類

　　教學大綱可以粗略地分為兩大類：一是 Wilkins 所區分的綜合性大綱和分析性大綱；二是 White 提出的另一種區分大綱的方法：A 型大綱和 B

型大綱。

一、綜合性大綱和分析性大綱

在傳統的教學大綱上，大綱設計者規定了所要教的語言內容，這些內容都是根據先易後難的原則而排列的，這種大綱屬於綜合性大綱（synthetic syllabus）。與傳統的綜合性大綱相對應的大綱則不以教學內容為中心，相反地，它以教學方法為中心，其設計者在大綱上規定了課堂上教師要使用的教學方法和課堂活動等，這種大綱屬於分析性大綱（analytic syllabus）。可見，綜合性大綱是「內容導向」大綱，側重於教師要教什麼（what）；而分析性大綱屬於「方法導向」大綱，側重於如何教（how）。下面我們進一步分析綜合性大綱和分析性大綱的不同特點。

1. 綜合性大綱

Wilkins 最早區分了綜合性大綱和分析性大綱。在 Wilkins 的著作《意念－功能大綱》（*Notional-functional Syllabus*）中，Wilkins（1976）指出，綜合性大綱的內容主要是目標語的語法、語音和詞彙等語言項目，這些內容都是事先選定的，並在大綱上從易到難地加以排列。在教學過程中，教師把這些內容逐步地教給學生，等到將它們全部教完了，就相當於把整個語言都教給學生了。由於這是一點一滴的漸進式教學，所以學習者學起來感到比較容易，正如 Wilkins（1976: 2）所指出的：「學習者主要的任務就是把所學的語言片斷（parts of the language）重新組合起來，一旦能做到這一點，他們就可能掌握了這種語言。」

最典型的綜合性大綱也許就是結構性大綱（structural syllabus），其主要內容是語言項目，包括語法、語音或詞彙等。比如，結構性大綱先呈現一般現在式，內容包括陳述句（如 "He is a student."）、Yes/No 疑問句（如 "Is he a student?"）和 Wh-開頭的特殊疑問句（如 "Who is he?"），然後再呈現較複雜的語法項目，比如現在進行式（如 "He is studying."）。由於大綱先呈現了一般現在式，因此在教學中學生就容易理解現在進行式。

另一種綜合性大綱是意念－功能大綱，其中的內容主要是意念（如時間和空間）和功能（如邀請和致謝），如下面是一個表示「請求和批准」功能的教學單元（Leech & Svartvik, 1975: 143）：

Can we smoke in here? Yes, you can/may.

May we smoke in here?〈more formal, polite〉

Are we allowed to smoke in here?

Are we permitted to smoke in here?〈formal〉

Is it all right to smoke in here?〈informal〉

I wonder if I could/might borrow your pen.〈tactful〉

Would you mind if I opened a window?/my opening a window?

No, I don't mind at all (＝ 'certainly you may') /not at all.

在這個教學單元中，有些右邊句子的內容都可以包括在左邊的句子中，如 "Can we smoke in here?" 這個表示請求的功能包括了 "Yes, you can/may." 這樣的答語，而且有些句子還能表示該句子所使用的社會情景是正式的（formal）句子還是非正式的（informal）。從該單元中可以看到，"May we smoke in here?" 就比 "Is it all right to smoke in here?" 來得正式。這些表示功能以及正式和非正式語言的內容都是結構性大綱所無法呈現和羅列的。

許多語言學家都同意 Wilkins 這種區分綜合性大綱和分析性大綱的方法。但是，Wilkins 當時也錯誤地認為，意念－功能大綱不屬於綜合性大綱，而屬於分析性大綱。對於這一點，許多語言學家卻不同意，他們認為意念－功能大綱同結構性大綱一樣也屬於綜合性大綱。這是因為意念和功能如同結構、語音和詞彙一樣也都是語言項目，而且它的排列方法也同結構大綱一樣都是先選定語言項目，然後從易到難地排列。雖然意念－功能大綱所提供的內容比結構性大綱豐富，但因為意念和功能如同結構、語音和詞彙一樣都是大綱中被選定並列明的語言項目，因此意念－功能大綱確實也是綜合性大綱。

2.分析性大綱

與綜合性大綱不同的是，分析性大綱沒有事先規定和控制任何語言項目，正如 Wilkins（1976: 13）所指出：「綜合性大綱提倡語言系統要分解成獨立的片斷，這種做法是沒有必要的。分析性大綱是以學習者的學習目標，以及為了取得這些目標所需的語言行為而制定的。」

在分析性大綱中所列的不是語言項目，而是根據一定規則排列的多個語言教學活動。比如，表 8-1 這個「學習廣告用語」活動就可出現在分析性大綱中，作為語言的載體讓學生透過完成活動來學習有關的語言。雖然它讓學生學習廣告用語，但並沒有規定要學哪種廣告的用詞和句子，這些用詞和句子都由教師或學生自己選擇。分析性大綱中的內容就是由這樣的一個個活動所組成。

表 8-1　分析性大綱中的活動例子

活動：學習廣告用語
活動目的：學生從廣告中獲取資訊，學習廣告用語，並嘗試設計和表演廣告。
適合級別：初、高級
教學過程：1.教師事先收集各類食品或文體用品的英語廣告。 2.課堂上讓學生說出印象最深的廣告，並討論為什麼對這些廣告印象深刻。 3.教師向學生展示一些英語廣告，引導學生分析廣告語言的用詞和句子特點。 4.教師向學生提供一些物品或讓學生自己選擇物品。學生以小組為單位為這些物品設計文字或圖像廣告。 5.各小組向全班學生展示或表演他們設計的廣告。

資料來源：《英語課程標準》（2003）。

二、　A 型大綱和 B 型大綱

在 Wilkins 區分了綜合性大綱和分析性大綱之後，White（1988）也提出了另一種區分大綱的方法：A 型大綱和 B 型大綱。根據 White 的觀點，A 型大綱側重於所學的內容（what），即目標語本身。它所規定的教學內容是受到外界的大綱設計者影響的（interventionist）。大綱的設計者事先選擇所教的語言內容，並把它分解成小部分。因此，A 型大綱對學習者來說是外部性的（external），其內容是由大綱設計者所決定的。教師在教學過程中把大綱所規定的語言項目教給學生，並根據學生對語言項目的掌握情況來判斷學生的學業成就。

相反地，B 型大綱側重於語言是如何教的（how），教學內容是不受外界的大綱設計者影響的。教學內容的選擇是在教學中師生一起共同商定，因此，B 型大綱是內部性的（internal），內容是由師生共同協商，它強調學習的過程，並根據學習者是否能完成各種活動來判斷其學業成就。A 型大綱與 B 型大綱的區別歸納如表 8-2 所示。

根據 A 型大綱與 B 型大綱的區別，White 對所有的教學大綱進行了分類（見圖 8-1）。

從圖 8-1 中可見，構成教學大綱的基礎有三個要素：內容、技能和方法。對這三個要素的側重就構成了三種不同的大綱類別：

⑴側重語言內容的大綱

側重內容的大綱屬於 A 型大綱，是以語言內容為中心的大綱，相應的教材和教學法重視語言的形式、情景的創設、主題的選擇或功能的表達。在所有現行的大綱中，基於內容的大綱最為普遍，結構大綱、情景大綱、主題大綱、功能－意念大綱等都屬於這一類。這些大綱也屬於 Wilkins 所提出的綜合性大綱，因為大綱設計者都規定了所要教的語言內容。

表 8-2　A 型大綱與 B 型大綱的區別

A 型大綱：側重於學習的內容	B 型大綱：側重於學習的過程
受外界影響	不受外界影響
對學習者來說是外部的	對學習者來說是內部的
由外部人指揮	自我引導
由權威決定	師生共同決定
教師是決策者	師生是共同的決策者
內容由權威決定	內容由學生決定
內容是教師教的	內容是學生帶來的，是學生需要的
事先規定了學習目標	在課程學習中規定學習目標
注重教學內容	注重教學過程
根據是否掌握語言來評估學業成績	根據學生的成功標準來評估學業成績
為學習者而做	與學習者一起做

資料來源：White, 1988: 44-5.

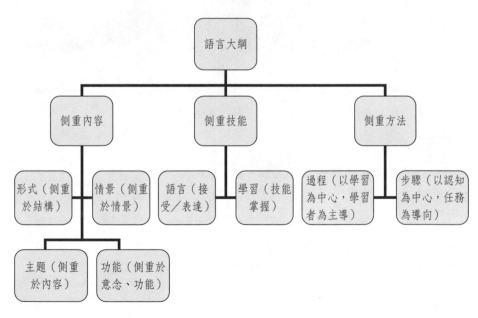

圖 8-1　教學大綱的分類（White, 1998: 46）

(2)側重語言技能的大綱

側重技能的大綱也屬於 A 型大綱，它重視語言的接受和表達以及學習技能的掌握，基於技能的大綱包括技能導向大綱等。

(3)側重方法的大綱

側重方法的大綱則屬於 B 型大綱，它以學習和認知為中心，關注的是語言學習是如何發展的。相應的教材和教法突出語言學習的活動和語言學習的過程。基於方法的大綱是以完成任務和解決問題為出發點，是重視學習過程的，也更為接近語言學習的真實性。B 型大綱主要是任務導向大綱，包括過程大綱和步驟大綱。它們都以教學方法為中心，因為設計者在大綱上規定了課堂上教師要使用的各種課堂活動，因此也屬於 Wilkins 所提出的分析性大綱。

根據上述的分析，語言教學大綱可分為三類八種（見圖 8-2）。

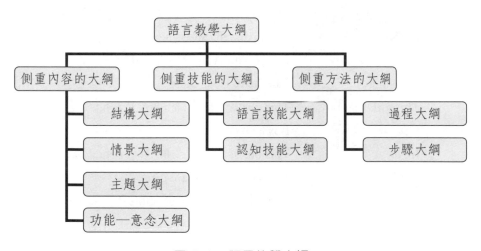

圖 8-2　語言教學大綱

🌸 第二節　結構大綱 🌸

結構大綱（structural syllabuses）是以語法項目為主要內容的大綱。這

些項目包括時態、語法規則、語法結構、句型等，並根據一定的教學規律和設計標準進行排列。結構大綱嚴格按照循序漸進的原則安排教學內容。這種作法的理論根據是：(1)語言由一套有限的規則組成，這些規則可以相互組合產生意義；(2)語言的規則可以逐一學習，逐步積累；(3)一旦學習者學會了某種語言形式，就可以在課堂外真實的場合使用語言（Wilkins, 1976）。

結構大綱最為典型的例子是Mackin（1955）設計的英語教學大綱，該大綱的部分語言項目列舉如下：

1.	This, that, is	This is John. That is Ahmed.
2.	My, your	This is my /your...
3.	His, her	This is his /her...
4.	's	This is Ahmed's...
5.	a	This is a...
6.	an	This is an...
7.	He/She is	He is Ahmed. She is a girl.
8.	I am, you are	I am a man. You are Ahmed.
9.	Here/there	I am here. He is there.
10.	This girl, that boy	This girl is Mary. That boy is John.
11.	It	It is a box.
12.	In, on	This box is on my desk. That pencil is in the box.
13.	We, they, you	We are boys. You are girls.
14.	These, those, they	These books are on my table.
15.	and	You are a boy and she is a girl.
16.	Subject ＋ Verb	I am walking.
17.	To, from	Ahmed is walking to/from my desk.
18.	The	This is the floor. He is the headmaster.

結構大綱的主要優點有三：一是大綱項目排列由淺入深、由易到難；二是大綱遵循了循序漸進的教學原則；三是語法結構分析較為系統，大量

的句型操練能使學習者較為熟練地掌握語言。實踐證明，對大多數英語學習者來說，循序漸進的學習方式是有效的，而系統地學習英語語法也有利於提高英語水準。

但是，語法大綱也有缺點。首先，雖然語言是一個有規則的系統，但把這些規則切割開來逐一學習是不現實的。因為再簡單的語言現象也可能包括幾種語法項目。比如："I have an English book." 這個句子，它包含的語法項目有人稱代詞、一般現在時態、不定冠詞、名詞的單數形式等語法現象。如果完全根據語法大綱來進行教學，學習者只有學習了這些語法規則以後才能理解或學習這個句子。而事實上並非如此，比如學生可能理解這個句子，但並非理解為什麼使用 an 而不用 a。

其次，語法項目的難易程度很難有客觀的標準。形式簡單的項目不一定是容易學的，而形式複雜的項目也不一定是很難學的。比如英語中單數第三人稱一般現在式的 -s 是一個很簡單的現象，但對有些英語學習者來說卻是個很難克服的問題。另外，成年人認為難學的項目對兒童學習者來說可能是很容易學習的。所以，學習者究竟應該先學什麼後學什麼並沒有可靠的依據可循。

第三，以語法大綱為基礎的語言教學不符合語言運用的實際情況。語法知識學得好的學習者可以說（寫）出語法正確的句子，但這並不意味著他們能在實際語言運用中得體、有效地使用語言（參見程曉堂，2002：19）。

❧ 第三節　情景大綱 ❧

情景大綱（situational syllabus）是以情景為基礎，情景通常有兩種：一種是教室內的情景；另一種是社會情景，即語言在真實社會中使用的真實環境。情景教學原則強調教室內的情景應儘量與社會情景相似。

情景教學大綱建立在兩種「預測」的基礎之上。第一種預測就是預測學習者將來可能需要在哪些社會情景中使用語言，這就是情景預測（situational prediction）。第二種預測就是預測學習者在這些場合可能進行哪些溝

通行為，這就是行為預測（behavioural prediction）。大綱制訂者根據情景預測和行為預測的結果來決定學習者需要學習哪些方面的語言知識和語言技能。所以，情景教學大綱往往羅列語言溝通的情景以及在這些情景中常用的語言項目（Wilkins, 1976）。也就是說，情景大綱的設計方法，一般是先選擇情景，再設計大綱，並做到大綱中的語言必須與有關情景相吻合。例如，下面的情景可出現在情景教學大綱中：

(1) At a bank

(2) At the airport

(3) At the post office

(4) At the railway station

(5) At the restaurant 等等

在情景大綱中，一個具體的情景最基本的內容有以下三個方面：

(1)背景或環境（the setting）；

(2)參與人員（the participants）；

(3)背景物體（relevant objects within the setting）。

以此為基礎，一個情景往往可以設計成相應的會話場景，以 "at a bank" 為例，情景大綱的內容包括以下三個方面：

(1)背景或環境：at a bank

(2)參與人員：bank clerk, customer

(3)背景物體：travelers' checks, passport, bank forms, currency

一切語言項目，包括詞彙、結構、功能、意念等，都是圍繞這一情景展開的。陳堅林（2003：107）提供了這樣的例子：

Customer:　Good morning, could I cash some travelers' checks, please?

Bank clerk: Yes. What currency are they?

Customer:　Sterling. They're Thomas Cook checks.

Bank clerk: Will you fill in this form, please? And can I have your passport?

與語法教學大綱相比較，情景教學大綱最突出的優點是，它考慮了實際語言運用的需要，把語言和使用的情景緊密地結合起來，使學生懂得在不同的情景中如何使用語言。

但是，情景大綱也存在一些缺陷：第一，現實生活中的情景千差萬別，任何大綱都不可能用窮盡的方式羅列這些情景。學習者將來運用語言的情景也不可能完全準確地預測。第二，即使能夠預測學習者將來運用語言的情景，也不能準確預測在這些情景中進行溝通時所需要的語言。語言運用具有較大的不可預測性。第三，由於社會文化背景的差異，即使在相同的情景中，人們也可能做不同的事情。比如，在英國的郵局裡，人們可以付電話費、電費，而在別國的郵局則不能。再比如，有時人們到郵局不是為了郵寄信件，而只是為了問路或做別的事情（程曉堂，2002：21）。

第四節 主題大綱

主題是人們談話或寫作時所要圍繞的話題（topic），主題大綱（topic-based syllabus）主要是以話題為其設計原則，話題的作用在於能夠發掘與實際意義相關的語言項目。當然，主題大綱的內容既不是語法和詞彙，也不是功能和意念，而是與各個學科知識相關的內容，比如科技、社會、工程、醫學等學科知識領域等。

較具代表性的主題大綱是 1986 年美國大學預科的英語課程教學大綱（Fein & Baldwin, 1986）。大學預科是美國當時為將要上大學的高中畢業生開設的課程。在教學過程中，教師發現學生缺乏自覺學習英語的興趣，只是認為英語是進入大學學習的一個必要條件，所以機械地進行一些語言技能方面的訓練。於是，教師認為，要激發學生對英語學習的興趣，採取以主題為基礎的教學大綱顯得更為有效。在這種思想的指導下，他們設計了以主題為主的教學課程。整個課程為期十個星期，分成三個「模組」（module），每一模組為三個星期左右。每個模組都以主題為主要教學原則，並圍繞主題範圍設計其他若干的具體教學內容。主題大綱及其具體內容如下（Fein & Baldwin, 1986）：

(1)市場（產品、廣告、銷售、消費者利益的保護）。
(2)環境（生態、人類對環境的影響、未來環境問題）。

(3)人的大腦（生理、行為的變化、記憶力、大腦異常、認知、意識）。

主題確定後，再按主題要求和範圍選擇教材，並以此建立每個模組的語言輸入材料。當時，語言輸入材料的選擇有以下三個標準：(1)材料不能太簡單；(2)材料來源要多樣化；(3)材料不能太長或太專業。

主題的選擇是有標準的，在一般情況下，主題選擇標準可以是根據學生的興趣、需求、語言的用途等。此外，大綱設計者的個人興趣愛好也可以說是個潛在的標準。

主題大綱的優點是：(1)主題選擇與分級是由教學因素而非語言因素來決定的，透過圍繞某一主題展開學習，容易提高學生的學習興趣和效率，也容易促進學生的學習動機；(2)儘管主題大綱的重點不是語言項目而是主題內容，語法結構排列也可能不夠系統，但是，教師仍然可以從所選教材中挑選出相關的語言重點進行教學；(3)主題內容對學習者來說既有意義又易理解，具體教學中內容當然要比語法顯得更為重要（陳堅林，2003：111）。

但是，主題大綱也有問題，主要是意義定義的程度問題。通常情況下，主題的意義可以是非常寬廣，也可非常狹窄。如果主題意義太廣，就失去實際意義；如果主題意義太窄，又很難展開。因此，主題的意義既要有一定的廣度，又要有一定的限制範圍。例如：用 shopping 或 traveling 作為主題，有時會顯得範圍太廣，與 shopping 或 traveling 有關的一切內容似乎都可以歸納進這個主題。如果主題改為 Shopping for Christmas 或 Traveling in Britain，就顯得既有相當的廣度，又有一定的主題範圍。

第五節　功能—意念大綱

功能—意念教學大綱（functional-notional syllabus）以功能語言學和社會語言學為理論基礎，以語言的功能和意念為主要內容。功能就是語言使用的目的，比如邀請、問候、致謝、道歉、詢問、同意、反對等等。意念就是用語言表達的概念和意義，比如擁有、時間、空間、方位、頻率、尺

寸、數值、形狀等等。如 "This is my bicycle." 代表一種「擁有」的概念；又如 "Would you like to have dinner with me tonight?" 則表示一種「邀請」的語言功能。

以功能─意念大綱為指導思想的語言教學，其核心內容就是使學習者學會在什麼情況下、對誰、用什麼方式說什麼話。比如，見面打招呼怎麼說、告別怎麼說、表示謝意怎麼說、表示道歉怎麼說等等。

功能─意念大綱往往用窮盡的方式羅列出日常語言使用中的溝通功能和意念，並按照一定的標準安排教學順序。同時，也明確列出為了表達功能和意念所需要的聽、說、讀、寫技能。另外，往往還列出實現功能和意念所需要的語言項目，如詞彙和結構。但詞彙和結構不是功能─意念大綱的核心內容。

1980 年代很流行的 *Functions of English*（Jones, 1981）是一種典型的以功能─意念大綱為指導思想而編寫的教材。該教材的內容安排如下：

1. Talking about yourself
2. Asking for information
3. Getting people to do things
4. Talking about past events
5. Talking about the future

功能─意念大綱在語言教學發展史上功不可沒。功能─意念大綱對溝通教學法的形成和發展，對後來英語教學理論和實踐的發展都有著深遠的影響。功能─意念大綱強調學生的需要和興趣，鼓勵學生透過反覆接觸和使用真實的語言，逐步培養正確、得體地使用語言的能力。實踐證明，這種作法是科學、合理、可行的。

意念和功能作為重要成分引進教學大綱，還是第一次。這兩個成分的引進應該說具有「革命性」意義，它們徹底打破了語言教學大綱的傳統設計模式和方法。教學大綱再也不是由單一的語法結構來構成，而是把語言的溝通功能作為其設計的原則。

但是功能─意念大綱也有其局限性。首先，功能和意念學習順序的安

排比語法項目的安排更加困難。語法項目按形式的複雜程度安排學習順序，還有一定的道理。而功能和意念連這種表面的形式標準都沒有。比如，「請求」與「致謝」相比，孰易孰難、應該先學什麼後學什麼，很難有客觀的標準。其次，功能—意念大綱以學習者溝通目的為依據選擇語言項目，並根據溝通目的來確定學習者應該學習的溝通功能和意念。為此，必須對學習者日後的溝通目的作系統的需求調查和分析。而不同的學習者肯定會有不同的溝通目的。有些功能可能是絕大多數溝通場合都需要的，如問候、致謝等；但大多數功能的實際運用情況卻十分複雜。

第六節　技能大綱

技能大綱（skill-based syllabus）以技能為基礎。技能是指使用某種語言做事的能力，比如能申請工作和進行面試，能明白與工作和學習有關的語言，課堂能記筆記，能對某個問題發表觀點，在文章中能辨別事實和觀點等。在技能大綱規定的技能標準中，通常都使用諸如「能準確地回答」、「能使用合適的語言解釋」、「能得體地要求」等證實性（demonstrable）的詞語來規定技能的類別和級別，至於非證實性的模糊詞語（如了解、明白）則不用。比如，中學生的技能標準可進行如下的證實性描述：

(1)能聽懂有關熟悉話題的演講、討論、辯論和報告的主要內容。
(2)能就國內外普遍關心的問題如環保、人口、和平與發展等用英語進行交談，表明自己的態度和觀點。
(3)能利用各種機會用英語進行真實溝通。
(4)能借助字典閱讀題材較為廣泛的科普文章和文學作品。
(5)能用常見應用文體完成一般的寫作任務，並具有初步使用參考文獻的能力。
(6)能自主開拓學習管道，豐富學習資源。

技能大綱與前面所介紹的非技能大綱的主要不同之處在於對「技能」的重視程度不同。非技能大綱十分注重的是教師對學生進行語言輸入（input）的內容和方法，即重點考慮輸入什麼語言以及如何進行輸入。在大綱中，對「技能」的評價標準沒有做出非常詳實的描述。但是，技能大綱卻以結果（outcomes）為導向，規定了學生在完成語言學習課程後應具備的生活技能和學術技能，學生畢業時，對其學業的評估要看他們是否掌握了所規定的技能。

技能有兩類：一是從傳統劃分方法的角度來劃分的技能，即接收性技能和表達性技能，分別是聽和讀，說和寫；二是從學習的角度所劃分出的一種技能，即認知技能，包括作文技能以及自學技能等。下面分別探討這兩種技能的大綱。

一、 語言技能大綱

按照傳統的觀點，語言的聽、說、讀、寫四項技能可分為接收性技能和表達性技能兩種。一般來說，語言技能大綱都給予了這四項語言技能以同等的教學比重。因此，有關大綱設計中的內容主要是聽、說、讀、寫四項語言技能的基本要求，比如對閱讀技能的基本要求如下：

(1)能使用詞典、語法工具書等進行獨立閱讀。
(2)能閱讀生詞率不超過 3% 的文段（包括圖表和常見標誌），根據上下文猜測詞義，把握文段的中心思想和主要事實。
(3)能夠把握所讀材料的主要邏輯線索、時間和空間順序。
(4)能根據上下文理解作者的態度和觀點。
(5)能根據已知的事實推斷出文段未直接寫出的意思。

二、 認知技能大綱

語言的應用除了語言技能外還涉及到許多其他技能的掌握和運用。如寫作和會話這樣的活動可以由許多微機能（micro skills）組成。有些是語言上的技能，有些是其他的認知技能。尤其是當各種教學活動在同步進行

的時候，技能的應用應該是整體的而不是零碎的，應該是綜合的而不是孤立的。

有關大綱設計中的認知技能，Munby（1978）提供了一個分類廣泛的一覽表。Munby 的技能一覽表儘管沒有分級，但是可作為技能大綱的一個組成部分，其中有部分與行為目標相似：

(1)能理解文章的大意。

(2)能使用字母組成音素、音素組成單詞；並能正確使用標點符號。

(3)能使用指示代詞引入主題思想，並能透過增加事實、強化觀點等手段來發展該主題思想。

Munby 的技能表為語言教學和大綱設計提供了一份詳盡的技能清單。但 Munby 的技能表也有其局限性。第一，Munby 的技能表沒有按等級排列，儘管有些技能明顯是低級別的；第二，Munby 的技能表沒有具體說明技能和語言之間的關係，並未將各種語言技能加以明顯地區別。例如：語言代碼技能（如怎樣遵循話語中的重音規律）、認知技能（如用說明性語言計畫和組織資訊）、學習技能（如怎樣在略讀後獲取文章大意）等；第三，Munby 的技能表還欠周全，儘管 Munby 列出了幾個寫作技能，如資訊的計畫和組織以及修辭功能的選擇和運用等，但是作文的其他重要技能，如思想引發技能、作文的修改技能等卻未見其中。

透過對 Munby 技能表的分析和討論，可以看出，在大綱設計中要把各種各樣的技能非常周全地組織進去，是有相當難度的。有些技能，如能使用字母組成單詞、正確使用標點符號等應該被看作是一個基礎技能，應排列在某些技能之前，如提供文章主題的元素等。分級可以技能的具體性（concreteness）為標準，也可以技能的抽象性（abstractness）為標準，但是這些技能特點是難以掌握和衡量的。

總之，技能大綱原則上是建立在兩大類技能的基礎之上。前者是語言技能大綱；而後者是非語言技能的認知技能大綱。既然技能已有明確的分類，實施這些技能的條件和程度就可能確定。技能的項目應包括各種微技能組合以及不同技能的重點，這些都是形成技能大綱的基礎。

第七節 任務導向大綱

語言教學中的「任務」是指學習者在理解、處理和使用語言的過程中完成的活動或執行的行為。比如，一邊聽錄音一邊根據錄音內容畫圖、一邊聽指令一邊根據指令進行操作或做動作就是任務。所謂任務導向教學大綱（task-based syllabus）就是基於以任務為主之教學思想的教學大綱。任務導向教學大綱並不描述學習者在學習完成之後應該掌握哪些語言知識和發展哪些語言技能，而是描述學習者在學習過程中應該操作或執行哪些任務。

根據 White（1988）的觀點，任務導向教學大綱分為兩種：以學習者為主導的過程大綱（process syllabus）和以方法為導向的步驟大綱（procedural syllabus）。為了敘述方便，我們先探討步驟大綱。

一、 步驟大綱

Feez 和 Joyce（1998: 17）歸納了步驟大綱的幾個基本特徵：(1)注重學習過程而不是結果；(2)大綱體現了教學方法；(3)大綱的內容包括各種注重意義溝通的任務；(4)大綱要求學生在完成任務時透過有溝通、有目的的交流來學習語言；(5)任務分為兩類：與真實生活情景相似的活動和具有教學目的的課堂活動；(6)任務按照由易到難的順序排列；(7)決定任務的難度所根據的因素包括：學生先前的學習經驗、任務的複雜性、完成任務所需的語言和完成任務時所受到支持的程度等。

步驟大綱源自 Prabhu 的 Bangalore 溝通教學試驗（Prabhu, 1987）。Prabhu 強調指出，這次試驗所使用的任務強調的是學習的過程，而不是語言形式。步驟大綱提供了每節上課要進行的難度不同的任務，並就如何對相同難度的任務進行轉換，以及讀、寫之間的轉換等提出了一些建議。為了克服枯燥性，大綱還建議如何在每幾節課後轉換任務類型，即某種類型的任務如何進行週期性的使用。在步驟大綱上，Prabhu 列明了如下三種資

訊溝通活動，而這些活動都是根據從易到難的原則排列的：(1)資訊溝通活動（information-gap activity），要求學生把資訊從某人轉到另一人，如面談就是透過提出問題和回答問題來溝通資訊；(2)推理活動（reasoning-gap activity），要求學生從已知資訊推斷出新資訊，如學生看地圖推斷出最近的路線到達目的地；(3)觀點表達活動（opinion-gap activity），要求學生表達自己的愛好、感情、態度等。

根據這些活動的標準，Prabhu 在大綱上列明了一些具體的活動例子：

(1)解釋火車時刻表並填寫車票訂單。
(2)解釋公共汽車聯票的規則並連結到個別學生自身的需要。
(3)重新編排學校時刻表，並根據學生的不同需要進行時間排列。
(4)透過查地圖決定從一處到另一處的快捷方式等等。

這些活動都沒有事先規定所使用的語言項目，而注重在課堂中學生使用語言的方法和過程以及任務完成的結果。例如，在解釋火車時刻表並完成車票訂單時，大綱不規定學生使用 "When does the train leave/arrive?" 等句型，而注重學生如何使用語言來完成訂票的過程以及訂票是否成功完成。

步驟大綱屬於分析性大綱的原因有三：首先，Prabhu 所設計的步驟大綱不以語言項目為綱，即沒有事先選定要教的語言內容。相反地，Prabhu 使用任務作為語言的載體，學生在完成任務的過程中學習語言。其次，Prabhu 使用了以意義為主的教學法，使學生透過溝通來學習語言。最後，Prabhu 儘量避免以語言項目為主的教學活動，教師也沒有詳細解講語法或逢錯必糾。由於上述的原因，步驟大綱是以教學方法為導向的。

二、 過程大綱

另一種基於方法的任務導向大綱是過程大綱。Feez 和 Joyce（1998: 16）歸納了過程大綱的特點：(1)在課程開始時，大綱沒有規定學習的內容；(2)課程開始後學生參與課程內容的選定和排列；(3)大綱是事後對學習活動的記錄，而不是事先就訂好了的指導性文件；(4)要求教師注重學習過程而不

是結果；(5)大綱通常記錄了學生所做過的一系列活動（即大綱體現了教學方法）。

如同步驟大綱一樣，過程大綱也排斥了 A 型大綱中所具有的「外部干涉」和「由權威人士決定教學內容」的作法，正如 Candlin（1987: 16-7）指出的：「對學習者來說，語言學習的目標過多地受外界權威人士的影響，因而沒有考慮到學習者的教育發展過程。」同時，過程大綱也側重於學習者及其學習過程，而不是語言本身。正如 Breen（1984: 56）所指出的：「過程大綱涉及這個大問題，即誰與誰一起，使用何種資料來學習什麼內容，以達到什麼目的？」

但與步驟大綱不同的是，過程大綱不是事先制定的。也就是說，在過程大綱中，不僅教學活動，而且教材、教學方法和評估方法都沒有事先選定。這些東西多是在教學過程中學習者選擇的，即他們有權與教師協商來決定要進行的活動以及評估方法等。當然，這種協商是相對的，如教師指導學生如何選擇活動是不可協商的。總之，過程大綱強調協商的特點表明了該大綱不是「既定性指導檔案」。隨著教學的進展，它倒成了事後對先前教學的「回顧性記錄文件」。這種特點反映在 Candlin（1987: 10）對任務的定義上：「任務是一套各種各樣解決問題式的活動，它在認知和溝通過程中由師生共同選擇。」正是由於這個特點，過程大綱被 White 稱為是「以學習者為中心的大綱」。

雖然過程大綱允許師生在教學中協商所學的內容和所要完成的一系列任務，但在實際教學中，協商的範圍是有限的，教師還是起主導的作用。如果教學活動、方法和評估手段等都由學生決定，那就可能產生教學上的困難，使教學很難進行下去。

過程大綱也是一種分析性大綱，原因有三：首先，它也沒有事先選定所教的語言內容；其次，它大量使用問題解答式的任務來組織教學；第三，不僅教學內容，而且教材、教學法和評估方法都不是事先選定的，而是教學過程中學習者參與選擇的。

第八節　教學大綱與教學法的關係

教學大綱主要作用是規定課程的目的、內容和要求，而教學法則研究怎麼教、怎麼學。即使沒有規定使用的方法，教學大綱也可能暗示或隱含教學法的某些方面。有些教學大綱明確建議使用某種教學方法，甚至對教學方法和教學模式作出指令性的規定。從這個意義上來說，教學大綱與教學法兩者在教學方法的規定和使用上還是沒有明顯區別的。在各種教學法學派中，許多教學方法都有與其相對應的教學大綱（表8-3）。

表 8-3　教學方法與相對應的教學大綱

教學大綱	教學方法
結構大綱	聽說教學法
情景大綱	情景教學法
主題大綱	內容導向教學法
功能—意念大綱	功能—意念教學法
技能大綱	技能導向教學法
任務導向教學大綱	任務導向教學法

當然，一種教學大綱可以由幾種不同的教學法來實現；而一種教學法也可以為不同的教學大綱服務。

第九節　結　語

語言教學大綱所體現的就是一種如何選擇和如何安排教學內容、如何實現教學目標的指導思想。英語教育實踐者必須根據這種指導思想設計符合自己所需具體的和可操作的教學大綱。因此，教學大綱不僅是指導英語

教學實踐的綱領性文件，也是英語教材編寫的重要依據。

　　教學大綱有兩大類：一類是 A 型大綱，另一類是 B 型大綱。A 型大綱包括結構大綱、情景大綱、主題大綱、技能大綱以及意念—功能大綱。B型大綱則包括步驟大綱和過程大綱。

　　教學大綱是英語教育研究者和實踐者根據一定的語言理論和語言學習理論研製的指導性文件，它不僅包括教學中內容的選擇和安排，而且有可能包括教學的實施方法。從這個角度來說，語言教學大綱與教學法十分接近，甚至可以說教學大綱就是教學法的指導原則。

第 **9** 章

英語教學的基本原則

英語教學原則是根據英語教學的總目標和任務，在教學理論指導下，經過長期探索、積累而總結出來的典型教學經驗。它們是英語教師在教學中處理教材、選用教學方法的依據，是提高教學品質的指標，也是完成英語教學活動的指導。英語教學中所遵循的教學原則，必須針對英語教學的目的、任務、教學對象的年齡特徵和教學規律來制定。

本章所介紹的原則是目前廣大英語教師普遍認可和接受的，我們將對這些基本原則做一概述。

❀ 第一節　英語教學原則的認定 ❀

（一、）認定教學原則時應考慮的因素

英語教學原則是隨著英語教育學理論的發展和英語教學實踐經驗的進一步積累而不斷發展和變化的。雖然當前英語教學界對英語教學原則的看法並不完全相同，但在認定教學原則時應考慮到以下一些因素：

(1)英語教學作為學校教育的一部分，理應認同一般的教育、教學原則和英語的教育、教學原則。

(2)英語教學原則應反映出英語教學的普遍性、根本性的規律，而非局部的、個別的教學活動的規律，它是英語教學活動所必須遵守的。

(3)英語教學原則不同於英語教學方法。教學方法是貫徹教學原則、達到教學目的、完成教學任務而採用的手段和措施，而教學原則應具有概括性和制約性。

(4)教學原則的闡述應該簡明扼要，內涵豐富，便於教師理解、記憶和操作。

二、 英語教學原則的分類體系

英語教學原則是英語教學內部諸矛盾的聯繫和統一。英語教學過程的順利進行、發展和提升，是英語教學中諸矛盾運動和發展的結果。英語教學原則就是闡明英語教學中諸矛盾運動和發展的規律。

英語教學內部的矛盾因素包括：(1)語言輸入和輸出的關係；(2)教、學、用三者的關係；(3)語音、語法、詞彙以及聽、說、讀、寫的關係；(4)語言能力和溝通能力的關係；(5)教師和學生的關係；(6)中、英兩種語言的關係；(7)課堂教學和課外活動的關係。根據這七種因素所制定的教學原則見表9-1。這些原則從不同角度說明一個問題：在英語教學裡教師應考慮什麼問題，怎樣才能最有效地培養學生運用英語的能力。

第二節　語言輸入和輸出的原則

對語言的不同認識和理解，會導致我們採用不同的方法去學習和教授語言。但是，不管我們如何看待語言，語言輸入（特別是適合學習者水準的語言輸入），對語言習得或學習都是不可或缺的。一個小孩生下來後，雖然有天生的學習語言的能力，但如果沒有外部語言輸入對他「天生」能力加以刺激，他就不可能習得語言和學會使用語言。

表9-1　英語教學原則的分類體系

基本原則	矛盾因素	原則的內容
語言輸入和輸出的原則	輸入和輸出的關係	說明如何提供可理解的語言輸入並進行有效的語言輸出活動
實踐性原則	教、學、用的關係	闡述如何才能培養學生以英語為工具進行溝通的能力
重視知識和技能的原則	語音、語法、詞彙的關係	就語音、語法、詞彙的關係，說明知識教學的方法
	聽、說、讀、寫的關係	就聽、說、讀、寫的特點和相互關係，說明在不同的教學階段裡，這四項能力發展變化的規律，以幫助教師心中有數地進行教學
發展溝通能力的原則	語言能力和溝通能力的關係	就語言能力和溝通能力的關係，提出把運用語言知識的操練看作培養溝通能力的準備，把培養溝通能力的練習視為鞏固語言知識的手段
教師為指導、學生為中心的原則	教師和學生的關係	從教師和學生的關係上，提出教學過程要以教師為指導，學生為中心
儘量使用英語，適當利用本族語的原則	中、英兩種語言的關係	說明在英語教學裡如何利用中文，又如何控制使用中文，以及如何逐步實現學生用所學的英語進行溝通的方法
加強課堂教學，注重課外活動的原則	課堂教學和課外活動的關係	從課堂教學和課外活動的關係上說明兩者是英語教學的統一體，應相輔相成，相互促進

　　我們在第2章已指出第二語言習得理論中有關語言輸入的三種觀點，從中可以看到語言輸入對語言習得的作用是極其重要的。

　　(1)行為主義的觀點：視語言為一種人類行為，並認為語言行為與其他

行為一樣是經由習慣養成而獲得的，而習慣養成有賴於外部語言輸入對學習者的刺激。沒有語言輸入，便不可能有反應，語言習得也就成了無本之木。

(2)先天論的觀點：強調人天生固有的學習語言的能力，雖然語言輸入僅僅是啟動內在語言習得機制的觸發器，但同時也認為如果沒有語言輸入，語言習得機制不能啟動，語言習得自然也不會發生。

(3)相互作用的觀點：認為語言習得是學習者心理能力與語言環境相互作用的結果。語言學習者的語言習得機制作用於並且受制約於語言輸入。由此看來，在第二語言習得的過程中，語言輸入和語言習得機制都有著十分重要的作用。

誠然英語學習的成功與語言輸入是緊密相連的，但在注意提供盡可能多的語言輸入同時，我們也應注意語言輸入應為學習者所理解，使輸入成為可理解的語言輸入（comprehensible input），同時也注意輸入的語言要適合學習者的水準。適合學習者水準的語言輸入，應是比學習者語言水準稍高一點的語言材料，學習者可以透過上下文的線索，運用自己已經掌握的語言知識和頭腦中有關外部世界的知識對語言材料能夠進行理解。語言材料太難或太容易都不利於更有效地學習英語。因此，英語教師應該向學習者提供盡可能多的、適合於他們水準的語言輸入。

儘管研究者們一致認為輸入理解對於外語學習極為重要，但同時也強調：輸出，即學習者用語言表達也同樣重要。僅靠可理解的輸入不足以使外語學習者達到高水準。Swain（1985, 1995）認為，可理解的輸入在習得過程中固然有很大作用，但仍不足以使學習者全面發展他們的外語水準。Swain 進一步指出，如果學習者想使他們的外語既流利又準確的話，不僅需要可理解的輸入，更需要「可理解的輸出」。輸出在外語學習中具有重要作用，除了能提高學習者外語的流利程度外，輸出還能提高學習者外語的準確性，對溝通能力的發展作用不可低估。在溝通過程中遇到困難時，學習者不得不將自己的語言表達修改得更連貫、更準確，以使自己的表達為聽者所理解，即所謂可理解輸出。使用目標語表達可以激發學習者，促

使他們注意自己語言表達的方式，以便能成功地傳達想要傳達的意思。總之，學生要習得語言，單靠理解性輸入是遠遠不夠的，他們還需要進行可理解的語言輸出。

第三節　實踐性原則

人們從習得母語的經驗體會到，運用母語的能力是在母語使用中掌握的。離開使用母語的實踐，很難談及母語運用能力的培養。外語的學習與母語習得有其相同的地方，那就是人們在語言的實踐中學會使用語言。就像學習母語一樣，學習外語就是學習一種技能，技能必須透過大量的實踐活動才能獲得。從某種意義上說，用英語進行溝通的能力是「練」會的，而不是「教」會的。英語課是經由大量的語言實踐活動，掌握用英語進行溝通的技能課。

教師的講和學生的練是英語教學過程中的主要內容，也是教學中的一對矛盾。教師要處理好「精講」與「多練」的關係。「精講多練」是針對知識和技能兩方面而言。「精講」是指教師精練地教授語言知識，「多練」是指教師大量地進行聽、說、讀、寫的練習。學習一種語言是掌握一種溝通技能。必須透過大量的練習和使用才能形成，在課堂上講解語言知識是必要的，但「講」不能代替「練」，知識不等於技能。學生的練習應該是課堂教學的主要內容，教師應注意將課堂上所要教授的內容精練化，以學生可接收、能消化為宜，注意給學生留下足夠練習的機會，以促進其將所學知識轉化為技能。

堅持實踐性的原則是要在學習英語的過程中，進行大量的聽、說、讀、寫的活動。為了克服語言教師「講得太多」的缺點，改變用「教」、「灌」來代替學生「學」的教學模式，教師應提供在溝通中主動地學習和實踐的機會，讓學生在用中理解，在用中掌握。

第四節　重視知識和技能的原則

一、語言知識

　　英語教學中，語言知識是指語音、詞彙和語法等方面的規則、定義、概念和用法等。教師要教給學生必要的語音、詞彙和語法知識，其目的是：(1)幫助學生更好地接受和理解語言；(2)喚起學生對語言規則的注意，使他們更自覺地、有意識地進行某些語言項目的訓練，爭取更快更好地掌握語音、語法和詞彙結構；(3)指導學生的語言實踐，培養他們實際運用語言的技能；(4)幫助學生正確地使用語言，當有錯誤時，儲存在頭腦中的語言知識可幫助他們檢查糾正錯誤，產生監控（monitor）作用。

二、語言技能

　　語言技能是指運用語言進行聽、說、讀、寫的能力。對語言知識的掌握一般要經過充分的聽、說、讀、寫訓練後才能形成。僅僅知道一些語言知識而不具備聽、說、讀、寫的技能，只能停留在「得知英語的知識」（learning about English）的層次上。因此，形成聽、說、讀、寫的技能與學習語言知識同等重要。

　　在英語教學中，聽、說、讀、寫作為技能訓練是教學目的，但在教學過程中，它們是教學手段。作為教學手段，學生要在口頭上和書面上進行聽、說、讀、寫的基本訓練語言。詞彙和語法透過聽、說、讀、寫的練習，才能熟練掌握。

　　從英語教學整個過程來說，聽、說、讀、寫四項技能必須綜合訓練，不可偏廢。聽、說、讀、寫是一個統一的整體，它們的關係是緊密相連、相輔相成互相促進的。在語言學習過程中，聽和讀是領會、吸收的過程；說和寫是表達和運用的過程。領會和吸收是基礎，表達和運用是提升。沒

有領會和吸收，語言實踐能力的培養就成為無源之水、無本之術；而沒有表達和運用，語言實踐能力就得不到鍛鍊和發展，所以聽、說、讀、寫要綜合訓練，交替進行，以達到全面提升。

雖然聽、說、讀、寫四種語言能力應全面培養，但在培養過程中要依據不同教學階段而有所側重。一般認為，學英語在起始階段要從聽、說入手，在起始階段過後，就應聽、說、讀、寫全面發展。用以上標準來衡量，忽視聽、說的「啞巴英語」和忽視讀、寫的「文盲英語」都是不符合英語學習規律的。

第五節　發展溝通能力的原則

英語知識和技能只是一種語言能力，還不是可用以溝通的能力，英語學習的最終目的是學生能實際使用英語進行溝通的能力。為了達到發展溝通能力的目的，H. Brown（2000: 266-7）提出了四項標準：

(1)課堂學習的目的，完全集中在溝通能力的所有組成部分，而不限於語法或語言能力。

(2)課堂教學技巧是為了能使學生在語用、真實和功能三方面有意義地使用語言。語言形式並不是課堂教學的主要內容，而功能才是主要的框架。形式主要是學生用來進行溝通的語言項目。

(3)準確性和流暢性都是溝通能力的基礎，但在傳遞信息中，準確性的作用是第二位的，流暢性比準確性更重要。

(4)在採用溝通式教學法的課堂上，學生必須在未經預演的語境中（in unrehearsed contexts）創造性地使用所學語言。

英語是一種溝通工具，英語教師在教學中應把英語作為溝通工具來教，學生把英語作為溝通工具來學，課內外注意將英語作為溝通工具去運用。要注意課堂教學溝通化，在語言訓練中，要把機械性操練、意義性操練和溝通性操練相結合。

機械性操練（mechanical drill）是指模仿記憶和反覆進行的練習，如記

憶單詞、句型操練等，目的是要達到熟練掌握語言形式的要求；意義性操練（meaningful drill）是指一般所說的活用練習，如圍繞課文或所給情景進行的模仿、問答、對話、造句、複述等練習；溝通性操練（communicative drill）指的是用語言表達思想的練習，如聯繫自己的生活實際，利用課文裡的詞句敘述自己的思想、談學習課文後的體會、自由對話、問候、打招呼等。這幾種練習，一種比一種更接近語言溝通，一種比一種難一些，要求也更高一些，體現出一個由操練到溝通的過程。它們之間的關係是相互聯繫的。機械性操練是基礎，教師每次教新材料時都要先進行這種練習，過早進行有意義的活用練習，學生必然錯誤百出。但練習又絕不能停留在機械性操練上，應該繼續推進，進行有意義的操練，在活用練習中加深認識，訓練熟巧，培養運用語言的能力。英語教學的最終目的是要培養學生用英語溝通的能力，只是進行一般有意義的活用練習是不夠的，還必須進行溝通性操練。這樣，就能一步一步地把語言操練推向語言溝通。

第六節　教師為指導、學生為中心的原則

多少年來，人們總認為教師是課堂教學的中心，以為教師滿堂灌、講得頭頭是道，面面俱到，有聲有色，就是好老師。這樣，英語課變成教師的一言堂，教師講，學生聽，學生處於被動的狀態，智力和能力得不到發展。當代不少教育家提出教學必須以學生為中心的主張，強調學生必須主動地學習，親自探索事物，主動地發現知識而不是被動地接受知識。

在英語教學中，要做到以學生為中心，一方面要發揮教師的指導作用，另一方面要充分發揮和帶動學生的學習積極性。只有二者相互協調，才能取得較好的教學效果。帶動學生在教學中的積極性要求我們在教學中應貫徹學生為主人、教師是助學者（facilitator）的原則。教學過程中應注意以下幾個方面：

1. 發揮教師的指導作用

按照傳統的教學思想，教師在課堂上只充當一名講授者（lecturer）的

角色。而當今的英語教學課堂要求教師集各種角色於一身：(1)在複習時是強化記憶者（memory activator）；(2)在呈現新語言時是示範表演者（demonstrator）；(3)在操練時是組織者或指揮者（organizer or conductor）；(4)在學生進行溝通活動時是管理者（manager）和助學者。總的看來，這些角色都處於指導者和助學者的地位。充分發揮好這些角色的作用，一位英語教師就會像導演一樣，在課堂上指揮進行各種活動。

2. 貫徹學生為中心的原則

(1) 了解學生的需要

在教學的每一個階段，教師都應該對學生英語能力發展的整體狀態，以及他們對前一階段教學內容的掌握程度有明確的認識，以作為下一階段教學安排的依據。要重視打好基礎，按照學生的實際掌握程度安排教學進度，防止機械、教條地執行預定教學進度從而導致教學內容與學生實際程度相距愈來愈遠，學生愈來愈缺乏興趣和信心的現象。

(2) 因材施教

教師在對全班學生統一要求下，必須注意學生的個體差異，因材施教。應該看到，由於學生學習英語的能力傾向（aptitude）不同，興趣不同，因此，他們學習的進展不一致，各種能力發展也不平衡。對於在學習上有潛力的學生，要指導他們多學一些，促進他們冒尖。對於某種語言能力條件較好的學生，例如模仿能力強，語音、語調好，聽說反應快的學生，就應讓他們在口語上發展。發現學生有學習英語的某種障礙，如有的學生口齒不清，發音困難，應耐心幫助加以糾正，但也不必纏住不放。學生在某一方面有困難，其他方面不一定有困難，要揚長避短，鼓勵學生奮勇前進。

(3) 重視學生的情感因素

在認知水準相對穩定的情況下，學生的情感因素（或非智力因素）對英語學習的成敗有很大影響。情感因素包括動機、態度、個性、心理狀態等方面，教師要以生動、多樣的教學方法，輕鬆愉快的課堂氣氛，融洽的

師生關係，為學生創造一個良好的學習環境，使他們具有強烈的學習興趣和動機、充分的信心和愉快的心境。教師要特別注意了解學生在情感方面的個別差異，對症下藥，要注意以肯定評價為主，不隨意打斷學生的語言表達。

(4)不苛求糾正語言錯誤

不苛求糾正語言錯誤也是使學生具有安全感、積極主動參與學習英語活動的原則之一。學生的自尊心很強，對外界的反應十分敏感。教師要尊重學生的進取精神，以保證他們有高漲的學習熱情。「怕錯」是學生學習英語時心理上的主要障礙之一。年齡愈大，怕錯的心理愈明顯。在課堂上出現一些錯誤，往往感到羞怯。教師要一開始就注意糾正這種「怕錯」情緒，鼓勵學生大膽參加課堂的語言實踐活動，大膽地使用英語表達思想。在糾錯過程中，要處處尊重學生，造成一個互相尊重、互相幫助的氣氛，這樣，教學活動才能順利進行。

第七節　儘量使用英語，適當利用本族語的原則

儘量使用英語和控制使用本族語是一個問題的兩面。要儘量使用英語就得控制使用本族語，要控制使用本族語也必須儘量使用英語。

一、儘量使用英語

在課堂上教師和學生儘量使用英語，學生才能在大量的使用英語的過程中逐步掌握語言基礎知識，形成聽、說、讀、寫基本技能，並最終發展為運用英語進行溝通的能力。具體來說，(1)教師用英語講課，可以給學生提供聽英語的機會；(2)用學生學過的英語單詞解釋新詞，有利於詞彙的複習、鞏固；(3)用英語組織課堂教學可以使學生開拓視野，訓練學生用英語思維的習慣，克服母語的干擾；(4)用英語講解課文情節或其他方面的內容，使他們對聽課感到饒有興趣，增加親切感，帶動他們學習英語的積極性。

　　為了儘量使用英語，教師必須帶頭說英語。凡是用英語表達學生可以聽得懂的，絕不要用中文說；學生可以用英語說的，絕不要讓他們用中文說。只有在用英語說確有困難時，才可以使用母語這一「輔助語言」。為了便於教師用英語上課，教師應當對學生進行一些適當的訓練，並不斷變換用英語講課的方法，讓學生慢慢適應。實踐證明，一旦學生適應了教師用英語講課的方法，他們會倍感親切，興趣大增，學習的步伐會大大加快。同時，用英語組織教學不要總是使用形成俗套的幾句話，應注意變換說法，這樣既不單調，又能讓學生接觸或學習更多的東西。

二、 適當利用本族語

　　中學生開始學英語時，已經熟練地掌握了本族語。他們已習慣於用本族語思維，用本族語理解和表達。在這種情況下學英語，跟「兒童學母語」有很大的不同。兒童學說話時很自然地把所學的話跟周圍的事物聯繫起來，直接理解，直接思維。而中學生開始學英語時，他們理解問題、表達思想，卻很自然地首先想到了本族語。

　　學生掌握了本族語對學習英語有積極的一面。在英語教學中，教師應充分發揮學生母語的積極作用，適當地利用母語進行教學。利用母語可從以下兩方面去進行：

1. 作為教學手段

　　用本族語作為教學手段，教師使用方便，學生便於理解。英語教學中使用中文可用於以下幾種情況：(1)解釋某些意義抽象的單詞和複雜的句子；(2)對初學英語的學生點明發音的方法、書寫的筆順等；(3)講授某些複雜的語法項目。

　　在中學英語教學裡，英翻中作為一種教學手段，有利於理解、檢查學習效果和傳遞資訊。它有著其他教學手段不可替代的作用，教師在教學中可隨時使用。

2.將英語與中文進行對比

利用英語和中文的對比，可提高英語教學裡的預見性和針對性。英語和中文在語言上相同的地方，在單詞、語法意義和用法上相同的地方，學生學起來容易。這是由於中文的語言習慣經教師略加提示便可產生正遷移作用，迅速地轉移到英語的學習和應用上；為英語所特有的東西，學生可能會感到吃力，應該作為教學重點，加強練習；英語和中文在語音、單詞、語法上相似但不相同的地方，學生在學習時，中文語言習慣起了干擾作用，這是學習的難點。對比英語和中文的特點，教師有時可以預見學生的困難，並針對學生在學習中的困難，考慮相應的措施和教學方法，從而提高教學效果，節約教學時間。

三、 控制使用本族語

學生掌握了本族語對學習英語也有消極的一面，容易讓學生透過母語學習英語，尤其是過多地將英語譯成本族語。這樣做不僅將一半的時間無謂地用在本族語上，而且使學生在使用英語時在腦子裡加上了一道翻譯程序。這樣，在聽、說英語的時候，就跟不上正常的語速，在讀、寫英語的時候，英語的表達就會受到干擾。這種方法長期使用下去，就使學生只習慣於透過本族語來理解英語，會讓他們覺得，只有把英語和中文對上了號，才算真正理解了，否則就不放心。用這種方法進行閱讀，會妨礙閱讀速度的提升，因而無法應付實際生活中對閱讀的需求。

就英語教學的目的而言，英語教學是為了培養學生用英語進行溝通的能力，要達此目的，就要盡最大努力讓學生沉浸在英語的環境中。中、小學英語課的課時不多，將這些課時全部用於英語操練還嫌不夠，如果讓中文占去了過多時間，學生練習或使用英語的機會就會大大減少。因此，在英語教學中應控制使用本族語，避免本族語的干擾。教師盡可能不說中文，以免破壞學生對教師說英語的期待心理。這樣，逐步使英語教學的過程成為有意識地控制使用中文，有目的地以英語作為溝通工具的過程，而真正

達到英語教學聽、說、讀、寫的目的。控制使用母語的方法包括：

(1)凡能用英語進行的工作，如講解、練習、測驗、安排、安排作業、講評等，都儘量用英語進行，避免使用中文。

(2)在非使用中文不可的情況下，可以使用中文，但不要反覆地使用。

(3)講課中想說中文時，也可以不說，而是把漢字寫在黑板上，待學生看完後立即擦去。

第八節　加強課堂教學，注重課外活動的原則

課堂教學是英語教學最主要的形式，是學生在教師的指導下，透過聽、說、讀、寫基本訓練，獲得英語基礎知識、基本技能和溝通能力的主要途徑。課外活動是英語課堂教學的一種重要輔助形式，它和課堂教學密切聯繫，是英語教學的一個有機組成部分。課外活動也被稱為「第二課堂」，可見其重要性。因為課時限制了英語課堂教學的時間，對學習語言這一實踐性極強的科目來說是很不利的，尤其對於處於中文氛圍中的英語學習者來說，沒有課外活動輔助課內英語教學，學生很難學好英語。由此看來，英語教師除了提高課堂教學效率之外，還應該在課外創造英語環境，多給學生提供練習和使用英語的機會。

英語課堂教學和課外活動是相輔相成、相互促進的。因此，英語教學應注意在提高課堂教學品質的同時加強指導學生開展課外活動。

第九節　結　語

英語教育的基本原則是對英語教學裡一些核心問題的認識，也是基本觀點在英語教學裡全面而具體的體現。它是編選教材，運用教學方法，處理英語教學過程中各種矛盾的指針。英語教學裡的輸入和輸出，學和用，聽說和讀寫，語音、語法和詞彙，外語和母語，教師的教學過程和學生的學習進程之間的關係等等，都是教師在教學裡天天都會碰到並需要考慮和

處理的問題，都應在英語教學法中有原則性的說明。這些原則建立在我們對語言本質的認識和語言學習規律理解的基礎上，因而能指導我們更好、更有效地學習和教授英語。

英語教學原則包括：語言輸入和輸出的原則；實踐性原則；重視知識和技能的原則；發展溝通能力的原則；教師為指導、學生為中心的原則；儘量使用英語，適當利用本族語的原則；加強課堂教學，注重課外活動的原則。這幾項原則都是為了更有效地培養學生運用英語的能力。只要教師在英語教學裡始終以這幾項原則為依據，考慮如何處理教材，安排教學步驟，選用教學方法，心中保有一張培養學生溝通能力的清晰藍圖，有目的、有計畫、有步驟、有措施、有要求地進行教學，並不斷地總結經驗，提高認識，摸索前進，就能在工作裡處於主動地位，得心應手，高品質地完成教學任務。

第10章

英語知識教學方法

　　語音、詞彙、語法是語言的三個組成部分。語音是語言的物質外殼，詞彙是語言的建築材料，語法是用詞、造句規則的綜合。三者各有自己的內容、自己的體系並各自發展成為獨立的科學。但是，三者的關係又是密切相關，不可分割的。離開語音便無法講解單詞和語法；沒有語法規則，語音和詞彙教學就無法進行。而語音、詞彙、語法三者中的任何一項都不能單獨構成語言，也不能發揮語言作為溝通工具的作用。

　　語音、詞彙和語法是形成聽、說、讀、寫四項技能進而發展為實際運用英語能力的重要材料和工具。學生不掌握英語基礎知識，就不能掌握為溝通進行聽、說、讀、寫的能力。因此英語基礎知識的傳授和操練在英語教學中占著重要的地位。當然英語教學僅僅掌握語言基礎知識並不等於說掌握了為溝通初步運用英語的能力。學習語言基礎知識的目的是為了掌握運用英語的能力。

　　本章我們主要探討對英語知識應有的正確認識，以及語音、詞彙和語法教學的基本方法。

第一節　對語言知識的正確認識

一、語言知識不是語言教學的最終目標

　　雖然語音、詞彙和語法是語言知識的重要組成部分，但它們並不是英語教學所追求的教學目標的全部。單純學習語言知識不能視為英語教學的最終目標。那種以為只要語音發準了、詞語記多了、語法弄懂了，自然能夠聽、說、讀、寫，英語教學的任務也就完成了的看法至少是片面的。英語教學的最終目標是學生具有實際運用英語的溝通能力，包括語言能力。語言能力是指掌握的語言知識，即語音、詞彙、語法知識。溝通能力是指運用語言知識去溝通的能力。沒有語言知識，就沒有運用語言的溝通能力，但語言知識只是溝通能力的一部分。語言知識和運用語言的溝通能力相結合才是英語教學的目標，它們是與在溝通中運用英語能力不可分割的兩個組成部分。

二、語言知識應綜合教學

　　語音、詞彙和語法不是相互孤立和對立的，而是一個統一的系統。該系統中的各要素各有特點、相對獨立，但又相互聯繫。只進行或孤立進行語音、詞彙、語法教學是無法形成語言運用的溝通能力。因此，語音、詞彙和語法教學應當在聽、說、讀、寫技能的訓練中進行，應當從教學一開始就與溝通功能、溝通策略、思維訓練結合在一起，朝運用語言能力的方向發展。

三、相對集中，注意適度

　　相對集中是指在整個教學過程中的某個階段，對某項語言內容採取集

中目標、集中時間、集中精力的方法進行，以完成階段性目標為目的的教學。這是一種強化教學的方法，這種方法針對性強，目標單純，較少受其他方面的干擾，節省時間，教學效果較為明顯。比如在初學階段進行語音集中教學，不僅可為學生打開英語學習進程中的第一道大門，還為他們以後事半功倍地學習詞彙的拼讀（如拼讀規則等）和記憶詞彙提供了有力工具。在學生具備一定的語音和詞彙的基礎後進行詞彙集中教學，就有利於充分利用詞彙在讀音、拼寫、詞義、用法等方面的特點或共性，對提高學生記憶效果很有幫助。語法集中教學比較適合高年級學生邏輯思維相對發達的實際，有助於正確和深入地閱讀理解。當然，集中教學應該適當，應在確切了解學生基礎、全面駕馭教材內容、正確選擇時機的前提下進行（田式國，2003：150）。

四、以句子為教學單位

　　語音、詞彙、語法的作用，都是在句子中表現出來的。英語教學應以句子為單位，對語音、詞彙、語法進行綜合教學。尤其是在初級階段，教材中的句子大都比較簡短，最好整句地進行教學。整句學習，學生可以學會單詞的意思和用法，可以學會語法結構的用法，也可以學會自然流利的語音和語調。整句教學可以採用對比的方法，如教師可替換一下句子中的某一個詞，多造幾個同類句子，使學生自己發現差異，自己對比分析，歸納出不同單詞的意思、用法和句型的用法。在整句教學裡既可突出單詞，又可突出語法或語音；在對比中，學生在教師引導下不僅可以在整體中學習部分，而且也動腦學習（learn by thinking），使學習更深刻、更牢固，同時也鍛鍊了思維方法。當然，英語教學中要靈活運用句單位教學和單項（語音、語法、詞彙）訓練，在整句學習中突出重點，注意難點，全面促進整句學習，更佳地掌握英語語音、詞彙和語法知識，形成真實的語言溝通能力。

第二節 語音教學

一、 語音教學的目的

語言有口頭和書面兩種形式。人們用語言交流思想，首先是口頭交流，即透過有聲語言，文字只不過是有聲語言的記錄符號。語音是語言的物質外殼，也是語言教學的基礎。培養學生為溝通進行聽、說、讀、寫的能力，首先要求學生掌握語音。語音教學的目的就是要教學生學會正確、流利的發音，以達到能正確地聽懂別人的談話和透過說來表情達意，進而促進讀和寫能力的發展。

語音階段沒有打好基礎，單詞的讀音就有困難，要麼根本不會讀，要麼讀不準，這就成了教學中最大的攔路虎。單詞不會讀或讀不準，就會直接影響單詞的記憶和積累。而詞彙量少，閱讀也就困難重重。另外，由於對有些單詞只能把拼寫形式和意義聯繫起來，而不能把讀音和意義聯繫起來，因而對聽力方面也帶來很大困難。教師用英語講課聽不懂，就是所舉的英語例句也難聽清。連聽課都困難，學生最終只好放棄英語學習。

二、 語音教學的難點

對母語為中文的學生而言，除了發音受地區方言的口音影響外，還有些普遍存在的難點，主要表現在以下六個方面：

1. 長音讀不長，短音讀不短，圓唇音讀不圓

英語母音有長、短之分，中文則沒有。學生發英語語音時常常長音發不長，短音發不短。如將 sleep 讀成 [slip]；sit 讀成 [si:t]，又如將 school [sku:l] 讀成 [skul]，發 [u] 時音不長，唇不圓。

2.用中文的近似音發英語音

　　中文是表意語言，英語是拼音語言，二者屬不同的語系，在語音上存在著極大的差異性，這些差異性常給學生學習英語發音帶來極大困難。例如，有些音屬英語獨有，如 [θ]、[ð]、[ŋ]、[ə] 等，學生在發這些音時，常常不到位，如將 [r] 發成中文「日」的音，原因是發音器官的部位不同，因而方法不對；中文裡沒有輔音連綴的發音，而輔音連綴在英語中卻普遍存在。學生常在英語輔音連綴中間增加一個母音 [ə]，如把 glass 讀成 [gə`la:s]、class 讀成 [kə`la:s]，把 goodbye 讀成 [`gudəbai]。

3.讀不準單詞中的音

　　英語單詞的拼寫和讀音存在不一致現象，原因是一個字母往往有很多讀音，一個讀音常由好多字母和字母組合表示，學生容易將某些發音混淆。

4.混淆英語近似音

　　有些英語語音發音相近，學生在聽音或發音上混淆不清。如將 listen [`lisn] 讀成 lesson [`lesn]，將 man [mæn] 讀成 [men]，將 paper [`peipə] 讀成 [`pepə] 等。

5.不會連讀和失去爆破

　　由於中文裡習慣一個字一個字地朗讀，學生在朗讀英語單詞或句子時，難以把詞與詞之間的音連起來讀，如 "Stand up."、"Thank you."、"Not at all." 不會連讀；或沒有注意失去爆破的地方，如將 sit down 讀成 [`sitə daun]。

6.缺乏節奏感

　　說英語要求有輕重、緩急、長短的節奏。這就要求注意重音、長短、連讀，其中重音有著決定性作用。英語的節奏與句子重音和詞的重音有密切的關係。節奏與各音節間的時間長短有緊密的聯繫。而學生尤其在班級

集體朗讀句子和課文時，往往習慣於平均分配時間，拖長音，使英語語言的節奏感體現不出來。

為幫助學生克服語音學習上的困難，教師應對他們提出嚴格要求，從一開始就注意養成良好的發音習慣，同時還要具針對性地採取有效措施，預防和糾正可能出現的錯誤。例如，教學音標時，一定要簡要說明發音要領，如舌位的高低、舌體的伸縮、口腔的大小、雙唇的開合、氣流通道的大小、發音時間的長短、聲帶是否振動及發音過程中口形是否變化等。按照要領學習發音，比單純的模仿效果要好得多，可幫助學生減少許多學習上的困難。

三、 語音教學的內容

語音教學的內容包括單音和語調兩個方面。單音和語調又各有其豐富的內容，如母音和輔音；連讀、節奏和語調等。如果合理安排教學的順序，能達到更好的教學效果。下面分別探討單音和語調的教學技巧。

1. 單音教學技巧

根據賈冠傑、馬寅初、薑寧（1999: 158-61），一些常見的語音教學技巧有如下幾類：

(1)發音辨析

這些練習要求學生把示範讀音與以前學過的相連結，例如，教師在黑板上寫出：1 = bit；2 = bet，然後讓學生分辨屬於 1 或 2 的讀音：

教師：sit　　　學生：1
教師：yes　　　學生：2
教師：get　　　學生：2
教師：pig　　　學生：1

(2)異同辨析

這種練習的目的是弄清楚學生是否能聽出音位對比。教師成對地讀出

單詞（如：bit/beat），讓學生回答這對詞的讀音是相同還是不同。接下來給三個單詞，讓學生分辨出哪兩個是相同的。例如：

教師：bit/beat/beat　　　學生：2 and 3

教師：beat/bit/beat　　　學生：1 and 3

為了查看學生對上下文語音的接受能力，教師可以透過短句子來練習，教師說出兩個句子，讓學生分辨出哪個是相同的，哪個是不同的：

教師：Tim beat me. Tim beat me.　　　學生：Same.

教師：He bit me. He beat me.　　　學生：Different.

教師：Did he live? Did he leave?　　　學生：Different.

(3)正誤辨析

學生進行的訓練應該迅速從孤立的單詞發音過渡到短語和句子。如果要使學生真正能夠在日常情況下運用所學的語音（單詞或句子等），課堂訓練就必須注重所學的語音的含義而不是語音本身。在下面的練習中，教學的重點是 [i:] 與 [i]，教師把它們放在句中的對比，讓學生來判斷教師所提供的資訊是錯誤的還是正確的。

教師：If a man beat a dog, it would be news.　　　學生：False.

教師：If a man bit a dog, it would be news.　　　學生：True.

教師：A sheep can take us to thc United States.　　　學生：False.

教師：A ship can take us to the United States.　　　學生：True.

(4)聲音與符號一致練習

英語拼寫與發音並不都是規則的，有些相似詞具有相似的拼寫但發音不同，這是造成學生發音差的主要原因之一，例如：字母組合 "oo" 在單詞裡大部分發 [u]，如 look、took、book、shook、good、wood，但在某些單詞裡發 [u:]，如 too、food、mood 等等。又如 enough、though、through、cough、thorough 等，字母組合 "ough" 都發不同的音。然而學生總是認為一樣的拼寫就有一樣的發音，從而經常犯錯誤。

針對這種現象的教學方法之一是，教師經常進行歸納總結。每當學生學會發一個音以後，就按規則教給他們發這個音的不同場合，像字母組合

kn、gn、mn、pn 在相似的環境中都發 [n] 這個音。學生可以練習很多 [n] 這個音的發聲。對於母音，學生也要學會字母音和基本音的發聲規則。教師要注意讓學生自己藉由例子發現和總結這些規則，如母音字母a、e、i、o、u 的讀音有以下的規則：

Letter（字母）	Base Sounds（基本音）	Name Sound（字母音）
a	[æ] dad	[ei] name
e	[pet] pet	[i:] Pete
i	[bit] bit	[ai] bite
o	[hɔt] hot	[səu] so
u	[sʌn] sun	[ju:s] use

2.語調教學技巧

　　語調是指說話時聲調高低的變化。章兼中（1993）認為，以中文為母語的學生學習英語語音的最大困難不是單音，而是語調。中文是一種聲調語言，詞的每個音節都有特定的聲調，而這個聲調有著區別或改變字義的重要作用。例如，「媽 mā」、「嗎 má」、「馬 mǎ」、「罵 mà」這四個字的聲母和韻母完全一樣，只是因為它們的聲調各異，所以就成了四個意義完全不同的字。而英語則沒有固定的詞調，詞中音節聲調的高低沒有區別詞義的作用，而要服從全句的語調。例如，pen [pen] 這個詞，隨便念成平調的 [pēn]，升調的 [pén]，降升調的 [pěn] 或降調的 [pèn]，它的意思仍然是「鋼筆」，不會變成別的東西。但英語詞用在語句中時，就要按照說話人的態度或口氣，給它加上某種類型的語調。如我們說 "This is a pen.↘"，句末的pen↘用降調，表示我們的語氣是肯定的，說明這是一支鋼筆。如果我們用升調說 "This is a pen?↗"，表示我們的語氣是懷疑的、不肯定的，詢問這東西是不是一支鋼筆。如果我們說 "This is a pen,↗ that is a pencil.↘" 念 pen 時用降升調，表示話未說完，還有下文，下文有一個與之相對比的東西 pencil。中文是聲調語言，而英語是語調語言，教師在教學生語調時，就要注意這個區別，努力消除中文的聲調給英語語調學習帶來的干擾。

至於英語語調的調型，英語分為四級可區別意義的調高：

(1)特高調（extra high）：即比正常的聲調（中調）高兩級，常在感情
　　特別激動或驚訝時才用。特高調稱 4 號調。

(2)高調（high）：即比正常的聲調高一級，一般用於語句中關鍵字的
　　重讀。高調稱為 3 號調。

(3)中調（mid）：即說話人聲音的正常高度。中調稱 2 號調。

(4)低調（low）：比正常的聲調低一級，一般是降調的最低點。低調稱
　　1 號調。

調型通常採用調高的等級來表示。陳述句、命令句和特殊疑問句用 231
降調，如：

This is a pen.

Come here.

What's this?

而一般疑問句和陳述句語序的問句通常用 233 升調。如：

Is he a teacher?

You are ready?

在英語語音教學的初級階段，231 和 233 調型是學生首先學習的兩種
基本語調調型。在教學中，教師要反覆示範，讓學生感知正確的語調，然
後教師講解特點，讓學生模仿練習（章兼中，1993）。

第三節　詞彙教學

一、詞彙教學的意義

　　人類的思維活動是借助詞彙進行的，人類的思想交流也是透過由詞構
成的句子來實現的。沒有詞彙，任何語言都是不可想像的。一個學生所掌
握的詞彙量大小和正確運用詞彙的熟練程度是衡量其語言水準的尺度之一。

學生初學英語時，普遍感到英語單詞難讀、難記、難寫，直接影響著他們學習英語的興趣和積極性，甚至關係著他們英語學習的成敗。因此，加強英語詞彙教學，培養學生學習和運用英語詞彙的能力，是英語教學一項十分重要的任務。

傳統的教學方法過分注重語法的教學，但當代的教學方法卻十分重視詞彙教學，比如詞語教學法（the Lexical Approach）（見廖曉青，2004）強調，語言的組成部分不僅是語法還有詞彙，而且詞語在教學中至少應處於語法教學同等重要的地位。在課堂中詞語法強調詞語的教學，並注重培養學生使用詞彙的能力。

二、 詞彙的定義

詞的結構有三個要素：音（發音）、義（意義）、形（拼寫）。發音是指詞的有聲的讀音；詞義是指詞所表達的概念；詞形是指詞的拼法或書寫形式。詞是語音、意義和拼寫特點三者統一的整體；同時詞又是語句的基本結構單位，因為通常所說的一句話是由一個個單詞構成的。如："He goes to school every day." 這句話的每一個詞都具有一定的語音形式、詞彙意義和拼寫形式。如 He 一詞的發音為 [hi:]，表示「他」的意思，在這個句子中作為主詞（subject）。

英語詞彙分為實詞（content word）和虛詞（function word）。實詞包括名詞（如 book）、動詞（如 go）、形容詞（如 good）和副詞（如 quickly）。虛詞有以下八種：(1)冠詞：the、a（an）；(2)介詞：如 in、on、at；(3)助動詞：如 be、do、have；(4)語氣助動詞：如 can、may、must；(5)對等連接詞：如 and、but、or；(6)從屬連詞：如 because、if、though；(7)疑問詞：如 when、where、why、who；(8)關係代詞：如 who、which、that。

詞的總和構成語言的詞彙。英語全部的詞估計有一百多萬個，英語詞彙由母語詞和外來詞組成，母語詞是英語中的核心詞彙或基本詞彙，這些詞彙表示全民族人民活動共同的和基本的概念和情景，它們是語言中使用得最多、生活中最必需的、意義最明確、生命力最強的基本詞的總和。

章兼中（1993）歸納了如下幾種母語詞：

(1)有關自然現象的詞：wind、sun、rain、snow。

(2)有關勞動工具的詞：drill、hoe、hammer、spade。

(3)有關植物的詞：tree、grass、flower、branch。

(4)有關動物的詞：dog、cat、horse、cow。

(5)有關礦物的詞：gold、silver、copper、iron。

(6)有關顏色的詞：red、yellow、green、purple。

(7)有關動作的詞：go、come、run、leave。

三、 詞彙的教學內容

詞彙學習包括詞音、詞形和詞義三方面的學習。

1. 詞音的學習

學習單詞首先要學習它的讀音和意義。把音讀準了，說準了，就會為以後記憶單詞打下良好的基礎。理解了詞義就可以運用。學習單詞讀音時，有兩點通常被學生所忽視：

(1)失去爆破

有許多學生知道在一些片語、短句中，有時詞與詞之間存在失去爆破現象，但他們往往沒有意識到一個單詞中也有失去爆破的現象。如在picture [ˈpiktʃə] 一詞中，爆破音 [k] 後出現了破擦音 [tʃ]，那爆破音 [k] 就失去爆破。再如doctor、blackboard 等詞也存在詞中失去爆破現象。初學時，為了引起學生足夠的重視和課後學生自己練習方便，教師可在教單詞讀音時，用「（）」符號標出失去爆破的音。

(2)詞的重音

詞重音也是學生容易出錯的地方，教師要讓學生充分意識到詞重音的重要性。有些單詞具有同樣的拼寫形式，但重音一改，詞性也就發生了變

化。如 increase [ˋinkri:s] 是名詞，而 [inˋkri:s] 則成為動詞。有些具有同樣拼寫形式的單詞，重音改了，不僅詞性發生了變化，而且音素發音也起了變化。如 record [ˋrekəːd] 是名詞，[riˋkɔːd] 則是動詞。present [ˋpreznt] 是名詞或形容詞，而 [priˋzent] 則是動詞。

2. 詞形的學習

　　詞形即詞的拼寫，也是詞彙學習的一個重要內容。掌握單詞的拼寫是記憶單詞和讀準單詞的重要條件。教師要指導學生注意拼讀、拼寫規則，將詞的拼讀、拼寫同詞的發音聯繫起來。

　　英語是拼音文字，單詞是由字母組成的，字母代表音。但是英語經過了漫長的發展過程，由於歷史因素和受多種語言的影響，許多詞的拼寫與讀音有很多不一致的地方。在一些單詞中，有的字母不發音，如 comb [kəum]、date [deit] 中的字母 b 和 e 不發音。有時一個字母代表幾種不同的發音，如母音字母 o 就有幾種不同的讀法，如 go [gəu]、hot [hɔt]、who [hu:]、son [sʌn]。有時一個發音，又代表多種不同的字母或字母組合，如發母音 [əu] 的詞包括 note、low、toe、sew、road。

　　這種音形不一致的情況，是學生學習和記憶單詞的難點。但是英語單詞的拼寫與讀音還是有規律可循的。人們在長期使用與學習語言的過程中，總結出一些讀音規則。教師要引導學生將單詞與讀音規則結合起來學，運用拼讀規則，按照音節讀單詞，以提高記單詞的效果。

3. 詞義的學習

　　所謂詞義學習是指學習單個的意義，詞義學習的目的是把單詞與一定的概念聯繫起來。任何語言的單詞都是代表主觀世界和客觀世界的概念，這種代表關係是約定俗成的。

　　各種語言中的詞彙所代表的概念不完全相同，如中文和英語單詞所代表的概念之間的關係有以下幾種：

　　(1)有些詞所代表的概念完全相同。例如，英語的 cottonseed 就是指中

文的「棉籽」，hillock 就是指「小山丘」。

(2)中文一個詞所代表的概念包括英語幾個詞所代表的不同的概念，或者相反。如英語中的 aunt 一詞相當中文的「姑姑、嬸嬸、阿姨」，key 有中文中的「鑰匙、鍵、答案、要害」等意義。

(3)中英兩種語言在同義詞、反義詞和褒貶等用法上也不完全相同。如英語中的 hollow、vacant 和 empty 中文都有「空的」意思，但其用法是各不相同的。

由此可見，中、英兩種語言中除了一部分單詞所代表的概念完全相同外，其餘的單詞則代表著不完全相同的概念體系。教詞彙的意義就是要指出兩種語言詞彙所代表的共同概念體系和不同概念體系的區別，掌握兩種語言詞彙的個性與共性，使學生逐漸形成既要與母語不同的概念體系，又要在其基礎上形成相對應的交叉聯想體系。

四、 詞彙教學的難點

學生在掌握英語的詞彙時困難也不少，除了上面說的詞形變化很複雜之外，還有下列一些問題：

(1)英語詞彙（例如 go 或 come）和中文相應的詞（例如「去」或「來」）在意義上並不完全對等，而只能說是部分對等。英語的 go 或 come 還有許多其他意義和用法，而中文的「去」或「來」也有許多與 go 或 come 不對等的意義和用法。學習者則往往習慣於把英語詞彙和中文詞彙簡單地對等起來使用，以致造成錯誤。

(2)英語詞彙互相搭配的習慣與中文也往往不同。例如，中文常常說「學習知識」，而用英語說 learn knowledge 讓人聽起來非常生硬彆扭。在英語中必須把學習的東西說得具體一些，例如 learn English 或 learn to swim 等。這些搭配在不同語言中必須服從其習慣用法。

(3)有些詞彙在英語和中文裡的基本意義相同，但是隱含的意義則不同，例如，「紅」在中文中可以隱含「喜慶」的意義，英文的 red 卻沒

有這種意義，有時會隱含 angry（憤怒）的意義。

五、 詞彙教學技巧

1. 直觀法

把詞代表的客觀事物直接作用於學生的視覺（看見實物）、聽覺（聽到發音）和動覺感受器，使詞與客觀事物建立直接聯繫，理解其意，這是最理想的揭示詞義的途徑，直觀法有如下幾種：

(1)透過人體各部位揭示詞義：head、mouth、nose、hand。

(2)使用實物揭示詞義：如教室裡的各種實物：chair、door、window；各種學習用具：pen、book、bag、pencil、ruler……以及各種水果、食品等。

(3)透過圖片、簡筆劃（stick figure）、投影機等直觀教具揭示詞義，如park、tree、hill、river、bank、birds、plane、fly 等。

(4)使用動作表情揭示詞義，如 run、jump、cry、laugh 等。

2. 分析法

這是分析詞的構成，對於英語中的派生詞，可說明詞根（root）、前綴（prefix）、後綴（sub-fix）的劃分和大體的意思，對於合成詞，也可藉由對其構成的分析說明其意義。例如：

(1)派生詞：unfair、"un" 意指 "not"、"unfair" 意指 "not fair"。

(2)合成詞：classroom = class + room。

3. 詞性對比

教師還可透過詞的不同形式之間的關係說明其意義。例如："The ropes are tighter now; they have just been tightened."，其中的 tighter 為形容詞，tightened 為動詞。又如，"They compared the scores, but I never knew the reason for the comparison." ，其中的 compared 為動詞，comparison 為名詞。

4.利用同義詞、反義詞

利用學生學過的與新詞近義或反義的詞來解釋新詞，可收到「學新習舊」之效。例如："a large (big) room"；"nice (fine) weather"；"Perhaps (Maybe) he is right."。同義詞一般只是近義，很少有意義和用法完全等同的詞，因此應該謹慎使用，不要輕易地劃上等號。最好是放在片語和句子中出現，以表明在這個搭配（上下文）中，它們意義相同，可以互換。

5.創造語境

創造語境的方式就是利用上下文使學生產生聯想，推測詞義。這可用於解釋一些意義抽象的詞語。例如： "Mr. Lee was a worker. He is over sixty. He is too old to work. He is retired now." ；從句子的時態及語境，不難理解 retired 是「退休」的意思。

6.描述法

描述法就是下定義，這種描述同詞典下定義不完全一樣，它並不需要像定義那樣周密。例如：

A library is a place where you can borrow books.

A hospital is a place where doctors and nurses work.

An author is a man who writes a book for reading.

Spring is the first season in a year.

上述六種詞彙教學方法，只是為了敘述方便所作的分類。在實際教學中往往幾種方法綜合運用，效果更好。例如解釋 clock 一詞可以這樣做：

This is a clock.（利用實物）

A clock is an instrument which tells the time.（下定義）

Is there a clock in your house?（提問）

There's a clock on the wall in the teacher's office.（創造語境）

六、 單詞的記憶和鞏固

學生從開始學習英語那一天起，遺忘單詞的問題就出現了，而且隨著學習的進展，遺忘的問題愈來愈明顯。所以，在詞彙教學的範疇內單詞記憶的教學始終應作為教學的重點。

根據心理學家從高級神經活動學說解釋，遺忘是過去形成的暫時神經聯繫的抑制和消退。這就是說，遺忘現象包括「抑制」和「消退」兩個不同層次。被抑制的暫時神經聯繫，在某種情況下又可以從記憶系統中恢復過來。但如果不及時恢復這種聯繫，長期發展下去，被抑制的神經聯繫便會消退直至完全消失。因此，從詞彙教學的角度看，教師的任務之一就是盡可能採取措施，縮短抑制過程，將初步建立的暫時神經聯繫發展為牢固的神經聯繫，而不能聽任其自生自滅，由抑制退化為消失。

要克服遺忘率高這個問題，教師要儘量提高詞彙的複現率。提高詞彙複現率就是以多種不同的方式增加學生接觸英語的機會，使他們在經常不斷接觸英語的過程中，逐步地記憶詞彙，擴大詞彙量。田式國（2003：158）指出綜合練習和經常複習是提高詞彙複現率的最基本措施。

1. 綜合練習

新詞彙學過後，必須透過練習加以鞏固。詞彙練習可根據不同的針對性分為記憶性練習、辨析性練習和活用性練習。記憶性練習重在掌握單詞的讀音和拼寫，辨析性練習重在掌握詞類和詞義，活用性練習重在學會詞彙在不同場合下的具體運用。

運用英語的能力在本質上是綜合性的，所以詞彙練習應在單項練習的基礎上加強綜合性，包括記憶、辨析、活用練習種類的綜合，聽、說、讀、寫練習形式的綜合，語音、詞彙、語法練習內容的綜合，教師直接控制和學生獨立活動練習方式的綜合等等。這種種綜合要求練習的形式和方法不拘一格，儘量多樣。

2.經常複習

複習的方法可以多種多樣，如分散複習、集中複習；課堂複習、課後複習；單項複習、綜合複習等。複習貴在經常，且長期堅持。教師除帶領學生一起複習外，還要引導學生自覺、主動地複習，使他們養成經常、及時複習的習慣。比如，每節課後，應要求學生複習本節課學習的內容，然後再做作業。如果這樣長期堅持下去，學生在詞彙學習方面就不會有太多的困難，起碼不會造成因積重難返而中途脫隊的情況。

第四節　語法教學

一、 語法教學兩種極端

由於人們對語法教學在英語教學中的作用和地位認識不同，在教學實踐中就會採取不同的作法：

1.輕視語法對語言運用的指導作用

這種思想以學生學母語作為英語學習的依據，單純強調透過自然習得來掌握語言能力，排斥語法教學，因而在教學活動中一味地要求學生硬性模仿，不注意教給學生運用語法知識認識、學習和掌握英語。

2.過分強調語法的作用

這種思想認為學習英語就是學習英語語法，學好了語法就等於學好了英語。在這種思想的指導下，有些教師把絕大部分時間和主要精力花在語法知識的傳授、分析和練習上，把語法教學變成了語法研究。對於學生在操練、練習、使用中出現的錯誤，總是單一地從語法角度去分析，一味地用講解語法規則的辦法去糾正。這種語法教學在學習者的頭腦中造成了高度的語法警覺點。過度的語法監控大大地壓抑了學生正常的語言體驗、得

體的語言領悟、敏銳的語境觀察和分析，從根本上損壞了學生語言學習和語言應用能力的發展。

實踐證明，上述兩種傾向都具有片面性，也為英語教學帶來了一定的危害。在語法教學中應注意避免兩種走極端的不良傾向。所以，問題不在於是否教學語法，而在於如何進行高效率的語法教學，使之更能為培養學生的語言運用能力服務。

二、 英語語法的特點

英語語法是詞形變化規則和用詞造句規則的總和（章兼中，1993）。中文和英語是不同的兩種語言，其語法內容也大不相同。在傳授語法知識和進行語法練習時，要充分考慮到英漢兩種語言結構的差異，對學生學習語法項目的難點做出科學的預測。和中文語法相比，章兼中（1993）歸納了英語語法的幾個特點：

1. 詞的屈折變化

英語語法用單詞的屈折變化來表示不同的語法關係，例如：

(1)名詞的單複數：a bike → two bikes、a dog → two dogs。
(2)名詞的所有格：father's、boss's。
(3)一般現在式第三人稱單數動詞的變化：He works. He does it.。
(4)動詞的過去式：walked、climbed。
(5)動詞的過去分詞：asked、answered。
(6)動詞的現在分詞：reading、writing。
(7)形容詞和副詞的比較級：quicker、faster。
(8)形容詞和副詞的最高級：quickest、fastest。

2. 詞序

英語的詞序是比較固定的。詞序發生變化往往會導致語法句意和功能

的改變。如："Paint that box." 和 "Box that paint." 的意義是不同的。同樣地，"Only the child cried."、"The only child cried." 和 "The child only cried." 的意義也不同。

有時實詞的詞序變了，虛詞也要相應地改變。如：

I asked Tom a question. → I asked a question of Tom.

I bought him a pair of shoes. → I bought a pair of shoes for him.

3. 詞的派生

像許多語言一樣，英語也透過加前綴和後綴來構成新詞。有時構成前，詞要同時使用前綴和後綴。如：

just → unjust → unjustness

change → interchange → interchangeable

熟知常用的前綴和後綴是擴大詞彙量的有效方式。如前綴 en- 常用來構成動詞，如 enrich、enlarge；後綴 -ness 是名詞的特徵，如 carelessness、kindness。

4. 一致關係

主詞和述語一致：如 "I am happy. You are happy. She is happy."。

代詞和名詞一致：如 this chair → these chairs；that chair → those chairs。

5. 支配關係

在句子中採用不同的代詞形式來表示不同的語法功能，之所以稱為支配，是因為句子功能決定了代詞的使用形式。如：

I bought him a toy car. → It's his toy car.

He and she argued. → The argument was between him and her.

This is my car. → This car is mine.

三、 語法教學的重點和難點

　　英語語法包括詞形的屈折變化和句子結構的規則兩大部分，這些規則都是經過長期的歷史演變而形成的。任何人想運用英語表達思想，就必須遵循這些規則，否則就無法被別人理解。任何一種語言都有這樣的組合規則。打一個比方，如果把語音比作一座語言大廈的基礎，那麼語法就是這座大廈的框架和結構。沒有了框架與結構，即使有很多的詞彙也無法形成有意義的語言。

　　以中文為母語的人學習英語語法時會感到有很多的困難，因為中文語法中沒有詞形的屈折變化（名詞的數、動詞的時態變化等等），學生在英語的實踐中就往往忘掉或忽略了這些變化而犯了語法錯誤。在句子結構方面，英語與中文也有很多不同的地方。學生往往習慣於按中文規則來造句，說出來的是中文式的英語，有些話對方聽不太懂。對他們來說，把英語語法規則變成運用自如的習慣，總是需要長期的實踐才能做到。

　　學習語法需要牢記相當多的變化規則，但是光是死記硬背容易厭煩，影響學習效率。因此，在強調記憶的同時，也要注意培養學生的觀察力和推理能力，讓學生自覺地在許多語言現象中去發現規律、掌握規律。

四、 歸納法和演繹法

　　在英語語法教學中，最常用的方法是歸納法和演繹法。

1. 歸納法

　　歸納法（inductive method）的特點是，在觀察大量語言現象的基礎上總結語法規則，再以所總結的語法規則指導語言實踐，以達到深化認識、提高實踐能力的目的。這是從實踐到理論的認識過程，其步驟是：

　　(1)舉出實例：教師口述或筆寫給出包括一定語法項目的例子。例子應

典型並能充分顯示語法規則，句子應簡單易懂以便學生專心學習語法項目。

(2)例子觀察：教師要求學生仔細觀察例子。如果例子寫在黑板上，教師應標出重點，以吸引學生比較句中不同或相似之處。如口述，教師應重述並強調關係到語法項目的部分，以引起學生注意，教師最好在黑板上寫出強調部分以便學生仔細研究。

(3)引出結論：教師鼓勵學生自己找出語法項目，透過提示或暗示性問題引導學生用自己的話說出語法規則。學生要充分考慮和理解這個語法項目。如他們解釋正確時，教師應予以肯定，否則，教師則應主動給學生解釋。在這種情況下，應要求學生能重述教師的話，便於加深記憶。最後用簡單易懂的話解釋語法規則。

(4)練習：理解了語法規則後就讓學生做各種練習，以便加強他們的記憶並檢視理解效果，培養他們的實際運用能力。

　　例如，用歸納法教形容詞的比較級，教師可以利用圖片和實物向學生提出例句，並讓學生跟著教師重複例句，做口頭練習（見表 10-1）。

2.演繹法

　　演繹法（deductive method）的特點是，先提出語法項目的概念及其規則，同時舉例說明這些規則，然後根據所講述的語法規則進行操練，從而加深認識，掌握運用。這是由理論到實踐的認識過程，其步驟是：

(1)提出語法規則：教師以簡單易懂的英語提出語法規則。

(2)舉出實例：教師將例子寫在黑板上，跟學生一起讀例子，讓學生理解所有例子。

(3)分析例句：透過觀察、比較和分析，讓學生看到例句中的相似之處和不同之處，並看出句中隱含的語法規則。標出關鍵字、提出一些暗示線索等等，可以幫助學生理解該規則。

(4)練習：這是最後一步，以確保學生對語法的掌握。

例如，教 there be 結構，教師先講概念，然後再舉出實例（見表10-2）。

表 10-1　歸納法教學實例

步　驟	方　　法
舉出實例	(1)教師向學生出示一張圖片，邊指著圖片邊說： "Look at this picture. There are two girls in the picture. This is Mary. And this is Jane. Mary is taller than Jane. Mary is taller than Jane. Jane is shorter than Mary. Jane is shorter than Mary." 教師重複一遍，以引起學生對新句型的注意。 (2)教師繼續提出例句： "Look at the blackboard please." 教師邊畫邊說， "This is the sun. This is the earth. The sun is bigger than the earth. The sun is bigger than the earth. The earth is smaller than the sun. The earth is smaller than the sun." (3)教師手拿兩支鉛筆繼續提出例句： "I have two pencils. One is red, the other is yellow. The red pencil is longer than the yellow pencil. The red pencil is longer than the yellow pencil. The yellow pencil is shorter than the red pencil. The yellow pencil is shorter than the red pencil."
例子觀察	經過口頭重複練習後，教師將含有比較級的句子寫在黑板上，讓學生進一步觀察、對比。
引出結論	教師最後指出形容詞比較級的構成，並予以總結： (1)一定是兩個人或兩件物之間的對比，才能使用比較級。 (2)在形容詞詞尾加上-er 構成比較級。 (3)用 than 連接兩個相比的人或物。 (4)形容詞加上-er 構成比較級後，發音時多了一個音節 [ə]。
練習	總結歸納出這些規則後，教師再讓學生做一些練習，以檢查學生是否透徹地理解了這些規則。

資料來源：章兼中，1993。

表 10-2　演繹法教學實例

步　驟	方　　　法
提出語法規則	教 there be 結構，教師先講概念：「There be ＋某人（物）＋某地（時）」是一種句型，相當於中文的「在某地（時）有某人（物）」的說法。句中的 be 要同後面所跟的名詞在數方面保持一致。名詞是單數，就用 is；名詞是複數，就用 are。
舉出實例	教師例句寫在黑板上，讓學生仔細觀察，如： There is a house in the picture. There is a boy in the house. There are three cows near the house. There are seven days in a week.
分析例句	教師結合剛才講的語法概念進行分析對比，講述這些規則在例句中的運用。
練習	教師對學生的講述予給評價，然後讓學生做練習。

資料來源：章兼中，1993。

　　歸納法和演繹法兩種方法都有各自的優缺點。歸納法是從具體到抽象，使學生參與發現過程，規則是學生自己發現的，所以他們能理解得更深入、記憶更清楚，同時也訓練了他們觀察、比較、分析及歸納事物的能力。對於小孩或初學者，這不失為一種好方法。而演繹法卻從不同的方面對思維進行訓練，先提出適用於新句子解決新問題的語法規則，而且直接提出規則也節省時間，因而，在進行語法複習時是較好的方法。因為兩者各有特色，選擇哪一種方法應因時因勢而定，教師也可以兩種方法綜合一起運用。學習應從具體到抽象，再從抽象到具體。

第五節　結　語

　　英語基礎知識包括語音、詞彙和語法。學生不掌握英語基礎知識，就不能掌握為溝通進行聽、說、讀、寫的能力。因此英語基礎知識的傳授和

操練在英語教學中占有重要的地位。當然英語教學僅僅掌握語言基礎知識並不等於說掌握了為溝通初步運用英語的能力。學習語言基礎知識的目的是為了掌握運用英語能力。因此，語言基礎主要要在句子和語段中綜合地教，在聽、說、讀、寫操練和溝通過程中教，以獲得運用語言的能力。為了更佳地掌握語言基礎知識，單項的語音、詞彙、語法知識訓練也是必要的，不能絕對排斥。

在語音、詞彙和語法教學中，教師應激勵、引導學生積極主動地參與各項教學活動，注意學生積極、向上的良好心理優勢的建立，使他們成為活動的中心。要注意引導學生在學習過程中努力總結語言規則和學習策略，把工具性的知識（如音標、拼讀和構詞規則等）作為學習語音、詞彙、語法的工具教給學生，這就要求教師在教學活動中有意識、有計畫、有步驟地培養學生多方面的學習能力。如語音教學中的注意、比較、鑑別能力；詞彙教學中的觀察、聯想、記憶能力；語法教學中的理解、分析、歸納能力等。如果不注意這些能力的培養，就會給語音、詞彙、語法教學帶來很大困難，甚至造成嚴重的後果。

掌握英語詞彙和學習語法一樣，不要孤立地死記硬背，而要在聽、說、讀、寫的實踐中去活學活用，唯有這樣才能理解得準確清楚、記得牢固。透過一個詞在許多場合下的運用，學習者就能夠觀察理解這個詞的多種意義、它的習慣用法和搭配。由此可見，學好英語詞彙光靠記憶力也是不夠的，還需要觀察、分析、記憶、聯想、想像等能力互相配合。

第11章

英語技能教學方法

　　聽、說、讀、寫是英語教學中的重要概念。正確認識它們是語言技能，有利於恰當地處理聽、說、讀、寫訓練之間的關係，也有利於提高語言訓練的品質和正確貫徹教學原則，提高教學效率。

　　本章我們探討對英語技能的認識，闡述了聽、說、讀、寫的基本特點以及相互之間的關係，並針對聽、說、讀、寫教學的實際介紹了各種教學技巧。

第一節　對語言技能的正確認識

一、聽、說、讀、寫是語言技能

　　從技能的性質來看，聽、說、讀、寫是個人正確地運用語言的能力，但又不等於溝通能力。因為溝通能力應包括建構言語行為（speech act）和言語事件（speech event），單獨的聽、說、讀、寫遠不能達到有效溝通的目的。所以聽、說、讀、寫四種技能是掌握溝通能力的基礎。

　　張正東（1999：130-3）指出，英語教學實踐中對技能的最大誤會有兩點：一是看重它們的知識屬性，忘記它們是個人運用語言的能力，也就是說，它們是言語，而不是語言。過分看重技能的語言屬性，就會忽視其運用性和必然傳達資訊的特點，這正是技能訓練往往機械呆板且脫離資訊交流的根本原因。二是把作為技能的聽、說、讀、寫與作為語言知識的語音、詞彙、語法對立起來，沒有全面了解技能是個人運用語言的能力。所謂正確的運用，自然是運用得合乎語法規則；這說明技能本身包含了語法。把聽、說、讀、寫四項技能和語音、詞彙、語法三種知識對立起來，至少會加重學習負擔或者在知識與技能之間顧此失彼。聽、說、讀、寫的兩性特點，提醒我們在理解語言技能時要看到它和語言三知識本屬一物，而其屬性特點是個人說的話，是使用語言的產物。

二、 聽、說、讀、寫的順序

　　百餘年來，語言學發展史上人們對聽、說、讀、寫順序有不同的見解。1853 年法國學者 Claude Marcel（1789-1876）在他的 *Language as a Means of Mental Culture and International Communication* 一書中，提出了語言學習過程中互相聯繫的四個步驟，並規定它們的順序是聽、說、讀、寫，同時接收性的聽讀先於表達性的說寫。其後，他又提出了聽讀先行的閱讀教學法。到直接法形成後，聽、說、讀、寫成了固定的順序。之後，流傳全球的聽說法根據「口語第一性」的理論，明確規定了「沒聽的不說，沒說的不讀，沒讀的不寫」這三條原則，於是聽、說、讀、寫的次序似乎便不可變更了。

　　聽說是人類溝通活動中最早出現，也是最生動活躍的方式。一般認為，聽說約占人們溝通活動的四分之三，而讀寫只占四分之一。許多英語教育專家都主張，聽說應在英語教學活動中占領先地位。也就是說，學習一種英語，最有效的方法是從聽力和口語技能入手，先把學習重心放在聽說能力的培養上面。這樣做有幾點理由：第一，口語是人類最基本、最大量的資訊交流方式，書面語是在口語基礎上發展起來的。因此，學習中聽說領先也是最自然最順利的過程；第二，口語的交流都是在一定的情景下發生

的，聽說領先的方法可幫助學習者明白，在什麼樣的情景與場合下該怎樣理解對方意思，又該怎樣說話，這是準確掌握語言的最佳途徑；第三，語音是語言的基礎。由於本族語音的干擾，英語語音總是較難掌握的，初學者先側重口語的訓練有利於克服語音的困難，從而打好繼續前進的基礎。

聽說領先並不是意味著聽說能力可以孤立發展。聽說孤立發展不但使學習者成為文盲，而且也無法達到較高口語水準。當學習者透過口語學習某幾個新詞的時候，他只有掌握了新詞的拼法，知道了這些詞的變化規則，才算鞏固地學會了新詞，日後才會運用。當學習者能夠說出一個句子時，他必須能夠正確無誤地寫出來，才算完全掌握了它。因此，學習者進行大量聽說實踐的同時，也必須有大量的讀寫練習，才能鞏固所學的知識。聽說能力與讀寫能力是互相促進，互相依存的。當學習者走過了初級階段，聽說能力有了一定基礎之後，讀寫的能力就要反過來發揮領先和決定作用，學習者就要較多地藉由閱讀不斷獲取新知識，提高自己的英語水準。

第二節　聽的教學

一、 聽的概念

聽，是對口頭資訊的接收和理解，是一種最基本的溝通行為。聽和說一樣，總是出於一定的目的或意圖。說者需要表達資訊，聽者則需要獲取資訊。聽長官吩咐工作、聽天氣預報、聽故事、聽演講等等，都是在有目的地獲取某種資訊。無論聽什麼，只有無須注意說話人的表達形式，只注意其說話的內容的時候，才能有效地獲取所需資訊，達到溝通目的。由此可見，句型操練中圍繞語言形式、忽視資訊理解的聽並不是溝通意義上的聽。

那種無須注意語言形式而直接聽懂內容的能力在母語中是自然形成的，在英語中則需專門培養。換言之，聽力教學的本義就在於使學生獲得直接聽取資訊的能力，即溝通意義上的聽力。為此，應向學生提供大量的以意

義為中心的、而不僅僅以語言結構為中心的聽的練習活動。

二、 影響聽力理解的主觀和客觀因素

有時，對於同一段話語，兩人聽後所理解的資訊存在誤差，這是由一系列主觀和客觀因素造成的。

1. 主觀因素

影響聽力理解的主觀因素主要是聽者的聽力能力有限，主要因素概括起來有以下幾點：

(1)語言知識

語言知識是聽力理解的基礎，聽者必須具備一定的語音、詞彙、語法等知識，這也是聽力理解的前提。遇上未學過的單詞、片語或句型時，很難聽得懂。如學生聽不出 "Do you want to go?" 這句非常簡單的英語，其原因是美國人在口語中經常將這句話說 "Do you wanna go?" 又如，desert [ˋdezət] 是名詞，表示「沙漠」；若讀成 [dɪˋzɚːt]，就成了動詞，意思是「遺棄」，甚至可能被理解為 dessert（飯後甜食）。還有，英國英語與美國英語發音上的區別也會給聽者帶來困難。如美國人說的 "I can't do it." 很容易被學英國英語的人誤解為 "I can do it."，因為在美國英語中 can't 讀作 [kænt]，can't 中的 [t] 與單詞 do 中的 [d] 連在一起，產生不完全爆破，兩個音素之間稍有停頓，分辨不出來，就會被誤解成後者，意思就完全相反了。

(2)背景知識

背景知識是對話語中人物、場景、文化背景、風俗習慣、生活方式、價值觀念等的認識，其作用在於為聽者提供判斷、推理、猜測等依據。比如對英、美等英語國家的背景知識、文化習俗等了解不夠，在聽英語時就容易產生誤解。如我們一般不喜歡指名道姓，但在西方國家這是很平常的事，兒子對父親也可以直呼其名。可見，儘量多了解英語國家的文化才能

幫助聽力理解。

(3)認知策略

　　學習者在聽力理解過程中運用的認知策略一般有預測、猜測、判斷、推理等，它是對語言資訊的積極思維和再加工，使聽者不再停留在對語言形式的理解上。運用認知策略的主要依據有：具體的語境，聽者對題材、主題的熟悉程度和行文的語法邏輯關係。其中，語境主要是由人物場景、主題構成的。聽者不僅可以根據說話人的年齡、身分及相互間的關係預測講話內容，也可根據內容、場合等判斷說話人的身分，進而推斷他的觀點和態度。如果聽者對主題非常熟悉，他也就不難理解發言者的意圖或「言外之意」。有時認知策略的運用還有賴於表示比較、假設、因果、轉折、並列或先後關係的話語標誌，如 for example（舉例論證）、if（條件假設）、however（轉折）等。

(4)情感因素

　　動機、自信心、焦慮等情感因素直接影響聽力理解水準的高低。一方面，聽者必須有強烈的動機和意願才會積極地去獲取資訊。另一方面，不能帶著緊張、焦慮的心情去聽；有些學生在聽英語時往往很緊張，老怕聽不懂。實際上，愈怕聽不懂就愈聽不懂，這是一種心理作用。反之，如果聽者充滿信心，輕鬆、愉快地聽，其思維比較活躍，也就能最大限度地發揮他的聽力水準，進而增強他的自信心和積極性，形成良性循環。

2.客觀因素

　　口語本身的特點構成了聽力理解的困難，表現為聽者無法控制輸入內容的難度、速度、語音、語調、節奏等，這些特點構成了聽力理解困難的客觀因素（林立，2001：94-5）：

(1)組塊或意群

　　在書面語中，句子往往是語言運用的基本單位，而在口語中，由於人的記憶的內容較為有限，常常把話語切分成一系列小的「組塊」或「意

群」。字句（clause）是常見的組成單位，而片語更易保持和理解。在聽力理解過程中，不應把注意力集中於一個一個詞，而要抓住組塊或意群，有時還要理解和保持整句或幾個句子的意義。

(2)冗餘、縮略和隨意性

口頭語言中冗餘現象很普遍。除了正式的演講、報告、講座外，口語中常有很多冗詞整句和冗餘資訊，重複、解釋同一內容，有時伴隨停頓、猶豫，如 I mean、you know、that is、in other words 等；它們有時能幫助聽者理解意義。相對於口語的冗餘現象，縮略形式是口語中常用的另一種形式，包含詞形、句法和語用（pragmatics）等方面，這對於習慣於完整形式的初學者來說會有困難。另外，口語的隨意性很強，停頓、猶豫、游離話題、自我糾正是常見的現象，說話者的話語有時不符合語法規則。因此，在聽時，要善於剔除多餘資訊，抓住主要內容，把注意力集中於語言的內容上，而不是在語言的形式上。

(3)語速

在聽力理解過程中，語言材料輸入的速度是由說話者控制的。講話中間停頓的次數和時間長短是影響理解的關鍵。聽不同於讀，它沒有「回視」的機會，學習者必須學會適應正常語速的語言材料。

(4)重音、語調和節奏

說話人在傳遞資訊時，總是帶著一定的個人感情色彩。語言的輕重緩急、抑揚頓挫、手勢表情等就如同給自己的內容加進了注解。由於每個人的情緒體驗和價值判斷不同，對於同一件事情的看法就會有差異，使用的語音語調也就不同。

綜上所述，影響學習者聽力理解的因素很多，客觀因素和主觀因素相互作用，交織在一起，共同影響學習者的聽力理解過程。語言材料由輸入到理解的過程反映出學生和語言之間相互作用的過程，更體現了學習者的能動性。

三、 聽力教學技巧

聽力教學的目的是培養學生有效地獲取資訊的能力。學生從學習英語的第一天開始就要聽，透過聽來理解英語的聲音符號所代表的意義。教師不僅要訓練學生聽辨語句成分的能力，更重要的是培養聽和理解語篇以及真實語言材料的能力。

1. 訓練聽的技巧

(1) 聽辨語言的組成部分，識別語法特徵

語言是由一系列音、詞、句等構成的。教師首先要培養學生聽辨這些組成部分的能力，這是聽力理解的基礎。具體地說，就是要區分不同的音，識別詞的縮略形式和詞尾變化特徵，聽辨核心詞以及詞類單複數、時態等語法特徵，分離句子的主要組成部分和判斷句法特徵。

(2) 聽辨重音、節奏、語調

重音、節奏、語調等往往能反映出不同人的說話特徵，也賦予了不同人的情感特徵。聽者常常能從講話的重音、節奏、語調上識別出他的態度、觀點和情緒狀態。

(3) 適應口語的不同語速、停頓、解釋、游離主題等現象

不同的人講話的速度快慢不一，學生應該在學英語的初級階段就聽正常語速的語篇材料。對於某些難點，教師可以放慢速度重複，以便使學生聽清。而停頓、解釋等為非正式場合口語中常出現的現象。

(4) 識別功能詞和話語標記

根據一些話語標記，例如 for example、however、if 等，判斷上下文之間的呼應關係，理清說話人的思路線索。

(5)辨別話語的不同溝通功能

學習根據談話的情景、參與者和談話的目的來識別話語的溝通功能。

(6)猜測、預測、推斷

聽者根據他的語言知識和語用知識，從上下文中猜測生詞或被漏聽、聽不懂部分的意義，或根據發生的事件和邏輯關係，預測結果，推測因果關係，找出論點、論據、歸納、例證等要點。在溝通中說話人的遣詞造句、語音語調、表情動作等都反映出他的真實意圖和態度傾向，聽者要利用這些線索來理解話語的表層意思和引申含義。

2.聽力練習的常用形式

(1)耳聽練習

耳聽練習一般可分為分析性聽力練習和綜合性聽力練習。從聽力本身來說，真實的聽力是綜合性的、自然的、直接理解的。教學中，在難度較大的綜合性聽力的訓練之前，先作些較簡單的分析性聽力訓練是絕對有必要的。在教學中，分析性聽有兩層含義：一是指在聽力練習之前，對所要聽練的材料預先進行過閱讀和分析整理；另一是指把所要聽練的整體材料分解成更小的片語、句子、段落等部分，聽讀時，先進行分解式的聽力基本訓練，再進行整體性的聽力綜合訓練。綜合性聽則是指模仿日常溝通生活而進行的真實的、自然完整的聽力實踐練習。

(2)視聽結合練習

邊聽教師說英語，邊看教師演示。檢視時，則為聽教師說英語由學生演示；聽教師按圖敘述；聽英語、看幻燈，視聽同步配合，以及看英語電視和電影。

(3)聽說結合練習

聽說結合練習包括句型操練、問答、對話等形式。

(4)聽寫結合練習

教師可讓學生聽寫字母、單詞、句子或短文。教師要注意使用正常語速、整詞、整句或按意群劃分停頓，也要求學生整詞、整句或整段地聽和寫。

(5)聽讀結合練習

教師可讓學生邊聽英語，邊閱讀所聽的課文或閱讀材料的內容。

3.精聽和泛聽

精聽（intensive listening）的目的是為了「質」；而泛聽（extensive listening）的目的是為了「量」。教師既應採用精聽練習也應採用泛聽練習，採用哪種依目標而定。例如，教師發現學生對 [v] 和 [w] 兩個音容易混淆，於是，他可能會採取精聽的方法，讓學生反覆、仔細地去聽一篇短文中的這些音。第一步是模仿，第二步是自己發出這些音。

另一方面，教師可能意識到學生還不能完全掌握 [v] 和 [w]，在這種情況下，他可能會採取泛聽的方法，目標是使學生進行更加全面的練習加以鞏固。這時教師以新的方式重現舊的材料，因此透過播放多種美國人、英國人談話錄音帶的方式去重現 [v] 和 [w]。

第三節　說的教學

一、 說的概念

說即思想的口頭輸出和表達，是最基本的言語溝通行為之一。說話是為了辦事，說話人將一定的資訊傳遞給別人，從而達到一定的溝通目的，如發出邀請、表達謝意、請求、勸告等等。從溝通意義上說，發音吐字不一定就是說，只有當它攜帶某種思想內容、表達某種意圖時才是說。教學中的確有許多說的活動，但其中許多是為掌握特定語言形式而進行的吐字

發音，是操練意義上的說；這種說並非在表達思想，因而不是溝通意義上的說。溝通的說與操練的說區別在於：(1)前者出於表達思想的目的，後者則是為了掌握說的能力；(2)前者說話雙方之間存在資訊差距（information gap），後者不存在。如甲明明指著桌上有筆，卻問乙："Where is the pen?" 就存在資訊差距；(3)前者說話時注意力在內容上，後者則在表達形式上。當然，操練的說是「必要的」，它是實現溝通的說的手段；但操練的說不是「充分的」，說如果僅停留在形式操練的水準而不向意義表達的水準前進，是不可能達到口語溝通能力的（章兼中，1993）。

二、 影響說的主觀和客觀因素

1. 主觀因素

說話是有一定對象的，它是一種雙向的言語活動。協商資訊（negotiation of meaning）是它的重要特徵。協商的過程也是一個創造性運用語言、填補資訊差距的過程。為了達到溝通的目的，說話者總是調動他的語言能力和溝通能力，運用認知策略和溝通策略，借助非言語手段積極參與協商過程，這些因素便構成了影響說的能力的主觀因素：

(1)溝通能力

語音、詞彙和語法是語言的三種知識。正確的語音、語調，一定量的詞彙和語法知識，是進行口頭溝通的基礎。語言能力是溝通能力中必不可少的一部分，溝通性的說並不排斥語言知識和技能的運用。

(2)語用能力

在口頭溝通活動中，對話的雙方必須根據一定的情景和上下文，調動他的文化背景知識和個人經驗恰當地、得體地使用語言，並為對方愉快地接受。

(3)溝通策略

　　人在說話過程中常伴隨著思維活動，說話人往往運用分析、綜合、歸納、推理等手段說明和支持他的觀點。說話人還根據聽者的反應不斷調整著自己的策略，其中包括言語的和非言語的溝通策略。言語策略包括強調某些關鍵字，使用不同語調，解釋某個要點，換用一種結構表達，適用一些黏著手段等。臉部表情、身體語言等非言語策略常伴隨著言語策略起了很重要的作用。

(4)情感因素

　　學生開口說英語最大的困難是心理障礙，如害羞、怕出錯、無自信心等，造成這些心理緊張的因素常常跟場境密切相關。通常在比較正式而嚴肅的場合，人們的心理障礙大，氣氛愈嚴肅，學生的心情愈緊張。因此，克服心理障礙才是溝通的有效方法。

2.客觀因素

　　口語具有其特點，如果無法說出具有這些特點的口語，就很難表達自己的意思。口語的基本特點包括：

(1)組塊

　　在溝通中，人們流利地說話不是以一個一個詞為單位的，而是經常透過一些意群、片語、短句組織語言，並且有一定的呼吸頻率與之相適應。

(2)冗餘、縮略和隨意性

　　在口語溝通過程中，為了使對方理解自己的意思，說話者往往採用一系列語言手段，如用 I mean、you know、that is 等詞語解釋自己的意思，或加進 um、well、like 等作些停頓、猶豫，為自己贏得一些思考時間。另外，語言的簡化、縮略形式也是非正式口語溝通中較常見的現象。

(3)語速

　　口語強調流利、自然，口語表達必須有一定的語速。學習者必須學會

將注意力集中於語言的表情達意上，養成以正常語速自然說出英語的習慣。

(4)重音、節奏、語調

發音是人們學習說話的第一步，而重音、語調、節奏則是語言學習的重要方面。不同的語音、語調可以「彈」出不同的「弦外之音」。因此，學習者要善於運用各種語音、語調來表情達意。

三、 說的教學技巧

從機械性操練到溝通性操練

課堂教學中說的類型大致可分為機械性的說、意義性的說和溝通性的說三大類。教學中許多說的活動是以掌握語言的吐字發音和句型結構等為目的的操練，它以語言形式為中心，這是機械性的說。只有當運用語言傳遞某種思想內容、表達某種溝通意圖時，說才成為溝通性的說。這兩者的差別為：前者沒有交往的目的，雙方沒有資訊差距，只注意語言的形式，受教師控制；後者有一定的溝通目的和意圖，雙方存在資訊差距，注意力集中於內容上，說話不受教師控制。至於意義性的說，則沒有太多的限制，但也沒有太多的交往目的，因此它是介於機械性的說和溝通性的說的過渡性訓練形式。

(1)機械性操練

機械性說的操練是對於音位、詞彙和語法項目的引入和練習最有效的方法之一，其經常採用的形式之一是對話。在有上下文限制的對話裡，有許多種句型嚴格限制了學生的回答，以至於學生少犯語言錯誤，這是非常有用的操練，因為它使學生講的話在語法上正確。如：

Teacher: I'm Brown. What is your name?

Student: I'm Tom.

把這種微型對話發展成一組的活動是很容易的。教師在經過一些集體、小組和個體重複的方式去教學生可能很不熟悉的音之後，在班上走動，每

次都問不同的學生，然後他可以讓兩個學生到前面進行對話，每人扮不同的角色，之後他們交換一下角色。如：

T: I'm Brown.

S1: I'm Tom.（轉向學生 2）What's your name?

S2: I'm John.（轉向學生 3）What's your name?

(2)意義性操練

意義性說的訓練沒有太多的限制，它旨在使學生自由使用和練習他所學的知識，但對其中一些部分進行限制。總的來說，最好提供一個大體情景和將要說的內容，就可讓學生自由表達。在這種情況下，對話表演是一種非常有用的技巧，在對話中，可以有一些省略的詞或片語，這些詞經由上下文容易猜出，甚至說話一方的全部講話都可以留出空白。比如下面這個電話對話，學生知道 Tom 先生的話，但卻聽不到另一方的答話。這時，學生可以去猜。

Mr. Tom: Hello! I want Longfeng Hotel, please.

The other: ...

Mr. Tom: What did you say? I can't hear you very well.

The other: ...

Mr. Tom: Oh, you are the Longfeng Hotel. Something seems to be the matter with this line.

The other: ...

Mr. Tom: Will you put me through to the Reception, please?

The other: ...

Mr. Tom: What? Oh you are the Reception. Good. I want to book a double room with bath, overlooking the sea. It must be quiet.

The other: ...

(3)溝通性操練

對於學生來說，能很自然地講出已在上述兩種練習中練習過的語言是很重要的。溝通性地運用口語要求學生自由地表達思想，因此是口語操練

的一個高層次階段。教師要提供情景，讓學生積極使用所學的語言來溝通。在這個練習階段，小組練習是很有用的，因為教師的限制減少，學生在小組活動中會做得更好，這對提高學生的口語能力也是很有幫助的。比如，教師選擇一些材料，錄起來並播放給全班同學，教師就可讓同學們就他們所聽到的內容編一個故事，同時也可練習更多口語作文當中的必要結構。又如，表演一些由本班同學自己寫的對話。再如，讀名家寫的劇本並展開如何理解劇中人物和如何表演劇碼的討論，這些也都有利於提高學生的口語水準（賈冠傑等人，1999：178-9）。

四、 培養學生說的策略

初學英語的人往往缺少使用各種溝通策略的意識，他們往往習慣於回答別人的提問，怎麼問就怎麼答，怎麼說就怎麼做，別人跟他講時他才講，很少能自己設問、提起和維持話題，改變主題。沒有主動、積極地參與對話，雙方不能有效地溝通資訊，協商意義。策略能力是口頭溝通能力的一部分，教師在教學中應有意識地培養。說的策略包括言語和非言語兩個方面，如：透過重讀、語調強調某些詞，請求說明（what），請求別人重複（Huh? Excuse me?），運用一些插入語（Uh, I mean, well）以贏得思考的時間，引起注意（Hey, Say, So）；換一種結構或方式解釋意思（paraphrase），舉例說明（for example），運用一些習慣用語和臉部表情、體態語等非言語手段。

五、 正確處理流利與準確的關係

流利（fluency）與準確（accuracy）是語言教學中存在的一對矛盾。流利強調意義的完整表達，準確強調語言形式的正確使用。過分注重流利而忽視準確，可能造成語言令人難以理解；而過分強調準確，則會使意義表達不連貫。這兩者都是培養溝通性說的能力的重要目標。現在普遍認為，教學應以語言的內容為中心而輔以語言的形式操練。流利和準確這一矛盾

集中反映在如何對待學生口頭表達過程中的錯誤這個問題上。如果過分強調流利，糾錯不及時，會使學生形成錯誤習慣，有時影響聽者的理解程度，達不到溝通目的。而糾錯過多，則會引起學生的緊張心理，影響意思的流暢表達。所以糾錯必須講究策略，視錯誤的嚴重程度（對理解的影響大小）和錯誤性質（能力錯誤，還是緊張引起的口誤）等決定是否糾錯，什麼時候糾錯（講話當中還是講話完畢），怎樣糾錯以及由誰糾錯。

第四節　讀的教學

一、 讀的概念

讀是有目的地獲取書面資訊的溝通行為。人類不但進行口頭溝通，還進行書面溝通；閱讀是對書面資訊的理解與吸收。讀作為溝通行為，和聽、說一樣，是受一定的目的或需要支配的，如為取得某項科技情報而讀，為掌握新設備的使用方法而讀，為消遣娛樂、甚至只為滿足好奇心而讀。正是這些目的或需要驅使人們把注意力集中在尋求所需資訊、理解文字所表達的思想內容上。目的不但驅使人們的閱讀行為，而且制約讀者對所讀內容的期待和預測，加速閱讀理解過程。

根據章兼中（1993），認識讀的溝通本質和目的性具有三點教學法含義：首先，閱讀教學的目的在於培養溝通性閱讀能力——有效地獲取書面資訊，實現溝通目的的能力；其次，閱讀訓練應力求溝通化——使學生帶著目的讀，以提高理解效果；再次，不同的溝通目的決定不同的閱讀方式，這些閱讀方式應分別加以訓練。

二、 影響閱讀理解的因素

1. 客觀客觀

書面語和口語有很多不同之處。首先，書面語的語句結構更複雜，含有較多的字句，而口語的句子結構相對較簡單，多並列連接；其次，書面語中出現的詞彙更廣泛，有時很多生詞不是常接觸的詞彙，需要從上下文中猜測而知；另外，書面語比口語更為正式，它有完整的篇章結構，邏輯順序和開頭結尾，少有冗餘現象。這些特點為讀者理解語言材料帶來一定的難度，而讀者無法面對作者請求解釋，只能借助自己所具備的語言知識和閱讀技能來理解語言符號所代表的意義。

2. 主觀客觀

讀者閱讀理解的過程是各種因素綜合運用的結果，它和聽的過程一樣，是由語言知識、背景知識、認知策略和情感因素等各種因素共同參與的結果。

(1) 語言知識

閱讀理解過程是從視覺感知語音符號開始的，一定的語音、詞彙、語法等語言結構的知識是理解的基礎。它有助於語言資訊的初步加工，獲得語言的表層意義。

(2) 背景知識

一個人的背景知識和個人經驗等從另一方面影響語言資訊的加工，它能幫助作者獲得「字裡行間」傳遞的意義，它和語言知識一起，是讀者閱讀理解的前提條件。

(3) 認知策略

讀和聽一樣，是一個主動、積極的資訊加工過程，讀者需要利用許多

認知策略參與資訊加工過程，其中包括識別、預測、猜意、判斷、推理、歸納等策略。它們有助於獲取文章結構的深層含義，使理解不再停留在語言的表層意思上。

(4)情感因素

興趣是影響學生閱讀能力的重要因素。閱讀興趣愈高，就愈有利於培養其良好的閱讀習慣，擴大知識面。但是，興趣並非與生俱來，它需要教師的培養。閱讀材料的選擇必須難度適當，考慮知識性、趣味性的統一，以便能激發學生閱讀的欲望，讓學生讀有所得，充分享受到閱讀帶來的愉悅。

三、　讀的教學技巧

1. 朗讀和默讀相結合

課堂教學中的讀一般分兩種：朗讀和默讀。朗讀一般作語音、語調訓練；默讀是一項有目的地獲取資訊的活動。

2. 精讀與泛讀相結合

默讀又分精讀和泛讀。精讀偏重於語言的知識結構系統，是一種知識性閱讀，即分析性閱讀；泛讀側重於語言的內在意義，是一種溝通性閱讀，即綜合性閱讀。前者注重語言形式，而後者注重語言內容。在學習的初級階段應以分析性閱讀為主，掌握語言形式，到了中級階段和高級階段則應以綜合閱讀為主，增加語言輸入。培養學生溝通性的閱讀能力需要這兩種閱讀形式的協調發展。

3. 訓練閱讀技能

教師應訓練學生掌握一些基本的閱讀技能：

(1)預測內容：根據文章的標題或後面的閱讀理解題以及其他任何可以

捕捉到的資訊預測文章的大體內容。

(2)跳讀（scanning）：有時閱讀的目的僅僅是獲得某些特定細節，讀者可忽略其他內容。

(3)瀏覽（skimming）：閱讀時讀者往往跳過細節，忽略無關內容，以獲取材料的大意，這是一種快速閱讀技能。

(4)找主題句：議論文或說明文一般由主題句、擴展句和結尾句三部分組成，在閱讀此類文章時應能迅速找出主題句。

(5)辨別體裁：讀完一篇文章後，應能判定文章是敘述文、描寫文、議論文、說明文還是應用文等，這有助於分析文章或有針對性地做題。

(6)推斷暗含意義：讀者在閱讀時必須透過各種線索推斷作者在字裡行間所隱含的觀點、態度和語言表達的引申義。

(7)判斷或猜測詞義：指不用工具書只是透過上下文或利用構詞法判斷或猜測詞義。

(8)辨認語段標誌：一些常見語段標誌，如 for example、in other words 及文章的呼應手段等，均有助於理解篇章結構。

🌸 第五節　寫的教學 🌸

一、 寫的概念

　　寫是指透過文字表達思想。當時間、空間或其他原因限制了口頭溝通時，人們通常使用書面溝通，從事寫的活動。寫作為溝通行為是有目的的、是要實現某種功能的，如：寫家信問候親人，寫報導宣傳先進事蹟，寫廣告推銷產品等等。寫要達到目的、實現功能必須言之有物，傳達資訊。寫作為溝通行為也是有對象的，寫是為了讀，寫必須考慮讀者需求，必須使讀物明白易懂，溝通才能有效實現。

　　寫和說一樣，是規則支配下的言語生成過程，要求創造性複用所學的語言材料，所以寫具有與說相似的心理語言過程：先形成要表達的思想、

資訊，再根據一定的規則將資訊編碼，產生有意義的句子和篇章（dis-
course）；所不同的是，說是透過發音，寫則是透過文字符號完成表達過
程。此外，寫受規則支配的性質比說較為顯露，要求語言更加合乎規範、
邏輯嚴密、條理清楚。這一方面是由於書面溝通無法藉由聲調表情、重複
解釋等手段幫助表達，只能靠文字本身表情達意；另一方面是由於書面溝
通有較多的思考餘地，有可能對表達形式多加推敲，使之更加準確地規範
（章兼中，1993）。

　　讀與寫都涉及書面語言，前者透過文字接受資訊，後者藉由文字表達
資訊。寫的訓練必須以閱讀為基礎。一般來說，學生閱讀英語的機會較多，
而寫英語的機會並不多，因此很容易忽視寫的訓練。然而，寫作是非常重
要的英語技能之一。只有透過寫作才能知道學習者是否真正扎實而準確地
掌握了英語的拼法、詞的用法、語法結構、句型和篇章結構，才能看出學
習者是否有嚴密的思考能力和一絲不苟的良好學風。口語的訓練通常都比
較生動活潑，但語言準確性不是很高；書面寫作則要求高度準確，而且也
最能表現出學習者的真正學識修養與水準，充分發揮寫作者的創造能力。
總之，寫的訓練能夠鞏固學習者經由聽、說、讀訓練取得的收穫，並且加
以完善，其重要意義是不能忽視的。

　　寫的能力包括書寫和寫作兩種能力。「書寫」是指抄寫字母、單詞、
句子、句組等，其目的主要是培養學生正確地書寫筆順、大小寫、標點符
號和格式等。「寫作」是指用書面形式傳遞資訊，其目的主要是培養學生
寫信、寫通知、留便條、寫短文等書面語言的溝通能力。可見，英語寫的
教學包括剛開始學英語時字母、單詞等「書寫」及以後諸如寫日記、寫信
等種種內容性的「寫作」。

二、　影響寫的因素

　　寫和說同屬表達性技能。但是，說以口頭形式表達思想，寫以書面形
式表達思想。書面語與口語有很多不同，書面語要求語言更加準確、規範
和有效地傳遞資訊，這是因為它不像口頭溝通那樣可以藉由情景、表情、

手勢、重複等手段幫助表達思想，也沒有直接的當面回饋。同時，寫的時候要組織段落，還須考慮邏輯結構，使它顯得條理清楚。但由於書面表達不受時間限制，有較多的思考餘地，作者也就有較多的時間去推敲文字，用詞更精確，句子更複雜，表達形式更多樣，顯示書面語言的不同特點和風格。總之，寫的難度更大。

影響寫的能力有諸多因素，如詞彙和結構等語言知識、語用能力和認知策略等。具備了這些能力才能寫出好文章。

1.語言能力

通常指掌握語言、詞彙、語法規則等語言知識，確保語言表達的準確性。詞彙是句子的組成部分，不僅要求拼寫準確，用的形式也要正確。書面語比口語更正式、更複雜、冗餘度低，作者必須擁有豐富的詞彙，準確、恰當地表達意思。句型結構、語法規則是人們組織詞彙、句子進行言語表達的基礎。在從句子水準向段落層次過渡的寫作過程中，連貫性和連接手段也不容忽視，因而語言能力是寫作的基礎。

2.溝通能力

人們在溝通中不僅要追求語言表達的準確，還要考慮語言使用是否恰當。作者在寫作時，心裡都有「潛在的」讀者，他必須考慮到對方的需要，考慮到讀者的文化背景，然後決定所要表達的內容和方式。

3.認知策略

作者在寫作過程中採用一定的策略，進行一系列的認知活動，其中包括三個不同階段：寫前的準備階段、實施寫的階段和寫後的修改階段。每一階段都涉及不同的策略和認知活動。如在準備階段就要尋找話題，考慮與主題相關的資訊，形成思想並組織起來，同時考慮對象和寫的目的。這時他可能採用閱讀、列出相關資訊和觀點、與別人交換資訊和及時記錄等手段來幫助整理思路，作出計畫。實施寫的階段主要是將思想迅速變成文字，寫的過程中有時會回頭檢查所寫內容，因此而引發新的觀點，作出新

的計畫。寫後的修改階段則檢查所寫內容，作某種刪減和增添。

三、 寫的教學技巧

1. 寫與聽、說、讀的技能相結合

寫是一種將意義轉變成符號的筆語活動，但寫的能力的培養並不限於筆語活動，它總是和其他技能（聽、說、讀）的活動互相聯繫。

(1)寫與聽相結合

聽寫與聽記是用得較多的類型。聽寫可以是字母、單詞、片語、句子和段落。聽記一般指邊聽報告、講座一邊記筆記，這是一種高層次的寫。聽寫既練聽又練寫，一方面它訓練寫的準確、速度，鞏固所學的內容；另一方面，它也檢驗了聽力。

(2)寫與說相結合

將口頭上熟練掌握的句子或話語寫下來相對較容易。學生口頭操練句子結構，達到熟巧，養成自動化習慣，逐漸內化，然後再書面造句，這樣就能少寫錯句。再如段落的仿寫、改寫、縮寫、看圖造句等形式，也由學生先讀再寫，可減少筆語表達的某些障礙，也為能力較差的學生作榜樣，以降低寫的難度。

(3)寫與讀相結合

讀是接收語言的形式，透過大量的閱讀，學生可擴充詞彙，增強語感，擴大知識面，並發展閱讀技能。學生對段落的縮寫、擴寫、仿寫、改寫、寫摘要等都是落實在讀的基礎上。這種寫也是對讀的理解程度的檢測，只有理解好了才能寫得好。至於以傳遞真實內容為中心的自由書寫更是需要大量讀的積累。

2.訓練寫的技巧

教師要有意識地指導學生基本的寫作技巧，如：了解題材和格式；怎樣開頭；如何對句子進行邏輯聯繫，使之前後呼應；如何進行段落的銜接過渡等。教師還要督促學生養成醞釀準備和反覆修改的良好習慣，特別是在準備階段，教師可提供線索或讓學生分組討論，以打開學生的思路。寫好之後教師應及時給予回饋，指出問題所在，或讓學生互改，使學生互相監控，達到自我教育的目的。

3.指導性寫作

學生的寫作應當從寫句子開始。要督促學生養成用所學詞語造句的好習慣。先從模仿做起，然後聯繫實際，造出有溝通意義的句子，以後便是循序漸進的指導性寫作（guided writing）。所謂指導性，大致有三方面的內容：(1)給題目；(2)介紹要寫的內容；(3)規定字數以及其他要求。剛開始寫時要有明確、具體的要求，也可以限定必須使用部分詞語、句型。在寫作練習中，教師要提醒學生以下注意事項：

(1)要明確寫作目的，圍繞文章的主旨大意考慮要點，布局謀篇。

(2)所寫的要點想好了以後，還要考慮文章的總體結構和前後銜接，力求結構完整，意思連貫。還要適當運用連接詞語，以免句型單調。

(3)要注意遣詞造句，儘量用通俗易懂、確切、形象的詞語。初學者要慎用太長的句子，以免無法理解。

(4)務必克服「中英簡單對譯」甚至「逐詞硬譯」的不良習慣，尤其對中文裡一些慣熟詞語的意思要進一步理解，然後考慮在英語中如何準確表達。

4.記日記和寫信

學了日記體裁的課文後，應該讓學生掌握日記的格式和用語特點，並養成用英語記日記的習慣。開始時，要求不要過高，教師可向學生提出，從實際出發，每日寫兩三句的起碼要求，以後再逐步提升。同時，教師必

須加強指導和檢查，不能放任自流。如能長期堅持，對學生英語學習所起的作用無疑是很大的。

在學了書信體裁的課文之後，應讓學生練習用英語寫信。透過實踐掌握英語書信的格式和基本要求。學習寫信可先從寫回信入手，有所借鑑，易於模仿。教師還可組織並指導學生與英美國家的姊妹校（或班級）的學生通信，這將對英語學習有巨大的推動作用。

第六節　結　語

聽、說、讀、寫作為語言技能均有重要意義，缺一不可，必須全面發展；而遵循人類學習語言的自然順序和考慮學校英語教育的客觀可能，聽、說、讀、寫的發展又應在不同階段有所側重。一般說來，「縱向」地看，口語技能聽與說應先於書面語技能讀與寫；「橫向」地看，接收性的聽與讀應先於和多於表達性的說與寫。

聽、說、讀、寫作為言語行為相互聯繫和制約，宜進行綜合訓練；但它們又各具自己的語言和心理特點，所以單項或專門的訓練也不可忽視。綜合訓練與專項訓練兩者應結合起來，自始至終對學生進行聽、說、讀、寫的全面或綜合訓練是首要之事。

第12章

跨文化溝通與英語教學

對語言與文化的關係，人們從 1950 年代就開始研究。1959 年，隨著 E. T. Hall《無聲的語言》（*The Silent Language*）一書的出版，跨文化溝通學（intercultural communication）這門新興的學科便確立了其學科的地位。

跨文化溝通學涉及許多學科，包括人類學、民族學、社會學、民俗學、文化學、心理學、語言學等。自這門學科問世以來，學者們從不同的角度對這一領域進行了探討和研究，目的在於從跨文化溝通這一現象中總結出具有規律性的東西，找出影響跨文化溝通活動的各種因素，提高對跨文化溝通的認識以及探索跨文化溝通的研究方法，建立並完善這一學科的理論體系，從理論上指導人們的跨文化溝通活動。

跨文化溝通學除研究文化和溝通的定義與特徵，以及文化與溝通的關係之外，還著重研究跨文化溝通中產生的文化錯誤和文化教學方法。本章主要就文化錯誤和文化教學方法作一簡單探討。

第一節　溝通、語言和文化

一、 溝通

Samovar 和 Porter（1985: 15）認為：「溝通是一種雙邊的、影響行為的過程。在這個過程中，資訊發出者編碼（encode），並將資訊經由一定的管道傳遞給資訊接收者，資訊接收者透過對資訊的理解進行解碼（decode），藉以獲取資訊。」跨文化溝通是指具有不同文化背景的人們在各種溝通中涉及到的文化諸方面，從這一角度進行研究的範圍主要是人們之間的相互交往。跨文化溝通有其固有的特點，即資訊發出者和接收者來自不同的文化。只要資訊發出者是一種文化成員而接收者是另一種文化的成員時，就會發生跨文化溝通。

二、 語言

語言是人類社會溝通最重要的工具。人類透過語言來認識世界，使用語言這個工具作為社會生活的媒介，用它進行日常社會溝通，組織生產活動，表達思想和抒發感情。語言作為一種社會現象，其本質不僅僅限於交流思想，而且體現於多種功能之中。就語言與社會、語言與文化的關係而言，語言主要有以下兩種功能：

(1)溝通功能：語言是人類社會溝通中傳遞資訊的手段，沒有語言就談不上溝通，沒有溝通人類社會的存在和發展是不可想像的。從這個意義上說，語言是人類社會賴以存在和發展的基礎，溝通功能是語言最基本、最重要的功能。

(2)文化載蓄功能：語言具有反映、記錄和儲存資訊的能力。語言與文化、語言與社會是不可分離的，語言在社會發展的各個階段反映著

文化，並將其一層層的沉積下來，世世代代相傳，成為文化和知識的載體。

三、 文化

人不僅是社會人（social man），而且是文化人（cultural man）。中國人習慣飲茶，西方人習慣喝咖啡；舉行婚禮時，中國的新娘子傳統上愛穿紅色服裝，而西方的新娘子總愛穿白色的婚紗，這些都反映了不同民族不同的文化。實際上，人類的物質生活和精神生活無不發生在一定的文化氛圍之中，那麼文化究竟是什麼呢？

1. 文化包含非常豐富的內容

文化是一個相當複雜的現象，包含非常豐富的內容。自 19 世紀人類學問世以來，關於文化的界說，一直是眾說紛紜，各持一端。1952 年美國人類學家 A. L. Kroeber 和 C. Kluckholn 出版了《概念和定義述評》（*A Critical Review of Concepts and Definitions*）。在書中他們提到，關於文化的定義多達三百餘種。各種定義都從某些方面闡述了文化的含義，由此足見仁者見仁，智者見智了。

一般認為，文化是一個廣泛的概念，可以解釋為「社會所作的和所想的」。在一個國家和社會中，文化無所不在，無所不包。它包括凡經人類意識製作過的一切經驗、感知、知識、科學、技術、理論、財產以及社會制度、組織機構等；大則包含宇宙觀、時空觀、人生觀、價值觀，小至社會的生活方式、行為方式、思維方式、道德規範以及社會習俗等。

有人把文化分為廣義文化和狹義文化。廣義文化指人類創造的一切物質和精神產品的總和，包括文學、藝術、音樂、建築、科技和哲學等；狹義文化包括如何生活，如何組織社會，家庭成員、社會成員之間的各種社會關係，人們在不同場合的不同表現，風俗習慣以至衣食住行、各種禁忌等。

由於文化是一個非常複雜的綜合體，不同學科對它的概念和範疇的探

求都不可避免地帶有明顯的傾向性和側重性。就外語教育而言，對文化概念和範疇的界定需緊緊圍繞目標語的特點，目標語教學的特點，以及影響目標語學習、理解、溝通的種種語言和非語言的文化要素來進行。這就是說，外語教育所研究的文化，相對來說是一種狹義文化。

2.文化是一種社會現象

文化是一種社會現象，它是人們透過創造性活動而形成的產物。文化同時又是一種歷史現象，是社會歷史的積澱物。每一代人都繼承原有的文化，同時又在不斷揚棄和更新原有的文化，對社會文化的發展作出貢獻。

3.文化是民族差異的標誌

文化具有鮮明的民族性、獨特性，是民族差異的標誌。各個民族由於地域、生態環境、社會政治經濟制度、歷史背景、風俗習慣、價值觀念、行為模式等的不同，其文化也具有各自的特點。例如，在受到別人的讚揚時，根據英語本族語者的文化，被讚揚的人應表示接受，以表明自己認為對方的讚揚是誠心誠意的或所讚揚的事是值得讚揚的。然而，對中國人來說，受到別人讚揚時，通常要表示受之有愧、做得還不夠等等，而一般不能直接地接受讚揚，否則就意味著有驕傲自滿情緒或缺乏教養。

（四、）語言、溝通與文化的關係

弄清楚語言、溝通與文化的關係，對於研究跨文化溝通是十分必要的。這是因為「人們是在文化的影響下學會溝通的。我們的語言及行為之所以能傳遞資訊、表達意義，就是因為我們的語言及行為是習得的，並且是同一文化的人所共有的」（Samovar & Porter, 1985: 44）。在跨文化溝通中，我們面臨著這樣一種情形：「在一種文化中編碼的資訊必須在另一種文化中解碼。」（Samovar & Porter, 1985: 32）

語言、溝通與文化的關係表現在如下兩個方面：

1. 文化與溝通是密不可分的

文化造就並限定了每一個參與溝通的個體，我們的溝通行為和賦予這種行為以意義的方式在很大程度上受著文化的制約。由此可見，有不同的文化就有不同的溝通實踐。因此，人的一切行為不可避免地要受到社會文化模式的制約，言語溝通行為也不例外。Gladstone（1972）也曾指出過：「語言和文化緊密地交織在一起。語言既是整個文化的產物或結果，又是形成並溝通文化其他成分的媒介。我們從小學會的語言不僅為我們提供了溝通的體系，更為重要的是，它制約著我們溝通的類型和方式。」（引自張國揚，1998）由此可見，不同的語言因其文化背景的不同，在使用上自然也存在著很大的差異。

2. 語言與文化之間存在著密切的辯證關係

一方面語言是其相對應文化的組成部分；另一方面，語言又是文化的載體。語言可以幫助豐富和保存一種文化，以及這種文化中的信仰和風俗。一種語言中儲存了一個民族所有的社會生活經驗，反映了該民族文化的主要特徵。可見語言是文化的一部分，並對文化有著重要的作用。

第二節　文化錯誤分析

人們學習語言是為了進行溝通。不論是語言溝通還是非語言溝通都要受到文化的制約。由於不同的語言因其文化背景的不同，在使用上自然也存在著很大的差異。中英文化之間差異範圍極廣，大至社會階層、家庭結構（家庭大小、家庭關係、婚姻狀況等）、職業（種類、特點、上下級關係）、社會活動等，小至約會、打電話、飲食起居、禁忌、打招呼、道謝、握手等都有差異。由於不了解英美國家的文化以及中英文化之間差異，學生在實際的跨文化溝通中常犯「文化錯誤」（cultural mistakes），即大多數以英語為母語的人覺得不合適或者不能接受的言語或行為。下面擬對學生常犯的文化錯誤作些探討和分析（賈冠傑等人，1999：214）。

一、 打招呼

在與英美人的交往中，學生常按本民族的習俗來問候對方，如 "Where are you going?" "Have you had your lunch?" "Are you going to the dinning-hall?" 這樣問候對方，不但達不到問候對方的目的，反而會使對方感到迷惑，甚至會因此而產生反感情緒或發生誤會。這是因為在中國文化裡「到哪兒去呀？」、「去餐廳嗎？」和「吃飯了嗎？」這三句話僅僅起寒暄問候的作用，是一種打招呼的用語，並不是真正的詢問，問話人也不要求對方給以明確的答覆。

但是，這幾句話如用英語表達出來，對英美人來說，其表達的功能就發生了變化。在他們的文化中， "Where are you going?" 一般是關係較為親密的人之間才可以問的。 "Have you had your lunch?" 的問話人是想得到 Yes/No 的回答，如果回答是 No 時，問話人就會發出邀請，請對方吃飯；所以，對英美人來說，它已不再是一種問候語，而是一種詢問。至於像 "Are you going to the dinning-hall?" 之類的問題，英美人會感到這是一種莫名其妙的問題，他們不明白對方為什麼要問這種顯而易見的事情。總之，在不同的文化中，「吃飯了嗎？」和 "Have you had your lunch?" 的意思相同，但表達的功能不同，在中國文化中，「吃飯了嗎？」是一種問候語，而在英美文化中， "Have you had your lunch?" 是一種詢問或是邀請對方吃飯。

英語中常見的問候語有： "Good morning!" "Good afternoon!" "Good evening!" 此外，Hello! 和 Good-day!（你好！）是英語中極為常用的問候語，可以在一天當中的任何時候使用，但不能用於非常正式的場合。

二、 談隱私

由於中英文化習俗與觀念上的差異，中國人常常因為談話的內容不恰當而使西方人感到尷尬甚至反感，因為談話的內容涉及了英美人視為私事

（privacy）的話題。私事的內容包括個人情況、年齡、工資收入、所購對象的價格、婚姻及家庭狀況等等。如有的學生會問：

How old are you?

How much do you earn in your country?

How many children do you have?

How much did you pay for your car?

在兩種文化中，隱私的內容和範圍是有差別的。英美人一般視個人的生活圈子、行動去向、年齡、收入、婚姻及家庭狀況、所購對象的價格以及其他私生活等方面為個人隱私，往往不願隨便告訴別人，其目的是不願他人干涉自己的個人自由。而中國文化視為隱私、禁忌的內容卻與之不同。中文有「家醜不可外揚」、「內外有別」之說，這說明英美人注重個人的隱私，而中國人注重家庭或集體的隱私。

關於隱私的問題在英美文化中被視為敏感區，一般情況下，人們很少問及。即使要談這些問題，也要小心謹慎，婉轉含蓄，以免冒犯對方。而中國學生不了解英美人的這一隱私觀，直截了當地提出這些問題，自然會顯得唐突。對英美人來說，不回答這些問題，似乎不太禮貌；回答吧，實在是不情願。所以，一般情況下我們在與英美人溝通時不宜問及關於隱私的問題。

三、 表示關心

在中國文化中，熟人或朋友之間相互給予良好的建議以表示自己的關心和友好是一種習以為常的行為方式。如：「你感冒了吧，多喝些水，多穿點衣服。」或「你太累了，你要好好休息休息。」但是，如果對英美人也用這種方式來表示自己的關心，對方不但不領情，反而會感到非常生氣。在英美文化中， "You sound as though you've got a cold. You should drink plenty of water." "You look tired. You should take a good rest." 這樣的建議一般是不輕易給別人提出的。除非一方明確表示希望得到對方的忠告，否則，這會讓人感到說話的人是在用一種長輩式的口吻與人講話，對自我獨立意

識很強的英美人來說是難以接受的。

英語中表示關心的適當方式通常是一般性的詢問。例如："You seem rather tired. Are you OK? Are you feeling all right?"如果對方加以否認或不願談論自己的健康問題，另一方則應避開此話題。另一種方式是表達自己的良好祝願，如："I do hope you to be feeling better soon."。

四、 自貶

在中國文化裡，如果受到讚揚，一般是予以否認或者自貶以示謙遜、禮貌。如：A：「你英語說得很好」。B：「您過獎了，我還差得遠呢。」但是，英美人受到讚揚時多數是愉快地接受並向對方表示感謝。由於學生不了解中英文化在這方面的差異，在與英美人的交談中受到讚揚時，總是按照中國的文化習俗作出反應，表現在對對方的讚揚極力否認。例如：

A: Your oral English is excellent.

B: Oh, no. My English is very poor.

按照英美的文化習俗，在這種情況下，受到稱讚的一方總是愉快地接受並向對方表示感謝。如：

A: What a lovely house!

B: Thank you. Personally I think it's one of the nicest in this street. I was fortunate to be able to get it.

又如：

A: You're looking very beautiful today.

B: Thank you. So are you.

五、 無約定拜訪

在中國文化中，通常情況下，熟人及朋友之間走動互訪一般不事先知會，但在英美國家卻不是如此。在拜訪某人之前，一般要透過某種方式（如打電話、當面約定等）事先和所要拜訪的人打個招呼，雙方約好會面的時

間和地點。

由於學生不了解英美文化的這一習俗和社交準則，常常在沒有與外籍教師約好的情況下，就驟然登門拜訪。來到了外籍教師的辦公室才說："Are you free now? I would like to talk with you."，在這種情況下，有些外籍教師並不在意，而有些外籍教師顯得對學生態度冷淡，或乾脆謝絕學生的來訪，造成師生之間的隔閡和疏遠。

在英美文化中，如想拜訪某人，一般先是向對方表示出拜訪的願望，得到回應後，再詢問什麼時候、什麼地點合適或者自己提出拜訪的時間、地點，然後再詢問對方的意見。例如："I would like to come and see you next week. Will you be free in the afternoon next Monday?"得到對方的許可後，再按約定的時間拜訪。

六、 小結

從上文對文化錯誤的討論中可以看出，在跨文化溝通中不同特性的文化相互接觸，因而之間的誤解和衝突往往在所難免。但長期以來，英語教學對此卻不夠重視，教學重點只是語言教學，一味地傳授學生語音、詞彙、語法，只強調語言形式的正確性，忽視不同文化間的差異，忽視語言與文化的密切關係，忽視語言在實際場合的運用；看重培養學生一般的語言能力，而不注重培養學生的跨文化溝通能力。這種教學導致學生在實際的跨文化溝通中，往往機械地照用模仿，學了什麼就用什麼，不顧場合、時間、溝通對象及其他文化因素，一開口常常是「中文的思想＋英語的形式」，不免要犯「文化錯誤」。

語言形式的正確性固然是重要的，因為語言錯誤也會影響溝通的順利進行，但是，「文化錯誤」從性質上說比語言錯誤更加嚴重，這是因為語音、詞彙和語法結構錯誤一般都是表層性質的，最多被認為是語言形式掌握得不好。但是，如果違背了英美國家的文化習俗，就會冒犯對方，引起對方的反感，造成雙方感情上的不愉快，正如 N. Wolfson（1983: 62）所說：「在與外國人接觸當中，講本族語的人一般能容忍語音或句法錯誤。

相反地，違反了講話規則的錯誤常常被認為是沒有禮貌的，因為本族人不大會認識到社會語言學的相對性。」

因此，在學習英語的同時也應該學習英美國家的相關文化。英語教學應該將語言教學置於跨文化溝通環境之中，掌握文化障礙、誤解和衝突的焦點，針對性地培養學生正確得體的跨文化溝通能力，把跨文化溝通能力列為英語教學的目標，英語教學才能不失其完整性，才能真正做到學以致用。

第三節　跨文化溝通能力的組成部分

跨文化溝通能力是一個新概念，由情感、知識與技能等三方面構成（左煥琪，2002：257）。

一、情感

情感主要是指「態度」（attitude），即學習者對英美文化的看法，表現為積極和消極兩種。簡單地說，態度就是對英美文化是喜歡還是不喜歡的情感。

態度是成功地進行溝通的先決條件。首先，學習者要對有關的文化持有積極的態度，對英美文化的一些產物和行為表現形式（如歌曲、短詩、衣食住行等）產生新鮮感並由衷喜愛。

其次，學習者需要對英美文化持有開放與好奇的心態，甚至願意修正過去偏見以形成積極的態度，並從溝通對象的角度分析和重新認識自己民族文化長短處的態度。也就是說，願意把英美文化與本民族的文化進行一些比較，從而激發對英美文化的好奇與興趣。

最後，學習者要思想開放，有意識地發現英美文化的特徵，並主動透過與溝通對象的接觸和社交加深對它們文化的認識。也就是說，在觀念、價值觀等方面有意識地加強理解、發現與進行對比的學習，提高對所學語言國家文化總體特徵的認識。

二、　知識

溝通的成敗常取決於文化知識（knowledge）的水準。溝通場合需要的文化知識包括以下兩方面：

(1)學習者國家和英美國家兩種文化的知識。關於本民族文化的知識，不少是在家庭或學校的大環境中學習與學到的。不僅日常生活中的媒體每天都與這方面的知識有關，而且在一些課程中，例如語文、政治與歷史課上，都不同程度地涉及這一內容。而英美國家的文化知識包括上述文化定義中所提到的各種文化現象，小則包括知識、科學、技術、理論、財產以及社會制度、組織機構等；大則包含宇宙觀、時空觀、人生觀、價值觀，小至社會的生活方式、行為方式、思維方式、道德規範以及社會習俗等。

(2)如何進行溝通的知識，即在溝通過程中如何根據實際需要恰如其分地運用已學的文化準則來控制溝通進程，以使溝通得以順利進行。學習要掌握這方面的知識困難比較多。由於很多具體問題是在溝通過程中臨時產生的，它們很難預料。但如果在教學中能使學生比較穩固地掌握使用語言時應遵循的文化準則，並讓他們有機會參加實踐，相信還是能取得一定的教學效果的。

三、　技能

英語學習者需要掌握的文化技能（skill）包括兩方面：(1)能理解、說明與建立兩種文化之間的關係，即在接受資訊以後，根據已掌握的文化知識對資訊進行分析以達到理解與說明的目的；(2)能發現新資訊，即在第一種技能的基礎上發現新資訊，並將它們連同第一種技能處理的（即已理解的）資訊一起提供溝通使用。這兩種技能的結合便使已掌握的文化知識得以運用到實際的溝通上。

　　文化技能的一個特點是它們必須在溝通的過程中獲得。從表面上看，有時文化技能的獲得似乎不需要經過面對面的溝通，如藉由閱讀也可理解有關文化的資訊。然而，閱讀本身也是作者與讀者的交流，只不過是一種無聲的交流罷了。而且，如果要確實掌握透過閱讀理解的資訊，一般還需要在溝通的實際中多次運用。因此，文化技能的教學不能僅停留在書面材料的講解上，而應儘量讓學生參加溝通的實踐。比較理想的方法是透過各種途徑多與以所學語言為本族語的人交往，多接觸原著、原聲錄影與錄音，關起門來學習英美文化是難以獲得良好的技能的。

　　總之，學習英美文化的態度、知識與技能三者不能截然分開，它們密切相關，並相輔相成。其中態度是前提，如果對所學語言的文化持消極態度，那麼學習知識與技能都是一句空話。態度與知識都為學習技能提供了條件，反過來，掌握了技能又能促使態度朝著更加積極的方向發展，知識也會更加鞏固。

第四節　文化知識教學的原則和內容

一、 教學原則

　　根據文化的定義以及語言與文化的關係，英語課文化知識的教學原則似應包括以下幾方面（左煥琪，2002）：

(1)本民族的文化是透過自然習得與有意識學習兩方面獲得的；而在本民族文化與語言的環境中學習英語時，英美文化則不可能自然習得，必須透過學習才能獲得。因此，英語教學中應有意識地加強文化知識教學，並幫助學生克服使用英語進行溝通時可能產生的文化障礙。

(2)傳統的英語課與文化課分開，文化課的教學內容比較抽象，語言練習中一般不涉及文化知識教學。由於文化與語言關係十分密切，英語課語言操練中結合有關內容進行文化知識教學不僅十分必要，而

且也是可行的。

(3)文化及其類型都隨著社會的發展不斷變化。因此，文化教學的內容必須不斷更新，它不僅應包括歷史事實，更應注重當代文化中出現的新現象。

(4)文化是全人類的現象，但各國文化也存在著差異。這是由於不同的社會條件等因素造成的，而絕非不同文化的優劣所致。因此，在比較與分析兩種文化特徵時，應重視各民族文化的特點，而不應歧視任何文化，或對某些文化抱有偏見。

二、中小學文化知識教學涵蓋的內容

文化涵蓋的內容很廣。從教學的角度來看，難易程度的範圍很大，涉及思想方面的信仰、價值、觀念等難度較大，有關衣食住行等行為的文化則比較具體，難度較小。就內容而言，文化知識包括觀點與事實兩方面。前者體現在後者之中，在教學中兩者都應兼顧，特別要防止重事實、輕觀點的傾向。

根據左煥琪（2002：254-5），文化知識大致可分為了解與說明所學語言國家以下的八個方面：

(1)重大歷史事件。

(2)地理概況。

(3)行為的文化類型，包括飲食、購物、藝文活動等。

(4)社會生活特點，包括階級與階層、就業、工作場所規定、婚姻、婦女地位、服飾與主要社交禮節等。

(5)民族、政府機構、政治、經濟與教育的基本特點。

(6)文學、藝術、音樂及建築特點。

(7)各種非語言表達方式如面部表情、手勢等的意義。

(8)以上各項與本國文化的差異。

英語教學中文化知識的難度應與學生英語語言水準相當。因此，教學

應遵循循序漸進的原則，隨著學生英語水準的提升，文化知識的教學內容逐漸由淺入深，由表及裡。此外，每課內容不宜過多，而應突出重點，使學生能及時掌握與語言學習密切相關的專案。

第五節 文化知識的教學方法

相對語言知識來說，文化知識對許多學生來說是陌生的。這就需要在英語課程的教學大綱中系統規定有關英美文化知識的內容，並在教學過程中逐項落實。需要特別注意的是，文化教學的目的不是掌握語法規則，而是練習運用文化知識。下面主要探討文化教學和課堂練習的兩種方法。

一、文化教學的基本方法

對於文化的教學，賈冠傑等人（1999：246）提出的幾種作法值得借鑑。

1. 講解文化內容以及中英文化之間的差異

教師在課堂上進行語言教學的同時，還要給學生講解語言意義內容所反映出的文化內容以及中英文化之間的差異。以打招呼為例，可向學生介紹中英之間的不同講法以及英美人見面時打招呼的說法。

2. 教材裡加進介紹英美文化的內容

在教材裡加進介紹英美文化的內容，這樣學生在課前及課後都可以學習；或者在教學中使用一定比例的國外出版的英語教材，如英國出版的《跟我學》（*Follow Me*）、美國出版的《常人趣事》（*People You Meet*）等。這些教材採用了不少涉及英美文化背景、風俗習慣的材料，有些注釋部分著重解釋文化上的差異。

3.讓學生進行廣泛閱讀

　　在進行文化教學的同時，讓學生進行輔助性的課外閱讀，如讀簡易的文學作品（短篇故事、劇本、小說等）。文學作品是了解一個民族的風俗習慣、社會關係等文化，以及該民族的心理狀態、氣質等方面最生動、最豐富的材料。除此之外，如有可能，還可以讓程度好的學生閱讀一些如人類學、社會語言學、跨文化溝通學等方面的書。透過這種廣泛的閱讀，學生對文化差別的了解有可能會更全面。

4.反覆的練習

　　除了進行文化知識的教授外，還應讓學生在此基礎上進行反覆的練習。因為文化是習慣成自然的，本族人對本民族的文化往往習而不察，這種文化已植根於他們的潛意識中。因此，在學習英語時，人們往往難以擺脫母語文化的干擾。比如，有的學生了解中英文化在打招呼、辭別等習俗上的差異之後，在與英美教師的互動中，仍不知道該怎樣開口，表現在要麼一開口仍然是「中文的思想＋英語的形式」，要麼就乾脆開不了口。所以，在讓學生熟悉、了解英美文化並意識到中英文化之間的差異的同時，還要讓學生進行反覆的操練。可以讓學生編寫對話，或設計一個情景，讓學生設想自己的角色，設想自己充當的角色應該說什麼話、談什麼事以及怎麼說。

二、　課堂練習的方法

　　左煥琪（2002：262-4）從學生課堂練習的角度提出文化的學習方法。文化知識教學中的課堂練習一般都是先提出一個情景，要求學生根據情景回答問題。常用的練習有以下三類。

1.多項選擇

　　在多項選擇練習中，往往先提供一個情景。如以下關於一般禮節的練

習：

Situation: You've just been introduced to an American friend's parents. What would you do?

A. Smile, say "Hello" and bow.

B. Smile, go up to them and shake hands.

C. Say "Nice to meet you" and shake hands.

D. Say "Hi, how are you doing?"

（正確的答案是 C）

2. 填空

填空與多項選擇題一樣，也是提供情景後讓學生回答問題。所不同的是，它要求學生將答案寫出來，其難度比多項選擇題略高。如下題所示：

Situation: Your friend invites you to her house for the first time.

Friend: Why don't you come in?

You: Thanks. (After looking around) ＿＿＿＿＿＿ you have!

〔正確的答案是：What a great (wonderful/beautiful) house〕

3. 模擬

模擬練習比多項選擇與填空複雜一些。它不僅提供情景，而且要求學生透過扮演一定的角色將全部對話活動展示出來，其中涉及的文化知識更多樣和具體，因而難度比較高。但只要情景選擇適當，英語中級水準的學生也能做有關文化知識的模擬練習。例如，根據下列情景，各類水準學生都可做模擬練習：

Situation: At a restaurant

Student A has ordered food and the server brought him a different dish.

Student B knows that she brought the incorrect meal and that the customer has forgotten what was originally ordered.

這一練習要求學生透過扮演餐廳顧客與服務員的角色，練習使用「澄清事實」（clarifying information）與「爭議」（arguing）的語言功能。雖

然這兩項語言功能並不容易，但由於情景設在餐廳，爭議的題目很具體，涉及的詞彙大多是日常生活中的常用詞，模擬的難度也就不大了。

第六節　結　語

　　文化是一個相當複雜的概念，它涉及社會生活的各個方面。跨文化溝通不僅是語言的交流，而且也是文化的交流。如果要取得成功的溝通效果，溝通雙方不僅應該成為雙語言者（bilingual），而且還應成為雙文化者（bi-cultural），因為語言、溝通和文化之間存在著密不可分的聯繫。如果只掌握目標語，而不了解目標語國家的文化，那麼在跨文化溝通中（口頭、書面語言和非語言），就會發生文化衝突，由此難免會犯文化錯誤，從而導致溝通的失敗。因此，在英語教學中不僅要進行語言教學，而且還應進行文化教學，培養學生的跨文化意識。

　　對於以英語作為外語的學習者來說，英美文化不可能自然習得，它必須透過學習才能獲得。因此，英語教學中培養跨文化溝通能力與進行英美文化知識的教學就十分重要，它在一定程度上影響了學生的語言溝通能力。

　　由於文化的資訊有時隱藏在語言的字裡行間，不如語言那麼直接與明顯，理解與發現它們確切的含義並非易事。除了嫻熟地掌握英語外，還需十分熟悉所學語言國家的文化準則。由此可見，培養跨文化溝通能力比掌握英語更為艱巨。在教學實踐中，已出現了各種手段進行文化知識教學的方法，取得了一些成效，值得我們借鑑。

第**13**章

英語課堂教學結構

　　英語課堂教學是教師向學生講授語言知識、訓練學生英語技能的主要形式，是學生學習英語的主要途徑。英語課堂教學具有結構性，由教學單元、教學環節、教學步驟和教學技巧四個主要部分組成。分析課堂教學結構，不僅可以使我們對課堂教學的框架有科學的理解和描述，更可以使我們更好地遵循教學規律，選擇最優的教學環節、步驟和技巧的組合方式，使課堂教學的環節、步驟層次清楚，構成清晰的課堂教學模式。

　　本章我們先探討構成教學結構的四個主要部分，然後再深入探討課堂教學技巧和教學步驟。

第一節　課堂教學結構單位

　　所謂課堂教學結構，是對課堂教學過程和組成部分進行分析的結果。課堂教學可從結構上分為四級單位：教學單元、教學環節、教學步驟和教學技巧。這四級單位是一種構成關係，即高一級的單位是由下一級單位構成的。

一、 教學單元

教學單元是依據大綱和教材的教學進程劃分出來的教學過程。在內容上，一個教學單元通常是包含教學大綱中的一個到數個課堂教學單位；在形式上，一個教學單元表現為由教學單位組成的整個教學過程；在時間上，一個教學單元可以是一節課，也可以是數節課。

二、 教學環節

教學單元是由教學環節構成的，即一個教學單元可以依據課堂上特定時間裡所處理語言項目的類別劃分為若干教學環節。教學環節是為實現一個教學單元的教學目的所設計的過程。教學環節中的內容包括語音、詞彙、語法和社會文化等知識。以語法為例，一個英語時態的教學單元可以劃分為如下教學環節：(1)簡單現在式；(2)簡單過去式；(3)現在進行式；(4)過去進行式等等。

三、 教學步驟

教學環節可以依據對語言項目的處理方式劃分為若干個教學步驟。教學步驟是依據對教學環節所處理的語言項目的處理方式劃分的。比如「簡單現在式」的環節是由對該時態的呈現、練習和運用三步驟構成的。

教學步驟的安排是為完成教學環節所要達到的目的服務的，在教新課時，一般比較固定。比如語音、生詞、語法結構的處理，都分為呈現（presentation）、練習（practice）、運用（production）等步驟；但是，有的課型，如複習課，至少到目前為止，還沒有比較固定的教學步驟。

四、　教學技巧

根據崔永華（1997）的定義，課堂教學技巧包括兩類課堂教學行為：第一類是教師在課堂教學中，為使學生理解和掌握所學語言項目或語言技能所使用的手段，比如用實物或圖片介紹生詞；第二類是為使學生掌握所學的語言項目和語言技能，學生在教師指導下進行的課堂操練方式，比如透過替換練習讓學生掌握新學的語法項目。第一類主要是教師的行為；第二類是在教師指導下的學生的行為。教學技巧是課堂教學中最基本的單位。每一個教學單元、教學環節、教學步驟都是透過一系列教學行為來實現的。

一個教學步驟是由一個到數個為達到相同目的的教學技巧構成的。比如練習一個對話，可能是由「領讀」、「替換」、「師生問答」、「學生之間問答」等教學行為構成；再如呈現一組生詞，可能透過「圖示」、「解釋」、「組句」等教學行為構成。這兩組教學行為，都是為了統一的教學目的。

下面我們舉一個語法課中時態的例子來說明課堂教學的結構。學習英語的時態是一個教學單元，而時態有多種，簡單現在式是其中的一種，因此作為一個教學環節，當然其他的時態如過去式和現在進行式也可各作為一個環節。假如訓練簡單現在式是在一節課中完成，教師可採取對該時態進行呈現、練習和運用的三個步驟完成。在各個步驟中，教師可分別採用各種不同的教學技巧來達到呈現、練習和運用的目的，比如在呈現過程中，教師可採用介紹、圖示、講解簡單現在式的手段讓學生了解簡單現在式的概念和結構。這樣，該時態的教學單元就組成了一個教學結構，該結構具有相互聯繫的四級單位，如圖 13-1 所示。

❀ 第二節　教學技巧 ❀

如前所述，教學技巧就是師生兩方面的一個個具體的教學行為。教學技巧是課堂教學的基本元素，教學步驟是由教學技巧構成的，任何課堂教

教學單元	教學環節	教學步驟	教學技巧
學習英語的時態	簡單現在式	1. 呈現	(1)介紹簡單現在式
			(2)圖示
			(3)講解簡單現在式
		2. 練習	(1)機械性操練
			(2)意義性操練
			(3)溝通性操練
		3. 運用	(1)師生問答
			(2)情景對話
			(3)溝通活動

圖 13-1　課堂教學結構示意圖

學，都是在運用某些教學技巧，沒有教學技巧，就沒有課堂教學。因此，教師應當對各種教學行為心中有數，瞭若指掌。在課堂教學中根據學生、教學內容、教學進程，選擇最合適的教學行為，加以最優的組合。崔永華（1997）指出，有經驗的教師選用的教學技巧，一般都有以下特點：

(1)選擇學生最容易理解的行為。
(2)選擇使學生有最多的練習、實踐機會的行為。
(3)選擇最接近實際溝通的行為。
(4)在教學行為的排列上，達到各行為之間的互補運用，平穩過渡。

　　一堂課裡通常會包含了好幾種不同的教學技巧。有些是機械性；有些是溝通性的；有些是以理解語言為目的；有些則是以表達意義為目的；而有些合起來成為一種學習活動。如果只有一種教學技巧，就會顯得單調，學生會失去學習的興趣。

　　當然，一種技巧可能用來達到多種目的。比如圖示可以用來看圖說話，也可以用來看圖寫話，還可以用來講解詞義；聽寫可以用來檢查學生複習、預習的情況，也可以用來引出新的語言。

　　Crookes 和 Chaudron（1991: 52-4）整理出常用的外語教學技巧，並將

其分為三個大範疇：機械性操練、意義性操練及溝通性操練（見表 13-1、13-2、13-3）。Crookes 和 Chaudron 指出，這三個分類表可幫助我們達成以下目標：(1)明白教學中存在著各種不同的教學技巧；(2)各個不同的教學技巧可以按照其對語言的控制程度或自由程度來區分；(3)當我們思考課堂裡該使用何種技巧時，這個分類表可以提供靈感的來源。

表 13-1　機械性操練技巧

技巧	說明
熱身活動（warm up）	跳舞、唱歌、說笑話、玩遊戲等。這類活動可以引起學生的興趣與注意力，並可讓他們放鬆。
背景知識的建立（setting）	將學生注意力集中在教學的主題上。教師可以透過提問或非語言的圖片、錄影帶等，告訴學生有關主題的背景知識。
組織性（organizational）	課堂的組織包括紀律訓練、課堂擺設、座位安排、課堂互動與演示的流程，以及上課的組織與目標。
內容解釋（content explanation）	解釋有關語法、發音、詞彙、社會語言學、語用學等語言的層面。
角色扮演之演示（role-play demonstration）	挑選幾個學生或教師親自演示即將進行的授課會應用到哪些語言或內容。
對話／旁白（dialogue/narrative presentation）	讓學生聽一段文章，做被動式的聽力練習。雖然不需要讓學生開口說話，但學生應該聽得懂才行。
對話／短文朗誦（dialogue/narrative recitation）	讓學生單獨（或全班一起）朗誦一篇眾所皆知或先前準備好的短文。
大聲朗讀（reading aloud）	教師可以給一篇文章，請學生大聲朗讀。
檢查作業（checking）	教師可以把檢查作業當成單獨的活動來進行，而非另外一個活動的一部分。
展示性問題（question-answer, display）	展示性問題與開放性問題（referential questions）不同。當教師提出開放性問題時，教師通常並不知道問題的答案。而展示性問題只是用來練習語言，教師與學生都已經知道答案，屬於「明知故問」型的問題。

（下頁續）

操練（drill）	這類句型練習幾乎沒什麼真正的意義，因為教師可以透過複誦、替換及其他機械式練習方法，誘導出學生的回應。
翻譯（translation）	針對某些課文，教師或學生提供英語或是母語的翻譯。
聽寫（dictation）	學生把教師口頭念的文章逐字逐句寫下來。
抄寫（copying）	學生把教師寫的內容逐字逐句抄下來。
辨認（identification）	讓學生選出特定的語言形式、語言功用、定義或其他與教學內容有關的項目，並將其念出、標出。
指認（recognition）	就像前面的辨認一樣，但是學生是不出聲的。
複習（review）	教師帶同學複習前一段時期所學過的內容。
測試（testing）	正式的考試，以便評估學生進步的情形。
有意義的練習（meaningful drill）	練習內容允許學生選擇有意義的回答，類似開放性的問答。但這又不像溝通活動，因為教師會控制回答的順序和形式。

表 13-2　意義性操練技巧

技巧	說明
腦力激盪（brainstorming）	腦力激盪是比較特別的熱身活動。有點類似前面所提過知識的建立一樣，教師和學生一起針對某個主題，提供自由而無拘無束的聯想。教師也不需要對於學生的聯想多加解釋或分析。
講故事（story telling）	可以由學生或是教師講故事，故事的內容也不一定要與課本有關。講故事這個活動也可以和熱身活動或短文朗誦並用。
開放性問題（question-answer, referential）	教師透過開放性的問題，引發學生的回答。教師在提出開放性的問題時，通常並不知道問題的答案是什麼，這點和展示性問題不同。

（下頁續）

有提示的敘述／對話 （cued narrative/dialogue）	學生可以透過各種提示（提示卡、圖書或其他與敘述／對話有關的提示）完成一段敘述或對話。
資訊轉移（information transfer）	當學生把學習的方式由閱讀轉為寫作時，通常會發生或多或少的資訊轉移現象。如請他們聽一段描述，然後將所聽到的資訊填入表格。
資訊交換（information exchange）	這個活動和開放性問題不同。因為在資訊交換裡，兩個人須把所知的資訊提供出來才能完成任務。而在開放性問題裡，兩人主要是分享資訊。
總結（wrap-up）	教師或學生針對所學內容，提供概要的總結。
敘述／說明 （narration/exposition）	透過以前的提示與啟發，學生進行敘述或說明的活動，這個活動與有提示的敘述不同，因為不能邊看提示邊說明。
預演（preparation）	學生一起研讀、默讀或為下一個活動進行預演。這個部分通常由學生主導。

表 13-3　溝通性操練技巧

技巧	說明
角色扮演（role-play）	可以針對某些特定的角色與功能，讓學生進行角色扮演，這種活動與有提示的對話不同，因為只有剛開始時有一點提示，活動進行中就沒任何提示了。
遊戲（games）	這裡的遊戲是指前面都沒有提過的其他語言遊戲活動。如擲骰子、造字遊戲等。
報告（report）	學生可以針對他們所讀的書、親身體驗及功課作業，依據他們的興趣進行口頭報告。這個活動應用在寫作課裡就是作文。
難題解決 （problem solving）	讓學生分組一起解決指定的問題。完成這項任務必須靠團隊合作。

（下頁續）

戲劇表演（drama）	讓學生以演戲的方式演出短劇、故事或戲劇。
模擬（simulation）	讓學生在模擬日常生活的各種狀況中，與其他組或其他同學進行複雜的互動活動。
訪談（interview）	讓學生彼此互相訪問，互通有無。
討論（discussion）	不管是否事先決定正方或反方，都可以讓學生針對特定的話題進行辯論或討論。
作文（composition）	就像先前提過的報告一樣，這是讓學生以書寫的方式寫出想法、故事或其他的說明性文字。
即席對話（apropos）	教師、學生，甚至是來賓所引起的話題都可以讓學生進入真實的對話與互動。

第三節　PPP 教學步驟

　　課堂教學活動的三個基本要素是給學生的語言輸入（input）、操練（practice）和學生的語言輸出（output）。這三個要素在課堂教學中便體現為講授新課為目的的語言呈現（presentation）、為該語言進行的反覆練習（practice）和運用（production）三個教學步驟。這三個步驟既各具特點，又相互聯繫，形成一個完整的課堂教學過程。由於這三個步驟的英語名稱是由三個以字母 p 開頭的單詞，所以它又稱為「PPP 教學步驟」。在英語教學史上，PPP 教學步驟是使用最久，也是使用最廣的教學步驟（Skehan, 1998: 94）。

一、　呈現

　　這是教學過程的開始，教師運用多種手段，如講解、簡筆劃、掛圖、手勢、實物對話表演、答錄機、錄影機等創造情景與環境，介紹新的目標

語言材料，指導學生理解和掌握知識，傳遞教學資訊。呈現的過程要注意以下幾點：

1. 呈現的內容

教師呈現的是新的語言知識，包括語音、語法和結構、詞彙以及語言功能等。不論在這一環節所呈現的教學內容是什麼，都應有一個共同的目標，即培養學生的語言能力，使他們更能掌握運用所學知識以達到溝通的目的，為下一階段的訓練作準備。

Willis（1981: 94）和 Harmer（1991: 56-7）均指出，教師在進行這一環節教學時應注意以下三個問題：(1)教授什麼語言形式？(2)怎樣使學生理解其意義？(3)怎樣使學生運用它？總的說來，就是要著重三個方面的示範：語言形式（form）、其意義（meaning）和用法（use）。下面引用 Willis 的例子加以說明：

A: Are you coming to Tom's party next Friday?

B: No, I can't. I'm spending Saturday with my family. I'm leaving Friday evening.

A: Well, come around on Thursday, then.

B: OK. I'll see you Thursday. I'll come about 7, if I finish work on time.

A: See you Thursday! Bye!（Willis, 1981: 94）

這段對話的語言形式是現在進行式的肯定式和疑問式，如 "I'm spending..." 、 "Are you coming to...?" 等；意義是表示將來時間（next Friday）；而用法則是用現在進行式形式表示計畫中將進行的活動，以區別於 I will 所表示的單純將要進行的活動；也就是說 I'm spending 和 I will spend 在用法上要區別清楚。對這三項內容，教師要呈現清楚，力圖使形式（包括語音、語調、語法等）、意義和用法自然地結合在一起，以便在學生腦海中留下一個完整的概念和印象。

2. 教師的角色

在呈現過程中，教師既是講解員，也是示範表演者。清楚生動地呈現，

有利於學生準確、快速地獲取新的語言材料和知識。此時雖然教師有著主導作用，但學生也並非完全是被動的知識接受者，學生要集中注意力去理解並且記憶這些新的知識。為了更好地理解和攝取新的語言知識，他們實際上要進行積極的思維活動。

3.呈現的環境

為了更能使語言形式、意義和用法三者相結合，在呈現階段，教師必須為教和學設計並提供一個較為理想的語言環境；機械地、孤立地呈現語言知識是完全錯誤的。Spratt（1985: 6-7）認為，學習語言離不開兩大環境：情景（situational context）和語境（linguistic context），因此語言呈現應在環境中進行。

⑴情景是指語言現象發生的場景。呈現階段的情景也就是教師為使新的語言出現而選擇的情景，例如要講授的語言是可數和不可數名詞，為它設計的情景就可以是購物——採購數量不等的各種食品。如果教師認為教材（課本、錄影、錄音帶等）配入的情景不夠滿意，便可利用教室內外的世界，憑藉想像力設計出更符合實際且為學生所熟悉的情景，從而使語言在某一特定的情景中出現，予人生動的現實感。

⑵語境則是指語言的上下文。呈現階段的語境應當是運用簡潔明瞭的形式、地道的語言充分表達意思，使所呈現的語言項目能被學生理解。此時，過多地出現生詞或為了簡潔而使句子失去意義的作法都是不可取的。

二、 練習

練習的目的是使學生能準確、熟練地掌握新學的語言知識和意義，從而能自然地運用語言。這一階段的練習活動可分為機械性操練、意義性操練和溝通性操練三種。

1. 機械性操練

機械性操練是指在呈現新的語言材料之後，教師組織學生進行以模仿記憶為主的控制性反覆練習，包括跟讀、朗讀詞語和句子以及簡單的替換練習等，以便形成正確的語言習慣，達到準確、熟練地掌握語言的形式，為意義性操練和溝通性操練打下基礎。機械性操練是學生在教師的嚴格控制下，反覆操練語言形式的活動。

2. 意義性操練

意義性操練是在機械性操練的基礎上進行的。意義性操練是指一般所說的活用練習，如圍繞課文或所給情景進行的模仿、問答、對話、造句、複述等練習。

3. 溝通性操練

在完成了機械性和意義性操練之後，學生們才有可能在語言上有能力，在心理上有準備地進行較為靈活的語言溝通操練。溝通性操練是繼意義性操練之後進行的不可或缺的一個操練步驟，因為這些活動一方面為學生提供大量的、較為接近生活的語言素材，另一方面，其溝通性質又可增加學生的學習興趣、加深對新的語言的理解和記憶。與機械性操練相比，溝通性操練是學生不在教師的控制下反覆操練語言形式的活動。

總之，練習階段的這三種操練，是透過組織學生對所學的語言材料進行多層次的運用練習，提高他們語言的熟練和流利程度，培養聽、說、讀、寫實際表達能力，為下一階段的語言運用活動打下基礎。

三、 運用

在熟悉、理解語言形式並且能準確模仿之後，學生可繼續在教師的啟發引導下，將形式、意義和用法三者結合起來，自由地創造出自己的句子。這環節著重於綜合性地運用語言。學生在上述第一、第二教學環節中，培

養了一定的語言能力，此時，他們可以運用已掌握的語言知識和能力，進行具有溝通目的的語言活動。

1. 活動形式：溝通活動

Harmer（1991：50）把語言教學活動歸納為兩大類：非溝通性活動和溝通性活動，並以表格形式加以對比、總結，為每一大類歸納了六大特點（如表13-4）：

表 13-4　非溝通性活動和溝通性活動的比較

非溝通性活動	溝通性活動
無溝通願望	有溝通願望
無溝通目的	有溝通目的
形式為主，內容次之	內容為上，形式次之
單項語言訓練	多項語言的運用
教師干預	無教師干預
控制性的教材	非控制性教材

語言教學活動有的偏重於非溝通性，有的則較傾向於溝通性。運用語言這一環節的語言活動具有表13-4右端所列的溝通性活動的種種特點，這些特點是：

(1)溝通活動提供一個接近實際生活，促成思想、語言交流的情景。這一情景要求綜合運用聽、說、讀、寫等語言技能進行溝通。

(2)溝通活動是教師利用「資訊差距」使學生產生溝通的需要而後展開的聽、說、讀、寫活動。資訊差距是指溝通的一方需要獲取某些資訊，另一方要準備告訴別人某些資訊，所以溝通的雙方對語言材料的形式和內容都特別注意，對練習活動就更感興趣。溝通活動不再是明知故問，不聽答案也不知道答案的內容，它具有溝通的真實目的（real purpose in asking questions）、原因和需要。

(3)溝通活動是學生獨立運用語言材料進行真實意義的聽、說、讀、寫的活動。這種活動不再是模仿和重複孤立的句子或詞和片語，而是運用詞、片語和句型組織表示真實意義的對話、閱讀課文回答問題、寫作小短文等。

(4)溝通活動讓學生更加自由地選用和創造性地運用已學過的語言材料，討論他們自己的真實事情，表達他們的想法（idea）、經歷（experience），或透過設想的情景（imagined situation）進行角色扮演（role play）。

總之，溝通活動是課堂語言實踐活動的高層次要求，是培養學生實際溝通能力的主要步驟。在這一階段，學生成為活動的主體，課堂氣氛比較輕鬆、活潑。這些因素均有利於促進學生充分發揮，創造性地運用語言，達到溝通目的。

2.活動內容

活動內容應該豐富多彩、涉及面廣，應選擇學生日常生活中非常熟悉、了解或感興趣的事或親身經歷，作為聽說的內容。如：家庭情況、學校或班級發生的事、城鄉見聞、國內外時事、影視劇觀後感、書籍讀後感、旅遊經歷以及假日生活等。會話活動的形式必須多樣化，設計的會話場合和情景也應該多變。這類活動通常提供的內容是學生們熟悉的生活情景，和在此情景中可能發生的事。所以，學生在某一特定情景中的對話能夠反映實際生活中所使用的語言的「社會性」和「不可預見性」特徵。

3.組織方式

在這一階段的活動形式主要是雙人或對子活動（pair work）或小組活動（group work），對子是兩人的活動；小組人數不宜過多，一般控制在十人左右，以確保每個成員都有充分的練習機會。一般說來，在溝通活動中，學生結成對子或小組，根據畫面或書面提示和要求進行交談、討論，此時教師不再發揮控制性的主導作用。

4.活動種類

可採用的活動種類有各式各樣，主要包括角色扮演、短劇表演、對話、討論、辯論等等，下面主要介紹其中的角色扮演和短劇表演。

(1)角色扮演

角色扮演是在對話的基礎上透過加入表情動作和各種語調，使對話更接近於生活的活動。這種活動克服了機械性操練過程中的單調和枯燥，增強了活動的趣味性和真實性，提高了學生的會話溝通能力，又鍛鍊了他們的表演才能，可謂一舉數得。例如在下面的角色扮演中，學生兩人分別扮演 patient 和 doctor 進行對話：

看病（Seeing a doctor）

卡片 **1**

> A: You are a patient. You don't feel well. You've got a headache and a fever. You cough day and night. Now you're going to see a doctor.

卡片 **2**

> B: You're a doctor. Ask the patient what's wrong with him or her. Give him or her a physical check. Give him or her a prescription and ask him or her to take a good rest at home.

(2)短劇表演

短劇表演是帶有較強的藝術性和溝通性的言語實踐活動。透過身臨其境、唯妙唯肖的表演，學生可以領悟各種語言情景、理解各種不同語言表達方式的作用，實踐和鍛鍊自己運用語言進行溝通的能力。短劇表演可選用的題材很廣泛，寓言故事及故事性強、情節感人的課文均可改編為既有趣又有意義的短劇。為了增加劇情氣氛，可做些簡單道具，讓學生簡單地化化妝，如戴上頭飾或假面具等。如果能配上音樂，情景會更真實、氣氛更濃，表演的效果也會更好。如果教師能和學生一起擔任角色，同台表演，

則更能帶動學生的積極性，消除他們的緊張心理，取得更佳的演出效果。

四、　小結

　　以上是對教學過程三個階段所作的初步探討。需指出的是，貫穿 PPP 整個過程的一個指導思想是：在第一、二階段保留傳統英語教學法中有用的和有效的教學技巧；在第三階段採納溝通式教學法中值得採用的教學活動。傳統教學法有其值得肯定、能對教學引起積極作用的方面，不能拋棄。但是，過去那種以教師為主，「滿堂灌」的傳統教學模式必須改變。溝通式教學法是當代較先進的教學法，其以學生為中心的教學秩序應在課堂上加以體現。所以上述介紹的 PPP 教學步驟也具有溝通式教學的特點。

第四節　教學範例

　　下面我們從國外版 *English for Junior* 教材中提取第一冊第 29 課，以詳細的教案，進一步說明溝通式 PPP 教學步驟的課堂教學操作（根據曾葡初改編，1999：89-93）。在該堂課上，教師在開始上課時先進行了語言的導入（lead-in）教學，作為熱身活動，然後使用 PPP 教學步驟進行教學。

　　該課的課文是一段對話：

Mother: Are your hands clean, Sandy?

Sandy: 　Yes. My hands are clean, Mum.

Mother: Show me your hands, Sandy. Your hands aren't clean. They're very dirty!

Sandy: 　All right, Mum.

Mother: Are your hands clean now, Sandy?

Sandy: 　Yes, they are, Mum.

Mother: Sandy! Look at my nice clean towel!

　　本節課教學要求學生掌握：(1)生詞，如 hands、towel、clean、dirty、go、show、wash、at once；(2)複習已學過的正反成對的形容詞，如 new、 old；small、big；light、heavy；long、short 等；(3)掌握句型，如 show me...、go and wash...。

教學步驟如下：

第 1 步：導入

(1) Greetings.

(2) Daily talk.

(3)教師於前一堂課安排全體學生用已學過的形容詞編成一組對話，上課開始時叫一個學生上講台呈現，作為學習新課的引入內容。對話如下：

T:（教師拿出一條新毛巾）Look. What's this?

S: It's a.... Sorry, we don't know.

T: It's a towel.（教師板書該生詞並注出音標，讓學生拼讀並詢問 "What is the use of a towel?" 引發學生回答。教師將學生提供的詞和片語板書在 "towel" 詞下，並提示學生注意 "We use a towel to..." 的句型，學生按板書提供的詞和片語，逐一說出數個完整句子）

第 2 步：語言呈現

該步驟的目的主要是呈現有關的單詞和片語。

(1)呈現 clean 一詞

T: Is this towel old?

S: No. It's very new.

T: Is it very clean?（教師板書生詞 clean，注出音標，讓學生拼讀，教師將該詞引入情景，詢問學生學習環境和實物是否 clean）

(2)呈現 dirty 一詞

T:（教師接著出示一條又舊又髒的毛巾）Is this towel very new?

S: No. It's very old.

T: Is it clean?

S1: No, it isn't.

T:　Is it clean?

S2: No, it isn't.

T:　No, it isn't. It's dirty.（板書生詞 dirty，注出音標，讓學生拼讀）

(3)呈現 clean 和 dirty

T:　（為了把 clean 與 dirty 交叉運用，將兩詞置於新的情景，教師分別出示乾淨的毛巾和髒的毛巾，啟發學生說 clean 和 dirty）What's this?

S3: It's a clean towel.

T:　What's this?

S4: It's a dirty towel.

T:　（教師指著某學生的鞋，問全班）Look at his shoes. Are his shoes clean?

S5: No, they aren't clean. They are dirty.

T:　Look at her shoes. Are her shoes dirty?

S6: No, they aren't dirty. They are clean.

(4)呈現 hands 一詞

T:　（教師出示自己的雙手，問全班）Look at my hands. Are my hands clean?（教師將 hands 板書在黑板上，注出音標，引導學生逐一出示 their own hands，並要求說出 "My hands are clean."）

S7: Yes, they are clean.

T:　（教師將雙手在黑板上擦點兒灰，然後問全班）Look at my hands. Are my hands clean now?

S8: No, they are not clean. They are dirty.

(5)呈現 show me... 和 go and wash...

T:　May I have a look at your hands? Show me your hands, please!（將 Show me... 句板書上黑板）Are your hands clean?

S9: Yes, they are clean.

T: Are my hands clean?

S10: No, they aren't .They are dirty.

T: （教師做去洗手的動作，說出下句，並重讀劃線的詞）<u>Go and wash</u> my hands <u>at once</u>.（教師板書 go、wash、at once，並注出音標，學生逐個說出該句）

第 3 步：語言練習

該步驟的目的主要在於讓學生熟習課文內容，模仿地道的語音和語調。

(1)教師讓學生自讀生詞，並引導學生將生詞組成片語和句子，並抽選部分學生說出。

(2)給學生一個問題："Whose hands are dirty?"，然後讓學生聽錄音後再回答。教師提示："Now, class, let's listen to the tape-recording. It's about Sandy and her mother."。在確定學生完全理解課文的意思以後，教師再讓學生跟讀，模仿語音、語調。

(3)讓學生進行寫作訓練，加強對課文的理解，教師讓學生一邊聽一邊寫出課文的句子，讓兩個學生上台板書，集體改正語言錯誤；然後，讓學生分角色進行對子活動（pair work），運用所學語言進行交流。

第 4 步：語言運用

該步驟的目的主要是挖掘學生創造力和想像力，以及靈活運用所學語言知識的能力，這是實際運用所學語言的具體行為。

教師讓學生自由組成對子，要求以對話的形式，仿照課文的內容進行自由對話。教師此時可以提示學生使用 thirsty、hungry 等單詞。以下為兩則學生上台表演的對話紀實。

例 1：

Linda: Mum, I'm home. I'm very hungry.

Mother: There's an apple on the table.

Linda: Oh, how nice!（該扮演學生拿起蘋果準備咬）

Mother: Wait! Show me your hands. Are your hands clean?

Linda:　Sorry. They are dirty.

Mother: Go and wash your hands at once.

例 2：

Nobel: Mum, I'm very thirsty. May I have an ice-cream?

Mum:　Sure. The ice-cream is in the ice-box.（教師可寫出另一詞 fridge）

Nobel:　（該學生做打開「電冰箱」的動作，取出一個 "ice-cream"）

　　　　Oh, what a nice ice-cream!

Mum:　Nobel!

Nobel: What?

Mum:　Look at your dirty hands! Go and wash them at once!

第 5 步：作業安排（assignment）

為了增強理解，強化認知，教師安排中譯英練習：(1)看看你的髒手！馬上去洗一洗。(2)給我看看你的鞋，你的鞋乾淨嗎？

🌺🌺 第五節　結　語 🌺🌺

英語課堂教學的品質是基於每一節課的教學品質之上的。英語教師要重視每一節課的教學，如果每節課都能讓學生學有所獲，就能使學生對英語學習產生興趣，充滿信心；反之，如果教師有一節課上不好，學生學得不扎實，就會產生學習上的「空白點」，久而久之，就會影響學生的學習興趣和信心，造成學生遠遠落後的嚴重後果。

課堂教學技巧是課堂教學的基本元素，課堂教學步驟是由課堂教學技巧構成的。任何課堂教學都是在運用某些課堂教學技巧，沒有課堂教學技巧，就沒有教學步驟，更沒有課堂教學。教學步驟是固定的教學程式，而課堂教學技巧卻是靈活的基本元素。因此，如果說外語教學是一門科學、一種藝術，那麼我們可以毫不誇張地說，這種科學、藝術，歸根結底是表現在教師對教學行為的選擇、排列和掌握上。

PPP 教學步驟是較常用的教學步驟，其中每個步驟都代表教學裡一個

台階。這三個步驟逐步提升，體現出由易到難、由學到用的一個發展過程。前一步是後一步的起點和基礎，後一步是前一步的提高和檢查。每一步都要安排好並掌握好。步子邁得太大、太快，就給下一步帶來困難。如果前一步練得不夠，學生掌握得不熟練，要回頭再多練幾遍，補足遍數。步子邁得太小、太慢，學生會表現出不耐煩，這表明步子要加快，要求要提高。如何把步調和要求掌握好，要靠教師當機立斷，這項教學藝術來自對學生的了解，是在教學實踐裡磨練出來的。

第14章

英語課內外教學的組織

　　課內外教學組織是指教師透過協調課內外的各種教學因素而有效地實現預定的教學目標的過程。英語教學工作需要一定的組織形式來實現。組織是課內外教學活動順利進行的基本保證，沒有有效的組織和管理，就不會有有效的教學。英語教學的組織內容主要包括課堂教學方式和課外教學活動（圖 14-1）。

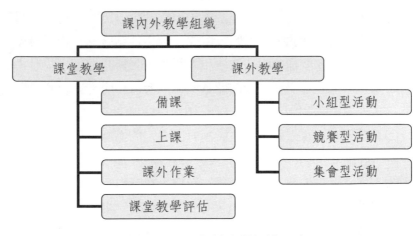

圖 14-1　課內外教學組織形式

本章我們分別對課堂教學方式和課外教學活動作一探討。

第一節　英語課堂教學的組織

課堂教學是英語教學的基本組織形式。學生掌握英語主要是依靠課堂教學來完成的。課堂教學集中體現了英語教學的指導思想、原則、過程和方法的體系。教師按照課程表，在規定的時間內，對一個有固定學生人數的班級，根據英語教學大綱規定的目的、任務和教材，選擇恰當的教學方法進行教學。備課、上課、安排和批改作業、教學考核評定構成整個教學工作的基本環節。教師應該通盤考察教學，處理好各個環節，才可能從根本上提高教學品質。

一、備課

1. 備課的意義

備課是服務於課堂教學的常規之一，是作好課堂教學的關鍵：

(1)一般說來，課本中的語言知識和語言材料已經作了由淺入深、從易到難的安排。但是，這並不等於說教師可以照本宣科。教師在準備教學任何一個語言項目時，選擇什麼作為突破點，新舊知識如何聯繫，採取什麼樣的教學方法和教學步驟，需要進行哪些形式的課堂練習，這些都需要在課前認真地加以考慮和研究。教師還需要設身處地預見學生的學習困難，制訂出引導和幫助學生克服困難的措施。

(2)教師只有認真備好課，才能制訂出周密的上課計畫，妥善得當地安排好課堂教學的各個環節，充分發揮教師在課堂教學中的主導作用。

(3)在課堂教學中要求學生掌握的知識，教師自己首先在準備教材時要熟練地掌握，並在廣度和深度上大大超過學生將要達到的水準。透過備課，教師可以發現和彌補自己專業知識和技能方面的不足之處，

及時採取修正和補救的措施，不致把錯誤帶到課堂貽誤學生，影響教師的威信。

(4)只有在認真充分的備課過程中，教師才能對於各種教學方法兼收並蓄，取百家之長為己用，逐漸形成自己教學的獨特風格和優勢，在教學上有所創新，熟練地掌握教學這門藝術，成為一名優秀的英語教師。

2.備課的步驟和內容

教學中的備課涉及大綱、學生、教學方法、教案編寫諸多方面的因素。

(1)鑽研教學大綱、教科書和教師用書

「大綱」是教師備課的主要文件，教師應對大綱反覆研究，掌握其精神實質，對英語教學的總目標、總要求、教學原則和教學提示有一個比較明確的理解，了解各階段的教學要求和基本內容。

「教材」是教師備課的依據。教師應認真通覽全書，掌握教材的全部內容，包括教材的編排體系、依據理論、邏輯結構，以及其中的重點、難點的分布情況等，還應分析教材中的不足之處並採用相應對策進行彌補。

「教師用書」是教師備課的輔助材料，教師應對其中的「前言」部分認真研讀，仔細領會精義，掌握各單元主題詞（topic word），順應語法結構，將各單元語言功能的要求分布在各個教學環節中實施。教師用書所提供各單元各課的教案只能作參考，因為教學對象、教學環境不同，教師應對其中的內容作相應的取捨、調整和增強。

(2)了解學生

教師備課應從學生的實際出發，在充分了解學生的基礎上進行備課。因此，教師也必須研究分析學生的思想和心理狀況。實踐證明，即使平行的兩個教學班的學生都有可能出現差異，因而往往這個班感到是難點的內容，在另一個班就可能不一定是難點；同一項操練形式和內容在這個班練得冷冷清清，而在另一班卻得到熱烈的迴響。所以，了解學生這一點是因材施教的客觀依據。只有了解學生，教師才能使教案切合教學實際，有的

放矢地進行教學。

　　了解學生的實際情況包括：第一，了解學生的年齡、性格、興趣愛好、學習能力和學業水準，以便設計相應層次的資訊內容，選擇相應的教學方法進行語言輸入和提出不同層次的輸出要求，進行溝通能力的培養。第二，定期徵求學生對教學的意見，了解他們的要求，以此來修正教學方法和教學技巧。第三，教師備課也應從學生特徵考慮選用教學方法。教學方法應具有計畫性，包括如何遵循教學原則，如何處理重點和難點，如何設計活動形式和保證活動的數量和品質。教學方法的設計應具多樣性，靈活機動地處理教學，使教學內容更容易被學生接受。

(3) 確定教學方法

　　這主要指一節課所使用的具體教學方法。教師根據教材的特點、學生的水準，對各類課型採取有效的教學方法，爭取達到最佳教學效果。教師要善於從現代各種教學法學派中汲取營養，發揮自己的優勢，形成個人教學方法的特點和風格。在方法的選用上，要勇於實踐，精益求精。

(4) 撰寫教案

　　在備課時，撰寫教案是必不可少的。寫教案的目的是將本節課的教學內容妥善地加以組織，使之層次分明，一目了然，使用起來得心應手。教案不僅是課堂教學的指導性文件，也是以後改進教學方法的基礎。每節課結束後，教師應該根據教學資訊的回饋，及時修訂教案，調整教學模式，改進教學方法，不斷提高課堂教學品質。

　　教案要反映出教學過程的細節，包括課堂教學各個環節中的步驟、練習形式、操練的方式方法以及各環節和步驟之間、各項教學內容和學生活動之間的起承轉合。板書的設計和教具的使用也要寫在教案中。一個完整的課時教案一般包括：授課時間、教學目的、授課類型、採用方法、教具、教學進程、備註。教學步驟是教案的主要組成部分，包括整堂課內容的教學安排、教學方法的具體運用和時間分配。

二、　上課

　　上課是教學的中心環節，體現備課成果的教案只有透過上課才能得以實現。教學品質主要取決於上課的品質。教師藉由授課傳授知識，訓練技能，發揮主導作用，使教師在備課時制定的教學方案和設想得以實施，並受到課堂教學實踐的檢驗。

　　教師上課的基本要求是：

1. 靈活使用教案

　　教案是教師上課的依據，教學中大體上不作變動，但也應依據教學環境的變化和學生對教學內容的理解情況而對教學方案作相應調整。例如，有時本以為某個問題學生可能很順利地回答，但在課堂上所提問的學生就是回答不上來。另外，課堂上也常冒出教師原先沒有意料到的其他問題，當這些問題出現時，教師就必須作些變化，不能死板地再按教案上的安排進行，而應該根據教學的實際情況靈活果斷地調整教案，以保證授課的品質。

2. 教學方法靈活

　　上課之前教師所採用的方法就已經定好了，但當發現用某種方法不順利的時候，教師就應當趕快改換另外的方法。這種情況是經常出現的，比如在兩個班上課，內容完全一樣，但用的方法很可能就不一樣。課堂上每個教師時時刻刻要有改換方法的準備。實踐證明，那些時刻注意改換方法的教師往往受到學生歡迎，而課堂上總是按固定的模式和方法教學的教師，儘管也能完成教學任務，但這樣的課堂不能體現出現代英語課的特點，要想做到精彩是不可能的。

3. 調動學生的積極性

　　現代的英語課堂要求氣氛活躍，生動活潑。做到這一點的前提是學生

參與課堂活動的意識要強，要有很高的積極性。總體來看，教師在課堂上調動學生積極性的工作是經常的，並且還要隨時準備使用各種方法：(1)語言材料中語言項目的學習要結合語言材料提供的語境和情境，聯繫學生的生活實際，進行教學；(2)經常向學生介紹學習英語的方法，培養他們良好的學習習慣；(3)對不同層面的學生，態度上一視同仁，教學上分層次要求，按不同層次的教學內容，讓每位學生都學有所得；(4)對學生所犯語言錯誤，應予寬容，不必見錯就糾，以免打擊他們的學習積極性。

4.語言得體

教師要有較強的使用英語語言的能力，做到口語流利、無錯誤，課堂用語（classroom English）熟練，能準確地用學生可以接受的英語講課。遇到重點、難點可加重語氣，以引起學生注意。各教學步驟中的活動指令要簡單明瞭。教學中，語言應與非語言形式配合，帶有感情色彩，做到語由情出，形隨言動，以觸動學生的情感，配合語言學習。

5.教態得體

教師的儀表要端莊大方，舉止要得體，不應當讓人有造作、過分之感。即在一般情況下，教師應表情和悅，面帶微笑，給人的感覺是端莊、詳和，既不過於嚴肅，又不過於隨便、輕率。

6.板書力求整齊、正確和美觀

教師的板書基本功要好。版面設計合理，使用得當，能給人清新、俐落之感。一次書寫時間不宜過長，書寫前應念出內容，書寫中予以重複，以避免形成聽覺空洞。

三、 課外作業

學生的課外作業是課堂教學的繼續。課外作業的主要內容是與教學材料相匹配的練習，其目的在於鞏固語言知識、培養語言技能和發展語言能

力。許多英語教材都配以「練習手冊」（workbook），處理中應視學生對所學內容的掌握情況而進行，可部分在課內完成，也可部分或全部在課外完成。課外作業應依據以下原則進行：(1)作業內容應顧及多數學生，兼顧優等生和差等生；(2)知識內容以分散練習和集中講解相結合；(3)課外作業多於課內作業。

學生的課外作業需要教師批改。透過批改作業，教師可以及時獲得教學的回饋資訊，發現學生學習的難點和弱點；同時，教師又可從學生作業中的錯誤領悟到自己課堂教學中的弱點或遺漏，以便採取措施加以彌補。

教師批改書面作業的方法一般有以下幾種：

(1)教師全批

教師收齊每個學生的作業並逐本批改，優點是教師可以詳細地了解每個學生的學習情況，便於發現帶有普遍性的問題，採取及時的彌補措施。

(2)教師抽改

教師每次僅抽改一部分作業，記下這些作業中的典型錯誤並在課堂上進行講評。講評後要求未抽改到的學生自行訂正作業。如果引導得當，學生會十分重視教師的作業講評，並且鍛鍊培養他們自我檢查和訂正作業的能力。但是，由於教師抽查的作業僅是一部分，這部分作業中的錯誤可能不具有普遍性，導致教師的作業講評缺乏針對性，從而給其他學生自行訂正作業帶來困難。

(3)學生互相批改

教師根據教學的具體情況，可以安排學生互相批改作業。教師首先引導學生討論並得出標準答案，然後由同桌兩位學生或小組間交換作業互相批改，班上人人都當小老師。學生對互相批改作業往往積極性較高，這種方法有利於學生積極思考，培養他們發現問題和解決問題的能力。供學生互相批改的作業最好是答案單一的練習題，如判斷正誤題、填充題、選擇題等。

⑷教師面批

對難度大的練習，或對差等生，教師常用面批的方法，把批改作業和個別輔導結合起來，因而實際效果很好。在批改作業時，教師應注意保護學生的積極性，對於品質好的作業，無疑應藉由 "Excellent!"、"Good!" 之類的評語給予肯定。對於品質較差的作業也應從發展的觀點和全面的觀點指出其優缺點，評語應以鼓勵為主，例如："Better!"、"Study harder!"、"Good handwriting."、"Pay attention to the use of the tense."、"Please write carefully!"。

⑸教師用符號批改

教師在逐本批改作業時不寫出正確答案，而代之以各種符號指出錯誤；作業發還後，學生根據符號思考正確的答案，進行訂正。下一次作業交上來後教師首先檢查訂正情況。這種方法促使學生認真思考「錯在哪裡」、「為什麼是錯的」和「怎樣做才是正確的」，有利於鞏固知識，提高作業品質。教師還可以節省不少時間和精力。

批改符號由師生約定，不宜繁瑣，力求簡明易行，例如，在單詞拼寫錯誤部分下面畫一短線（—）；內容或用詞不當處，可用曲線（〜〜〜）表示；語法錯誤可用長線（———）表示，必要時用英語字母表示其錯誤性質（如 T＝時態錯誤，V＝語態錯誤，N＝數的錯誤）；標點和大小寫錯誤，可在所在位置畫一小圈（。）表示。

四、 課堂教學評估

對於課堂教學進行課後的分析和評估有助於教師了解自己上課的效果，發現優缺點，總結經驗和教訓；有助於教師明確原訂課時教案之所以能實現或不能實現的原因；還有利於教師之間相互取長補短，集思廣益，切磋提升教學品質的方法，探求教學的藝術。因此，應該大力提倡教師自己和教師之間對課堂教學的分析和評估。

課堂教學的分析和評估要就課論課，從師生和具體教學條件出發，肯

定成功之處和正確的傾向。對於缺點和不足之處，則在可能改正的範圍之內予以剖析並提出改正建議。表 14-1 是一份課堂教學的評估標準綱要，供設計課堂教學評估表時參考。

表 14-1 課堂教學的評估標準綱要

等級	課堂教學的評估標準
優	課的結構和各種教學活動安排合理並符合該課的目的。 正確地分配時間。 能激發學生對各種課堂教學活動的興趣。 上課熟練自如（不用看教案）。 突出重點、難點。 能根據上課的進程調整原計畫中教師和學生的活動。 充分合理地利用直觀教具。 準確地使用課堂用語。 沒有語言上的錯誤並善於糾正學生的錯誤。 既全面發動學生操練，又能照顧個別學生。 能達到課堂教學目的。
良	課型設計正確、備課充分。 上課熟練自如。 能維持良好的課堂紀律。 正確選擇課堂教學的方式方法。 但課堂用語有時使用不夠準確。 某些教學環節之間的時間分配不恰當。 能用英語講課，但有一些語言上的小錯誤，自己能發覺改正。 能充分利用直觀教具，但使用的方法有時不夠正確。 完成了課時計畫，但打下課鈴時才安排家庭作業。 能吸引全體學生參加課堂教學活動。 能達到課堂教學的目的。

（下頁續）

及格	準備了教案，但其中很少有獨創的東西，對教材理解不透澈。
	重點、難點不夠突出，上課時離不開教案。
	不能充分調動所有學生的積極性。
	有時用本族語講解或者有語言上的錯誤。
	不能根據上課實際情況調整教學方案，而只追求完成課時計畫。
	能利用直觀教具，但不夠充分。
	練習的挑選正確，但上課時用得不系統，對練習所作的解釋不清楚，目的要求不明確，有些練習只依靠學習好的學生來做。
	未能盡一切可能去選擇教學方式。
不及格	課前沒有充分備好課。
	上課有嚴重的教學法和語言方面的錯誤。
	不利用直觀教具，講課徒具形式，照本宣科。
	離不開教案，沒有面向全體學生，不了解各個學生的特點。

資料來源：杭寶桐，1993。

第二節　課外教學活動的組織

　　開展英語課外活動是英語教學的另一種基本組織形式。課外教學活動是指英語教師利用課外的時間，組織學生開展豐富多彩的英語實踐活動。課外活動實質上是課堂教學的延伸，教師應明確英語課堂教學和課外活動兩者協同發展的關係，把英語課外活動納入英語整體教學，從思想上重視和關心英語課外活動的開展。要根據學生的年級特點和英語水準，有組織、有計畫、有領導地積極開展各項英語課外活動。

一、英語課外活動的意義和作用

　　英語課外活動的作用是多功能的。根據章兼中（1993），英語課外活動的意義和作用是：

(1)可以創造更多的語言實踐環境和機會，有助於鞏固、擴大和加深課堂上學到的知識，並透過大量的語言實踐訓練，促進學生掌握聽、說、讀、寫的能力。

(2)可以擴大學生的知識面，開拓學生的視野，增進學生對英美等英語國家概況的了解，有助於培養學生學習英語的興趣和獨立工作能力，發展學生的思維，因而可以促進學生智力的發展。

(3)可以使學生親身體會到英語作為溝通工具的真正實用價值，從而激發他們學習英語的動力，增強他們學好英語的信心。

(4)有助於因材施教，發揮每個學生的特長和愛好，施展他們的才能。

二、　課外活動的形式

英語課外活動的形式各式各樣，凡能對課堂教學起輔助作用並能引起學生興趣的形式都可採用。教師可以根據學生的不同年齡、興趣、愛好以及各人的實際英語水準等，向學生推薦合適的課外活動形式。英語課外活動宜以小組型的活動為主，間或組織一些較大規模的年級性或全校性的活動。根據杭寶桐（1993），常見的英語課外活動形式有三類：小組型活動、競賽型活動和集會型活動。

1. 小組型活動

小組型活動的小組人數不宜過多，一般控制在十人左右，以確保每個成員都有充分的練習機會。為便於活動，最好由同班的學生組成。小組型活動形式有如下幾種：

(1)課外閱讀小組

課外閱讀一方面可以鞏固、擴大學生的詞彙，增強學生的語感，另一方面可以豐富學生的知識，開闊視野，提高他們的文化素養和學習興趣。教師組織課外閱讀時要注意以下幾點：第一，挑選合適的閱讀材料。選文要做到難易程度適中和篇幅長短適中，要照顧到學生學過的詞彙、句型和

語法結構。低年級應多選些通俗易懂的題材和內容，如寓言故事、幽默故事、笑話和謎語等。高年級的選材則要注意廣度和深度，一般可選擇科普常識、名人傳記、簡易讀物以及報刊雜誌上的新聞等。第二，各小組成員之間可以建立經常性的閱讀材料傳遞制度，並且定期在一起交流學習心得，互相幫助，解決難點。為了保證課外閱讀活動能持久地開展下去，並取得顯著成效，教師應經常進行督促和檢查，在閱讀時間和閱讀量上提出具體要求。第三，教師可根據學生所讀材料，設計一些練習題，如正誤判斷、選擇填空、回答問題等，讓學生在閱讀完後進行自我檢查，以便隨時掌握學生的進步情況，及時給予指導。

⑵課外對子或小組會話活動

這種活動是指學生使用所學的語言，在情景中進行對話練習，如相互問候、相互介紹、購物、看病、約會、談論天氣等。其目的是操練和鞏固所學的語言，發展聽說技能。例如，在學習了有關去商店購物的句型、詞彙和常用表達方式後，可以組織學生開展模擬情景會話，即由幾名小組成員扮演售貨員，其他成員扮演顧客，將課桌擺成一排當櫃檯，上面放好各種實物或模型，然後小組成員進行購物對話。

活動內容應該豐富多彩、涉及面廣，應選擇學生日常生活中熟悉、了解或感興趣的事或親身經歷作為聽說的內容，如家庭情況、學校或班級發生的事、城鄉見聞、國內外時事、影視劇觀後感、書籍讀後感、旅遊經歷以及假日生活等。

⑶課外唱歌小組

音樂和語言有很多相通的地方。學唱英語歌有助於訓練語音、語調，也有助於操練句型、記憶單詞等，是一種深受學生歡迎的課外活動形式。目前適合學生學唱的英語歌大多來自於英美國家當代廣為流傳的歌曲，其內容健康有趣，曲調歡快、明暢。另外，教師還可根據需要，結合學習內容，自己動手編寫和創作英語歌曲，既可以在原歌詞基礎上增編新詞，也可把要求學生掌握的詞或句型填入學生非常熟悉喜愛的曲子中，這樣就可以透過唱歌，在輕鬆、愉快的氣氛中練習和鞏固課堂所學內容。

2.競賽型活動

　　針對學生好勝心強的特點，教師應在課外適當組織一些競賽活動，以提高學生英語學習的興趣，調動他們的學習積極性，培養他們的集體榮譽感、參與競爭、奮力拼搏的勇氣和品質。常見的競賽活動有以下幾種：

(1)書寫比賽

　　書寫比賽可在低年級每學期舉辦一次。教師應該統一書寫內容、統一書寫稿紙、統一交稿時間。從參賽稿件中篩選出優秀作品後，確定名次，並公開展示獲獎作品。要鼓勵在前次比賽中落選的學生加緊練習，爭取在下次比賽中奪得名次。

(2)朗讀比賽

　　朗讀比賽可以先在各班進行，然後各班選拔優秀學生參加全年級的比賽。為了保證每個同學都能扎扎實實地模仿練習，可以在各班推薦人員之外，再臨時隨機從每班抽選幾名學生參加年級比賽。

(3)單詞比賽

　　單詞比賽可以有多種形式。第一種比賽是單詞聽寫比賽，一般以班級為單位進行。由教師讀、學生寫，看誰寫得快而準確。這種形式適宜低年級學生，因為他們的年齡小，接觸英語的時間不長，詞彙量有限。第二種比賽是單詞釋義比賽，即教師將課本裡的單詞挑出列印成一份試卷，要求學生翻譯，可以是英譯中，也可以是中譯英，還可以是英中直譯。對於英譯中的要求是只要正確地寫出課本中出現的一個常用意義即可，譯得最多且譯義正確者為優勝者。第三種比賽是把試卷設計成多項選擇題形式，即給出單詞及幾種釋義，要求學生選擇正確答案。但這種題型要求學生要具備一定規模的詞彙量。

(4)英語知識搶答賽

　　英語知識競賽可在年級或全校範圍內舉行。競賽的內容根據學生的實際英語水準而定，一般可涉及英語語音、語法、詞彙等簡單語言知識，也

可包括主要英語國家地理、歷史、風俗習慣等文化背景知識。教師在籌備過程中必須精心設計和挑選比賽用題，問題分為必答題和搶答題兩種，要有答題時間要求。累計得分最高者即為競賽優勝者。

3.集會型活動

集會型課外活動通常適合於已有一定英語基礎的高年級學生。

(1)英語讀書報告會

英語讀書報告會是深化課外閱讀的一種活動形式，其目的在於交流讀書心得，檢閱課外閱讀成果，推動課外計畫活動進一步深入開展，鍛鍊和提高學生的閱讀理解和綜合歸納能力，以及書面表達能力。學生在報告中，可以介紹自己最愛讀的一本書的書名和故事梗概，並進行簡要的書評，談談為什麼喜歡這本書，讀後有何收穫或感想等。這種活動對學生的文字表達能力有一定的要求，為了確保活動能順利開展，並取得成功，教師可要求學生寫出書面發言稿，由教師幫助修改潤色。

(2)英語電影電視晚會

隨著錄影機和光碟機的普及與發展，看英語電影電視可以成為學生的一種經常性的課外活動項目。在選材上教師要注意把關，即應該選擇那些內容健康向上、情節生動有趣、語言難度適中、適合學生身心發展的優秀英語影視劇或動畫片。在觀看之前，教師應該先向學生介紹一下故事內容梗概，並讓他們熟悉人物的姓名以及相互之間的關係等，以利學生看懂。倘若一次看不懂，還可以反覆多次觀看，直到基本看懂為止。

(3)英語角

英語角（English Corner）是學生或師生聚集在一起進行口語交流的場所。活動的時間和地點最好相對固定，既可以是在每週五的下午在校園裡僻靜的一角，也可以是某一天傍晚在校園的草坪上，還可以在某教室裡或會堂內，總之可以由師生根據季節和氣候共同商定。英語角可以由各班輪流負責規畫，要注意發動全校所有的英語愛好者參加，師生之間、學生之

間用英語自由交談。也可以聯合附近學校，由各校輪流組織，這樣可以擴大規模，促進學生間的相互了解和溝通，使活動常盛不衰。為保證活動長期堅持下去，教師要參加指導，最好每一次親自參加，要注意培養一批英語成績好、充滿熱情的中堅分子，而且每次都應事先商定好交談的話題，讓學生有所準備，否則會流於形式，久而久之便失去對學生的吸引力。

第三節　結　語

　　課堂是教學的基本場所，課堂中集結、交織著各種教學因素以及這些因素相互間形成的各種關係。課堂組織的主要功能就是協調、控制、整合這些教學因素及其關係，使之形成一個有序的整體，從而保證課堂教學活動的順利進行。課堂組織涉及的因素是各式各樣的，課堂組織的內容因而也是多方面的。教師的教學工作集中體現在備課、上課、課外作業與輔導以及課堂教學的分析評估上，此四項能否做得好直接關係到教學品質的高低。

　　英語課外活動是英語課堂教學必不可少的輔助形式，是在課外創造英語環境，給學生提供更多的語言實踐機會的有效手段。課外活動有利於學生增長知識，開闊視野，發展智力和培養能力；還可因材施教，培養學生的興趣和發揮他們的特長，使他們能生動、活潑、主動地學習。因此，要重視開展各種適合學生語言水準和年齡特點的課外活動。

　　英語教學的組織是一項融科學和藝術於一體富有創造性的工作。要做好這項工作，教師不僅要懂得教學規律，掌握一定的教育學、心理學知識，還必須學會運用一些管理的技術。總之，重視教學組織，學會教學組織，對於有效提升教學品質具有十分重要的意義。

第15章

英語教材的評估和調整

隨著英語教學的發展和英語教材的開放和繁榮，愈來愈多的英語教材湧入市場，可供教師和學生選擇的教材愈來愈豐富。但有些教材具有質量上的問題，因此，要合理地選擇和使用教材，就必須對教材進行科學、系統的分析和評估。教材選擇上的失誤，不僅會造成經濟上的浪費，而且會令學生的學習時間和精力造成不可挽回的損失。如何評估和選擇教材是英語教師和英語教育研究人員亟待研究的問題。

本章主要是對英語教材及其在英語教學中的作用進行簡單的界定，然後簡要闡述教材評估的意義、原則和方法，最後著重討論教材調整的方法。

第一節　教材的概念和作用

一、教材的概念

教材的定義有狹義和廣義之分。狹義的教材就是教科書（textbook 或 course book）。教科書是一個課程的核心教學材料，一般根據課程的需要

分級編寫，每級一至二冊。一個階段的主要學習內容都包括在一冊書之中，其中包括語音、語法、詞彙以及聽、說、讀、寫等語言技能。當然，教科書也不是單純的幾本書。從目前來看，教科書除了學生用書以外，幾乎無一例外地輔以教師用書，很多還配有練習本、活動手冊以及課外讀物、掛圖、卡片、錄音帶和光碟等。

廣義的教材指課堂和課外教師和學生使用的所有教學材料，比如課本、練習本、活動手冊、故事書、補充練習、輔導資料自學手冊、錄音帶、錄影帶、電腦光碟、影印材料、報刊雜誌、廣告電視節目、照片、卡片、教學實物等等。教師自己編寫的材料也稱之為教學材料，另外，電腦網路上使用的學習材料也是教學材料。總之，廣義的教材不一定是裝訂成冊或正式出版的書本，凡是有利於學習者增長知識或發展技能的材料都可稱之為教材。

很顯然，廣義的教材既包括課堂教學的教科書，也包括其他所有有利於學生學習的材料。本書中的「教材」指廣義的教材。

二、 教材的作用

教材具有積極和消極兩種作用。

1. 教材的積極作用

教材是英語課程實施的重要組成部分，高水準、高品質的教材是完成教學內容和實現教學目標的重要前提條件。

⑴教材是學生學習的主要知識來源

在處於資訊時代的當今社會，學生獲取知識資訊的管道是多方面的，如電視、電影、書報雜誌等眾多的大眾傳播媒介。然而，真正能給學生身心發展以全面影響的主要知識來源仍是教材。教材彙集了人類積累的知識精華和基本經驗，反映了學生學習的特點和基本規律，因而在學校中具有其他任何知識來源不可取代的牢固地位。教材作為學生學習的主要知識來

源，既為學生提供了認識的主要對象，同時又對學生身心的發展施予著重要影響，是學生多方面發展的重要基礎。

教材能夠作為學習的主要知識來源至少有三個原因：首先，體系完整、結構合理的教材不僅有利於學生系統地學習英語語音、詞彙、語法等語言知識，而且有利於他們發展聽、說、讀、寫等語言技能，從而為英語教學的組織和實施帶來極大的便利。其次，教材在提供語言材料的同時，也向學生介紹其他國家或地區的文化，從而有利於學生更加了解世界文化，培養跨文化意識和跨文化溝通的能力。第三，大多數正式出版的教材都是由英語教學專家或有經驗的教師編寫的，這些教材一般有完整的知識和技能體系，而且遵循某種教學大綱或課程標準。

⑵教材是教師教學的主要依據

教材是貫穿整個教學過程的一個基本因素，是教師教學的主要依據，它對教師的備課、上課，乃至教學評估，均有直接的影響。首先，教材不僅僅是教學中的工具，教材往往代表一定的教學目的、教學目標、教學觀念及教學方法。選擇和使用合適的英語教材，有利於教學大綱或課程標準的有效實施。其次，教材的編寫往往反映某種教學思想和教學方法。不斷更新的教材是新的教學思想和教學方法最強有力的推廣者和實施者。第三，結構合理、內容豐富、活動靈活多樣的教材，不僅有利於教師節省備課時間和精力，而且有利於他們在教學中創造性地使用教材。

2.教材的消極作用

雖然教材對英語教學有不可否認的積極作用，但是由於教材編寫的品質問題，教材也存在一些消極作用。編寫水準低、編寫品質差的教材往往有以下缺陷（程曉堂，2002：4）：

⑴在教學研究成果方面，教材沒有吸收語言教學研究和實踐的最新成果。某些教材的編寫，其指導思想仍然是那些已被證明不科學或不利於提高學習效果的教學思想或教學方法。

⑵在設計教學活動方面，教材缺乏真實的、有溝通意義的語言實踐活

動，不利於培養學生的溝通能力。

(3)編寫體系不完整，不能正確處理知識和技能的關係，因而不利於全面發展學生的知識和能力。

(4)教材內容脫離學生的實際生活和周圍世界，既不能滿足學生學習的客觀需要，也不利於調動學生的學習積極性。

(5)在語言的真實性方面，教材中有大量不真實、不地道或無意義的語言材料。有的教材編寫者只能自己編造語言素材或取材於一些已經過時的材料，導致語言材料不真實、不自然的現象。

(6)教材版式設計單一、陳舊，缺乏新穎，不利於激發學生的學習興趣和內在學習動機。

第二節　教材評估的意義

教材評估是為了選用合適的教材而進行的。水準低和品質差的教材肯定不能選用，由於有些教材編寫水準低、編寫品質差，因此教材評估的意義是顯而易見的。一般來講，教材評估有以下三方面的實際意義。

一、為選擇教材作出正確的決策

教材評估有利於教育行政部門、學校以及教師為某一英語課程或某一學生群體選擇教材時作出正確的決策。大範圍使用的教材往往由教育行政部門來審定和選擇，特別是用於正規學校教育的教材。在選擇教材之前，教育行政部門通常要組織有關人員對可供選擇的若干種教材進行分析和評估，然後根據分析和評估結果，選擇最理想的教材。除了教育行政部門以外，愈來愈多的學校和教師在教材選擇方面也有一定的自主權。學校和教師選擇的教材雖然不是大範圍使用，但也應該慎重考慮。在選用教材之前進行的教材評估通常稱為「使用前評估」（pre-use evaluation）。

二、　有利於對教材進行調整

教材評估有利於教師在實際教學中對教材進行調整（materials adaptation）。任何一種教材都不可能完全滿足某一特定學生群體的學習需要。因此，在實際教學中，教師要善於根據學生的學習需要和課程的教學需要，對教材進行適當的調整，但是，對教材的調整必須以教材評估的結果為基礎。

三、　對已經選用的教材進行再評估

教材評估有利於教育行政部門、學校以及教師對已經選用的教材進行再評估。使用前的評估通常是根據評估者對教材的認識，以及對學生需求和課程需要的預測和判斷來進行的。至於教材是否真正符合學生和課程的需要，則要透過實踐來檢驗。因此，某種教材使用一段時間以後，要組織有關人員對教材以及教材的實際使用情況進行再評估，這種評估也稱為「使用後評估」（post-use evaluation）。評估人員根據使用後評估結果來決定是否繼續使用某種教材。如果繼續使用，還應考慮是否應該在某些方面作適當的調整。一般情況下，在一種教材被選定以後往往要使用幾輪，這樣，使用後評估就顯得尤其重要。

第三節　教材評估的原則

教材評估不僅要分析教材本身的編寫水準和編寫品質，而且要認真分析教材與目標、使用對象的需要，以及課程計畫的需要之間的吻合程度。教材評估要遵循一定的原則，否則教材評估就沒有系統，從而失去教材評估應有的意義。根據程曉堂（2002：4-5），教材評估有兩個主要原則：效果原則和效率原則。

一、效果原則

教材評估的效果原則（effectiveness principle）就是考察教材是否能夠達到預先設想的效果。這裡的效果指以下兩方面的內容：

(1)教材是否能夠真正達到教材編寫者事先設想的效果

教材編寫者在編寫教材之前一般有明確的目的，即使用該教材會達到什麼樣的效果。但是，由於各種複雜的原因，最後出版的教材可能與教材編寫者的初衷有些出入，也就是說，最後出版的教材有可能不能達到預先設想的效果，或者由於教材編寫者對語言、語言學習、語言教學的認識存在嚴重的缺陷，教材採用的方法可能不利於達到編寫者設想的效果。因此，雖然教材編寫者聲稱他們的教材可以達到這種或那種學習效果，但實際上並非如此。所以，教材評估人員要仔細分析教材的內容、設計方法以及教材體現的教學思想，考察這些方面是否真正有利於達到教材預先設想的學習效果。舉例來說：假如某種教材的前言裡提到，經由學習和使用該教材，學習者的詞彙量可以達到 2,000 個單詞，但是教材涉及的詞彙卻只有 1,500 個，那麼這種教材就不可能達到預先設想的效果。

(2)教材是否能夠使學生達到事先設想的學習效果

有的教材雖然有明確的目的，但在實際使用中不一定能夠達到預先設想的效果，起碼不能使大多數學習者達到設想的學習效果。考察教材是否能夠使學習者達到設想的學習效果的最簡單方法是，把學習者使用教材之前的情況與使用教材之後的情況進行比較。如果學習者使用教材之後，在語言知識和語言技能等方面有明顯的提升，就說明教材使學習者達到了設想的效果。

二、效率原則

教材評估的效率原則（efficiency principle）是考慮被評估的教材是否

比其他教材能夠更加有效地滿足學習需要，達到預先設想的學習效果。例如，教材甲和教材乙都能達到同樣的效果。但是，對於相同的使用者，教材甲在 100 個課堂時數內可以完成，而教材乙需要 150 個課堂時數才能完成，那麼，教材甲就比教材乙的效率更高。如果其他條件基本相同，那麼就應該選擇教材甲。

再如，假設甲和乙兩個教學班的現有英語水準和接受能力等背景情況基本相同，且兩個班教師的教學水準和方法等因素也基本相同。在教學中，甲班使用教材 A，乙班使用教材 B，經過一段時間以後，對兩個班學生的成績進步情況進行評估。結果表明，雖然兩個班的學生都有進步，但甲班的成績進步明顯高於乙班的成績進步。造成這種學習結果差異的重要原因之一很可能就是教材的差異，也就是說，教材 A 比教材 B 的效率更高。

當然，以上的例子都是假設的簡單情況，實際教學中的情況往往複雜得多，學習者是否能夠達到設想的學習效果，還受到教學環境、師資水準、教學設備等因素的影響，教材不是唯一的因素。

第四節　教材評估的方法

教材評估可以分為內部評估和外部評估兩種方法。

一、 內部評估

教材的內部評估（internal evaluation）是指評估者了解教材本身或內在的科學性、合理性和有效性。根據程曉堂（2002），教材的內部評估一般包括以下幾項內容：

1. 教材的教學指導思想

一種教材的編寫總要以某種教學思想為指導，教學思想包括語言觀和教學觀。語言觀是對語言教育工作者影響最大的一個方面。所以，教材編寫者持什麼樣的語言觀對教材的編寫有很大的影響。教材編寫者所持的語

言觀，肯定會從不同的角度體現在教材的編寫形式和教材涉及的內容上。

　　雖然語言觀沒有絕對正確和絕對錯誤之分，但是傳統的語言觀與當代的語言觀還是有很大區別的。在過去的半個多世紀裡，語言學研究取得了很大的進展，人們對語言的認識也愈來愈深刻、愈來愈全面，有些認識已經被證明是正確的、合理的。教材編寫者應該力求以正確、合理的語言觀指導教材的編寫。比如，當代的語言觀認為，語言並不完全是習慣；語言學習也不完全是習慣形成。機械的重複和模仿已經被證明不是語言學習最有效的方法，因此，大量機械重複和模仿的教材並未體現當代的語言觀。從目前來看，體現當代的語言觀的教材似乎更加受到師生的歡迎。

2.教材採用的教學方法

　　教學思想從宏觀上指導教材的編寫思路，而教學方法則是教材在內容選擇、內容安排和教學活動設計等方面的具體依據和參照。每一種有影響的教材都或多或少體現了一、兩種教學方法。幾種影響較大的教學法學派，如語法翻譯法、聽說法、情景法、全身反應法、功能—意念教學法等，都先後成為教材編寫的主要教學方法。

　　與語言觀一樣，教學方法也沒有絕對正確和絕對錯誤之分。應該說，各種教學法學派都有各自的優點和缺點。但是，時代總是向前進步，人們的認識也在不斷進步，英語教學法整個趨勢也在不斷進步。所以，教材編寫首先必須體現先進的英語教學法。從目前來看，強調以學生為主體的、強調培養溝通能力的教學方法似乎更加受到師生的歡迎。

3.語言素材的真實性

　　語言教學的最終目標是使學習者能夠使用所學語言進行溝通。因此，語言應該是實際溝通中使用的語言，而不是想像或虛構的語言。所以，英語教材選擇或編寫的語言素材必須與現實中使用的語言基本一致，也就是說，教材涉及的語言應該具有真實性（authenticity）。

4.教材內容的選擇和安排

教學內容決定教什麼和學什麼。英語教學的根本目標是發展學生的溝通能力，因此教材內容的選擇和安排也應該以培養溝通能力為宗旨。溝通能力的形成建立在基礎語言知識、基本語言技能以及跨文化溝通能力等方面的基礎之上。因此，英語教材必須不折不扣地包括這些方面的內容。

教材內容確定以後，要進行合理的安排。由於語言知識、語言技能本身難易程度的複雜性和學生學習能力的多樣性，合理安排教學內容是一項非常複雜的任務。評估教材內容安排的合理性應該參照兩方面的依據：一是語言學習過程的客觀規律，二是語言的習得順序（sequence of development）。研究證明，無論是母語還是外語，都有一定的學習順序，比如，使用頻率高的語言項目應該優先學習。因此，教材在安排學習順序上要充分利用現有語言學習研究的成果。

5.教材的組成部分

當代的英語教材不再像以前那樣只有一本書，而是由學生用書、教師用書、練習本、卡片、掛圖、錄音帶、錄影帶、多媒體光碟等組成的立體教材。這種立體教材有利於從不同角度和憑藉不同媒介向學生提供多種學習形式和學習管道，有利於不同學習風格的學生充分發揮他們的學習潛力。

當然，並不是說教材的組成部分愈複雜教材就愈好。在評估教材的組成部分時要考慮以下幾點：第一，各個組成部分是否構成一個有機的整體；第二，各個組成部分是否各有特色、各有側重、優勢互補；第三，各個組成部分是否具有靈活的可選性，即學生和教師是否可以根據需要有選擇地使用；第四，各個組成部分是否符合大多數使用者的經濟承受能力。

6.教材的設計

教材的設計指教材的篇幅長短和版面安排。首先，教材的篇幅長短直接關係到教學的安排。教材的篇幅既要考慮學生能夠完成的學習內容，也要考慮學年、學期甚至每週上課時的安排。其次，從表面上看，教材的版

面安排、開本大小、圖文形式和色彩等方面對教學的影響不大，但實際上，這些方面直接影響教材的可使用性和吸引力。舉例來說，如果某種教材裡設計了閱讀篇章和閱讀理解的問題，那麼篇章和問題最好安排在同一頁上或在對開的兩頁上，這樣有利於學生一邊閱讀一邊回答問題。如果把閱讀文章和閱讀理解問題安排在兩頁上，學生就不得不反覆翻頁，這樣不利於學習。

二、 外部評估

外部評估（external evaluation）就是從教學的實際出發來考察教材是否滿足學生學習和教師教學的需要。教材涉及很多相關因素，而課程、學生以及教師的實際需要也十分複雜。如果沒有一個完整的框架，很難把教材與實際需要進行系統的對比。正是由於這個原因，很多教材評估研究者研製了各種教材評估表（questionnaire）。在眾多的教材評估表中，Grant（1987: 124-6）設計的教材評估表（共三個小部分）比較符合教師的需要（如表 15-1）。其記分方式為：每個「是」記 2 分；每個「不一定」記 1分；每個「不是」記 0 分。

表 15-1　教材評估表

第一部分：對學生而言	是	不一定	不是
1. 教材對學生有吸引力嗎？從學生的平均年齡來看，他們是否樂於使用這種教材？	☐	☐	☐
2. 在文化方面，教材內容是否能被學生接受？	☐	☐	☐
3. 教材是否反映了學生的學習需要和學習興趣？	☐	☐	☐
4. 教材的難易程度是否合適？	☐	☐	☐
5. 教材的篇幅是否適當？	☐	☐	☐
6. 教材的裝幀設計是否合理（比如是否耐用）？	☐	☐	☐
7. 教材是否有足夠的真實語言素材使學生認為教材內容貼近現實的生活？	☐	☐	☐
8. 教材是否兼顧語言知識的學習和語言技能的實際運用？	☐	☐	☐
9. 教材是否注重相關語言技能的協調發展並提供綜合語言訓練？	☐	☐	☐
10. 教材是否提供足夠的溝通活動來培養學生獨立使用語言的能力？	☐	☐	☐

第二部分：對教師而言	是	不一定	不是
1. 教材的內容和版面設計是否令人滿意？	☐	☐	☐
2. 教材是否配有便於使用的教學參考書並附有參考答案，以及就教學方法和教學活動的設計提出建議？	☐	☐	☐
3. 課堂上，教師是否可以在不依賴教學參考書的情況下使用該教材進行教學？	☐	☐	☐
4. 教材建議的教學方法是否符合教師、學生和實際課堂教學的需要？	☐	☐	☐
5. 在必要情況下，教材是否容許教師調整教學方法？	☐	☐	☐
6. 教材是否有利於教師節省課外備課時間？	☐	☐	☐

（下頁續）

7.教材是否配備了必要的輔助材料，如錄音帶、練習 □　　□　　□
　本和圖片？

8.教材是否配備了用於複習和測驗的材料？ □　　□　　□

9.教材是否注重新舊知識的結合以及重點語言現象的 □　　□　　□
　再現率？

10.教材是否被其他教師認可和採用？ □　　□　　□

第三部分：對大綱和考試而言	是	不一定	不是
1.教材是否經過教育行政部門審定或推薦？	□	□	□
2.教材是否遵循大綱規定的內容和要求？	□	□	□
3.教材內容體系的安排是否由淺入深、從簡到難地逐步提升？	□	□	□
4.如果教材內容超出大綱規定的範圍，超出的內容是否更有利於教學？	□	□	□
5.教材中的活動、內容和方法的設計與安排是否合理？	□	□	□
6.教材的編寫是否是針對某種考試？	□	□	□
7.教材的編寫是否有利於學生做好考試的準備？	□	□	□
8.教材是否合理地兼顧學生考試的需要和實際語言運用的需要？	□	□	□
9.教材是否有足夠的考試模擬練習？	□	□	□
10.教材是否提供有用的考試技巧？	□	□	□

資料來源：Grant, 1987:124-6.

第五節　教材調整的方法

　　任何一種教材都不可能完全滿足教學的需要。因此，在使用教材的過程中，教師要善於根據學生的情況和實際教學的需要，對教材的內容、結構、順序、教學方法等方面進行適當的調整。具體說來，就是在教材使用過程中根據需要，對教材內容進行刪減、補充、替換、擴展、調整教學順

序、調整教學方法等。

　　根據程曉堂（2002：73-8），教材調整常見的方法有六種，分述如下。

一、 對教材內容進行刪減

　　大多數商業化出版的教材都不是專門為某一特定群體的學生編寫的，因此教材內容必定與學生的學習需要和課程的教學需要有所出入。在教學過程中，教師可以根據實際需要對教材內容進行適當的刪減，主要是刪減不符合教學需要的內容、太難或太易的內容、在計畫的教學時間內不能完成的內容，以及與學生的需要無關的內容等等。

二、 對教材內容進行補充

　　除了對教材內容進行刪減以外，在教材使用過程中，教師還應該根據需要對教材內容進行適當的補充，即從其他材料裡選擇部分內容補充教學。在下列情況下，教師應該對教材內容進行補充：

(1)教學大綱要求學生學習和掌握的部分內容，教材並未涉及或涉及不夠。比如，教學大綱列出了課程目標之一是培養學生的文化意識，但現有的教材或輔助學習材料對文化方面可能涉及得不夠充分。如果繼續使用這些教材或學習資料，教師要注意補充文化方面的內容。

(2)教材內容不夠充分，比如對某些重要知識或技能的訓練不夠。由於教材的篇幅限制，以及所選題材和體裁的規範性和典型性等方面的要求，教材涵蓋的內容勢必與實際語言運用的情況存在差距。生活中很多實用文體，如廣告、說明、指令、標識、通知、表格、文件、帳單等，教材不可能一一涉及，而這些實用文體的運用技能對學生來說又是十分重要的。因此，教師要在適當的時候結合教材內容進行補充。

(3)由於主觀和客觀原因，某個特定的學生群體在某些知識或技能方面

可能相對比較薄弱。如果學生對教材某些內容比較生疏，在正式學習這些內容之前，教師可能需要作一些必要的補充。

三、 替換教學內容和活動

過多地刪減或補充內容可能影響教材的整體結構。在沒有必要進行完全刪減或補充的情況下，教師可以對教材的局部內容或活動進行替換。例如，如果教師認為某個單元的閱讀篇章設計得還合理，但閱讀理解練習題設計得不合理，那麼就可以自己設計練習題，替換原有的練習題。

四、 擴展教學內容或活動步驟

在一些教材中，教學活動的難度過高或過低的現象時有發生。如果教師認為某個活動太難，就可以擴展活動的步驟，增加幾個準備性或提示性的步驟，從而降低活動難度。如果活動太容易，教師可以對原有的活動進行延伸，比如在閱讀理解的基礎上展開口頭討論、增加詞彙訓練、進行寫作訓練等等。

五、 調整教學順序

雖然教材內容的安排應該由易到難、由簡入繁逐步過渡，但這並不意味著教學順序是不可調整的。比如，根據學生的實際情況，如現有水準、接受能力等，對教材內容的順序進行適當的調整，可能有利於提高教學效果。又如，學生周圍發生了某件重要事情，而教材中的某個單元的內容正好與這件重要事情相關或相似，如果在延續性和難度等方面沒有太大的問題，教師就可以提前學習這個單元，把教材內容與現實生活聯繫起來，有利於提高學生的學習動機。再如，考慮到多數學生的接受能力有限，教材編寫者往往把一個學習內容（比如一個語法現象）分散在幾課或幾個單元裡進行教學。但對於水準較高或接受能力較強的學生，教師則可以把分散

在幾個單元的內容集中講授，這樣做也有利於提升學習效果。

六、 調整教學方法

由於客觀條件的差異、學生個體差異以及具體教學實際情況的差異，有時教材推薦或建議的教學方法不一定適合實際教學的需要。在這種情況下，教師要注意調整並選擇最適合的教學方法，提高教學效果。

第六節　結　語

教材是教師和學生在教學活動中的主要資訊媒介，教材的載體可以是印刷品，也可以是幻燈片、影片、錄音帶、錄影帶、磁片光碟等。從目前情況看，教材的主要形式還是教科書。除教科書外，其他的教材類型還有教學指導書、自學指導書、實驗指導書、補充讀物、工具書、掛圖、圖表、各種直觀教具學具和各種類型的影音材料。隨著科技的不斷發展和教學手段的不斷開發，教材的範圍還將擴大。電腦在課堂教學中的運用，已預示了這方面廣闊的發展前景。

教材在教學過程中發揮著十分重要的作用，教材是教學的主要手段之一，是教學大綱和教學內容的具體體現，在一定程度上左右著教學效果。

教材具有積極和消極兩種作用，評估教材的功與過，是使我們更加認識教材的作用。我們既不能否認教材的積極作用，也不能盲目崇拜教材。在實際教學中，應根據教學的需要，合理、有效地選擇和使用教材。

教材評價的目的多種多樣，評價方法也各不相同，但教材評價要遵循一定的原則，否則教材評價就沒有系統，從而失去教材評價應有的意義。教材評價有兩個主要原則：效果原則和效率原則，教材評價可以分為內部評價和外部評價兩個大類。

教材的調整是指教師在使用教材過程中，根據學生的需要以及實際教學的需要，對教材的內容、結構、順序、教學活動及教學方法等方面進行適當的調整。教材調整的目的主要是滿足教學的需要。

第 16 章

英語測試理論和方法

　　英語測試是 1960 年代初形成的一門新興學科。它透過研究各種英語測試的內容、方法、命題技巧和對測試的評估及成績的評估，探討英語測試的規律。英語測試是一個跨領域的學科，它的理論和運用涉及語言學（理論語言學、應用語言學、心理語言學和社會語言學）、英語教學法、數理統計、教育測試和電腦科學等。然而，與英語測試關係最為密切的領域當推英語教學，英語測試作為英語教學活動的四大環節（教學大綱、教材編寫、課堂教學、測試）之一，是英語教學的有機組成部分。

　　本章我們對英語測試的作用和方法作一簡單探討。

🍀 第一節　英語測試的作用 🍀

　　英語測試是一種了解、檢查和鑑定學習者的語言知識和技能的重要手段，是英語教學中一個不可分割的部分。英語測試在英語教學中的重要意義和作用主要體現在以下幾個方面：

一、 提供回饋資訊的作用

英語測試是一條為英語教學提供回饋資訊的重要途徑。經由測試，教師可以了解學生的學習情況，從而檢查自己的教學品質，總結自己在教學內容、教學方法以及教學進度等方面的經驗和教訓，發現問題，及時加以改進。透過測試，學生也可以了解自己的學習情況，總結自己在學習態度和學習方法方面的經驗教訓，發揚成績，糾正錯誤，改進學習方法，爭取更好的學習成績。學生參加測試的全過程，從複習、答卷到總結講評，是學生再學習的過程。藉由測試可使學生的學業在原有的基礎上有顯著的提升。

二、 篩選擇優的作用

在教學工作中，經常需要篩選擇優，這就需要根據一個標準進行衡量和判斷，也就是需要對教學對象進行科學的評估。憑經驗和少數人的意見行事，擇優結果是不準確的，同時，對評估對象來說也是不公平的。因此，測試為評估和選拔英語人才提供重要的參考。

三、 反撥的作用

測試對教學的影響稱為反撥作用（backwash effect），反撥作用有正面的，也有負面的。在此需要強調的是，反撥作用是一種客觀存在，測試本身並沒有錯。而測試對教學起積極作用還是消極作用完全取決於使用、編制試卷的人，取決於他們能否正確看待教學與考試的關係，能否按照教育教學目標編制試題。如果學校教育部門能夠正確利用測試對教學的導向作用，採取一系列措施促進測試對英語教學的積極反撥作用，定能使教育教學目標更加順利地實現。

四、　提供研究資料的作用

測試為英語教學的研究和改革提供可靠的資料。英語教學是一門實驗性學科，這一學科中的許多理論和研究課題的提出都是建立在實驗資料的基礎上。資料的獲取可以透過不同的方法，如自然觀察法、課堂實驗法等，而透過英語測試所獲得的資料，其可靠性比較大、說服力也比較強。

第二節　英語測試的類型

按照不同的劃分標準，英語語言測試呈現出紛繁的種類，每種都有具體的功用，因此，出題人有必要了解英語測試的主要分類及不同功用。

一、　根據測試目的分類

1. 成績測試（achievement test）

這種測試在日常教學中使用得最廣泛，它與教學內容和教學目標緊密相關，目的是要檢驗學生在某一課程的學習成績。

2. 水準測試（proficiency test）

水準測試與成績測試相對，它所測試的是語言的整體水準，而不局限於任何課本、課程或單一的語言技能。國際著名的測試如 IELTS（雅思考試）、TOEFL（托福考試）、Graduate Record Examinations（GRE）等屬於典型的水準測試。

3. 診斷性測試（diagnostic test）

診斷性測試的目的是要探明學生在語言某一方面的問題。比如，他們能否理解一般過去式和現在完成式的區別，能否推理出文章作者的態度等。

一些成績測試和水準測試可以用來達到診斷性測試的目的。

二、 根據學習過程分類

1. 配置性測試（placement test）

配置性測試一般用於學期、學年開始前，其目的在於了解學生實際掌握英語知識和具備能力的程度，以便制定符合實際的教學計畫或按水準分班。

2. 形成性測試（progress test）

形成性測試一般用於教學過程中，目的是獲取回饋資訊，及時了解教學的情況。根據得到的回饋資訊，必要時可對學過的內容進行複習，以鞏固所學知識，彌補缺漏，改進教學。例如，在教學過程中，每學完教材的一部分或幾部分後，可以用課堂練習或測驗的形式進行檢查。

3. 終結性測試（final test）

終結性測試一般用於單元、學期、學年結束之時，其目的在於檢查學生經過一個完整的學習階段之後，是否達到大綱所規定的指標。

三、 根據測試規模分類

1. 標準化測試（standardized test）

標準化測試是以測試理論為依據，按照科學的程式編制，嚴格控制測試誤差的考試。它應做到試卷編制標準化；施測過程標準化；評判分數標準化；分數解釋標準化；題庫建置標準化。現今大規模的商業化考試（如TOEFL、GRE）均為標準化測試。

2. 課堂測試（classroom test）

課堂測試主要是任課教師根據自己的教學經驗，針對學生的情況和使用的課本自編的試卷，也可以是校方組織人力編寫的期終試卷。它的科學性可能不及標準化測試，但卻以其內容、形式和功能的靈活性備受師生們的青睞。

四、 根據評估標準分類

1. 常模參照型測試（norm-referenced test）

這種測試的目的主要是了解某一考生的成績在他所屬的考試群體中處於哪個水準。比如，某高中一年級學生的期末成績在班上名列前茅，只能反映出他與同學的相對位置，並不能說明他就達到了教學大綱為高中一年級的學生制定的教學目標。

2. 目標參照型測試（criterion-referenced test）

這種測試以教學目標或所要達到的能力水準為標準來評定學生的成績。其目的是要了解考生能否令人滿意地完成某一測試任務，如能否聽懂英語國家人士關於日常生活、社會生活的講演或交談；能否在一小時內寫出 250 個詞的短文，並做到內容完整、條理清楚、語法基本正確、語言通順恰當等。

五、 根據評分方式分類

1. 主觀測試（subjective test）

主觀測試是指評分時需要評分人在評分標準的基礎上運用主觀經驗、洞察力，甚至世界觀來作出判斷，給予分數。作文和問答題屬主觀測試題。

主觀題雖影響試卷信度，卻能夠較直接地考查學生實際運用語言的水準，提高試卷效度。

2. 客觀測試（objective test）

與主觀測試相反，客觀測試指評分時不需要或幾乎不需要評分者進行主觀判斷的試題，它們甚至可由外行人士或電腦來評判，如多項選擇題。試題的客觀性是試卷信度的保證，並利於提高試卷的可行性。

六、 根據試題的測試成分分類

1. 語言成分點測試（discrete-point test）

這種試題每次只測試一種語言技能，如測試耳聽辨音技能、語法結構以及詞法的掌握程度等，題型有時態填空、單詞辨音、單句形式的多項選擇題等。

2. 語言技能綜合測試（integrative test）

這種試題要求考生在做每項題目時使用多種語言技能，如綜合填空題（cloze test，又譯克漏字測驗）需要考生的語法、詞彙、閱讀知識；聽寫需要考生的聽力理解、閱讀理解、辨音、拼寫、語法、詞法的綜合技能。

第三節　對測試品質的評估

測試品質的具體反映就是試卷品質。命題人在編制試卷的過程中最關心的問題就是：「這份試卷能不能測出考生的真實水準？」「試題對他們來說是太難還是太容易？」「能不能把優秀者和不合格者區分開？」總之，「這是不是一份好的試卷？」

命題人通常要從效度、信度、難度、區分度幾個方面衡量試卷的品質，分析解釋考試結果，並不斷使試卷日臻完善，增強考試的科學性。

一、 測試的效度

測試的效度（validity）是指測試的結果能否真正反映測試的目的和意圖，也就是指的是該測試所達到的測試目的的程度。效度是測試準確性的指標。例如，要測試學生的英語寫作能力，就要看他們用英語進行書面表達的能力。但如果作文的題目涉及的是學生完全陌生的話題，他們很可能因為與語言能力無關的原因而離題或發揮不出來，從而丟失寫作分數。那麼，就本次測試的初衷而言，這份試題就是低效的或無效的。

測試的效度可以從不同角度去考察，並由此得出各種不同的效度。最常見的有：

1. 內容效度（content validity）

這是指試卷測試的內容是否與它所要測試的內容有關，測驗題目是否包括了測試範圍內的所有重要部分而且具有代表性。假如我們想評估學生為溝通運用英語的能力，但卻給他們做一份只用語法知識便能回答的多項選擇試卷，其效度就很低。我們只有測試考生在真實的情景中運用英語的能力，才能取得評估學生為溝通運用英語的能力之效度。

要想提高測試的內容效度，須遵循以下幾個步驟（章兼中，1993）：(1)由各科有經驗的教師或專家根據教學大綱分別列出教材內容的各項重點和所要測試的各類學習結果；(2)各項教材內容重點和學習結果的分數比例可根據教學時數、專家意見等來確定；(3)編制命題雙向細目表；(4)依照命題雙向細目表的具體規定來編擬試題。

2. 效標關聯效度（criterion-related validity）

效標關聯效度就是指尋找一種能夠反映測試有效的客觀標準（即效標），進而考察這次測試與效標之間的相關程度。相關程度愈高，則測試的效度愈好。在這裡，效標是檢查測試效果的參照標準，而如何獲得一個比較適合的效度標準則更重要。

效標關聯效度還可以分為預測效度（predictive validity）和共時效度（concurrent validity），這兩種效度又稱作統計效度（statistical validity）。因為這兩種效度可以透過統計方法進行量的評估，為試後分析、刪減試題、提高試卷品質提供準確資料。它們都是以某個可靠的參照量作為效標，以確定測驗分數與效標分數之間的相關程度。兩者相關係數愈高，說明該測驗的效度愈高，反之愈低。只是兩種效度著眼的時間不同。

預測效度高指測試的結果在很大程度上預示了考生未來的語言能力。例如，學生在進入大學學習一年英語以後，我們可以透過計算大學入學考試與大學一年級英語成績之間的相關係數，來評估該入學考試的預測效度。如果該入學考試很有效的話，那麼在該入學考試中得分高的學生至少在大學一、二年級的學習應傾向於更有效。在這裡，大學一、二年級的英語成績就成了衡量大學入學考試效果的一種效標。

共時效度指的是一次測試的成績與時間間隔不長的另一次測試獲得的效標之間的相關程度。如對國中畢業升高中、高中畢業升大學的學生進行一次英語模擬測試，以便按英語水準分班編組。入學測試分數高的學生其模擬測試分數也高，入學測試分數低的學生其模擬測試分數也低，這說明入學測試具有很高的共時效度（章兼中，1993）。

二、 測試的信度

這是指測試結果的穩定性（stability）和一致性（consistency），即指的是測試所得結果前後一致的程度。信度（reliability）是英語測試穩定性的指標。比如對同樣的考試對象，用同等的考試條件，在一定的時間範圍內，實施兩次或若干次考試，把各次考試成績加以比較，以測定其前後一致的程度。如果幾次得到的結果相差很大，那就說明這個測試不能穩定地測試學生的水準，其測試結果不可信，其信度就低。

評估試卷信度有如下幾種方法：

1. 重測信度法（test-retest method）

這是對一組學生進行測試，間隔不久後再用同一份試卷對他們進行測試，然後計算兩次測試分數的相關係數。兩次分數的相關係數愈高，信度也就愈高。在大規模的標準性測試中，要求信度值不低於 0.9，甚至達 0.95 以上，課堂測試則只需 0.70～0.80。

2. 複本信度法（parallel forms method）

這是一種等值測試（measure of equivalence），指的是在同一天用兩套試卷（具體題目不同，內容、類型相同）對同一組考生進行測試，然後算出兩次得分的相關係數。

3. 分半信度法（split-half method）

這是把試卷按奇數或偶數一分為二，並分別計算這兩部分的得分一致程度，測試後再用相關係數公式計算兩半測試分數之間的相關係數 r，最後用 Spearman-Brown 公式加以校正。

用以上各種方法求得的信度係數最大值都是 1，大型測試的信度係數能達到 0.90 以上就相當理想。TOEFL 考試的信度係數為 0.95。

三、 試題的難度

試題的難度（item difficulty index）指試題的難易程度，反映了考生的特徵。客觀題如多項選擇題的難度由答對該題的人數與考生總數之比求得。其計算公式為：

$$P = \frac{R}{N}$$

式中：P 為試題的難度指數；R 為答對該題目的人數；N 為考生總人數。

例如，全班 40 位同學中有 30 人做對了一道有四個選項的多項選擇題，

其難度 P ＝ 30÷40 ＝ 0.75。

　　題目的難度指數愈大，說明題目愈容易；反之，難度指數愈小，說明題目愈難。難度指數的最大值為 1，意為全體考生都答對，最小值為 0，意為沒有人答對該題。一般認為客觀題的難度係數應在 0.60 左右，難度係數低於 0.33 或高於 0.67 的試題原則上應該刪除或修改。

　　但情況也不盡然，教師應根據實際情況加以分析。有時試題難度係數可能高達 0.80 或 0.90 以上，這不一定是由於試題出得太容易，有可能因為教師對這方面知識講解得當，學生理解得透澈，這未嘗不是一件好事。出題人需要注意的是，整份試卷內試題的難度要有梯度，這樣既可以將學習好的和學習差的考生區分開來，又可激發考生做題的興趣。一般來說，一份試卷的平均難度係數應控制在 0.50 左右。試題難易適度才能客觀地反應考生的實際水準，保證考試的效度。

四、 試題的區分度

　　試題的區分度（item discrimination）是表示試題區分考生能力和水準的指標。區分度高的試題對考生的能力和水準有較好的鑑別力，即做這些題目時，優秀生得高分，差等生得低分。

　　試題的區分度是衡量試卷品質的一個非常重要的指標。有時僅有難度還不足以確定能否採用某個試題，因為可能出現這樣的情況：答對題目的是低分組的學生，高分組的學生反而答錯了。由於難度指數實際是個答對率，反映不出這個問題，還需要引用區分度概念來判斷試題的優劣。

　　區分度計算公式：

$$D = \frac{H-L}{N}$$

　　式中，D 為區分度指數；H 為高分組答對某題的人數；L 為低分組答對某題的人數；N 為考生總人數。

　　由於區分度高的題能使水準高的考生得分數較高，水準低的考生得分較低，使考生成績拉開。因此區分度指數愈高，試題區分考生水準的能力

就愈強，試卷作為測試手段就愈有效、愈可靠。區分度指數低於 0.19 的試題必須被刪除，區分度指數在 0.20 至 0.39 之間的試題稍作修改後可被採用，區分度指數大於 0.40 的試題屬於好題。如果區分度指數出現負數，說明試卷總分高的學生答對該題的人數反而少於試卷總分低的學生，則該題區分度極差，通常是在試題編制技術上出了問題。

總而言之，測試品質的優劣往往取決於上述幾個重要指標，它們既互相制約，又互相聯繫，其中測試的效度和信度最終要得到保證。

第四節　成績計算的方法

關於成績計算，這裡僅介紹英語測試中經常使用的一些基本概念和計算成績的簡便方法。

一、平均數

平均數（mean）是全班分數的總和被總人數相除後所得的分數。英語測試中常用它計算學生的平均成績，其計算公式為：

$$\overline{X} = \frac{\Sigma X}{N}$$

式中，$\overline{X}$ 為平均分數，ΣX 表示分數總和，N 為考生總人數。Σ（讀作 sigma）為總和。

二、中位數

中位數（median）無須計算，它是指居於中間地位的數值。將所有分數（其個數為 N）依一定順序（從高到低或從低到高）排列。當 N 為奇數時，第 $\frac{(N+1)}{2}$ 個分數是中位數；當 N 為偶數時，第 $\frac{N}{2}$ 個分數和第 $\frac{(N+2)}{2}$ 個分數的平均值即為中位數。

三、 眾數

眾數（mode）指頻率最多的數，在測試中指人數最多的分數或分數段。它一般不能代表平均成績，僅是平均數與中位數的參考值。如 70、81、86、86、92、93 這一組分數中，86 出現兩次，其他分數都出現一次，所以，86 就是這組分數的眾數。一組資料可以有多個眾數。如 97、94、92、92、92、88、88、84、82、82、82 這一組資料中，92 和 82 都出現三次，因此，這兩個數都是這組資料中的眾數。

四、 全距

全距（range）為一組數據中最高分和最低分的差，又稱兩極差。

五、 標準差

標準差（standard deviation, SD）指測試成績偏離平均分的離散程度，是說明一組成績特點時必須使用的概念。例如，雖然兩個班級期終考試的平均成績相同，但是一個班大部分人成績平平，另一個班兩極分化嚴重，這兩個班級的特點就大不一樣。因此，使用平均成績後再加上標準差分析，就能勾畫出一組成績的大致特徵。

標準差的計算方法是，每個考生分數與平均分數離差的平方之和除以考生人數所得商的平方根。其計算公式為：

$$Sd = \sqrt{\frac{\Sigma(\overline{X}-X)^2}{N}}$$

式中，Sd 為標準差，$\overline{X}$ 為全班平均分數，X 為個別學生的分數，N 為考生總人數，Σ 為總和。

第五節　筆試的命題與評分方法

　　英語試題的類型很多，最常用的包括多項選擇、綜合填空和溝通式測試。

一、多項選擇題

1. 多項選擇題的結構與優缺點

　　多項選擇題（multiple-choice question）是一種對一個問題提供多種答案讓考生選擇的測試方法，由兩個部分構成：一是題幹（stem），二是選擇項（alternatives）；選擇項又由正確答案（key）和干擾項（distracters）組成。例如：

He wouldn't let him _____ his shirt.

A. to wash　　B. wash　　C. washing　　D. washed

　　該題的題目就是題幹；選擇項有四項，其中 B 為正確答案，其他的三項為干擾項。

　　根據左煥琪（2002：296），多項選擇題的優點包括：(1)多項選擇題僅有一個答案，是一種客觀性試題，因此，採用這一試題類型可以將精力集中在提高命題的品質上，而無須考慮評分者的能力以及評分中可能產生的其他誤差；(2)多項選擇題的題意十分清楚，考生一般不會對測試要求產生誤解；(3)由於考生不必在答卷上書面表達意見，測試不涉及寫作能力的問題，使用多項選擇題的閱讀、聽力測試就不會受到考生寫作能力的影響，從而提高了閱讀與聽力測試的效度。

　　然而，多項選擇題的結構也有缺點：其一是多項選擇題只能顯示正確或錯誤的答案，它不能測試表達性的口語與寫作技能，也不能暴露考生在語言知識與能力方面的具體問題，更不能排除猜測因素，測試的效度會因此受到影響。其二是多項選擇題的命題需要專業人員花費很多時間反覆推

敲,是一項耗時的工作。不經仔細研究的多項選擇題問題很多,往往不能達到測試信度與效度的要求。因此,多項選擇題不能濫用。

2. 多項選擇題的命題技巧

(1)提高測試效度是命題的出發點

在多項選擇題的命題中,由於經常會過多地考慮選擇項而忽視其他問題,因此需注意以測試效度為命題的出發點,也就是說,試題必須為測試目的服務。例如,有的英語練習在學生未學過 "Texas"(美國的一個州名)時就要求他們做這樣的多項選擇題:

Texas is _____ the south of the United States.

A. on　　B. in　　C. to　　D. at

該題的原意是測驗英語介詞的用法,但如果學生不知道 Texas 是國家還是州的名稱,他們就無法決定應選 in 還是 to,也就不可能找到正確的答案,這樣的試題就不能達到測試介詞的目的(左煥琪,2002:297)。

(2)題幹與選擇項的設計

第一,題幹需有內容,將考生帶入需要測試的語言範圍之內,因此,它不能僅是一兩個詞。同時,選擇項的內容與語言都應平行、對等,屬於同一類型(如都是片語、子句等);正確答案的長度應與其他選擇項大致相同,太長或太短都會使它突出,成為答案的提示。下列試題就是不妥的一例:

Research workers _____

A. are employed in large numbers by the aircraft industry.

B. seldom find solutions to practical problems.

C. also test houses.

D. do not need elaborate laboratories.

在上題中,不僅題幹缺乏內容,而且各選擇項長短不一,而正確的答案正是最長的 A 項,十分突出,吸引了考生的注意(左煥琪,2002:297)。

第二，選擇項中共同的語言也可放在題幹中，以免在每個選擇項中重複。如下面一例的設計就忽視了這一點。

When Henry arrived home after a hard day at work, _____.

A. his wife was sleeping

B. his wife slept

C. his wife has slept

D. his wife has been sleeping

題幹可改為：

When Henry arrived home after a hard day at work, his wife _____.

第三，選擇項要避免正反兩種觀點成對出現。如下例：

After he read the newspaper, he found that _____ .

A. what he had thought was right

B. what he had thought was wrong

C. what people talked about was true

D. what people talked about was not true

在上題中，考生只要知道了 A 或 C，就自然地排除了 B 或 D。這樣的多項選擇題實際上變成了只需從 A 與 C 兩項中作出選擇的試題。

(3)關於干擾項的設計

干擾項應精心地設計和挑選，才能發揮干擾的作用。也就是說，對那些不易找到正確答案的考生來說，干擾項不應給他們任何暗示或提示。例如：

His hobbies are _____.

A. camping and fishing

B. tennis and golf

C. cycling long distances

D. collecting stamps

上例中的 C 和 D 很容易讓考生看出它們是隨便加進去的干擾項，因為它們是單數，而動詞和主詞要求複數。

⑷與閱讀或聽力材料一致

在閱讀與聽力測試的多項選擇題中，試題答案必須緊扣材料內容，也就是說，應使考生只有在讀懂或聽懂以後才能正確回答問題，而不能不看材料憑自己的常識就能猜對答案。由於多項選擇題本身已含有猜測因素，如果試題內容又不與閱讀或聽力材料緊密結合，測試效度就不能保證。

例如下面這題，考生不看材料，憑常識就能猜對答案是 A。

_____ is the capital city of the United States of America.

A. Washington, D.C.　　B. New York　　C. San Francisco　　D. Chicago

⑸試題答案避免與材料中的語言相同

雖然試題答案必須緊扣材料，但是，它不能與材料中的語言，特別是單詞完全相同。如果發生這一情況，考生只需尋找有關單詞進行匹配，即使不理解材料內容，也能正確回答，降低了測試效度（左煥琪，2002：297）。

⑹正確答案的分布

就一份試卷中的所有多項選擇式試題而言，其正確答案應均勻地分布在四個選擇項中。換言之，如果一份試卷有 80 道多項選擇式試題，那麼從總體上來說，其中的 20 個正確答案應分布在 A 上，20 個分布在 B 上，依此類推。

二、 綜合填空題

1. 綜合填空題的結構

綜合填空題（cloze test）指一篇文章按一定比例或根據需要刪除單詞，留出空格供考生填充，以測驗他們閱讀理解能力和綜合運用語言知識的能力。關於綜合填空題的結構有比較嚴格的規定（左煥琪，2002：299）：

⑴綜合填空題必須有一定的長度與空格，才能達到測試信度的要求。

一般的作法是不少於 120 個詞與 25 個空格。

⑵通常在首句和尾句都不留空格，以便將考生引入語境。

⑶留空的形式有兩種：第一種方式是按「固定比率法」（fixed ratio method）進行定詞（5 至 11 個詞）留空，詞間的距離愈短，難度愈大。一般留空的詞距以 7 至 9 個詞為多；第二種方式是根據要求、不固定地留空，如需測試詞彙或動詞變化，可將這些詞留空。第二種方式的優點是，可以根據教學或測試需要命題，而不會像定詞填空那樣，有時空格可能是冠詞等測試或教學不需要考生填寫的語言項目。

⑷綜合填空題的形式之一是它與多項選擇題的結合，即空格的填寫由選擇答案代替。由於它具有許多客觀的長處，現已廣泛使用。不過，在內容相同時，它的難度比需要填寫單詞的綜合填空題小。因此，一般說來，採用多項選擇的綜合填空題時，考生的成績比填寫單詞的綜合填空題會高一些。

2. 綜合填空題的優點

⑴為了填補空格，考生必須運用有關語言的各種知識與能力，因此，相對於僅能測試單項語言項目的語言成分點測試，綜合填空題具有測試考生綜合運用語言能力的長處。它不僅測試了考生的接收性語言技能，如透過殘缺的語言片斷閱讀理解出原文的意思，同時也測試了其表達性語言技能，如依靠自己系統的語言知識將語言片斷的殘缺部分還原出來。這種測試具有一定的語篇分析和句子之間結構分析的難度，在很大程度上能反映出考生在具體的語境中綜合運用語音、詞彙和語法等知識的整體語言能力。

⑵命題省時是綜合填空題十分突出的優點，它無須像多項選擇題那樣，在每道題的命題上花費過多的時間與精力，正由於這樣，它也是一種比較經濟的測試手段。

3.綜合填空題的缺點

(1)綜合填空題的缺點是它的測試目的，即測試語言綜合能力過於籠統。在具體的測試中，有時較難明確它所測驗的綜合語言能力之含義。實際上，並非所有的綜合填空題都能測試綜合運用語言的能力。以下一段綜合填空就反映了這種情況：

In order to give correct response, the leaner must operate _____ the basis of both immediate and long-range constraints. Whereas some of the blanks in a cloze test _____ can be filled by attending only a few words on either sides of the _____, ...other blanks in a typical cloze passage require attention to longer stretches of linguistic context... （左煥琪，2002：300）

由於 on the basic of 是一個很淺顯的片語，即使不理解整個段落的意義，只需根據第一個空格周圍的幾個詞就可正確填出on，因而這只是一種介詞片語搭配的測驗。由於綜合填空題的性質在很大程度上取決於選材的內容與留空詞的意義及其在語篇中的地位和作用，因此，不能認為只要是綜合填空題就都能測驗綜合運用語言的能力。

(2)由於缺乏既定的標準，綜合填空題的難度經常不易掌握。有時一篇文章本身的難度不大，但是留空的詞很難，使整個試題的難度大為增加；反之，難度大的文章，也會因為需要填空的詞很容易，而使試題變得容易。這方面的爭議經常由專家判斷，難以排除其中的主觀因素。

4.綜合填空題的評分方法

綜合填空題在實施的過程中一般有兩種不同的評分方法：原詞評分法和合意詞評分法。

(1)原詞評分法

原詞評分法（exact word method）就是填補的詞必須是原文中所用的

詞才給分，考生如使用另一個詞，即使是同義詞，也不能接受，這一評分方法使綜合填空題成為一種客觀性試題。它的長處是正確答案只有一個，因此評分客觀、迅速。

但是，由於很少考生能填出與原文相同的詞，這一評分方法使綜合填空題加大了難度。當大部分考生的成績特別低時，測試的區分度就很小。不過，由於多次比較了許多的原詞評分法與合意詞評分法後發現，它們的相關係數很高，而且原詞評分法又具有評分客觀與迅速的優點，因此，只要成績不是低到難以達到區分度的要求，還是可以少量地使用這一方法。

⑵合意詞評分法

合意詞評分法（acceptable word method）就是填出的詞只要是能使原文的語法和意義都可以接受的詞都給分。也就是說，它僅要求考生的思路與原文一致，在選詞上並不死板地強求一律。這樣做的好處是考生的成績也能普遍得到提高，而且從他們多種多樣的答案中教師還能發現教學中的不足。但是，這一方法的缺點是評分帶有主觀判斷的因素，有時對於什麼是可接受的詞彙存在爭議（左煥琪，2002：301）。

三、　溝通式測試

溝通式測試（communicative testing）是測試學生在現實生活中為溝通運用英語的能力。隨著語言教學中的溝通式教學法的發展壯大，以測試溝通能力為目的的溝通式測試也應運而生。它是一種現代的、科學的語言測試方式，在溝通式教學法的發展演變過程中產生的。

1. 溝通式測試的原則

溝通能力這一術語是美國社會語言學家Hymes首先提出的。他論及的溝通能力包括四個方面：一是可能性，指關於語音、詞彙和語法等方面的知識；二是可行性，指語言的可接受性；三是得體性，指語言的得體使用；四是現實性，指現實生活中是否使用該語言。Hymes 認為，如果一個人獲

得了溝通能力，他所說的話就會符合說話人的身分和當時當地的情景，換言之，他不但懂得語法規則，而且還會在實際生活中得體地使用語言。

為了真正評定一個人的溝通水準，看其是否具備上述能力，我們必須遵循一定的測試原則。Andrew Harrison（引自劉潤清，1991）為此提出了三條原則：一是必須評價語言的使用，即對語言的實際應用進行測試；二是應以「資訊差距」為準則；三是必須代表一次接觸（encounter），即測試應含有一個具有發展連續性的事件。

根據這些原則，我們在設計溝通式測試題時要做到如下三點：(1)試題提供與日常生活基本相同的情景或真實的自然語言材料；然後要求考生根據實際需要作出口頭或書面反應，也就是說考生必須考慮到上下文與語言成分的限制；(2)題幹和正確的選擇項都是一個意思完整的片語或句子，組成一個簡短的對話，要求考生選出語言正確，而且使用得體的正確答案，這樣就要求考生把語言成分與外界環境聯繫起來；(3)測試內容主要看能否提供未知的資訊，即存在資訊差距，考生應據此而不是根據語法知識來挑選答案，這樣就能測驗考生自然使用語言的能力。

2.溝通式測試的題型

下面我們介紹溝通式測試的四種題型：

⑴溝通情景對話

這種對話主要是測試考生是否能用得體的語言來完成溝通任務。其特點是，在選擇項中，正確答案是語法正確並符合社會規範的句子。語法正確而不得體的句子，或者得體而又有語法錯誤的句子，都是錯誤的。請看劉潤清（1991：13）的一個例子：

You are applying to a university and need a letter of recommendation. You go to a professor and say:

A. I'd appreciate it if you would write a letter of recommendation for me.（語法和得體性都正確，得 2 分）

B. I want to ask you to write a letter of recommendation for me.〔語法正

確，不夠禮貌（不得體），得 1 分〕

C. I wonder if you could write a letter recommending me.（還算得體，但語言有誤，得 1 分）

D. Hey, giving me recommendation letter.（語言有誤，又不得體，不給分）

設計情景對話題並不是很難，只要我們緊緊抓住「得體性」的原則，設計問題可迎刃而解。例如我們要測試考生如何向一位陌生人問路，得體的說法是："Excuse me, how can I get to...?" 但假如說："Hi, you. Tell me how to get to..." 或說 "Excuse me, kind sir. I wonder if you would be so kind as to direct me to....." 都不得體，因為前者十分粗魯，而後者過分禮貌。根據這個「得體」的原則，我們可以設計這道題如下：

If you are in England and ask for directions, you should say:

A. Excuse me. How can I get to the post office?

B. Hi, you. Tell me how to get to the post office?

C. Excuse me, kind sir. I wonder if you would be so kind as to direct me to the post office.

（正確答案是 A）

(2)溝通功能對話

題幹提供甲乙兩人的對話，但其中一句話需由考生根據上句話的語言功能（如詢問、建議、請求等）補上，其答案可以是多種，但要求語言和功能均正確。例如：

Tom and Mary are preparing for a trip:

Tom: I think we've got everything.

Mary: What about the camera?

Tom: _____

A. It's in the case.

B. Thank you very much.

C. We'd better take it with us.

（答案為 A 和 C）

(3)溝通場景測試

試題提供甲乙兩人的對話，要求考生判斷這個對話在哪個得體的場景中發生。例如：

Mary: Julie, this meat is spoiled.

Julie: Maybe we ought to tell the manager about it.

Question: Where does this conversation most likely take place?

A. On a highway.

B. At a manager's conference.

C. In a supermarket.

D. At the track meet.

（答案為 C）

(4)溝通話題測試

試題提供說話者（speaker）說的話，要求考生判斷說話者如何對待聽話者（audience），也就是聽話者在那個情景中的身分。

Speaker: Ladies and gentleman, dinner is served.

Question: Is the Speaker treating the audience as _____?

A. friends

B. important people

C. equal people

D. unimportant people

（答案為 B）

3.與傳統題型的比較分析

由於溝通式測試具有情景性、得體性、資訊差距等特點，因此比傳統測試和多項選擇測試有許多優越之處。傳統試題有時由於缺乏情景，答案難以確定。例如：

How's Tom's brother?

A. Not too well.

B. Not too good.

C. Not at all.

D. No comment.

答案 A 和 B 均正確，前者詢問健康狀況，後者問及為人品德。但如果在前面加上情景：If Tom's brother is not feeling very well and your friend asks you, "How's Tom's brother?" You reply _____，那麼答案只能是 A。可見情景在溝通式測試中的重要性。

溝通式測試也比多項選擇題優越。多項選擇題是由題幹加備選答案構成的一種客觀性測試，雖然它有許多優點，如覆蓋面廣、客觀性強、批改速度快等，但它仍然偏重對語言知識而不是溝通能力的測試。下面就是個忽視語言得體性的典型例子：

Your new suit will be ready _____ two days.

A. in　B. on　C. for　D. over

這題只能測試介詞用法，而不能測試溝通能力。「因為正常的溝通中，沒有人去專門注意一個介詞的變化，人們總是把注意力放在交流資訊上」（劉潤清，1991：13）。

可見，溝通式測試與傳統的測試不同，它不僅對語言知識進行測試，而且也對語言使用進行測試；不僅對個別技能進行測試，也對各種技能進行全面測試；溝通式測試設有情景，因此不會出現模稜兩可的答案的情況。因此，它是真正科學的測試。但必須指出的是，我們提倡溝通式測試，並非要全盤否定以前的所有測試，相反地，我們只是要對以前的測試進行補充和發展。

第六節　結　語

英語測試是一種了解、檢查和鑑定英語學習者語言知識和語言技能的重要手段，是英語教學中一個不可分割的部分。

英語測試在英語教學中的重要意義和作用主要體現在以下三個方面：

(1)為英語教學提供回饋資訊，並在一定程度上促進英語教學；(2)為評估和選拔英語人才提供重要的參考；(3)為英語教學的研究和改革提供可靠的資料。

英語測試的類型可以從不同的角度進行劃分。由於不同類型的測試都有其各自的特點，因此，熟悉和了解這些特點將有助於在英語教學中正確地使用英語測試。

測試品質分析一般有四個重要指標，即信度、效度、難度和區分度。測試品質分析主要是對這四個指標進行定量或定性的分析。有效的測試品質分析能使測試更有效、更科學。

第 17 章

現代化教學手段

英語現代化教學手段是指使用直觀手段進行英語教學活動。現代化教學手段，如錄音、錄影、幻燈、投影、廣播、電視、電影和語言實驗室等是外語教學中主要的現代化教學手段。

英語教學既要讓學生掌握英語基礎知識，發展智力，又要培養他們的聽、說、讀、寫能力，這就要求英語教師在教學過程中充分利用各種現代化的教學手段，為學生提供大量生動、形象的感性認識。實踐證明，運用現代化教學手段可以幫助教師在課堂上給學生提供大量的語言資訊，並能在短時間內提高資訊活動強度，促使學生更好地掌握和運用所學的知識。

本章我們主要探討幾種主要的現代化教學手段在英語教學中的應用。

第一節　現代化教學手段的發展簡史

近百年以來，科學技術迅速發展，其成果不斷被引進教學領域。19 世紀末，幻燈、無線電廣播及電影應用於教學，產生了現代教學技術，錄音、錄影、投影等技術相繼得到發展。1950、1960 年代，科學技術的發展更加迅速，教學手段逐步走上現代化的軌道。各種教學儀器的產生、語言實驗

室的應用，使語言教學改革擴展到世界上不同國家，並在 1970 年代達到高峰。資訊的大量產生和快速傳遞成為 20 世紀的基本特徵之一。

21 世紀初期，人類社會進入資訊化的成熟階段。現代資訊技術，主要指電腦技術、數位音像技術、電子通訊技術、網路技術、衛星廣播電視技術、遠端通訊技術、人工智慧技術以及多媒體技術，正以驚人的速度發展，並不同程度地運用於教學領域，形成了高度發達的現代教學技術，諸如電化教學、語言實驗室教學、電腦輔助教學、電腦多媒體教學、遠距教學、網上通信教學等。這些為教學帶來了新的氣象和新的格局，形成了複雜的、生動的、日新月異的現代化教學手段體系。

第二節　現代化教學手段對英語教學的意義

長期以來，作為教學過程的基本方法是教師的講授，同時利用教材、黑板上的圖形、文字以及掛圖等教具，構成形聲教學。這種教學有一定的局限性，教學效率不能大幅地提高。所以，英語教學要改革這種教學方法，探索能吸引學生的注意力、調動他們的學習積極性、激發他們的興趣和求知欲望的新的教學方式。把現代化的視聽工具應用於英語教學，這是當代英語教學手段的重大改革，也是英語教學手段現代化的重要標誌之一，它對大幅度地提升英語教學品質有著重要的作用。

錄音、錄影、投影、幻燈、電腦輔助教學系統、語言實驗室等是現代英語教學中的重要手段。這些現代化視聽工具的運用，為英語教學帶來了巨大的變化：(1)教師從傳統的「主講者」轉變成學習活動的設計者；學生從處於接受灌輸的被動地位轉變到有機會參與教學和操作，發現知識、理解知識的主動地位；(2)只有文字和插圖的傳統教材被由文字教材、影音教材和電腦教學課程軟體（courseware）三者構成的多元化教材所取代；(3)以粉筆、黑板、掛圖和教學模型構成的傳統教學環境，被以電腦多媒體為核心的多媒體組合教學環境所取代；(4)教學得以實現個別化，互動式進行；(5)網上通信使教學突破地域、時間限制；(6)教學媒體由作為教師的講解工具轉變成作為學生的認知工具。這諸多變化充分反映出現代化教學手段在

英語教學中具有重要意義。

具體說來，現代化教學手段具有以下作用（杭寶桐，1993）：

1. 創造運用英語溝通的情景

學生在學習英語的過程中，必須學會用英語進行真實溝通，然而他們卻缺乏真正用英語溝通的場合，缺乏英語環境，這難免要影響他們學習英語的興趣和積極性。因此，在英語教學中運用現代化教學手段的實質作用，就是為學生創造一種逼真的、運用英語溝通的情景，讓學生猶如置身於真實的語言環境之中，使他們產生一種運用英語的真實需要和激情，並得到一些促進真實交流的幫助，從而更自覺地、更有興趣地進行英語語言溝通活動。

2. 增加實踐機會

利用現代化教學手段進行英語教學，能在有限的教學時間內大幅度地增加學生語言實踐的機會，擴大課堂的活動面，從而減少教師對學生的控制和束縛，即學生擺脫被動局面、積極地加入整個課堂操練活動之中，成為課堂教學的主體。因此可以說，使用現代化教學手段是改變以教師為中心的傳統課堂教學模式的有力措施和保證。

3. 改善學習氣氛

由於現代化教學手段提供生動直觀的形象，使學生產生良好的興趣和情緒，英語課堂教學不再是枯燥無味、趣味索然，而是生動活潑、饒有興趣的語言實踐過程。由情景的幫助而理解一句話或辨識一個詞時，可以滿足學生的成就感，從而提高學習的積極性。

4. 聲形俱現，幫助記憶

在課堂上學生見其形（表情、動作、實物、模型、投影和圖片等）、聽其聲（教師、錄音和唱片等），把語言和形象結合起來，把視覺、聽覺和動覺結合起來，使學生的多種感官參加記憶，讓多種管道輸入資訊，使

大腦的兩半球同時發揮作用，使學生對語言知識的記憶更加牢固和準確，語言技能更加熟練。

5.楷模地道，因材施教

現代化教學手段提供地道標準的英語語音和語調，便於學生聽音、辨音和模仿。透過反覆模仿比較，學生的發音就可以較快地接近標準音的水準。教師可以根據每個學生的特點因材施教，學生也能根據自己的需要選擇聽力材料，進行模仿、錄音，隨時了解自己的發音和聽說能力。

6.清除教學障礙，改進教學

在課堂上運用現代化教學手段開展情景實踐活動時，教師容易掌握教學的回饋資訊，便於及時解決疑難，清除教學中的障礙，改進教學。

總之，現代化教學手段在課堂教學中有著重要的作用，而且是否善於在課堂上加以使用，是當今衡量英語教師專業能力和教學法水準的標準之一。

第三節　現代化教學手段在英語教學中的運用

一、答錄機

答錄機屬於聽覺媒體，是英語教學中最常用的教學手段之一。教師借助錄音手段，為學生提供地道的語音和語調示範，朗讀、對話示範及英語歌曲，以糾正學生的語音，訓練其口語、聽力和進行各種練習。在課堂教學中可採取以下幾種方式（田式國，2003：271-2）：

1.聽音模仿

要求學生透過反覆模仿單詞、句子、段落和課文的朗讀，掌握正確的語音語調，糾正不正確的語音語調。操作時的關鍵是要由淺入深，逐級進

行，由單詞到句子，由句子到段落再到課文；由看著材料模仿到無材料模仿；由辨音訓練到標出語音語調等。

2.聽音答問

要求學生在聽完短文後（可根據學生水準決定短文難度和放音次數），口頭回答教師根據短文資訊提出的問題，幫助學生逐步提高聽力理解能力。操作時的關鍵是所提問題要由易到難，靈活多變，富有趣味和啟發性；對較難的問題要適當提示，對學生的創造性回答多予鼓勵；短文的選擇要適當，最好與要學或已學的課文有關，也可以是課文的改寫或縮寫。

3.聽音口譯

在聽音答問的基礎上的聽音口譯，著重培養學生精神集中地聽每句話並能迅速翻譯成本族語的能力，操作中的關鍵在於使剛剛學過的詞句和語法項目得以再現，可以把課文中的生詞、片語、短語和句型編寫成段落或短文，讓學生逐句聽逐句譯，並過渡到逐段聽逐段譯。

4.聽音默記

這是針對學生難以記住大段文章的現象設計的一種訓練方式。大多數學生記憶詞句沒有問題，但記憶整個短文或其大概意思的能力較弱，因而需要透過聽音默記來加強。這項訓練開始比較難，操作中的關鍵在於採用適當的方法進行線索提示，比如借助幻燈、圖片、過程圖或者按順序板書關鍵字，配合動作表演，情景解說等；默記段落或短文要由短到長，時間限制要由長到短，練習結束時要放一遍原文，使學生得到自我回饋。

5.聽音默寫

這是要求學生在聽完原文之後寫出全部或部分文字內容。在英語教學過程中，如果忽視寫的訓練，將會造成學生雖然能聽懂文章內容，但卻反應慢，寫不快或寫不出。實際上，聽音默寫是一種綜合的聽力訓練方式，它既可以訓練學生聽力理解力、記憶力和快速的書寫能力，也可以提高學

生迅速蒐集資訊，掌握大意的思維反應能力。經常進行帶有嚴格時間限制的聽寫訓練還可以使學生習慣於用英語思維，提高口語反應和寫作能力。操作的關鍵除要由易到難，循序漸進外，還要教學生如何透過語氣、語調、節奏來判斷語意和如何先寫關鍵字再填補全句，及如何快速、美觀、清晰地書寫英語字體的技巧。

6. 聽音複述

這與聽音默寫同屬綜合性練習。它要求學生既聽得懂、記得住，又要說得出。這種方法比較常用，達到良好效果的關鍵是要採用生動有趣的形式。因為複述不同於背誦，好的複述要求既保持文章原義，又要採用不同的表達方法，這需要較高的語言組織能力和創造思維能力，可以讓學生邊表演邊複述，或讓學生加上誇張的語音語調；也可以允許學生適當地發揮，在敘述中加上自己對故事內容或結果不同的設想。這樣既可以激發敘述者的興趣、想像力和創造力，從而提高英語表達能力，也可以刺激別的同學積極參與其中的熱情。

二、 錄影機

錄影機屬於視聽媒體，可以在教學中播放地道的英語，展示真實的畫面和語言環境。錄影優於錄音之處在於它是聲音和圖像的結合，以下簡要介紹一些英語教學中運用錄影的技巧。

1. 靜視

在播放時，教師可以有意識地把部分或全部內容的聲音關掉，只讓學生看畫面。這樣做可以使學生把注意力集中在畫面中人物的表情、動作、裝束和周圍的環境上面，而不受畫面中人物或周圍環境聲音的影響。觀看完畢，可以讓學生猜測畫面中各角色之間的關係、進行的談話和情節內容等。這一技巧用於課堂的不同階段，可以產生不同的教學效果。

2. 導入主題

教學開始時，教師要根據教學內容讓學生靜視一段錄影，以調動學生的好奇心和積極性，然後讓學生根據對文章內容的猜測展開討論。這樣，既把學生引入了主題，又鍛鍊了想像力和口語表達能力。討論過後，讓學生連帶聲音重看一遍錄影，他們會聚精會神地驗證自己的猜測是否準確。

3. 口語描述

教師可以選擇一段錄影，關掉聲音讓一部分同學觀看，比如隔行的同學面向螢幕，另一半同學背向螢幕，之後，讓看過的學生向未看過的學生描述所看過的內容，最後，連帶聲音重放錄影，驗證誰的描述準確。也可以關掉聲音播放錄影，讓學生為畫面人物配音或描述畫面內容，甚至可以把學生的配音和描述用答錄機錄製下來，然後與畫面同時播放，讓學生體驗到真實的語言環境和創作的歡欣。還可以進行定格描述練習，教師在錄影播到適當時候可暫停，讓某一畫面定格並就此展開討論。討論中可以用提問的方式讓學生描述人物的表情、心情，想要做什麼、正在做什麼，與周圍人什麼關係，發生了什麼事並預測後果等。簡單的訓練還可以讓學生說出畫面中物品的英文名字等。

三、　幻燈機和投影機

1. 幻燈機和投影機的作用

幻燈機和投影機同屬視覺媒體，設備簡單，製片方便，被人們稱為「廉價的光學黑板」。它們用於教學便於展示色彩鮮明、幽默風趣的畫面，而且形式活潑，有利於培養興趣、豐富形象、創設環境、幫助理解，從而提高效率。

幻燈機的優點之一是能呈現靜態畫面，而且呈現時間可長可短，為語言教學創造豐富的視學環境和條件，另一特點是結構簡單，操作簡便，成

本低廉。

　　投影機的優點是，它可以代替掛圖、黑板，節約板書時間，投影片上的內容既可以長期保存也可以根據需要隨時進行修改和補充。實物投影機更為簡便易行，它可直接將各種圖片，甚至實物等投影到大螢幕上。這樣可以加強教學的直觀視覺效果，不僅易於調動學生學習的積極性和主動性，而且有助於加深學生對語言和實物之間的印象聯繫。

　　幻燈機和投影機可用於英語教學的各個階段、各種課型，講解新課或複習鞏固課時均可採用。

2.幻燈機和投影機運用技巧

　　(1)利用事先備好的教學幻燈片、投影片講授教學內容。在講授中教師要精心設問，讓學生憑藉圖片、投影片和實物的直觀形象，積極思維，回答問題。教師還可根據需要，在幻燈片或投影片上邊講邊畫邊寫，以吸引學生注意力，突出講解重點。

　　(2)展示順序可以採用增減法。增減法是以遞增或遞減方式，按教學要求逐步顯示教學內容；方法是將製好的幻燈片或投影片用紙遮掩，然後按需要逐一加以呈現。

　　(3)展示內容豐富，可以是新的語言現象、供學生討論的題目、問題答案和課程要點等。

3.幻燈、投影教學注意事項

(1)時機的選擇

　　如果能夠運用得體，幻燈和投影能發揮畫龍點睛的功用；否則，會分散學生的注意力，畫蛇添足，起消極作用。一般說來，幻燈和投影適用於下列幾種情況：語言難以表達或需要較多時間時；授課內容比較抽象，實物、掛圖無法顯示清楚時；固定圖片無法說明變化和發展時等。

(2)語言的配合

　　使用幻燈、投影教學時，要適當以語言進行配合。語言的配合可以出

現在：①畫面顯示前，以語言作啟發性引導，觸發思維，如提問等；②畫面呈現時，進行簡練的闡述或解釋；③畫面顯現後，歸納總結語言規則，讓學生進行練習，鞏固語言知識，發展言語技能。

(3)畫片的設計

幻燈、投影片的設計必須緊扣教材，圖文並茂，既有簡潔、明確的文字標題，又要提供貼近現實的情景。幻燈、投影片宜少而精，具有一定的概括力和啟發性。在設計時，應精心安排色彩和片型結構，運用不同的、恰當的顯示方式，以調節刺激強度，使光線強弱交替，色彩協調。

(4)節奏的調節

運用幻燈、投影教學，課堂的教學節奏加快，學習活動強度增大，教師需要適時給學生緩衝的時間和思考的餘地，並且注意動片和靜片的相互穿插，否則會造成思路的脫節，產生心理上的壓力而影響上課（田式國，2003：271-2）。

總之，利用幻燈或投影機進行英語教學，能給學生一個動的感覺，它比一般直觀教具具有更強的直觀性，更生動、更具形象，能在一定程度上把英語課本轉化為生動、活潑的畫面，能帶動學生學習英語的積極性和主動性，有助於對知識的理解和記憶，對培養學生聽、說、讀、寫的四項能力有著重要作用。

第四節　電腦輔助教學

一、 電腦輔助教學系統的特點

1959 年，美國 IBM 公司成功研製世界上第一個電腦輔助教學系統（Computer Assisted Instruction, CAI），從而宣告人類開始進入電腦教學應用時代。近幾年來，電腦在英語教學中有著愈來愈積極的作用。現在不少學校都配備了電腦實驗室，使電腦輔助教學已成為現代化教學的一個標誌。

「電腦輔助教學是教師將電腦用作媒體，為學生提供一個良好的學習環境，學生透過與電腦的交互作用進行學習的一種教學形式」（師書恩，1995：40）。

作為一種教學媒體，電腦可以發揮與其他傳播媒體一樣的呈現知識、給予回饋等作用，但是電腦又有著儲存、處理資訊、工作自動化等功能，因此電腦輔助教學具有如下特點：

(1)大容量的非順序式資訊呈現

電腦可儲存相當豐富的信息量，可包括一門課程的全部知識。學習者既可以瀏覽所有知識，也可以按需要獲取其中任何感興趣的部分，而不只是按順序閱讀，打破傳統教學沿用的模式教學，避免脫離語言運用的機械練習。

(2)學生可以自主控制學習內容和學習進度

通常的電腦輔助教學系統都允許學生選擇學習內容，也設置一些同步措施，只有當學生學習了前一部分知識後才可進入下一步的學習。這樣，學生的學習進展不受時間與地點的限制，因此可取得最佳的學習速度。

(3)學生處於一種積極、主動的精神狀態

因為教學進度由學生控制，包括連續的提問、回饋或是操作、反應刺激等互動活動，學生在電腦輔助教學活動中處於一種積極、主動的精神狀態，不像被動受教時那麼容易疲勞和受干擾，從而可以取得較好的教學效果。

(4)實現因人施教的教學原則和及時回饋原則

電腦輔助教學系統可透過提問、判斷、轉移等互動活動，分析學生的能力和學習狀況，調節學習過程，實現因人施教的教學原則和及時回饋原則。

(5)為教師提供了教學決策支援

電腦可保留各個學生的學習進展紀錄，並進行各個學生的學習進程分

析和群體學習分析，為教師提供了教學決策支援。目前的網路技術還可以使電腦輔助教學獲得群體的支援，所有上網者都可以在網上對教學軟體進行試用並提出修改意見（田式國，2003：271-2）。

二、電腦多媒體輔助教學系統的特點

多媒體（multimedia）的含義是指一組電腦硬體（hardware）設備和軟體（software）資源的組合，是綜合利用各種先進資訊技術（光存儲技術、音頻和視頻資訊處理技術、數位圖像技術和資料壓縮技術等）來進行資訊處理和資訊傳遞的手段。它是視覺與聽覺等多種媒體的結合。在視覺媒體上，包括文字或文本（text）、圖像（image）、照片（picture）、動畫（animation）及影片（video）等。聽覺媒體則包括有聲語言、音樂及音響等。同時，多媒體具有互動作用（interaction），對複雜的資訊可以進行雙向處理，即操作者與電腦的多種資訊媒體進行對話及互動式操作；操作者之間也可透過互聯網的方式進行對話和交流。

1. 電腦多媒體輔助教學的優勢

電腦多媒體輔助教學系統不僅具有電腦輔助教學的一切特點，還在以下幾個方面有獨到的優勢（田式國，2003：271-2）：

(1) 教學手段

電腦多媒體集 CD、錄影機、電視機和電腦控制於一體，既可以充分利用語音和電視教學的優勢，又有電腦互動式教學的特點，這是以往的電腦輔助教學系統所難以做到的。

(2) 教學形式和表現手法

多媒體教學軟體在教學形式和表現手法上比電腦輔助教學軟體更加直觀、生動活潑。例如，透過動畫介紹有關方位的英語詞彙時，不僅能讓學生看到處於不同方位的物體，而且可以讓這些物體說話，自己移動等。這樣，學生所獲得的知識整體性強，也可大大激發他們的學習熱情。

(3)學習的主動性

多媒體教學軟體更重視學生學習過程的主動性和積極參與，對知識和資訊的組織形式有利於學生藉由探索和發現進行學習，從而有助於克服傳統教學軟體固有的被動和不足。

(4)知識內容

電腦多媒體的大容量記憶體（特別是 CD-ROM）和具有超媒體能力的多媒體軟體，為大量知識和資訊的儲存和查詢提供了前所未有的工具，因此，建立個人桌面圖書館、參考文獻庫和博物館已經不是幻想。

(5)智能電腦輔助教學

智慧電腦輔助教學正在蓬勃地發展，在不久的將來勢必全面運用於語言教學領域。先進的多媒體用戶介面工具，如觸控螢幕、語音和手寫輸入技術等，在實現智慧的自然人機對話目標中有著重要作用。

2.電腦多媒體在英語教學中的運用

電腦多媒體可以運用於英語教學的各個方面，因此要求教師必須熟練掌握電腦的操作。教師可以上網瀏覽查詢有關教學方面的資訊，與國內外同行專家共同研討課題；可以用 Microsoft Word 編制教案、試卷和撰寫論文；用 Microsoft Excel 編制學生名冊、成績表和進行有關資料的統計分析等。但電腦多媒體在英語教學中的運用主要表現在以下兩個方面：

(1)多媒體幻燈片

PowerPoint 是製作多媒體幻燈片的主要工具，也可稱為演示圖形軟體。先利用它製作內容豐富、主題鮮明、背景優美的演示文稿，然後插入聲音、圖片、動畫等多種媒體資訊，就做成了多媒體幻燈片。多媒體幻燈片可以加強教學的直觀生動性，突破教學難點，優化課堂教學。目前的 PowerPoint 具有強大的互動和超連結功能，用這些功能可以製作互動式多媒體幻燈片。在上課的時候，電腦螢幕上顯示的幻燈片內容以多媒體投影機打在大螢幕上，你只要用滑鼠在有鏈結的地方輕輕點選，就可以超連結至保存在別的

檔案裡的內容，這些被連結的內容可以是文字介紹，可以是地圖、照片，甚至是電影片段，使用起來非常方便。

⑵多媒體課程軟體

電腦輔助教學活動中，呈現教學內容、接受學生的要求、回答問題、指導和控制教學活動的程式及有關的教學資料稱之為課程軟體，它包括用於控制和進行教學活動的程式，以及幫助開發、維護和使用這些程式的有關文檔資料，幫助教師、學生使用課件的課本、講義、練習本（紙）等。它的特性就是圍繞某個主題，將一系列的媒體元素有機地結合起來，並且提供良好的互動功能，讓獲取資訊者處於主動地位。而各種媒體元素的有機結合則是多媒體課程軟體的魅力所在。

第五節　語言實驗室

語言實驗室是一種設備較齊全的視聽教室，它包括教師控制台、話筒、耳機、學習間隔桌、投影機、幻燈機、電視機及電影等。

語言實驗室根據其設備的主要功能，可設計為聽音、聽說、聽說對比、視聽等多種類型的實驗室。

⑴聽音型語言實驗室

這類實驗室設備比較簡易，以聽音為主。室內設有控制台和答錄機以及耳機和有插座的學生座位。學生戴上耳機即能聽到控制台播放的錄音，不會互相干擾。這種語言實驗室由於室內只有聽覺類電化教具，它的功用只限於強化聽覺訓練。

⑵聽說型語言實驗室

這類實驗室可進行雙向教學活動。學生除聽音外，還可回答問題、跟讀、複述等。室內設有控制台、隔音座，座位上設有耳機、話筒、增音器等。

(3)聽說對比型語言實驗室

這類實驗室內除設有聽說型語言實驗室的設備外，還在每個學生的座位上配有一台答錄機。學生除進行聽說訓練外，還能錄下各種語言材料和自己的言語實驗進行對比，發現問題，反覆操練，培養學生獨立進行語言學習的能力。

(4)視聽型語言實驗室

這種實驗室除上述設備外，還裝有幻燈機、電視錄影機、監視器等。室內控制台的功能也較多，可以對全班放音，也可以分組放音；可以監聽各個座位的活動情況，也可以與各個座位的學生對話；對話內容可以讓其他座位的人聽到，也可以控制不讓其他座位的人聽到；可以在放音和對話時利用電視、投影機、幻燈，也可以不利用；也可以不放音只利用幻燈或電視。

教師可以充分利用各種類型語言實驗室對學生進行視、聽、說訓練。但是利用語言實驗室進行教學比在常規教室上課對教師的要求更高。因此，教師必須充分備課，設計好教學程式和教學方法，同時要求英語教師能熟練操縱控制台和使用各種電化設備（章兼中：1993）。

第六節　結　語

現代科學技術的快速發展為英語教學提供了使用現代化教學手段的可能性，而這些不斷更新、一代比一代更先進的現代化教學手段的產生，又促進了英語教學中新的教學方法和手段的產生。在英語教學中使用現代化教學手段的情況，在一定程度上反映出英語教學改革的水準。因此，在英語教學中愈來愈重視使用現代化教學手段。而且教材和教具的綜合體，即文字教材、錄音帶、投影（或錄影帶）相結合的配套教材，有加快普及的趨勢。在有條件的學校裡，已經增設了語言實驗室。英語教學和電腦的使用（包括軟體的設計和操作）也將會密切地結合起來。

現代化教學手段在英語教學中的積極作用已為實踐所證明，英語教學

改革與品質的提升離不開現代化教學手段。但是，在教學中要發揮教師的主導作用和學生的主體作用這一教學的基本規律並沒有改變。現代化教學手段只是一種教學工具，它與實物、模型、圖表等直觀教具一樣，在教學中只具輔助作用，這種作用發揮得如何，在很大程度上取決於教師的主導作用。

第18章

英語教學研究和論文寫作

英語教學研究是英語教師和教學研究人員，針對存在的問題，有意識地蒐集教學資料（data），針對所蒐集的資料，依據一定的教育科學理論，採取科學的研究方法進行分析、歸納、綜合、比較研究，從而解決存在問題，揭示英語教學的本質和規律的科學研究方式。研究的對象包括一切英語教學現象，如英語教學目標、內容、模式和方法；英語教材教法；英語現代教學技術；英語教師的素質；學習英語的心理；對英語教育環境的利用；英語教學評價等等。

本章我們主要探討英語教學研究的方法以及論文的寫作方法。

❀ 第一節　教學研究的意義 ❀

多年來，由於教學實踐中教學和研究總是相互分離，有些英語教師專心教學，誤以為研究僅僅是專家的事；教師即使有機會參與，也只是個幫手，唱唱「配角」而已，以致形成了只管理頭教書，不會作研究的習慣。這阻礙了教師素質的發展，也妨礙了英語教學經驗的提升。英語教學研究的目的和意義歸納起來有以下兩方面：

一、 有助於優化教學，提升教學品質

對教學進行科學的研究，可以促進課堂教學的優化，使教學更趨於科學化，使我們對英語教學的規律有更深刻的認識，並在教學中能夠按教學規律行事，從而達到提升教學品質和效果的目的。缺乏教學研究，教學往往計畫性差，預見性低，有時還會陷入盲目，使教師和學生的行為都停留在消極被動的狀態。面對這種狀況，要克服英語教學中的盲目性，提高自覺性，不斷探討英語教學的規律，英語教師就必須積極地投入英語教學研究。

二、 有助於提升教師的綜合素質

具備較強的教學研究能力是現代教師必備的素質之一。教師素質的高低決定著教學水準的高低，而提高教師素質的重要途徑之一是以解決教學實踐問題為主旨的教學研究。教學與研究的關係是雙向的，它們相輔相成，相互促進，共同提升。研究成果指導教學實踐，而教學實踐又為研究提供資料。如果教師能夠結合自己在教學實際工作中遇到的問題來確定研究課題，把研究和教學結合起來，研究不僅不會成為教學的負擔，反而可以促進教學工作。一個優秀的教師往往是教學和研究能力均衡地發展。實踐證明，研究和教學兩不誤的教師更容易表現出成績和成果。

第二節 教學研究的基本原則

根據胡春洞（1990：365-7），在教學研究中應遵循的原則包括如下三個方面：

一、　宏觀研究與微觀研究結合

　　宏觀研究從整體和全局角度出發研究英語教學，涉及的是英語教學的戰略問題，如教學與教育、目的與方法、語言與文化、英語與中文、英語課與其他課、知識與技能、智力因素與非智力因素，以及整個教學階段的教學法決策等。微觀研究對部分和局部進行研究，研究如何落實宏觀研究的科學結論，如對一堂課的分析、對一項技能的分析、對一種教學方法的探討、對一個學生學習策略的調查等。

　　宏觀研究和微觀研究的劃分是相對的。例如，與整個課堂教學體系研究相比，備課研究屬於微觀研究。但把備課作為一個完整系統而進行的研究，和單項性的備課研究的「確定教學方法」或「撰寫教案」相比，這時的備課研究又具有一定的宏觀性質研究。因此，宏觀研究和微觀研究的劃分，是體現系統方法在英語教學研究中的應用，把分析與綜合統一起來，把歸納與推理聯繫起來，並建立各個層次和各個方面的科學分類，使英語教學和英語教學研究系統化、科學化（胡春洞，1990：365-6）。

二、　應用研究和創新研究結合

　　胡春洞（1990：366）指出，應用研究指的是研究已有教學規律和教學方法的運用。要作好應用研究，就要對有關英語教學的各種主張進行分析和判斷，選定最符合自己的教學條件和教學理論付諸實踐，並在實踐中進行客觀檢驗。在應用研究中對教學效果一定要進行客觀、全面的評價，以此來加深對所應用理論與教學的論證，或者進行一定的修正。

　　創新研究指的是研究和發現新的規律、探索和試驗新的方法。教學在本質上是創造性的，所以教學研究也應以創新研究為主。創新研究要求在歸納已有的理論和總結自己成功而又成熟的經驗基礎上，提出自己關於英語教學整體或某一方面的新觀點、新設想，然後制訂研究計畫，透過新的實踐材料和新的理論論據，全面而深刻地證明新觀點的正確性和新設想的

可行性。

三、 教學研究與論文寫作結合

　　教學研究的成果整理成文字材料，就是研究論文。教學研究要深入而持久地開展，進行教學研究的教師就必須注意論文寫作，透過文字交流經驗，總結經驗，使工作研究上升為學術研究，也使封閉性的個人研究上升為開放性的社會研究。這樣，個人的教學研究就會是集體社會性研究的一部分。所以撰寫論文向學術刊物投稿，參加學術研討會並發表論文，在教學研究中應該占有重要地位。正如胡春洞（1990：366-7）所指出，「教學研究提高教學品質，寫作提高教學研究品質，這是一條規律」。

🌸 第三節　教學研究的方法 🌸

　　作為英語教師來說，有了教學研究的自覺性之後，還應掌握一些研究方法，如對問題的分析研究、課題論證、課題申報、資料的蒐集整理、研究方法的選用，以及研究成果的提取與展示等等，都需要採用合適的方法，才能事半功倍。常用的教學研究方法有如下幾種：

一、 實驗法

　　實驗法（experimental method）是研究人員透過制定嚴密的計畫，嚴格控制無關因數，對英語教學的某一個或幾個因數進行有目的、有計畫的處理或改造，以了解其變化結果，揭示因果關係的一種研究方法。英語教學中採用實驗法，要注意控制無關變數，促使實驗更為精確，實驗成果更有說服力。所謂無關變數就是除了實驗變數以外可能對反應變數產生作用的各種因素。

　　實驗的過程包括如下幾個步驟（章兼中，1993）：

(1)提出假說、確定目的和實驗內容。實驗的過程就是提出假設和驗證假設的過程。因此，在著手進行實驗之前，研究人員必須提出一定的假說，也就是確定實驗目的和內容，對即將開展的實驗的性質、價值及可行性事先作一通盤考慮。

(2)設計實驗。根據假設設計實驗，主要包括選擇實驗對象和確定實驗對照組（班、校）等。在英語教學中，確定實驗對照組可以採用單組法、等組法和迴圈法。

(3)制定實驗計畫。根據假設、實驗內容和對象，研究人員制定實驗計畫，設計各種記錄實驗過程中資料的表格，和實驗過程中需注意的事項，確定項目負責人、參加人員、成果形式以及步驟和日程表等。

(4)進行實驗。在實驗過程中要及時記錄、蒐集各種資料和事實，為整理、分析材料和撰寫實驗報告積累資料。

(5)測試、驗收。實驗結束時要進行測試、驗收；較長時間的實驗，要進行分階段的測試。

(6)整理各類資料及撰寫實驗報告。對各類材料進行分類，計算出變異數、標準差，繪製成各種圖、表。實驗結束後，要撰寫實驗報告，對實驗目的、內容、過程、方法及實驗結果作詳盡的論述，並對一些關鍵問題進行討論，把經驗昇華到理論，以供借鑑、推廣或為教育行政領導制定英語教學政策提供可靠的依據。

二、 觀察法

觀察法（observation method）是研究工作者對英語教學過程中的各種現象及學生的外在行為進行有計畫、有目的的觀察，從而直接感知和記錄對研究有用的事實和客觀第一手資料的一種研究方法。

觀察法在英語教學過程中被廣為採用，也是最為便利的一種研究方法。例如，學校領導或教研組可以聽示範課或公開課的形式來研究某一位教師的教學方法。再如，教師透過觀察個別學生在課內外的各種表現，可以了解學生英語學習進步的部分原因；藉由觀察、記錄英語實踐的次數和內容，

可以了解學生積極參與學習的程度等。

觀察法的過程如下：

(1)準備階段：研究人員明確研究的目的，制訂觀察計畫。

(2)觀察階段：研究人員在複雜的現象中選擇需要觀察的事實，掌握重要事例，及時對觀察到的現象作詳實的記錄。在條件允許的情況下，對於一次性的觀察行為，如了解學生課堂教學中的活動頻率或觀察學生的發音，可借助於答錄機、錄影機、電視機進行錄音或錄影，供課後進一步觀察。

(3)整理材料：對觀察過程中獲得的資料加以整理、統計，概括觀察的結果，作出評價和建議。

三、 調查法

調查法（survey method）是透過談話、問卷等方式對較多的人進行調查，並從中發現、解決問題的一種方法。調查法可以對英語教學的教師情況、學生情況、教材、設備、要求等提供比較全面的資料，以供有關人員參考。例如有研究者曾透過發送調查表的方法，調查數百名中學英語教師對起始年級學生學習英語的最大困難的意見，得到的結果顯示，多數人認為單字記不住是最大的障礙；同時又和其中的一些教師進行面對面的交談，了解他們的具體看法，並分析這些具體看法，從中找出問題的癥結。

1. 調查的方法

(1)談話法

談話法（interview）是調查者透過與學校領導、教師、學生、家長等人進行小組座談或個別交談的方式來獲取與研究課題有關的資料。調查者應事先準備好座談提綱和問題。在提出問題的過程中，調查者不能流露出自己的傾向或任何暗示，也不能以自己的觀點影響談話對象的態度，注意交談目的，消除誤解，使被調查者處於安全、輕鬆、隨和的心理狀態之中，

這樣才能獲得較可靠的資料。

(2)問卷法

問卷法（questionnaire）是調查者要求被調查者填寫一些預先編製的問卷的一種調查方法。為了省時、省力、省費用，同時可以在短時間內完成較大範圍內的調查以獲取大量的資訊，設計的問卷常採用多項選擇和填充題，簡潔明瞭，避免專門技術術語和模稜兩可的問題。問題有針對性，按先易後難、合乎內在邏輯的順序排列。為了減輕被調查者的心理負擔，常用無記名作答（有關問卷的例子參見第 15 章，表 15-1「教材評估表」）。

2.調查的步驟

(1)組織準備

根據調查目的閱讀與課題有關的資料，討論制訂調查計畫，設計各種表格、問卷和談話提綱，並在前導性試用（pilot study）後加以修訂，以確保在大範圍內的各項調查工作順利進行。

(2)調查

按計畫規定的日程表調查，且要詳細記錄客觀事實並作及時的整理。

(3)分析統計

集中各類調查表格及談話中所得材料，然後進行分類、編號、統計，繪製成圖、表。

(4)書寫調查報告

調查報告包括說明、正文和結論。

四、　個案研究法

個案研究法（case studies）就是對個人或小集體的各方面的事實進行集中、詳細的觀察、調查、測驗和研究，對其發生、發展變化過程進行客

觀的分析,並在了解其過去和現在的基礎上作某種預測。它最大的優點是能使研究人員充分考慮每個研究對象的特點,進行深入研究(in-depth study)。

但個案研究法也有其弱點。很顯然,在英語教學研究中,即便是最簡單的研究中,都有許多相互影響的變數。所以,要讓一個小樣本(sample)在所有方面表現出代表性幾乎是不可能的。由此得出的結論不一定具有普遍意義。克服這方面的缺陷不一定要取大樣本,但是必須重複進行小型試驗。也就是說,要在相同條件下對另一小組重複這些小型實驗,並去觀察是否出現相同的結論;或者與其他調查方法並用(triangulation)。

個案研究的對象可以是一個教師或一個學生,如研究教師的業務水準及教學方法與英語教學效果的關係;研究某個學生學習英語的心理過程和個性心理特徵或學習風格、學習策略等。

個案研究法的步驟為:

(1)進行了解、確定個案研究的對象。例如,要調查、分析、研究一個班級或一個學校裡,學生學習的過程、變化、變化的原因和結果,就可以把這個班或學校裡的某個或某些個體作為研究對象。

(2)觀察、調查、蒐集資料階段。研究者觀察、調查已確定的研究對象,蒐集與研究有關的資料。

(3)個案分析研究,寫出分析報告。研究者分析現象及現象之間的相互關係,找出英語教育規律,得出結論。

五、 文獻研究法

所謂文獻研究法(data studies),就是透過閱讀、積累、分析、綜合有關英語教育的圖書、資料和文獻,獲取需要的資訊、知識、資料和觀點,全面地掌握所研究問題的各個方面和本質特徵。使用文獻研究法需要注意的是:查閱文獻之前,查閱者要有與研究問題有關的知識準備,否則難於從材料的分析中得出正確的結論。

文獻研究法的步驟為：

(1)蒐集與研究問題有關的文獻。如圖書、資料、文獻和原始紀錄等。

(2)詳細閱讀相關文獻，邊讀邊摘錄，邊立大綱。在閱讀過程中，對價值較高的文獻或重要的論點、論據、資料要作好卡片摘錄或作綱要。摘錄時，一定要寫明出處和作者，以便查找，並按自己最實用、方便的辦法分類排列，以便隨時取用。

(3)分析研究材料，撰寫報告。分析的內容有：文獻主旨，牽涉面，實際作用，重要資料，所受啟發，與相關文獻的異同。分析結束後，再寫成報告。

第四節　論文寫作方法

教學研究的成果要整理成研究論文。因此，英語教師了解研究論文的寫作基礎知識，掌握撰寫技巧和要求具有重要的意義。

一、 撰寫研究論文的過程

1. 選題

選題是撰寫論文和實驗報告的第一步，也是關鍵的一步。論題是否恰當直接關係到撰寫文章的成敗。選題要注意以下幾點：(1)選題要有創新特色。論題有創新，有個人的獨到見解是論文和實驗報告最有價值的體現；(2)選題要適應社會發展和英語教學發展的需要，主要選擇那些英語教學中存在的各種問題，對某些錯誤觀點的評析，補充和發展前人的論點以及理論和觀點的創新等。教師也可選擇自己在教學過程中積累的經驗和知識，以及自己感興趣的各種研究課題，撰寫這類擁有第一手資料的課題一般較有把握；(3)選題宜小不宜大，要以小見大。選題小，易於抓住某一個問題的中心思想，突出要點，深入論述，做足文章，較易反映本質特徵，揭示

典型規律。選題過大，涉及面廣，論述難以深化，只能羅列現象；大而空，泛泛而談，膚淺不及本質，往往不易寫好。

2.查閱有關文獻、資料

研究工作總是在前人獲得的研究成果基礎上進行的，教學研究也不例外。因此，根據選題要閱讀、蒐集大量有關研究課題的各種文獻資料，並進行篩選，做好索引、摘要，進而結合自身研究蒐集的資料和獲得的成果進行分析綜合、歸納整理、概括，而後點題，列出提綱。有些典型的資料要製成圖表以便於直觀顯示，一目了然。

3.點題、列提綱

點題、列提綱是長期思考的結果，是順利撰寫文章的關鍵。點題要準，要點出要點，體現文章的中心思想，概括出文章的本質特徵。點題不能太具體，也不能太籠統，要切中要害。列提綱要圍繞文章的中心思想，通盤構思，要準備寫哪幾點，如何展開。可列出二至三級結構、較詳細的提綱，各結構之間要層次清晰、邏輯結構嚴密，承上啟下，論點論據清楚，布局謀篇合理。提綱的確定就為撰寫文章奠定了堅實的基礎。

4.撰寫文章的初稿

撰寫初稿要根據提綱順序把所概括的觀點、思想表達出來，把想到的材料全部寫下來。暫時不用考慮文字的正確性和美觀，這樣撰寫文章思維前後連貫，易於快速寫成。寫文章要做到「義理、考據、辭章」。義理就是講道理，給人以啟迪，使人信服；考據是有依據、論據，使人口服、心服；辭章是遣詞造句，文理通達，語言流暢、生動，給人以閱讀的享受。

5.反覆修改完善

寫成初稿後從內容到形式上要作反覆思考；要從觀點論據、篇章結構和文字等各個方面認真推敲；要逐字、逐句、逐段、通篇、作多次閱讀和修改；還可請同事、同行審查提意見後，再修改完善，做到義理、考據、

辭章，做到言之有物，出言有序。

二、 論文的形式

1. 專論

對某個特定問題有深入的研究而進行專門論述的文章。

2. 評述

在對有關文獻深入研究的基礎上，對文獻中的某些事實、觀點、方法和結論加以評價、論述。

3. 綜述

在研究大量文獻之後，概括出同類課題、文章的基本事實、基本觀點和方法。

4. 經驗總結

根據自己的教學實踐所提供的事實，透過深入地分析、概括和總結，使之提升到理論高度，揭示教學時間與教學效果之間的關係，深刻認識教學規律。

5. 實驗報告

對某一項目課題進行實驗後寫成的報告。如關於教材實驗報告，介紹實驗課題的組織、實驗的理論依據和目標（假設）、實驗的實施過程。用統計方法處理資料，用定量（quantitative）和定性（qualitative）的方法分析實驗引數和因變數的因果關係，揭示教學規律。

6. 調查報告

透過調查研究，在掌握大量事實、資料的基礎上進行分析、總結，提

出一些觀點、看法、建議，也可揭示教學中的一般規律和普遍存在需要解決的問題。

三、 論文的基本結構

一般來講，論文大致包括下列幾個部分：

1. 題目（title）

題目又稱標題，是文章的名稱，通常由一句話組成，集中提出文章的中心內容，點明文章的論點。標題應直接具體，切忌大而空。例如，就四千字左右的論文而言，淺論中學英語教師的基本素質要求；淺談小學英語聽力教學技巧；中學課堂溝通教學活動初探；……辨析；……管見；對……的看法；關於……之我見；對……的思考等題目就比較適當。

2. 摘要（abstract）

摘要的作用主要是簡要地概述文章的最基本內容，讓讀者或者編輯人員能很快地了解論文的主要內容，確定其價值。摘要一般約一、兩百字。

3. 關鍵字（key words）

為了突出論文的主要內容，引起讀者的注意，作者常常列出論文中最關鍵的、重複出現率高的詞和片語。一般不超過十個詞或片語。

4. 導言（introduction）

導言也稱導語、導論，是論文的開頭部分，主要是指出課題研究的動機、目的和意義，介紹相關的背景材料。它可以提出文章將要回答的問題或將仔細闡述的觀點，也可以簡要介紹文章所採用的研究方法。一般而言，引言部分應使讀者對文章的大意有個粗略的了解，引言部分不宜過長，一至兩段即可。

5. 正文（body）

這是論文的主要部分，作者提出論點，陳述論據，並加以論證，最後得出科學的結論。切忌羅列大量材料而無觀點，或者空談觀點而無典型實例和材料說明。正文常分幾個部分，每部分可加上小標題，以使文章脈絡更加清晰、明瞭。

6. 結論（conclusion）

這是整個研究工作的結晶，也是全篇論文的精華。結論應在一定程度上與引言部分聯繫起來，應是對引言部分提出的問題進行回答，並對所提出的觀點進行總結和概述。

7. 參考文獻（references）

參考文獻是指在撰寫論文過程中參考或引用的重要文獻資料，常放在文章的後面。排列書目的一般順序是先國內後國外。中文書目可按論文發表的先後順序依次排列。英語書目將作者姓氏首字母的順序編排，姓氏後標逗號，再寫名字。引用的國外書名和雜誌名可變斜體字，而不加中文的書名號。例如：

左煥琪（2002）。**英語教育展望**。上海：華東師範大學出版社。
Brown, H. (2000). *Principles of Language Learning and Teaching* (4th ed.). White Plains, NY: Pearson Education.

以上是論文的常見基本結構，但並非每篇論文都得依照這個模式。事實上，只要能使論文結構完整、層次分明、邏輯縝密、條理清楚，寫作的形式是完全可以變化的。當然，對於初學者來說，參照論文寫作的基本格式是有益的，而且也是必要的。只有在積累了一定的寫作經驗後，才可以根據題材和內容的變化，靈活地掌握文章結構的變化。

四、 初寫研究論文容易犯的毛病

1. 題目外延過大，比較空洞

產生這類毛病的原因主要有：誤認為題目愈大愈好，愈大愈有分量。例如，「論素質教育」、「談談英語教學」等，這些題目所涉及的內容很廣，不是一篇小論文可以談清楚的。對於初學研究論文寫作的教師來說，最簡單的辦法就是從自己的教學實際出發，對自己在教學實踐中所取得的教學經驗和心得體會進行理論上的總結，或研究解決自己在教學中所遇到的問題。這樣寫出來的論文對教學有直接的指導意義。

2. 堆砌材料，缺乏深層理性思考

有的論文主要是現象的描述和過程的羅列。撰寫論文不能憑空想像，信手拈來，膚淺的談一些個人主觀的感想和看法，作一些主觀的議論和評論。這樣的文章不能揭示教學規律，不能觸及教學的本質，不具備指導意義。教師應針對在教學過程中所注意到的各種現象和問題，制訂一個簡要的解決問題的計畫，在教學實踐中付諸行動並在行動中觀察和蒐集各種資料，再把積累的資料分類、歸納和整理，把問題提升到理論高度進行思考，總結出經驗教訓或得出某種假設。

3. 不註明引文註釋和參考文獻

在論文中註明所引用他人的材料、觀點，列出作者參考了哪些作品，表明了我們對他人知識產權的尊重，說明了作者的閱讀深度和廣度，也說明了論文所表述成果的科學性和可靠性。

第五節　結　語

英語教學研究是提升教師理論水準、教學水準，改進教學方法，全面

貫徹教育方針和提升英語教育品質的根本途徑之一。英語教學只有進行研究才能探索英語教育的規律，從而達到既能減輕學生負擔、又能提升教育品質的目的。英語教學研究能提高教師對英語教育理論的認識，促進教師的英語教學工作理論結合實際，激勵對英語教學問題研究的興趣，幫助總結英語教學中的經驗教訓，提出改進英語教學品質，更富有創造性的方法和措施，達到事半功倍的成效。

　　掌握教學研究方法，是提高教育教學研究成效和教師教學研究能力的有效途徑。常見的研究方法包括實驗法、觀察法、調查法、個案研究法、文獻研究法。上述五種基本方法都可用來研究英語教學的各類問題，各有優缺點，該何時選用何種方法，則根據不同研究需要而定。

　　要寫好論文，應該在三方面多下功夫，一要內容充實，例證材料豐富；二要見解新穎，論證精闢，概括恰當，用語貼切；三要行文有章法，邏輯嚴密，結構完整。只有透過平時加強業務學習，多讀一些相關的雜誌，在勤寫多練的過程中才能提升自己的寫作水準。

第19章

英語教師的素質和提升

　　教師歷來是一個受人尊敬的職業。古代講究所謂「一日為師，終身為父」，甚至把教師放在與「天地君親」並列的地位，主要原因在於教師不但是教給學生知識，而更重要的是教給學生如何做人的道理。

　　教師的作用是世界上任何其他人都不能替代的。有人把教師比作園丁、紅燭、火炬、春蠶和父母。說他們是園丁，是因為教師默默無聞，精心耕耘，桃李滿天下；說他們是紅燭，是因為教師照亮別人，把光明帶給人間；說他們是火炬，是因為教師具有淵博的知識、高尚的情操，他們以高度的責任感，引導千千萬萬個學子走向光明的彼岸；說他們是春蠶，是因為教師吐盡最後一根絲，把溫暖留給人間；說他們如父母，是因為教師和父母都是一生中最為重要的人；父母給了一個人的軀體，而教師給了他們知識的力量。

　　英語教師重任在肩，不僅要向學生傳授系統的英語知識，培養學生的英語技能，發展學生的智力和能力，還要培養學生高尚的道德品質和各種積極的心理品質。英語教師要完成這些艱巨的任務就必須具備應有的素質；否則他們就不能勝任自己的工作。所以要成為一個合格的英語教師，應具備一定的素養。

本章我們主要探討英語教師的基本素質要求，以及英語教師如何進修以提升自己的素質。

第一節　英語教師的基本素質

一個英語教師應當具備多方面的基本素質。除了具備教師的一般素質以外，還應當具備英語教師特有的一些素質。將這兩方面的內容綜合起來，英語教師的素質主要包括五個方面：道德素質、心理素質、文化素質、能力素質、身心素質等。以上前三項（即道德素質、心理素質和文化素質）是基礎性的素質要求；後兩項（即能力素質、身心素質）直接用於教學，是英語教師素質中最可顯現的部分。英語教師素質的各個方面是相互關聯又是相互滲透的。基礎性的素質是顯現性素質的基礎；而顯現性素質則是基礎性素質的表現（圖 19-1）。

一、道德素質

英語教師首先要熱愛教育事業，熱愛英語教學工作，熱愛自己的學生。獻身教育，甘為人梯，這是英語教師道德素質和修養的重要方面，也是決定教師其他素質的前提。具體地說，英語教師應做到：

1. 既教書又育人

「教書育人」作為教師的基本職責是由教育的根本任務所決定的。教育的根本目標是培養有理想、有道德、有紀律，具有各種專業知識、技能與能力的一代新人。因此，「教書」與「育人」是不可分割的。

2. 以身作則，為人師表

英語教師必須在思想品德、學識才能、言語習慣、生活方式乃至舉止風度等方面「以身立教」，成為學生的榜樣。同時，為人師表是一定社會對教師行為所提出的要求，也是教師在職業活動中形成和發展起來的優良

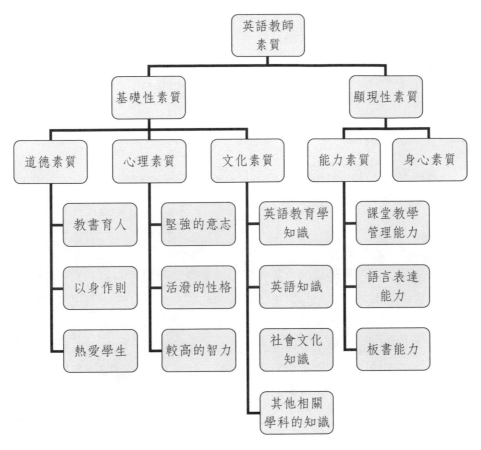

圖 19-1　英語教師的基本素質

傳統，這已成為中外所公認的教師道德的共同特徵。

3.熱愛學生，誨人不倦

英語教師熱愛自己的學生，關心他們，幫助他們，兢兢業業、踏踏實實培育優秀人才。一個不熱愛自己工作、不愛自己學生的英語教師絕不是一個合格的教師，無論他擁有多少知識。熱愛學生具體體現在：(1)對學生要誨人不倦，循循善誘，像慈母一樣關照他們；(2)對學生嚴格要求，嚴師出高徒；(3)要嚴以律己，為人師表，「學高為師，德高為範」，教師的表

率作用在整個教育過程中有著舉足輕重的作用；(4)對學生要一視同仁。教師偏愛一部分學生，就會使教師喪失另一部分學生對他的尊敬，使那些得不到偏愛的學生對教師產生反感。因此，教師一定要堅持公正的原則，取信於學生。

二、 心理素質

根據賈冠傑等人（1999：187-9），英語教師的心理素質表現在以下幾個方面：

1. 堅強的意志

意志是人們自覺地調節行動去克服困難以實現預定的目的的心理活動過程。英語教師的工作十分繁忙，是腦力和體力相結合的一個複雜勞動，需要有堅強的意志才能做好英語教學。堅強的意志還體現在要具備頑強的毅力。英語教師在教學中會遇到許多預想不到的困難，但毅力頑強的英語教師在任何困難面前都會百折不撓、堅韌不拔。英語教師還應有足夠的耐心。英語教師的工作不僅僅是傳授英語知識，更重要的是育人，育人是世界上最難的事情。

2. 活潑的性格

性格是人們對現實的態度和與之相適應的行為方式所表現出的心理特點。性格是在一定的生理素質基礎上，在環境和教育中形成和在社會實踐活動中發展變化的。英語教師的職業要求英語教師一定要性格活潑，心胸開闊，思維敏捷，從而在課堂上創造和悅的氛圍，圓滿地完成教學任務。

3. 較高的智力品質

智力是人們認識客觀事物並運用知識解決實際問題的能力，是觀察力、注意力、記憶力、想像力和思維判斷能力和判斷速度的綜合反應。英語教師的智力素質包括敏銳的觀察力，靈活的思維力，豐富的想像力，準確、

清晰的記憶力，簡要、清楚、準確的語言表達能力和全面的組織能力。

三、 文化素質

英語教師的文化素質是指英語教師在英語教學中所具備的科學文化知識結構及其程度。

1. 英語教育學知識

英語教師應始終保持對英語教育學的學習、研究和運用的濃厚興趣。英語教育學已逐步發展為一門獨立的學科。英語教師應當熟知英語教育學的基本理論，教師教學水準的高低直接影響其教學能力和教學效果，英語教師應努力提高對英語教育學的認識。英語教育學是效率科學，它使教師聰明。英語水準高的教師再認真學習和研究英語教育學，從事英語教學工作將如虎添翼，更加得心應手；英語水準不夠高的教師透過學習和研究英語教育學，可彌補不足，把自己的潛力發揮出來，取得良好的教學效果。

2. 英語知識

語言教師的專業知識包括語言本身的知識，即語音、詞彙和語法知識。教師的語言能力，尤其是課堂組織中使用語言的能力，將在很大程度上決定該教師課堂教學的效果。教師在教授知識給學生時，他自己知道的知識應比這一知識多十倍、二十倍，就是說給學生一碗水，自己就要有一桶水。一個教師的課堂語言的素質實際上在一定意義上就是教師基本素質的縮影。正因為語言有如此大的作用，教師更應不斷提高自己的語言使用能力，並不斷充實其他知識的修養，以促進課堂語言實踐能力的提升。

3. 社會文化知識

英語教師應具有跨文化溝通的知識。除了熟知本國的社會文化外，英語教師特別要熟知英國、美國、加拿大、澳洲、紐西蘭等英語國家的文化，要熟悉這些國家的地理、歷史概況及其民族風俗習慣、政治制度等。知道

了這些，才會有較高的跨文化溝通的能力。英語教師應能識別所學文化特有的言語和非言語行為，並能解釋它們的功能；熟悉人們在各種緊急情況以及日常生活中習慣的言語和行為方式；熟悉英語詞彙內涵和外延及其文化意義；了解不同社會背景的人的語言特徵，並能用適當的語言表達不同的人際關係。

4.其他相關學科的知識

(1)語言學

語言學的知識包括對人類語言本質特徵和特殊使用規律的知識。語言學的知識對語言教師有兩大用處：一是使他們能更為理解和認識人類語言的本質，提升自己的語言素養和語言使用能力；二是在語言教學活動中，自覺地遵循語言發展的規律，選擇和使用符合語言使用規律的語言教學方法。例如，根據語言是溝通工具這一原理，教師會避免在語言教學中把語言僅作為一種知識來傳授的傾向，注意培養學生在特定的語境下準確有效地運用語言的能力。所以一個合格的語言教師必須是一個對該語言有較高的實際使用能力，而又熟悉有關語言和語言使用理論的人。

(2)語言習得理論

近年來，語言習得的研究取得了長足的進展，對許多傳統的英語教學的認識作出了修正。英語教師必須在一定程度上熟悉最新的語言習得理論，對語言習得和語言教學的特殊性有清楚的認識。長期以來，英語教學十分強調教師的教學，卻忽視了對學生學習規律的深入探討，似乎只要解決了教師「教」的問題，學生的「學」就自然地迎刃而解了。實際上，在教與學這對矛盾中，學是主要方面。學習英語有其自身的規律，有關教學方法的討論不僅不能代替對學習規律的研究，而且必須建立在後者的基礎上。離開了學生的學習，教學就失去了對象。一種教學理論與方法之所以有效，是因為它符合學生學習的規律。教學素質的高低，最終也體現在學生的水準上。因此，一個合格的英語教師必須具有語言習得的基本知識，並按照學生語言習得的規律進行教學。

(3)英語教學法

英語教學史上曾有過多種英語教學學派，如語法翻譯法、直接法、聽說法、溝通式教學法等；這些教學法都是在一定的語言學和心理學理論背景下產生的，各自有特殊的教學目標和教學環境。教學法中沒有最佳的方法，只有適合當時當地的方法才是最佳的方法。英語教師應了解這些英語教學法的來龍去脈和優劣之處，取長補短，充實自己的英語教學實踐知識和教學技能。

當今英語教學法學派紛呈，新的理論和學派不斷湧現，教師在研究現有的英語教學法的同時，還要密切注視英語教學法領域中不斷出現的新動向、新理論，從中吸取精華，指導自己的英語教學實踐。

(4)教育學

教育學主要揭示教育規律，研究教育原則和方法，它是關於如何培養人和教育人的科學。它用哲學、政治學、經濟學、社會學、心理學等方面知識，對教育作綜合研究，從而揭示教育規律，說明教學方法，論證教育原理，指導教育實踐。

(5)心理學

心理學是研究人的心理活動規律的科學，它探討的是人腦反映客觀世界的各種形式及其產生的過程。教學活動中，教師的教是為學生的學服務的，教師必須了解學生的生理和心理特點，教學必須符合學生的心理活動規律。

四、 能力素質

能力是教師完成教學活動的本領。能力不是先天就有的，而是後天形成的。能力素質包括課堂教學管理能力、語言表達能力和板書能力等。

1. 課堂教學管理能力

英語教師必須具備管理學方面的知識，熟悉教學組織的步驟和基本的教學原則。這樣才能充分調動學生的學習積極性，使英語課堂煥發光彩，收到事半功倍的效果。

⑴能夠創造一個良好的課堂氣氛

良好的課堂氣氛可以使學生在心理上有一個安全感。英語教師應盡力使課堂成為良好的教學場所，使學生在輕鬆愉快的環境中學習英語，從而收到理想的教學效果。切忌諷刺、挖苦學生或一直板著面孔，時而訓斥學生，時而大發雷霆，使學生帶著十分沉重的心情學習英語，並一直處於擔驚受怕的心理狀態下，那必定挫傷學生學習的積極性。教師態度冷淡、嘲諷學生、缺乏同情心，這些都會影響課堂教學效果。

⑵能夠制定和實行課堂紀律規則

任何一個班級要想有一個良好的課堂紀律，都要制定紀律規則。這些規則不宜太多，要簡明扼要，易於操作；同時要合情合理，使師生都能接受。有紀律的班級必然是有秩序的，其氣氛是良好的，學生在這種氣氛中不感到害怕。而無秩序的班級就是放任自流。一般說來，放任自流很少帶來有價值的學習。沒有好的紀律而教學效果又很好，這是少見的。

當然，有了規則就一定要嚴格實行，使學生們知道如何做是對的，如何做又是錯的。還應該使他們明白，違反規則是要受到批評和懲罰的。另外，英語教師執行紀律必須嚴格，否則，這些規則就失去了意義。不過，英語教師切忌吹毛求疵，那會使學生反感，並帶來很大的消極作用。

⑶能夠制止不良行為

在英語教學課堂上，有時總會出現一些不遵守課堂紀律的學生，他們不光自己不好好聽講，還影響別人。如何對待這些不良行為是廣大英語教師十分關心的問題，也是感到頭疼的問題。J. Krumboltz 和 H. Krumboltz（1972）提出了制止不良行為的四種原則：

①充分滿足原則（satiation principle）：充分滿足就是迫使違反紀律的學生不停地重複他們已做過的那種不良行為，直到厭倦為止。

②消退原則（extinction principle）：消退就是教師要採取行動，使學生不能從不良行為中得到獎賞，從而自己停止不良行為。

③相反替換原則（incompatible alternative principle）：相反替換就是獎勵與不良行為相反的行為。

④消極強化原則（negative reinforcement principle）：消極強化就是提出一種令人厭煩的條件，只有學生改變了行為，才能撤銷該條件。

以上四種方法有一定的借鑑意義，但第二和第三種方法要比第一和第四種更好一些，英語教師要儘量少用第一種和第四種。

2. 語言表達能力

常言道，教師有兩件武器：talk（語言）和 chalk（粉筆）。離開了這兩件武器，教師想組織好教學是不可能的。其中的一件武器 talk 是指教師的語言表達能力。英語教師的口齒必須清晰，發音準確，如果一個英語教師常把 very 的發音 [ˈveri] 讀成 [ˈweri]，把 it [it] 讀成 [iːt]，那他就不是一個合格的教師。教師的語言應如珠落玉盤，要形象生動，以情動人，以理服人；教師的語言還要邏輯嚴密，富於哲理；教師的語言要有教育性、啟發性、靈活性和趣味性。同時，英語教師還要注意用非語言方式來補充語言表達，如手勢、面部表達、眼神表達、體態表達等。

3. 板書能力

教師的另一件武器是 chalk，是指教師的板書能力。板書對英語教師十分重要，因為板書是課堂教學的重要教學手段，也是英語教師必須具備的教學技能之一，它還是反映教師書法修養的一面鏡子。教師板書一定要布局合理、簡明扼要、條理清晰、字跡工整。板書的設計要有明確的教學目的性、周密的計畫性、高度的概括性，還要有針對性和靈活性。板書還要緊扣教材，提綱挈領，書寫適量。

五、 身心素質

一位合格的英語教師必須具備健康的心理素質，有一個輕鬆愉快的心境，高高興興上課，愉愉快快輔導，經常保持快樂的心情、幽默的情緒、豁達的心胸和堅韌的毅力。英語教師還必須具有健康的身體，從而使他們能承擔起艱巨繁重的英語教學任務。身體素質是人體活動的一種能力，英語教師特定的工作和環境要求他們要精力充沛，能承擔重任，動作敏捷，能對付各種難題。健康的體魄是英語教師從事好英語教學的本錢。

第二節　英語教師的素質提升

要全面具備英語教師的基本素質並非易事。有些教師可能在某些方面有特長，而在另一些方面卻有欠缺；有些年輕教師也可能由於經驗不足而在某些方面有差距；也有些教師又可能由於自身的條件所限而暫時不具備某些素質。但無論如何，只要一個教師有志於英語教學，並努力學習，勇於實踐，不斷進取，他們就能夠逐步具備這些素質，真正成為一個合格的英語教師。張正東和李少伶（2003）提出了以下幾種英語教師發展的途徑。

一、 建立英語教學信念

教學信念（beliefs）指教師自己選擇、認可並確信的教學理念。從教師職業的共性看，教師的信念包括教育觀、學生觀和教育活動觀；從英語學科的特性看，主要包含語言觀和教學觀。所以，教師信念制約教師的行為，且比教師的知識更能影響其教學行為。比如，教師如果把語言看作是溝通的工具，就會把培養溝通能力作為教學總目標，而不會把學生學會足夠的語言項目作為教學總目標；同樣，教師如果把學生看作是「知識的接受者」，就會導致他在教學中單純向學生灌輸語言知識；如果教師把學生看作「合作夥伴」，就會吸引學生參與學習內容與學習活動的決策及其活

動。可見不同的教學信念會導致教師選用完全不同的教學方式。

不僅如此，教師信念對自己的學習和成長也有重大影響。不論教師對此有否察覺，當他試圖學習、接受新的教育觀念時，這些早已形成的信念往往會成為過濾新觀念的篩子，對新觀念的接受和教師自身的成長產生不利影響。因此，以英語教師發展觀為指導，樹立英語教學信念，主要是指教師要透過經常性的教學反思，審視自己與當前英語教學新理念不符的信念；根據課程改革的要求，有意識地發展新的信念，並據以調整自己的教學行為。

二、　堅持學習

張正東和李少伶（2003）提出了透過學習以提高素質的幾種方法。

1. 精讀重要理論著作

近年來，語言學理論、應用語言學理論、語言習得理論、跨文化溝通研究以及教師發展等方面的研究已形成熱潮，相關領域的理論專著也愈來愈多，這給廣大英語教師提高自身理論水準提供了難得的物質條件。任何一位英語教師如果不想僅僅做個教書匠，就必須讀書，而且要讀好書。根據自己的實際需要，精選幾部重要理論著作，利用課餘時間，反覆研讀，結合實際深入思考，特別是對一些涉及實踐的理論問題和重要理論，都要進行認真學習研究，從而幫助自己提升經驗，並用學到的理論去指導自己的英語教學實踐。

2. 泛讀專業期刊

如果說精讀重要理論能使自己的思維向縱深發展的話，泛讀各類有關英語教學與研究的期刊則能幫助教師活躍思維，創新思維。專家學者的文章有助於我們了解當今英語教學研究的前沿動態、焦點問題，接觸到一些新理論、新觀點，而同行教師們寫的文章則能間接作用於自己的教學。

3. 網上學習

飛速發展的資訊高速公路將各種資訊源源不斷地送到千家萬戶，這也為英語教師帶來了開拓發展的資源優勢。每一個稍具上網基礎的英語教師都能毫不費力地從網上獲得許多有助於自身教學和自我發展需要的豐富資料，如各種英語文化背景知識，各類英語教學教輔資料、試題，各方英語教學動態、教研資訊以及各種教學研究所需的英、中文資料。總之，在資訊網路的幫助下，英語教師足不出戶就能獲得方便的學習機會，只是自己要有求學習、求發展的意識，自覺而有鑑別性地去合理取捨網上資源，為我所用。

4. 向社會學習

這包含向其他科教師、學生家長、社區人士學習以及從電視、廣播、非專業報刊中學習。因為英語的教學過程和學習目的都集中於資訊傳遞，而資訊包羅萬象。英語學習者的需求也是多種多樣的，所以可利用一切機會吸取對自己發展有用的知識。比如，報刊和電視中出現的英語縮寫詞和新詞語，直接有助於英語教學。

三、 堅持自我反思

教師的自我反思，指教師透過內省或其他方式對自己的教學思維、教學過程以及教學活動的再認識。在自我反思過程中，教師可以發現自己教學行為中存在的問題；進而透過探究問題，解決問題，最終達到提高教學品質，更新教學理念，學會改進教學，求得自我發展的目的。

根據張正東和李少伶（2003），自我反思可按教學過程分為教學前、後反思兩個階段：

1. 教學前反思

主要指教師在進行教學設計前要考慮、分析影響教學的多種因素，其

內容包括下述三個方面的思考：

(1)對教學對象的分析

指對學科內容、學生以及教師自身的分析。教授不同內容，自然需用不同的方法。對學生特徵和需要進行分析，能使自己的教學行為盡量符合學生特徵和他們的學習風格。對教師自身特徵和能力進行分析，則能使自己在教學中揚長避短，更能發揮水準。

(2)對教學條件的分析

影響英語教學的校內外環境因素及其可變性，包括社會對英語學科價值的看法、學校的辦學宗旨、英語教學的物質條件等。

(3)對教學措施的選擇

在對上述內容反思的基礎上，教師從教學目標、教學內容、教學方法、組織形式到評價方式等都面臨著多種選擇。為此，教師要從實際出發來擇優選項。如同樣是對新語言點的呈現，不同年級階段的學生在教師的呈現手法上就會有不同要求：低齡學生喜歡直觀、形象的展示，而高年級的學生或許對舉例、用英語釋義更感興趣。所以，教學前的認真反思能使教師在選擇時減少盲目性或隨意性。

2.教學後反思

教學後的反思指教師靜下心來，想想教學全過程，思考教學的成敗及其原因。值得一提的是，經常撰寫教學紀錄或反思日記，即對自己過去的教學經歷予以歸納、概括、反思、評價，這能使教師更為清晰地看到自我成長的軌跡，更充分地認識自己，為調整自己今後的發展方向打下基礎。

四、 進行校內外交流

互動和交流不僅是人們溝通思想和情感的主要途徑，對於英語教師更是互相學習、互相促進、共同發展的重要途徑。在校內如能開展互相聽課、

集體備課等活動，都能使英語教師相互借鑑，集思廣益，共同切磋，共同進步。走出校門，與外校教師一起交流，則更能取百家之長，補自家之短。所以，英語教師應保持開放心態和開放思想，積極參與校內外的交流活動，以求取發展。

五、 尋找問題和解決問題

解決問題的前提是發現問題。但在教學中，很多教師因不善於尋找問題，因而不知從何下手去改進教學。例如，英語教學中學生學習積極性不高是常見的現象，但原因何在？是教材問題還是教學法問題？還是學生自身的問題？這得經過尋找才能看到真正有待解決的問題。從教師發展出發，英語教師要善於「尋找問題」、「推敲問題」，事事都問「為什麼」，在把問題弄得水落石出的過程中使自己得到發展。

六、 不斷總結經驗

勤於總結、鍾煉經驗是一名教師自我發展的有效手段，也是教師改進教學的最佳手段。因此，每次英語教師都應養成寫教學日誌的習慣，且時常翻閱，勤於歸納、總結，久而久之，一定能成為一名對教學充滿熱情，並且有自己教學特色和風格的優秀英語教師。如果有經驗而不總結，再好的經驗也只能處於感性認識階段，只有經過總結才可提升到理性認識階段，乃至得到新的理論（張正東、李少伶，2003）。

七、 堅持教學研究

英語教師在做好教學工作同時，還要注意做好科學研究工作。在進行科學研究工作的時候，注意理論聯繫實際。英語教師實踐多，時間緊，在理論上需要進一步提升，雖然英語教學任務繁重，也應抽出一些時間進行研究工作。從長遠來看，只有教學和研究相結合，才更能做好英語教學工

作，因為二者是相輔相成、互相補充的。

第三節　結　語

　　英語教師是教師中的一部分。他們除了和一般教師發揮同樣的作用外，還有其自身特殊的使命。現今英語在各行各業中具有愈來愈重要的地位。各個行業亟需高層次的合格英語人才，而培養合格的英語人才又要靠英語教師。毫不誇張地說，在當今的社會大發展過程中，英語教師有著舉足輕重的作用。

　　英語教師重任在肩，不僅要向學生傳授系統的英語知識，培養學生的英語技能，發展學生的智力和能力，還要培養學生高尚的道德品質和各種積極的心理品質。英語教師要完成這些艱巨的任務必須具備應有的素質，否則他們就無法勝任自己的工作。要成為一個合格的英語教師，應具備道德素質、心理素質、文化素質、能力素質和身心素質。

　　師資團隊的培養，不僅是教師本身的自覺行為，還是每個學校日常工作的一部分。時代的發展要求教師培養出高素質的人才，培養高素質的人才，必須有高素質的教師，否則一切都無從談起。教師要提高自己的素質可以從以下幾個方面著手：建立英語教學信念；堅持學習；堅持自我反思；進行校內外交流；尋找問題和解決問題；總結經驗；堅持教學研究。

第20章

英語教學法體系

　　現代英語教學法有一個產生和發展的歷史進程。就英語教學的具體方式來說已有幾千年的歷史，但英語教學法作為一門獨立的科學來說，從語法翻譯法開始只有百來年的歷史。一百多年來經過改革和繼承發展而產生的教學法不下幾十種，並繼續在改革和繼承中獲得不斷的發展和創新。在長達一個多世紀的歷史中，它經歷了兩個階段：1960 年代前的傳統的英語教學法和 1960 年代後的新型教學法兩大類。因此教學法可以分成傳統教學法學派和創新教學法學派。

　　學習、了解並熟悉傳統和創新的英語教學法產生和發展的時代背景、理論基礎、基本特點、教學過程及其優缺點的評價，有利於在英語教學時揚長避短、博採眾長，整合優化英語教學法體系以提升英語教學品質。

　　本章我們主要探討教學法的分類；然後介紹幾種主要的教學法，最後提出對教學法應有的正確認識。

第一節　英語教學法的分類

　　在 1890 年代以前，英語教師採用的教學法基本上是傳統的語法翻譯法

（Grammar-translation Method）。進入 20 世紀以後，各種不同的教學法相繼問世。大約在 1910 至 1920 年間，語法翻譯法被直接教學法所取代。在 1950 年代，聽說教學法被認為是一種先進的教學法，代表了當時的心理學和教育學領域的最新研究成果，受到廣泛使用。1970 年代期間，受到 Chomsky 認知理論的影響，語言教學界曾出現一波熱潮，大量將認知教學理論應用在語言教學上。此時聽說法被認知法取而代之。

1970 年代以後英語教學思想發生了很多變化，湧現了眾多語言觀和教學觀不同的學派，從而產生了各種不同的教學法。這些新誕生的教學法，在語言和教學理論研究、教學方法的演進、課程設計的規畫以及科技運用於教學等各方面，都不斷地推陳出新，使得語言教學得以邁向多元化的發展。英語教學界出現了百花爭妍的繁榮景象。

一般說來，1970 年代可當作一個分水嶺，1970 年代以前出現的教學法通常被視為「傳統教學法」（conventional method）；而 1970 年代以後創建的教學法通常被看作是「創新教學法」（innovative approaches，見 Blair, 1982, 1991）。根據這種分類方法，教學法可分為傳統教學法與創新教學法兩大學派（圖 20-1）。

一、 傳統教學法學派

傳統教學法主要有語法翻譯法、直接教學法、自覺對比法、聽說教學法、情景教學法及認知教學法。

1. 語法翻譯法

語法翻譯法是最古老的教學法，始於 18 至 19 世紀西歐一些國家。其特點是把語言練習當成邏輯分析與解決問題的練習；教學的重點為閱讀與寫作，教學活動以母語進行。語法翻譯法的優點在於幫助學生激發腦力，發展智力，重視語言知識的傳授，其缺點是忽視口語教學。

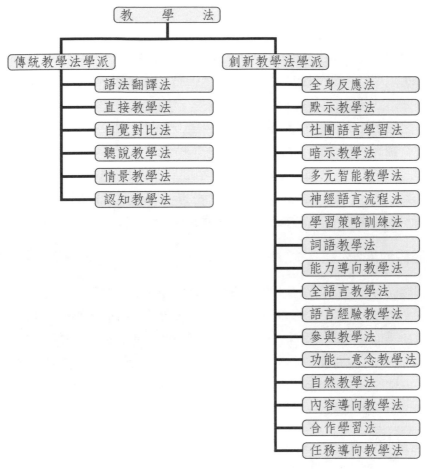

圖 20-1　教學法學派的分類

2.直接教學法

　　直接教學法在 19 世紀十分盛行於歐洲，其主要特點為：課堂不使用母語解釋或翻譯；教學以聽說為主，不重視讀寫；不直接訂正錯誤，但針對錯誤以不同的詞彙來傳達相同的概念。其缺點為：忽視母語的仲介作用。完全排除母語的仲介作用不僅浪費時間，而且不易理解所學抽象知識，造成學習困難。另外，在學習初期不注意語言形式，任由學生以口語自由表達，這可能造成錯誤習慣，以後再來改正則為時已晚。

3.自覺對比法

自覺對比法產生發展於 1930 至 1950 年代的蘇聯。所謂自覺是透過語言分析以理解所學材料的內容含義，學生把注意力集中於語言形式本身，而不是這些語言形式所表達的思想內容。對比，就是把外語同母語進行對比。自覺對比法繼承了語法翻譯法的「語法為綱」而發展了對比。依靠母語進行翻譯和對比是自覺對比法的唯一的特殊性原則。母語與外語相互翻譯和對比是自覺理解和掌握外語的根本手段，是學生自覺學習外語的基礎。自覺對比法的自覺性與直接法的機械性、無意識性是針鋒相對的。因此，翻譯和對比貫穿在自覺對比法外語教學的全過程。

4.聽說教學法

聽說教學法是一種具有語言學與心理學理基礎的教學法，它是建立在結構語言學和行為主義心理學上的。聽說教學法具有以下特點：(1)教材以句型難易度作編排，由簡入繁，一次練習一種句型；(2)每個句子由教師念一遍，然後學生背誦。如此一遍再一遍反覆練習句型，直至滾瓜爛熟為止；(3)不解釋語法，學生由句型對比中歸納語法規則；(4)強調發音及句型的正確性，有錯誤則立即糾正。

5.情景教學法

情景教學法強調課堂上的語言、對話和練習等都要像真實情景中所發生的那樣。在教學過程中教師有目的地引入或創設以形象為主體的具體情景，以引起學生一定的態度體驗，從而幫助學生理解和掌握語言。情景法是由英國應用語言學家（如 Palmer、Hornby）設計的，在 1930 至 1960 年代十分盛行。

6.認知教學法

1960 年代，Chomsky 對語言學習來自模仿的說法提出質疑，認為語言學習是一種創造的過程而非模仿的機械化過程。同一時期認知心理學家

Ausubel（1963）也批判行為主義對解釋人類學習行為的謬誤，提出了有意義學習理論（meaningful learning theory）。隨著認知心理學的發展，在美國出現了認知教學法，認知法注意發揮學生的智力作用，強調學外語應先掌握以句子結構為重點的語言知識。

總的說來，傳統的外語教學法總結了不少好的教學經驗，體現了人們對外語教學規律的認識沿著科學的方向不斷發展。然而，無論是語法翻譯法、直接法還是聽說法等等，就其理論而言，對語言本質的認識還不夠深刻。總體來看，傳統教學法把語言作為知識來傳授，並不能很好地培養學生靈活運用語言進行溝通的能力。在傳統教學法的課堂上，教師基本上採用以教師為中心的諸如「一言堂」、「滿堂灌」和「填鴨式」等單向式教學方式。教師基本上照本宣科，學生有如一個沒有生命的容器，灌入什麼，就裝什麼；其次，教師也過分注重語法講解和詞彙教學，完全忽視了語言的溝通功能和實際使用。

顯然，學習語言不是簡單地傳授知識或培養習慣的過程。因此傳統教學法受到了廣泛的批評，被認為是無法培養學生使用語言的教學法，所培養的學生大都是「溝通的無能者」（communicatively incompetent）。一些學生在課堂上進行語言操練時，可以把句型練得滾瓜爛熟，但到了實際生活中卻不能靈活運用。

二、 創新教學法學派

1970 年代初，隨著一門新興學科──社會語言學的誕生，Hymes（1971）提出了「溝通能力」的概念，在外語教學界引起了強烈的迴響，溝通式教學法隨即迅速崛起。溝通式教學法的產生改變了外語教學的方向，標誌著外語教學告別了傳統時代，進入了一個新時期。首先，傳統教學法都以教師為中心，學生跟著教師被動地接受知識與技能，而溝通式教學法著重培養學生主動溝通的能力，使學生成為課堂的主人；其次，傳統教學法強調語言是結構的觀點，而溝通式教學法卻注重語言的社會溝通功能，分別從語言與思維、語言與社會兩方面的關係上體現了語言的心理和社會

屬性，從語言的本質出發把握外語教學的方向，反映了當代的語言觀和教學觀。

在溝通式教學法的帶動下，出現了一批新的外語教學法，其理論基礎基本上是心理語言學和社會語言學。1980 年代後，外語教學法的改革思路進一步拓寬，涉及的層面更為開闊，出現了一個觀點和方法多樣化的局面；這些教學法被稱為創新教學法。

與傳統教學法相比，創新教學法是充滿創新、較為先進的教學方法，其主要教學特點可歸納為：強調教學以學生為中心，以人文主義心理學為基礎，注重語法和詞彙之外諸如詞語和生活能力的教學，並採取各種有效的教學手段，讓學生積極參與溝通活動，以培養學生在實際生活中使用語言的能力。

目前世界上流行的創新教學法大約有十七種。這些創新教學法都有其獨創之處，它們有的是在教學方法和技巧上創新；有的是在教學內容上創新；還有的是在教學目標上創新。根據這些不同的特點，創新教學法可分為三類（表 20-1）。

下面分別對這三類創新教學法作一簡單介紹。

1. 方法創新教學法

傳統教學法的教學特點之一是，過分注重教師在課堂上的主導作用，如把教師當作是「指揮者」、「主導者」；學生被看作是被動的知識接受者。與此相反，方法創新教學法卻特別重視學生的主導作用，重視學習方法和學生的個體差異，強調教師所教的對象是「人」，而不是「書」，所以方法創新教學法是在教學方式上創新，可以用「人際法」（interpersonal method）來概括。

方法創新教學法包括全身反應法、默示法、社團語言學習法、暗示教學法、多元智能教學法、神經語言流程法和學習策略訓練法。這些創新教學法體現了以下四大走向：

表 20-1 創新教學法的分類

方法創新教學法	內容創新教學法	目標創新教學法
(1)全身反應法（Total Physical Response）	(1)詞語教學法（The Lexical Approach）	(1)功能—意念教學法（Functional-Notional Approach）
(2)默示教學法（The Silent Way）	(2)能力導向教學法（Competency-Based Language Teaching）	(2)自然教學法（The Natural Approach）
(3)社團語言學習法（Community Language Learning）	(3)全語言教學法（Whole Language）	(3)內容導向教學法（Content-Based Instruction）
(4)暗示教學法（Suggestopedia）	(4)語言經驗教學法（Language Experience Approach）	(4)合作學習法（Cooperative Language Learning）
(5)多元智能教學法（Multiple Intelligences）	(5)參與教學法（Participatory Approach）	(5)任務導向教學法（Task-Based Language Teaching）
(6)神經語言流程法（Neurolinguistic Programming）		
(7)學習策略訓練法（Learning Strategy Training）		

(1)以理解為首要的全身反應法

全身反應法強調理解先於開口，特別強調聽力的理解。在初始階段，教師用外語下達指令，學生只要利用肢體動作來回應，而不強求學生用外語說話。全身反應法屬於理解型（comprehension）學派。該學派認為：①聽力理解是說、讀、寫的基礎技能；②學習應從多聽有意義的言語開始，並以非語言形式回應，最後才能表達語言；③學習者在沒有把握之前不該說話，這樣就可以產生標準的口音；④學習者透過接觸超過他們本身水準

的有意義的輸入而取得進步（Celce-Murcia, 2001: 8）。

著名語言學家 Harold E. Palmer（1877-1949）是理解型教學學派的最早提倡者之一。他在《語言的科學研究與教學》（*The Scientific Study and Teaching of Languages*）中提出了「聽先於說」的觀點。Palmer（1917）指出：「設計教學方法的一個基本原則是，在學生認知語言材料之前，不能鼓勵和期望他們說出語言。」總之，理解型教學學派的特點可歸納為，「聽讀領先、說寫跟上」，其優點在於它可使學習者產生標準的口音，並透過接觸超過他們本身水準的有意義的輸入而取得進步。

(2)以表達為主的默示法

默示法主張教師在課堂上應該儘量保持緘默，而只用指示棒等類型的教具刺激學生做口頭發言，以達到自由表達的目標。由於學生主動開口多說話，而教師卻儘量少講，因此默示法歸類於表達型（production）教學學派。該學派的觀點與理解型教學學派的觀點完全相反，認為語言掌握不會自然地產生於理解，而語言是在大量的表達基礎上而掌握的，因此該學派強調教師應在學生建立理解的基礎之前先鼓勵他們進行口語溝通，正如 Blair（1991）所指出：「表達型教學學派不認為語言表達能力自然而然地產生於理解活動。」許多研究已經表明，在語言學習者開始學語言的早期階段，他們並非完全是接收語言，他們還會表達語言。因此，在教學中應鼓勵學生在建立理解的合適基礎之前進行語言溝通。

表達型教學學派的特點可簡單地歸納為，「先說寫、後聽讀」，其優點是，讓學生進行大量的表達性的活動，從而使教師的說話時間減少，體現了「精講多練」的原則。

(3)具有濃厚人文心理學色彩的社團語言學習法和暗示教學法

社團語言學習法的教學特點是，教師把每個學生當成一個有健全人格的獨立個體來對待。暗示教學法是為了幫助學生排除疑懼，克服學習上的心理障礙所創立的。這兩種方法都屬於人文主義教學學派。該學派反對行為主義心理學，主張要以正常人的需要為研究對象，重視動機、情感、欲望、價值、責任等複雜的內在學習過程，並且尊重個人行為的完整性。人

文主義心理學對於教學方法的影響，表現在教學應提供安全、溫暖的學習環境，以尊重和關愛的方式對待學生。

　　人本主義的色彩仍可在近期一些創新教學法中窺見端倪，如多元智能教學法和神經語言流程法都體現了人本主義的教學原則。多元智能教學法強調學習者本身就可能擁有多元智慧，應加以全面發展。它同時強調重視個體差異，認為學生在技能和智力等方面都存在個體差異，教師應當因材施教，並開發和加強學生的各種能力來改善教學品質。神經語言流程法強調的是，人們如何使用語言來與外部環境溝通，積累對環境的主觀經驗，來促進語言學習，這也體現了人本主義的教學思想。

(4)培養學習策略的教學法

　　學習策略訓練法主要目的在於教導學生具備良好的學習策略，培養學生會使用教過的學習方式獲取知識，以及訓練他們即使離開學校後，仍能具備有效而主動的求知能力。學好外語不是一件容易的事情，但要學得巧，效果就另當別論了。所謂「學得巧」，是指在外語學習中靈活運用一定的學習策略，變枯燥乏味的學習為一件快樂的事情，使學生愈學愈想學，愈學愈覺得學無止境。在外語教學中，幫助學生有效地使用學習策略，不僅有利於他們把握學習的方向、採用科學的途徑、提高學習效率，而且還有助於他們形成自主學習的能力，為終身學習奠定基礎。

　　上述幾種方法創新教學法之所以能創新，是由於它們對教學理論有新的認識。比如，全身反應法的創立者Asher認為，在學習心理發展過程中，成人學習語言的歷程和幼兒有與其類似之處。由於幼兒在尚未開口說話前接觸的語言型態多以父母所說的祈使句為主，所以 Asher 主張，成人學習語言也應從祈使句開始學起，以理解為主，這樣能減輕學生的心理緊張情緒和學習壓力。根據這種新理論，Asher 發展了獨特的透過動作學習語言的教學法。

　　方法創新教學法提醒我們，學生是學習的主體，教師所扮演的角色應由傳統的「教師為中心」的指揮者轉為「學生為中心」的助學者。在目標設定、教學過程、課程評價和教學資源的開發等方面，教師都應突出以學

生為主體的思想。課堂教學應成為學生在教師的「助學」下激發學習的積極性和自信心、提高技能、磨礪意志、活躍思維、展現個性、發展心智和拓展視野的過程。

2. 內容創新教學法

從 1980 年代早期開始，語言學家和教育工作者還發展了其他幾種創新教學法。其主要特點是強調，英語教學內容（content）不僅只是語音、詞彙和語法，而應拓寬到諸如詞語〔即詞塊（chunks）〕、生活和學習能力、語言經驗等其他方面。由於傳統教學法只注重語法、語音和詞彙的教學，而這組創新教學法卻強調詞語、生活和學習能力等內容的教學，所以它們是在教學內容上創新，可以用「內容法」（content method）來概括。

內容創新教學法包括詞語教學法、能力導向教學法、全語言教學法、語言經驗教學法和參與教學法。其主要特點是：強調外語教學的內容不僅只是語法、語音和詞彙，還應包括諸如詞語、生活和學習能力、語言經驗等。內容創新教學法可使我們認識到語言教學的內容十分豐富，主要表現在以下五個方面：

(1) 語言是一套詞語的系統

詞語教學法認為，語言是由具有意義的詞語組成的。一旦詞語組合在一起，就能生成句子，進而生成連貫性的語篇（discourse）。因此詞語法特別強調詞語的教學，它以培養學生掌握和使用詞語的能力為主要教學目標。

(2) 語言是一種學習和生活的能力

能力導向教學法認為，語言能力（competency）是指使用各種語言做事的技能，分為「學術能力」（比如課堂記筆記、對某個問題發表觀點、在文章中辨別事實等）和「生活能力」（如懂得與工作有關的指令、懂得如何申請工作和面試、如何進行科學小試驗等）。這些能力是學生未來學習和工作的必備技能，應特別重視並加以培養。

⑶語言是一個整體

全語言教學法認為，語言是一個不可分割的整體。語言中的音、部首、字、詞、片語、子句和句子都只是語言的一個方面。把語言切割成碎塊、將一個句子拆得支離破碎，不是有趣和有意義的學習活動。只有當學生認識到語言是一個整體時，他們才能認識語言的本質。因此教師應強調學生閱讀有意義的、整體性的課文，參與具有整體性的讀寫活動，從事既有趣又有意義的人際活動。

⑷語言是表達過去經驗的工具

語言經驗教學法把語言看作是表達過去經驗的工具，因此以學生的過去經驗為教學內容。其教學過程是學生以外語口述自己的經驗，與同學、教師一起分享，然後教師寫下學生說過的話，且大聲朗讀，學生聆聽同時可做修正，最後讓學生默讀教師寫下的話。

⑸語言是一種解決問題的工具

參與教學法強調語言是一種解決問題的工具。在教學中教師以學生所關心的政治、社會等問題作為主要教學內容，帶領學生討論，最後讓學生提出解決的辦法。

上述幾種內容創新教學法之所以能創新，是由於它們對語言的本質有新的認識。在傳統教學法中，語言被看作是一種語音、詞彙和語法相組合的系統。在內容創新教學法中，人們則對語言本質持不同的認識。例如，詞語法認為，語言就是詞語；全語言教學法認為，語言是一個不可分割的語言整體。基於對語言本質的不同認識，不同的教學法對教學「內容」具有多種不同的解釋，都把其認定的「內容」作為教學的重點和教學目標。

內容創新教學法提醒我們，外語教學的內容不能僅局限於語音、詞彙和語法等少數幾個語言項目上，還包括諸如詞語和生活技能等其他重要的語言項目。過去我們只重視語音、詞彙和語法的教學，其結果是學生缺乏使用語言的多種綜合能力。由於詞語、技能、語言經驗、社會生活與交往能力等也都是語言的重要組成部分，因此我們沒有理由忽視對它們的教學。

3.目標創新教學法

當方法創新教學法和內容創新教學法正在世界各國流行的時候，受溝通教學思潮的影響，許多強調培養學生溝通能力的創新教學法又相繼問世。在 1970 年代英國首先創造出功能—意念教學法，從此開創了溝通教學的新時代。之後在 1980 至 90 年代，英語界陸續出現了自然法、合作學習法和任務導向教學法等，它們都是溝通式教學法原則的延伸，都把溝通能力作為主要的教學目標。由於傳統教學法只注重培養學生的語法能力，而目標創新教學法則注重培養學生使用語言的溝通能力，因此這些創新教學法是在教學目標上創新，可以用「目標法」（purposive method）來概括。

目標創新教學法包括功能—意念教學法、自然教學法、內容導向教學法、合作學習法和任務導向教學法。其最明顯的特徵是各種活動都以溝通為導向。學生經由各種溝通活動，例如在遊戲、角色扮演、問題處理等練習中，大量使用目標語，達到培養溝通能力的目的。儘管這些創新教學法的教學目標都在於培養學生的溝通能力，但它們所採取的教學途徑或方法是大不相同的，具體表現在如下五個方面：

(1)藉由對功能和意念的教學來達到溝通教學目標

功能—意念教學法主張學習者除了需具備語法能力，知道如何組構句子外，還需兼具包含社會語言觀念的溝通能力。為了培養這種溝通能力，該法強調語言功能和意念的教學，在課堂上開展有意義且強調溝通的教學活動，例如角色扮演、問題解決，以及小組活動等。

(2)藉由創造良好的學習條件來達到溝通教學目標

為了培養自然法所規定的溝通能力，自然法要求教師使用的語言程度要高於學生目前的語言能力，並確實讓學生理解這些語言，這樣學生的語言學習就會自然進步。同時要求教師要建立氣氛融洽、低焦慮的良好學習環境，以降低學生的不安情緒，增強其自信心。

(3)藉由把語言和學科內容結合起來教學以達到溝通教學目標

為了達到學生既學到科目知識又增長語言能力的目的，內容導向教學法強調語言和學科內容（如歷史、地理、數學、自然等科目）完全結合起來教學。學生透過科目內容的學習而不是只對語言本身的學習來取得使用語言的能力。

(4)藉由合作學習來達到溝通教學目標

為了達到培養學生學會合作，學會共處的目的，合作學習法要求學生依不同性別或能力，混合編成若干合作學習小組，這樣小組成員可分工合作，相互扶持，彼此指導，共同努力，學會和掌握教師每節課安排的內容，達到預期的學習目標。

(5)藉由讓學生完成任務來達到溝通教學目標

為了培養學生運用語言的能力，任務導向教學法把任務作為課堂教學的重要組成部分，強調從運用任務入手進行教學，讓學生為了完成一項真實的任務進行學習，並要求學生最終完成這項任務，從而達到使學生為了運用而學習的目的。

目標創新教學法之所以能創新，是由於其創建者看到了以往的教學法大都無法有效地培養學生的溝通能力。雖然 1970 年代以前的傳統教學法，其大部分的教學目標都是希望學生學會使用語言，然而自 1970 年代起，語言學家開始質疑這些方法是否真的能達到培養溝通能力的教學目標。他們發現，學生可以在教室裡正確地使用語言，可是一出了教室，就無法在真實的溝通情境中得體、有效地使用語言。這表明溝通所需要的不只是語言形式，而且還需要有溝通能力。種種研究結果使得 1970 年代後期與 1980 年代早期以語言結構為中心的教學法，開始逐漸轉變為培養溝通能力的創新教學法。

從目標創新教學法中，我們可得到許多可借鑑的原則。其中一條重要的原則是，教師應採用溝通途徑，讓學生透過感知、體驗、實踐、參與和合作等方式來實現學習目標，從而促進語言實際運用能力的提升。舉例來

說，假如我們適當地使用內容導向教學法，就可以逐漸地從孤立、單純的語言教學，轉向將語言教學與內容教學相結合，這樣各門學科之間就可以相互協調、相互合作、相互補充、相互促進，齊心協力地共同提高學生實際運用語言的水準。

第二節　教學法的結構

一、 途徑、教學設計和教學流程

　　每一教學法都有其組成部分。早在 1963 年美國語言學家 Edward Anthony 就認為，每一種教學法都不是孤立的教學現象，而是受到各種支撐理論的影響，並得到各創立者對課堂教學方法和技巧的設計。所謂的「方法」，其實是三項元素中排行第二的要項。這三個要項就是：途徑（approach）、教學法（method）以及教學技巧（technique）。根據Anthony的說法，途徑就是理論基礎，包括語言本質（語言觀）和教學理論（教學觀）。教學法是在選擇了某一種理論基礎之後，所發展出來有系統的教學方案。教學技巧則是在課堂裡所使用的某些特定的活動，而且這些技巧是與理論基礎和教學方法一脈相承、相互呼應的。

　　幾十年後，J. Richards 和 T. Rodgers（2001）提出了教學法的新概念。他們為 Anthony 的理論基礎、教學法以及教學技巧重新命名，也就是：途徑（approach）、教學設計（design）以及教學流程（procedure），這三部分統稱為「教學法」。依據 Richards 和 Rodgers 的看法，教學法是「貫穿理論與實踐的總名稱」。途徑是語言和教學的信念與理論；教學設計是說明這些理論與教材教學活動之間的關係；而教學流程則是源自於教學理論與教學設計的理念所產生出來的教學步驟和技巧。Anthony 以及 Richards 和 Rodgers 對教學法的結構可以比較如下（表 20-2）：

表 20-2　Anthony 以及 Richards 和 Rodgers 兩種方法的比較

Anthony	Richards 和 Rodgers
(1)途徑（approach）	(1)途徑（approach）✔
(2)方法（method）✔	(2)教學設計（design）✔
(3)技巧（technique）	(3)教學流程（procedure）✔

　　由此可見，Anthony 所謂的「方法」，其實是途徑、方法和技巧三項元素中排行第二的「方法」，即由一項元素組成，而途徑是該「方法」的理論基礎，技巧是該「方法」在課堂中所使用的教學手段。Richards 和 Rodgers 的「方法」是途徑、教學設計和教學流程的總和，即由三項元素組成。

　　Richards 和 Rodgers 的「途徑」基本上沿用了 Anthony 的 approach 概念。但在「教學設計」方面，Richards 和 Rodgers 拓寬了 Anthony 的「方法」範圍，共包括六個組成部分，即教學目的、大綱、活動類型、學生角色、教師角色和教材。同時，Richards 和 Rodgers 的「教學流程」除包括某種具體的教學步驟外，還包括教師使用的教學資源（如時間、空間和設備），以及課堂中師生交往形式和師生對「設計」進行實踐的策略，這顯然包括了 Anthony 的教學技巧。因此，「教學流程」實際上並不特指某種具體的教學步驟，而指整個「課堂實踐」，包括教學步驟、教學活動、教學技巧和教學資源等。

　　總之，任何一種教學法都由途徑（即理論基礎）、教學設計和課堂教學流程三部分組成。這三個部分相互聯繫，相輔相成，組成一個完整的教學體系。

二、 教學法結構實例分析：以聽說法為例

1.聽說法的途徑

聽說法理論基礎包括語言觀和教學觀。聽說法語言觀的基礎是 1940 至 1950 年代盛行的結構主義語言學，該學說是針對歷史悠久的、一直統治歐洲語言教學的傳統語法而提出的新理論。它主張語言分析不應墨守僵化的拉丁語法陳規，而應按照不同結構組織語言層次。它認為學習語言首先要熟悉其諸因素（如音素、詞、結構），不斷積累語言材料，而後再去摸索這些因素組合的各種規律。該學說提出了一種當時是獨闢蹊徑的見解，即語言是話語（speech），口語才是語言的主要媒體，而不是書面語。

聽說法的教學觀是同時代興起的行為主義心理學。該學說主張人是具有廣泛行為的有機體，觸發這些行為的因素有三個方面：

(1)刺激（stimulus）——激發行為。

(2)反應（response）——對刺激的反應。

(3)強化（reinforcement）——指明反應的對與錯。如果是對的，則鼓勵以使之不斷重複。其中強化是關鍵因素，它使行為得以重複並最終成為習慣。

學習語言也是一種行為，因此也是靠語言刺激—反應—強化完成的。在學習語言過程中，要遵照這一模式操練，再操練，再至熟練。

2.聽說法的教學設計

基於上述的理論基礎，聽說法有其獨特的教學原則：

(1)它強調語言是一套習慣，所以不應一味講授有關目標語的知識；語言的功夫是學生練出來的，而不是教師講出來的；要學習本族人說的語言，而不是人為的語言。

(2)語言學習基本上是機械性習慣的培養過程，而好的語言習慣要靠正確的而不是錯誤的引導逐步形成。因此，背誦對話和有指導地操練句型，會將語言錯誤或語言陋習減少到最低限度。

(3)先口語後書面語或先聽說後讀寫，是培養語言技能的最有效的次序，是掌握目標語的最佳步驟。聽說訓練有助於提升理解和口頭表達能力，而且也是發展其他語言技能的必要途徑，是全面掌握目標語的基礎。

(4)教授語法宜採用歸納法（inductive），而不宜採用演繹法（deductive）。

(5)學習一種語言必須透過類比法（analogy）〔包括概括（generalization）和區分（discrimination）〕和分析法（analysis）。要掌握一項規則，得先在不同語境中操練相關的某一句型，然後再舉一反三地進行類比與分析。而類比和分析必須以大量相關結構的操練為基礎。

3. 聽說法的課堂教學流程

(1)教學活動

　　句型操練是聽說法基礎訓練的核心，是進行口語教學的基本環節。因此，如何選擇多種操練模式或途徑以確保對基本句型的掌握，十分重要。句型訓練可以用來訓練句型、單詞的屈折變化，還有各式各樣的語法要點（表 20-3）。

表 20-3　句型操練的類型

類型	示例
重複（repetition）	This is the seventh month. → This is the seventh month.
屈折變化（inflection）	I bought the ticket. → I bought the tickets.
替代（replacement）	He bought this house cheap. → He bought it cheap.
重述（restatement）	Tell him to wait for you. → Wait for me.
補全（completion）	I'll go my way and you go. → I'll go my way and you go yours.
詞序變換（transposition）	I'm hungry. (so) → So am I.
擴展（expansion）	I know him. (hardly) → I hardly know him.
縮約（contraction）	Put your hand on the table. → Put your hand there.
轉換（transformation）	He knows my address. He doesn't know my address. → Does he know my address?
組合（integration）	They must be honest. This is important. → It is important that they be honest.
應答（rejoinder）	Thank you. → You're welcome.
復位（restoration）	Students/waiting/bus. → The students are waiting for the bus.

⑵教學步驟

聽說法採用操練的典型步驟，一般有五個階段：

①認識（recognition）——教師透過直觀手段或上下文、情景等手段向

學生呈現句型，表明該句型所表達的意思，讓學生把該句型和它所表示的意思聯繫起來，即「聽音會意」。

②模仿（imitation）──讓學生透過仿說─糾錯─再仿說，同時記憶。

③重複（repetition）──讓學生重現透過模仿已經記住的語言項目，作各種記憶性練習，一直到能正確理解和背誦為止。

④變換（variation）──為了培養學生活用語言的能力，作各種不同的變換句子結構的練習，如轉換、擴展等操練活動。

⑤選擇（selection）──讓學生從已學的語言項目中選用某些詞彙、成語和句型，描述特定的場面或事件，即綜合運用，進一步培養學生把學過的語言項目運用於實踐的能力。

第三節　對教學法的認識

在研究英語教學法時，對這些教學法應該有正確的認識。

一、 各個教學法都是歷史的產物

外語教學法的產生都是一定歷史條件下的產物，各有產生和生存的原因，各有不同的歷史使命，各有自己產生的背景、發展的歷史、完整的特點和獨立的體系。各個教學法一方面反映時代對英語教學的需要，另一方面也反映時代對英語教學問題的認識和解答。

比如，聽說法是二戰期間在所謂「軍隊特殊培訓計畫」（Army Specialized Training Program）的基礎上發展起來的。二次大戰初期，美國亟需大量懂德、義、日、中、俄語的人才為戰爭效命。為此，必須開發一種特別的、高強度的、具有短期效應的外語課程。當時在美國幾十所大學與軍事人員的通力合作下，於 1942 年推出了旨在專門強化外語對話能力的「軍隊特殊培訓計畫」，簡稱「軍隊法」。該計畫借鑑了美國語言學家 Leonard Bloomfield 的印第安語培訓計畫，強調與目標語進行高密度接觸，以口語為主，強化口頭表達訓練，旨在短期內培養出一批接一批能進行一般口語

交流的人員。二次大戰後，全世界掀起英語熱，成千上萬的外國人湧入美國學習英語，使短期強化教學更加盛行，更加完善和系統化，從而導致1950年代聽說法的崛起。

結構主義語言學的問世又為聽說法奠定了堅實的理論基礎。美國結構主義語言學家 Charles Fries 首先將其理論應用到具體教學中去，特別是把語法結構熔鑄成基本句型，並透過反覆操練掌握目標語口語技能。語言教學方法與語言科學的密切聯繫，改善了聽說法的地位，推動了聽說領先、句型操練等要領的普及。

此後，在空間戰和外語熱升溫的情況下，人們又在「軍隊法」和Fries的「聽說法」的基礎上，融進了新興的行為主義心理學理論，從而完成了一套新型的聽說法的基本框架，即結構主義理論＋對比分析（母語與目標語）＋聽說流程＋行為主義心理學這一公式。由於該教學法所具有的這種理論特色，當時曾有人讚揚它把語言教學的藝術變成了科學。

綜觀聽說法的興起，可以歸納為三大因素：(1)國際間的競爭和對口語的迫切要求；(2)結構主義語言學和行為主義心理學的發跡；(3)電化教學設備和語言實驗室（language laboratory）的大發展，可見聽說法是在一定歷史條件下產生的。這說明社會需要促使人們學習英語，學習英語的目的要求一定的英語教學方法。英語教學法都不是憑空產生的，教學法的產生都有一定的歷史背景和文化背景。

（二、） 各個教學法都反映了各個時代的科學文化水準

英語教學法不是一個人的努力和創造，而是集結了許許多多人的經驗和智慧，其中包括有關學科的學者，經過長期的積累逐漸形成的。不同教學法代表不同時代、不同國家、不同地區英語教學法界在英語教學總方面的探討、認識和成就，反映不同時代的科學文化水準。

時代在前進，教育學、心理學、語言學等都在隨著時代的前進而發展。英語教學法作為一門學科，也在發展和前進中。比起以往的英語教學法，今天的英語教學法儘管有了很大的進展，但還要繼續發展，而且要發展得

更快一些。時代對英語教學提出了新的要求，人們的認識達到了新的高度，學派之間的爭鳴更推動各派不斷前進。

今後，隨著社會政治、經濟、文化和科學的迅速發展，各國人民的交往會變得日益頻繁。作為社會溝通工具的語言本身在不斷演變。與外語教學法相關的教育學、心理學、語言學等科學也在發展，人們對語言的本質、結構和功能的認識在不斷深入，並提出新的學說。人們積極地探索新的教學原則和方法也必將有所發現，有所前進，永遠不會停留在一個水準上。

三、各個教學法都有其優點和缺點

各個教學法各在某一點或某幾點上，觀察得細緻，論證得充分，表現出自己的特點，也作出了自己的貢獻。這些教學法能流傳到現在，並為人們直接或間接所採用，說明它們是有價值的。但是，它們往往對另一方面又有所忽視，這是由於當時人們看問題有局限性，也有片面性。今天我們來看前人的教學法，他們的觀點有些可能不夠全面，然而他們的歷史地位是不容否認的。沒有他們的努力，後人還得從頭摸索，不可能從現有的基礎上前進。

由於各個教學法都有其缺點，不能簡單地認定孰優孰劣。當今世界上還不存在外語教學的「萬應靈方」或「最佳方法」。任何新教學法的興起並不意味著舊方法的消亡。在爭鳴當中各家互相學習、影響、啟發和補充，形成英語教學園地裡萬紫千紅、交相輝映的情景。

無論是傳統的還是新型的英語教學法都是在一定的歷史條件下產生的，都各有長處與局限性，在這樣的情況下，為了進一步提高教學品質，最好的辦法不是局限於提倡某一種教學法，而是要大力開展對英語教學法的研究工作，提倡多分析，勤思考，勇於改革。教師的教學法水準提高了，教學品質也就跟著提升了。

四、 各個教學法之間有著對立和共存的關係

外語教學法都有自己的發展規律，每一種教學法的產生都是一定歷史條件下的產物，各有產生和生存的原因，各有不同的歷史使命，各有自己產生的背景、發展的歷史、完整的特點和獨立的體系。同時，各個教學法之間又有著對立和共存的關係。

1. 對立關係

(1)語法翻譯法與直接法的對立

語法翻譯法是最古老的外語教學法，在相當長一段時間內曾獨霸一方。但隨著外語教學的改革，打破了這種單一的局面，直接法誕生了。直接法是在批判語法翻譯法的基礎上產生的，它的出現為語法翻譯法樹立了一個對立面，它對古典語法翻譯法進行了猛烈的抨擊，它是抨擊語法翻譯法的產物。

18 世紀以前，作為外語的拉丁語、希臘語是西歐等國文化教育著書立說的國際語言。由於拉丁語語法極其繁雜，拉丁語語法就成了訓練智慧的重要手段。語法翻譯法為適應此一閱讀、著書立說和發展智慧的社會需要，因而成了西歐教授拉丁語作為外語的教學法。18 世紀後隨著資本主義發展，西歐國家現代語言法語、德語、英語日益興起，它們替代了拉丁語成為學校現代外語的課程。

由於語法翻譯法重點放在外語書面語的閱讀和理解上，口語只處於從屬地位。它反映了外語教學的部分規律，也適應了當時社會的需要。因此，傳統的語法翻譯法在 19 世紀末以前幾乎統治了歐洲外語教學達數百年之久，19 世紀達到全盛時期。

19 世紀末到 1940 年代，由於壟斷資本的迅速發展，歐洲社會、政治、經濟等各方面產生了激烈的變化，一些資本主義國家相繼走上了帝國主義向外擴張侵略的道路。帝國主義爭霸，大大縮小了世界的距離，國際談判

和外交活動日趨緊密，商業交通日益發達，各國間的個人交往也甚頻繁。語言不通愈來愈成為各國之間人們直接交往的障礙，人們更迫切需要口頭溝通的能力。這時外語教學的一些矛盾就暴露出來。語法翻譯法只注重書面語的閱讀理解，顯然已經不能適應時代發展的需要了。外語教學的改革勢不可免，直接法便應運而生。

語法翻譯法和直接法的對立點表現，見表 20-4。

表 20-4　語法翻譯法和直接法的對立點

翻譯法	直接法
1. 理論基礎建立在語言（language）上	1. 理論基礎建立在言語（speech）上
2. 主張讀、寫領先	2. 主張聽、說領先
3. 用母語教外語	3. 用外語教外語
4. 以語法教學為綱	4. 不用形式語法
5. 以翻譯為教學手段和目的	5. 不用翻譯，直接將外語與實物、圖片和行動結合起來
6. 以演繹法教語法	6. 以歸納法教語法

(2)聽說法與認知法的對立

聽說法一出現很快就風靡全世界，但不久就產生了和它相對立的認知法。認知法試圖用「認知—符號學習理論」來代替聽說法的「刺激—反應理論」。

1960 年代，聽說法的發展達到了頂峰，流傳到世界各國，蜚聲世界外語教學界。外語教學的形式，從語音教學、直觀教學到句型教學，經過幾代人的努力，大大豐富了教學的措施和技巧。特別是語言實驗室的出現，使當時人們造成一種誤解，認為這樣一來外語教學的方法可以解決了。

在聽說法發展到頂峰的同時，對聽說法新的否定因素已經出現，這正是它走下坡的開始。人們對結構主義語言學和行為主義心理學的機械操練

和反應形式，以及無休止的模仿和重複，開始感到厭倦和懷疑。人們從實踐上猛烈批評聽說法沒有能夠收到應有的學習效果。從理論上首先提出挑戰的是Chomsky關於生成轉換語法的理論。在外語教學方面，他喚起人們批判性地審查現行教學方法，擺脫形式主義和經驗主義，發揮人的語言獲得機制和認知過程的作用，恢復古典語言學中的理性主義。他們認為，人具有天生的語言能力，具有用口頭和書面表達思想的能力，並且把它們聯繫起來的創造性能力。學習語言絕不是單純依靠刺激—反應的結果，而是思維的過程，是靠不斷總結規則來創造新的句子。與此同時，J. Caroll 的認知心理學、J. Brunner的認知學習理論和社會語言學、心理語言學先後出現了。在這些理論的影響和啟迪下，認知法誕生了。

聽說法和認知法的對立點表現，見表20-5：

表 20-5　聽說法和認知法的對立點

聽說法	認知法
1. 認為語言是「結構模式」，可透過刺激和反應的手段加以掌握	*1.* 認為語言是知識，是大腦的理性認識活動
2. 在教學中主張反覆地機械操練	2. 強調理解在外語教學中的作用，主張在理解新語言的基礎上進行操練
3. 主張在教學中不用或限制使用本族語	3. 主張在教學中借助或利用本族語
4. 主張口語第一，聽、說領先	4. 主張聽、說、讀、寫齊頭並進，全面發展
5. 以句型為教材，圍繞句型而操練	5. 主張廣泛利用教學媒介創造情景，以進行有意義的操練
6. 在教學中及時糾正學生的錯誤	6. 容忍學生的錯誤，在教學中不是一見學生的錯誤就糾正，而是只糾正主要錯誤

2.共存關係

外語教學法沒有因為存在對立點而你吃掉我或我吃掉你，而是充分發揮自己的優勢，取長補短，並肩而行。早期的教學法沒有因產生了新的教學法而自動退出歷史舞台，各種教學法的產生和共存是一種正常現象。一種新的教學法的產生不可能導致原有教學法的完全消失，而可能成為滿足社會需要的必要補充，即使是對立教學法的產生也是如此。直接法是作為與語法翻譯法針鋒相對的一面而產生的，但語法翻譯法卻沒有因此被淘汰，直接法也沒有因為受語法翻譯法的批判而消失。認知法是作為聽說法的對立面而產生的，但聽說法卻沒有因為受到抨擊而衰退，認知法也未因受聽說法的指責而被替代。相反地，它們卻「和平共處」，不斷地改進、完善和發展自己，並仍占有自己應有的地位。

語法翻譯法是外語教學中歷史最久的一種教學方法。根據當代的語言學和心理學理論和教學實踐看來，語法翻譯法是比較落後的，因為它存在不少缺點：(1)忽視語音和語調的教學，學生口語能力得不到培養；(2)過分強調翻譯，單純透過翻譯手段教外語。這樣容易養成學生使用外語時依靠翻譯的習慣，不利於培養學生用外語進行溝通的能力；(3)過分強調語法在教學中的作用。語法講解從定義出發，根據定義給例句，脫離學生的實際需要和語言水準。學生雖然學了很多的語法規則卻不能運用；(4)學習的語言材料都是一些文學作品片斷，詞彙很深，脫離學生生活實際；(5)強調死記硬背，教學方式單一，課堂氣氛沉悶，不易激起學生學習興趣。

儘管語法翻譯法多年來一直受到人們的指責，但直到今天，在某些學校外語課上使用語法翻譯法仍然相當普遍。特別是在教師英語水準不高，缺乏專業訓練的一些學校更是如此，這是因為它所具有的一些優點是其他教學法不能取代的：(1)使用方便，不需要什麼教具和設備，只要教師掌握了外語的基本知識，就可以拿著外語課本教外語；(2)容易測試學生；(3)班級易於管理。

可見，因為教學法的側重點不同而各有所長的緣故，教學法不能互相取代，而只有在發展中共存。各種教學法是從不同的側面去研究和闡明問

題的，在教學法之間有其相對的真理性和聯繫性，並有著共同的規律和目的，各種教學法都為外語教學作出了一定的貢獻。

3.產生對立和共存關係的原因

為什麼外語教學法之間會存在對立和共存的關係？首先，有些教學法的觀點可能不夠全面，因此一種教學法往往是為了彌補另一個教學法的缺陷而發展起來的。這就體現為兩種教學法的對立關係（如語法翻譯法和直接法的對立）；其次，每種教學法都是從不同的側面去研究和闡明問題的，在教學法之間有其相對的真理性和生存的價值，而且在任何時候都會為外語教學作出一定的貢獻。這就體現為教學法的共存關係。也就是說，一種新的教學法的產生不可能導致原有教學法的完全消失，而可能成為滿足社會需要的必要補充，即使是對立的教學法的產生也是如此。

🌸 第四節　結　語 🌸

英語教學法在長達一個多世紀的歷史中經歷了兩個階段：1970 年代前的教學法，一般稱為傳統教學法；1970 年代後，一系列新型教學法脫穎而出，這些創新教學法又可分為方法創新教學法、內容創新教學法和目標創新教學法三大類。

每一種教學法都由途徑、教學設計和教學流程組成。途徑就是語言觀和教學觀；在教學設計層面上，它有自己的教學目標、教學原則；而在教學流程的層面上，它也有自己的教學活動、教學技巧和教學步驟。

在研究英語教學法時，對這些教學法應該有正確的認識：(1)各個教學法都是歷史的產物；(2)都反映了各個時代的科學文化水準；(3)都有自己的優點和缺點；(4)各個教學法之間有著對立和共存的關係。

教師應該學習和掌握各種不同教學法的特點，根據具體的教學要求，自覺、靈活地運用它們，為不同的教學目標與對象服務。在教學實踐中，教師不應只採用一種教學法，而應綜合地運用當今英語教學界普遍認同的英語教學法。因為單憑一種教學法無法滿足日常英語教學的需要，教師應

根據學生的心理、生理等特點以及不同的教學內容，選擇最適合的教學方法，逐步提升教學效果。

參考文獻

中文部分

中華人民共和國教育部（2003）。**英語課程標準**。北京：人民教育出版社。

左煥琪（2002）。**外語教育展望**。上海：華東師範大學出版社。

田式國（2003）。**英語教學理論與實踐**。北京：高等教育出版社。

杭寶桐（1993）。**中學英語教學法**。上海：華東師範大學出版社。

林　立（2001）。**英語學科教育學**。北京：首都師範大學出版社。

胡文仲（1989）。**英語的教和學**。北京：外語教學與研究出版社。

胡春洞（1990）。**英語教學法**。北京：高等教育出版社。

師書恩（1995）。**電腦輔助教育基本原理**。北京：電子工業出版社。

崔永華（1997）。**對外漢語課堂教學技巧**。北京：北京語言文化大學出版社。

張正東（1999）。**外語教學技巧新論**。北京：科學出版社。

張正東（2000）。**中國外語教學法理論與流派**。北京：科學出版社。

張正東、李少伶（2003）。英語教師的發展。**課程‧教材‧教法**，**11**，59-66。北京：課程教材研究所。

張國揚（1998）。**外語教育語言學**。南寧：廣西教育出版社。

陳堅林（2003）。**現代英語教學組織與管理**。上海：上海外語教育出版社。

章兼中（1993）。**外語教育學**。杭州：浙江教育出版社。

曾葡初（1999）。**初中英語課堂教學研究**。長沙：湖南師範大學出版社。

程曉堂（2002）。**英語教材分析與設計**。北京：外語教學與研究出版社。

賈冠傑、馬寅初、薑寧（1999）。**中學英語教學心理研究**。長沙：湖南師範大學出版社。

廖曉青（2004）。**英語教學法**。台北：五南圖書出版公司。

劉　珣（2000）。**對外漢語教育學引論**。北京：語言文化大學出版社。

劉潤清（1991）。語言測試和它的方法。北京：外語教學與研究出版社。

英文部分

Anthony, E. (1963). Approach, method and techniques. *English Language Teaching, 17,* 63-7.

Ausubel, D. (1963). *The Psychology of Meaningful Verbal Learning.* New York: Grune & Stratton.

Bialystok, E. (1978). A theoretical model of second language learning. *Language Learning, 28*, 69-84.

Bialystok, E. and Frohlich, M. (1978). Variables of classroom achievement in second language learning. *Modern Language Journal, 62,* 327-36.

Birdsong. D. (1992). Ultimate attainment in second language acquisition. *Language, 68,* 706-55.

Blair, R. (1991). Innovative Approaches. In M. Celce-Murcia (Ed.), *Teaching English as a Second or Foreign Language* (2nd ed.). Boston: Heinle & Heinle.

Blair, R. (Ed.) (1982). *Innovative Approaches to Language Teaching.* Rowley, MA: Newbury House.

Breen, M. P. (1984). Process syllabuses for the language classroom. In C. J. Brumfit (Ed.), *General English Syllabus Design* (ELT Documents No. 118, pp. 47-60). London: Pergamon Press.

Brown, H. (2000). *Principles of Language Learning and Teaching* (4th ed.). White Plains, NY: Pearson Education.

Bruner, J. (1960). *The Process of Education.* Cambridge, Mass.: Harvard University Press.

Bruner, J. (1966). *Towards a Theory of Instruction.* Cambridge, Mass.: Harvard University Press.

Candlin, C. (1987). Towards task-based language learning. In C. Candlin and D. Murphy (Eds.), *Language Learning Tasks* (pp. 5-22). Englewood Cliffs, NJ:

Prentice Hall.

Carroll, J. (1953). *The Study of Language.* Cambridge, Mass.: Harvard University Press.

Carroll, J. (1981). Twenty-five years of research on foreign language aptitude. In Diller (ed.), *Individual Differences and Universals in Language Learning Aptitude.* Rowley, Mass.: Newbury House.

Carroll, J. and Sapon, S. (1959). *Modern Language Aptitude Test-Form A.* New York: The Psychological Corporation.

Celce-Murcia, M. (2001). Language teaching approaches: An overview. In M. Celce-Murcia (Ed.), *Teaching English as a Second or Foreign Language* (3rd ed.). Boston: Heinle & Heinle.

Chomsky, N. (1957). *Syntactic Structures.* The Hague: Mouton & Co..

Chomsky, N. (1959). Review of 'Verbal Behavior' by B. F. Skinner. *Language 35,* 26-58.

Cochrance, R. (1980). The acquisition of /r/ and /l/ by Japanese children and adults learning English as a second language. *Journal of Multilingual and Multicultural Development, 1,* 331-60.

Corder, S. (1967). The significance of learners' errors. *International Review of Applied Linguistics, 5,* 161-9.

Crookes, G. and Chaudron, C. (1991). Guidelines for classroom language teaching. In M. Celce-Murcia (Ed.), *Teaching English as a Second or Foreign Language* (2nd ed.). New York: Newbury House.

Currie, H. (1952). A projection of socio-linguistics: The relationships of speech to social status. *Southern Speech Journal, 18,* 28-37.

Ellis, R. (1985). *Understanding Second Language Acquisition.* Oxford: Oxford University Press.

Ellis, R. (1994). *The Study of Second Language Acquisition.* Oxford: Oxford University Press.

Ellis, R. (2003). *Task-based Language Learning and Teaching.* Oxford: Oxford

University Press.

Eysenck, S. and Chan, J. (1982). A comparative study of personality in adults and children: Hong Kong vs. England. *Personality and Individual Differences, 3,* 153-60.

Feez, S. and Joyce, H. (1998). *Text-based Syllabus Design.* Sydney: National Centre for English Language Teaching and Research.

Fein, D. and Baldwin, R. (1986). Content-based curriculum design in advanced levels of an intensive ESL program. *Newsletter-English for foreign Students in English-speaking Countries, TESOL* 4/1:1-3.

Gardner, H. (1983). *Frames of Mind: The Theory of Multiple Intelligences.* New York: Basic Books.

Goodenough, W. (1957). Cultural Anthropology and Linguistics. *Monograph Series on Language and Linguistics, 9,* 167-73. Washington: Georgetown University Press.

Grant, N. (1987). *Making the Most of Your Textbook.* London: Longman.

Gregg, K. (1984). Krashen's Monitor and Occam's Razor. *Applied Linguistics, 5,* 79-100.

Guiora, A., Beit-Hallahmi, B., Brannon, R., Dull, C., and Strickland, T. (1980). The effect of benzodiazepine (valium) on permeability of language ego boundaries. *Language Learning, 30,* 351-63.

Guiora, A., Lane, H., and Bosworth, L. (1967). The effect of experimentally induced changes in ego states on pronunciation ability in a second language: An exploratory study. *Comprehensive Psychiatry, 13,* 421-8.

Hall, E. (1959). *The Silent Language.* Garden City, N.Y.: Doubleday.

Halliday, M., McIntosh, A., and Stevens, P. (1964). *The Linguistic Sciences and Language Teaching.* London: Longman.

Hansen, L. (1984). Field dependence-independence and language testing: Evidence from six Pacific island cultures. *TESOL Journal, 11,* 211-37.

Harmer, J. (1991). *The Practice of English Language Teaching.* New York:

Longman.

Hedge, T. (1993). Learner strategies. *ELT Journal, 47*(1), 93.

Horwitz, E. (1986). Preliminary evidence for the reliability and validity of a foreign language anxiety scale. *TESOL Quarterly, 20,* 559-62.

Hymes, D. (1971). *On Communicative Competence.* Philadelphia, P.A.: University of Pennsylvania Press.

Hymes, D. (Ed.). (1964). *Language in Culture and Society: A Reader in Linguistics and Anthropology.* New York: Harper & Row.

Johnson, D. (1992). *Approaches to Research in Second Language Learning.* New York: Longman.

Johnson, L. and Newport, E. (1989). Critical period effects in second language learning: The influence of maturational state on the acquisition of English as a second language. *Cognitive Psychology, 21,* 60-99.

Jones, L. (1981). *Functions of English.* Cambridge: Cambridge University Press.

Keefe, J. (1979). Learning styles: An overview. In J. Keefe (Ed.), *Student Learning Styles: Diagnosing and Describing Programs.* Reston, V.A.: National Secondary School Principals.

Krashen, S. (1981). *Second Language Acquisition and Second Language Learning.* Oxford: Pergamon.

Krashen, S. (1982). *Principles and Practices in Second Language Acquisition.* Oxford: Pergamon.

Kroeber, A. and Kluckhohn, C. (1954). *Culture: A Critical Review of Concepts and Definitions.* New York: Random House.

Krumboltz, J. and Krumboltz, H. (1972). *Changing Children's Behavior.* Englewood Cliffs, NJ: Prentice-Hall.

Lalonde, R. and Gardner, R. (1985). On the predictive validity of the Attitude/Motivation Test Battery. *Journal of Multilingual and Multicultural Development, 6,* 403-12.

Lantolf, J. (2000). *Sociocultural Theory and Second Language Learning.* Oxford:

Oxford University Press.

Larsen-Freeman, D. and Long, M. (1991). *An Introduction to Second Language Acquisition Research*. London: Longman.

Leech, G. and Svartvik, J. (1975). *A Communicative Grammar of English*. London: Longman.

Lenneberg, E. (1967). *Biological Foundations of Language*. New York: Wiley.

Long, M. (1983). Native speaker/non-native speaker conversation and the negotiation of comprehensible input. *Applied Linguistics, 4*(2), 126-41.

Long, M. (1990). Maturational constraints on language development. *Studies in Second Language Acquisition, 12,* 251-86.

Mackin, R. (1955). *Alternative Syllabus in English*. Oxford: Oxford University Press.

Marcel, C. (1853). *Language as a Means of Mental Culture and International Communication*. London: Chapman and Hall.

McLaughlin, B. (1978). The monitor modal: Some methodological considerations. *Language Learning, 28,* 309-32.

McLaughlin, B. (1987). *Theories of Second Language Learning*. London: Edward Arnold.

Munby, J. (1978). *Communicative Syllabus Design*. Cambridge: Cambridge University Press.

Nemser, W. (1971). Approximative system of foreign language learners. *International Review of Applied Linguistics, 9,* 115-23.

O' Malley, J. and Chamot, A. (1990). *Learning Strategies in Second Language Acquisition*. Cambridge: Cambridge University Press.

Osgood, C. and Sebeok, T. (Eds.). (1954). *Psycholinguistics: A Survey of Theory and Research Problems*. Bloomington: Indiana University Press.

Oyama, S. (1976). A sensitive period in the acquisition of a non-native phonological system. *Journal of Psycholinguistic Research, 5,* 261-85.

Paiget, J. (1970). *The Science of Education and the Psychology of the Child*. New

York: Grossman.

Palmer, H. (1917/1968). *The Scientific Study and Teaching of Languages*. London: Harrap. Republished by Oxford University Press, 1968.

Patkowski, M. (1980). A sensitive period for the acquisition of syntax in a second language. *Journal of Man-Machine Studies, 4,* 217-53.

Patkowski, M. (1990). Age and accent in a second language: A reply to James Emir Flege. *Applied Linguistics, 11,* 73-89.

Piaget, J. (1969). *The Mechanisms of Perception.* London: Rutledge & Kegan Paul.

Pica, T. (1987). Second language acquisition, social interaction and the classroom. *Applied Linguistics, 8,* 3-21.

Pimsleur, P. (1966). *Pimsleur Language Aptitude Battery* (PLAB). New York: Harcourt Brace Jovanovich.

Prabhu, N. S. (1987). *Second Language Pedagogy.* Oxford: Oxford University Press.

Richards, J. and Rodgers, T. (2001). *Approaches and Methods in Language Teaching* (2nd ed.). Cambridge: Cambridge University Press.

Rubin, J. (1987). Learner strategies: Theoretical assumptions, research history and typology. In A. Wenden and J. Rubin (Eds.), *Learner Strategies in Language Learning.* Englewood Cliffs, N.Y.: Prentice Hall International.

Samovar, L. and Porter, R. (1985). *Intercultural Communication: A Reader* (4th ed.). Belmont, CA: Wadsworth.

Sapir, E. (1921). *Language: An Introduction to the Study of Speech.* New York: Harcourt, Brace & World.

Seliger, H. (1977). Does practice make perfect? A study of the interaction patterns and L2 competence. *Language Learning, 27,* 263-78.

Selinker, L. (1972). Interlanguage. *International Review of Applied Linguistics, 10,* 209-31.

Sharwood Smith, M. (1981). Consciousness-raising and the second language learner. *Applied Linguistics, 2,* 159-69.

Skehan. P. (1998). *A Cognitive Approach to Language Learning.* Oxford: Oxford University Press.

Skinner, B. (1957). *Verbal Behavior.* New York: Appleton-Century-Crofts.

Snow, C. and Hoefnagel-Hohle, M. (1978). The critical age for language acquisition: Evidence from second language learning. *Child Development, 49,* 1114-28.

Spratt, M. (1985). The presentation stage, the practice stage, the production stage. In A. Mattews, M. Spratt, and L. Dangerfield (Eds.), *At the Chalkface: Practical Techniques in Language Teaching.* London: Edward Arnold.

Stansfield, C. and Hansen, L. (1983). Field-dependence-independence as a variable in second language cloze test performance. *TESOL Quarterly, 17,* 29-38.

Stern, H. (1983). *Fundamental Concepts of Language Teaching.* Oxford: Oxford University Press.

Strong, M. (1983). Social styles and second language acquisition of Spanish-speaking kindergarteners. *TESOL Quarterly, 17,* 241-58.

Swain, M. (1985). Communicative competence: Some roles of comprehensible input and comprehensible output in its development. In S. Gass and C. Madden (Eds.), *Input in Second Language Acquisition* (pp. 235-53). Rowley, Mass.: Newbury House.

Swain, M. (1995). *Collaborative Dialogue: Its Contribution to Second Language Learning.* Plenary paper presented at the Annual AAAL Conference, Long Beach, California.

Thompson. E. (1991). Foreign accent revisited: The English pronunciation of Russian immigrants. *Language Learning, 41,* 177-204.

Vygotsky, L. (1962). *Thought and Language.* Cambridge, MA: MIT Press.

Vygotsky, L. (1978). *Mind in Society.* Cambridge, MA: Harvard University Press.

Wenden, A. and Rubin, J. (1987). *Learner Strategies in Language Learning.*

Englewood Cliffs, N.Y.: Prentice Hall International.

White, L. and Genesse, F. (1996). How native is near-native?: The issue of ultimate attainment in L2 acquisition. *Second Language Research*, *12*(3), 233-65.

White, R. (1988). *The ELT Curriculum: Design, Innovation and Management.* New York: Basil Blackwell.

Wilkins, D. (1972). *Linguistics in Language Teaching.* London: Arnold.

Wilkins, D. (1976). *Notional Syllabuses: A Taxonomy and its Relevance to Foreign Language Curriculum Development.* Oxford: Oxford University Press.

Willis, J. (1981). *Teaching English through English.* Harlow: Longman.

Wolfson, N. (1983). Rules of speaking. In J. Richards and R. Schmidt (Eds.), *Language and Communication*. London: Longman.

Zankov, L. (1977). *Teaching and Development: A Soviet Investigation*. White Plains, N.Y.: M. E. Sharpe.

國家圖書館出版品預行編目資料

英語教育學＝ English language education/
　廖曉青著. -- 初版. -- 臺北市：心理, 2007（民 96）
　　面 ； 公分. --（語文教育；10）
　參考書目：面
　ISBN 978-986-191-004-8（平裝）

1. 英國語言 — 教學法

805.1033　　　　　　　　　　　　　96002489

語文教育 10　**英語教育學**

作　　者：廖曉青
執行編輯：林汝穎
總 編 輯：林敬堯
發 行 人：洪有義
出 版 者：心理出版社股份有限公司
社　　址：台北市和平東路一段 180 號 7 樓
總　　機：(02) 23671490　　傳　真：(02) 23671457
郵　　撥：19293172　心理出版社股份有限公司
電子信箱：psychoco@ms15.hinet.net
網　　址：www.psy.com.tw
駐美代表：Lisa Wu　Tel：973 546-5845　Fax：973 546-7651
登 記 證：局版北市業字第 1372 號
電腦排版：臻圓打字印刷有限公司
印 刷 者：翔盛印刷有限公司
初版一刷：2007 年 5 月

讀者意見回函卡

No. _____   填寫日期：　年　月　日

感謝您購買本公司出版品。為提升我們的服務品質，請惠填以下資料寄回本社【或傳真(02)2367-1457】提供我們出書、修訂及辦活動之參考。您將不定期收到本公司最新出版及活動訊息。謝謝您！

姓名：_____　　性別：1□男　2□女

職業：1□教師 2□學生 3□上班族 4□家庭主婦 5□自由業 6□其他____

學歷：1□博士 2□碩士 3□大學 4□專科 5□高中 6□國中 7□國中以下

服務單位：_____　部門：_____　職稱：_____

服務地址：_____　　　電話：_____　傳真：_____

住家地址：_____　　　電話：_____　傳真：_____

電子郵件地址：_____

書名：_____

一、您認為本書的優點：（可複選）

　❶□內容 ❷□文筆 ❸□校對 ❹□編排 ❺□封面 ❻□其他____

二、您認為本書需再加強的地方：（可複選）

　❶□內容 ❷□文筆 ❸□校對 ❹□編排 ❺□封面 ❻□其他____

三、您購買本書的消息來源：（請單選）

　❶□本公司 ❷□逛書局⇒_____書局 ❸□老師或親友介紹

　❹□書展⇒____書展 ❺□心理心雜誌 ❻□書評 ❼其他_____

四、您希望我們舉辦何種活動：（可複選）

　❶□作者演講 ❷□研習會 ❸□研討會 ❹□書展 ❺□其他____

五、您購買本書的原因：（可複選）

　❶□對主題感興趣 ❷□上課教材⇒課程名稱_____

　❸□舉辦活動　❹□其他_____　　　　（請翻頁繼續）

| 廣　告　回　信 |
| 台北郵局登記證 |
| 台北廣字第 940 號 |

（免貼郵票）

 心理出版社 股份有限公司

台北市 106 和平東路一段 180 號 7 樓

TEL: (02) 2367-1490
FAX: (02) 2367-1457
EMAIL:psychoco@ms15.hinet.net

沿線對折訂好後寄回

六、您希望我們多出版何種類型的書籍

❶□心理 ❷□輔導 ❸□教育 ❹□社工 ❺□測驗 ❻□其他

七、如果您是老師，是否有撰寫教科書的計劃：□有□無

書名／課程：_____

八、您教授／修習的課程：

上學期：_____

下學期：_____

進修班：_____

暑　假：_____

寒　假：_____

學分班：_____

九、您的其他意見

_____

謝謝您的指教！　　　　　　　　　　48010